알	을		깨	고		나	온
새	는		철	책		위	로
		날	아	가	고		

평화책방 통일회귀선에서

알을 깨고 나온 새는 철책 위로 날아가고

평화책방 통일회귀선에서

최진섭 지음

도서출판 말

차례

1장_책방이 된 집 이야기

2장_인생의 두 갈래 길에서 읽은 책

3장_아침책 저녁에 읽다

4장_통일희년, 통일회귀

1장 책방이 된 집 이야기

《데미안》 때문에 책방을 만들었다고?

     '평화책방'이라고 간판을 만든 후에야 책방을 낸 이유를 곰곰이 생각해보았다. 그러다 급기야는 소설가 마르케스와 카프카까지 끌어오게 됐다. 《백 년 동안의 고독》을 쓴 가브리엘 가르시아 마르케스가 처음 소설을 쓰게 된 계기는 보르헤스가 번역한 카프카의 소설 《변신》의 첫 문장 때문이라 한다.

    그날 아침 그레고르 잠자(Gregor Samsa)는 불편한 꿈에서 깨어나, 침대에 누운 자신의 몸이 흉측한 곤충(Ungeziefer)으로 변했다는 사실을 깨달았다.

    마술적 리얼리즘의 대가인 가르시아 마르케스는 "이런 내용을 써도 된다는 사실을 몰랐구나, 진작 알았다면 오래전에 글을 쓰기 시작했을 텐데"라는 반응을 보였고, 곧바로 소설을 쓰기 시작했다.

인생길에 석양이 비출 무렵 강화도 농가주택을 개조해 책방을 내자 평소 알고 지내던 지인 여러 명이 비슷한 질문을 던졌다. 어떤 계기로 책방을 냈나요? 오래된 계획이었나요? 마르케스처럼 그럴듯한 '계기'가 있는지 떠올려 봤다.

책꽂이에 꽂힌 《데미안》을 보고서

《변신》의 첫 문장에 나오는 '곤충'의 독일어 원어 운게지퍼(Ungeziefer)는 해충, 독충의 뜻을 담고 있다고 한다. 농가주택이라 노린재, 돈벌레, 거미 등의 해충과 곤충, 벌레는 많지만 이것 때문에 책방을 낸 건 아니다. 사실은 지난겨울 보기 드문 한파로 수도가 동파된 탓에 책방을 내기로 마음먹었다. 카오스 이론의 나비효과를 떠올리며 말한다면 수도 동파가 책방 개업의 1차적인 원인이다. 그런데 책방을 낸 이유를 수도 동파라고 얘기하는 것은 그럴듯한 답도 아니고, 단답형으로 설명하기도 어렵고, 상대가 듣기에 논리적이지도 못했다. 수도 동파 같은 눈에 보이는 이유 말고 또 다른 심층적인 계기, 당사자도 그동안 잊고 지내온 어떤 내면적인 원인도 있지 않을까? 책방을 하게 된 원인과 계기를 떠올리는 데 무려 31일이 넘는 시간이 걸렸다.

책꽂이를 만들고, 책을 정리하던 어느 날 빛바랜 표지의 책이 눈에 들어왔다.

맞아 바로 저 책 때문이었어. 《데미안》을 보는 순간 10대 시절부터 즐겨 외우던 구절, 데미안이 싱클레어에게 보낸 쪽지글이 떠올랐다. 결론부터

말하자면 바로 《데미안》과 바로 이 문장이 나로 하여금 강화도에 책방을
열게 했다.

'새는 알을 깨고 나오려고 투쟁한다. 알은 세계다. 태어나려는 자는 한
세계를 파괴해야만 한다. 새는 신에게로 날아간다. 그 신의 이름은 아프락
사스다.' 의심할 여지가 없었다. 그것은 데미안의 답장이었다.

독일의 소설가 헤르만 헤세(1877~1962)가 1차 세계대전이 끝난 직후인
1919년에 발표한 《데미안》에 나오는 유명한 구절이다. 《데미안》을 읽지
않은 사람도 이 말은 한 번쯤 들어봤을 것이다. 내 인생 통틀어 두 번
본 소설은 몇 권 안 되며, 세 번 읽은 건 《데미안》이 유일하다. 10대에
처음 읽고, 20대에 다시 봤고, 30대에 번역본 《데미안》의 책장을 넘기다가
언젠가는 원문으로 읽고야 말리라는 허황한 포부를 세우고 독일어판을
샀으나, 책꽂이에 오랫동안 꽂아두기만 했다.

신의 이름은 아프락사스다

20여 년 만에 다시 《데미안》 책장을 넘기니 그야말로 감개가 무량했다.
책꽂이에서 먼지를 뒤집어쓰고, 마치 60이 다가오면서 얼굴에 피기 시작한
검버섯처럼 곰팡이 자욱이 군데군데 보이는 《데미안》을 보는 순간 '아프락
사스' 이름을 떠올리며, 그 마법의 주문 같은 문장을 이십여 년 만에 다시
되뇌었다.

결론부터 말하자면
바로 《데미안》과 바로 이 문장이 나로 하여금 강화도에 책방을 열게 했다.
'새는 알을 깨고 나오려고 투쟁한다. 알은 세계다.
태어나려는 자는 한 세계를 파괴해야만 한다.
새는 신에게로 날아간다.
그 신의 이름은 아프락사스다.'
사진은 《데미안》(학원사, 1984) 표지.

아프락사스는 헬레니즘 시대 그노시스파의 신인데, 선과 악을 결합한, 악마이기도 한 신이다. 기독교에서 볼 땐 사탄이다. 《데미안》을 '폭풍우 치는 밤 등대의 불빛'이라 했던 심리학자 융은 아프락사스는 삶과 죽음, 저주와 축복, 참과 거짓, 선과 악, 빛과 어둠의 대립하는 성격을 동시에 지닌 존재로 봤다. 그리고 뒤표지에 헤르만 헤세의 유화 그림이 있는 《데미안》(학원사, 1984)의 서문 첫 문장을 읽었다.

나는 정말 나 자신으로부터 저절로 우러나오는 인생을 살려고 했을 뿐이다. 그런데 그것이 왜 그렇게도 어려웠던가?

헤세가 《데미안》을 발표한 것은 그의 나이 42세인 1919년이었다. '저절로 우러나오는 인생'을 사는 것은 헤세가 살아온 20, 30대에도 어려운 일이었고, 《데미안》을 쓰던 40대 초반에도 마찬가지이고, 50~60대라 해도 똑같이 어려웠을 것이다.

본문 종이가 누렇게 바랜 《데미안》은 단순한 책 한 권이 아니었다. 1984년 초판 5쇄, 값 1,999원의 《데미안》에서 내 인생의 갈비뼈 하나, 부러져나간 앞니 한 조각, 방아쇠를 당기던 검지 한 마디의 근수와 같은 무게감을 느꼈다. 게다가 책 마지막 장 판권에서 아내의 인장과 한자로 '惠'(혜) 사인을 발견했다.

"책은 우리 내면의 얼어붙은 바다를 깨는 도끼여야 한다."라는 카프카의 표현을 빌리자면 《데미안》은 날이 잘 선 도끼였다. 그러고 보니 책꽂이에는 녹슬어 보이지만 조금만 숫돌에 갈면 날이 시퍼렇게 살아날 도끼들이 여기

저기 꽂혀 있었다. 인생의 어느 시절엔가 들춰 봤던 헌책 한 권 한 권은 결국 과거의 독자였던 나의 일부면서 동시에 지금의 나를 생성한 기본 원소였다.

'책은 도끼'라는 말은 카프카가 스무 살 즈음(1904년 1월 27일)에 그의 김나지움 동창이자 예술역사학자인 오스카 폴 로크(1883~1915)에게 보낸 편지에서 목격된다.

우리는 오직 우리를 물어뜯거나 푹푹 질러대는 통렬한 책만 읽어야 한다고 나는 생각하네. 우리의 골통을 강타하여 일깨우지 못하는 책을 우리가 읽어서 뭐하겠는가? 그런 책도 자네가 쓰는 책처럼 우리를 행복하게 해준다고? 그렇다면 내가 맹세컨대, 우리는 차라리 아무 책도 갖지 않는 편이 행복할 걸세. 물론 우리에게 그런 책이 반드시 필요하다면 우리가 그런 책을 직접 억지로 쓸 수는 있겠지. 그러나 우리에게 정녕 필요한 책은 우리를 무참하게 괴롭히는 재앙 같은 책, 우리가 자신보다 더 사랑하는 사람의 죽음 같은 책, 아무도 없는 적막한 숲속으로 추방되어 쓸쓸히 죽어가는 살기자(殺己者) 같은 책이야. 책은 모름지기 우리의 내면에서 결빙된 바다를 쪼개버릴 도끼여야 한다고 나는 믿네.

책은 결빙된 바다를 쪼개버릴 도끼

그동안 도끼와 같았던 책이 무엇이었나 떠올려 보았다. 헤세의 《데미안》만이 아니라 소로우의 《시민의 반항》, 《전태일 평전》, 《붉은 바위》를 비롯해 두 손으로 내리칠 수 있는 큰 도끼와 같은 책 십여 권이 스치고 지나간다. 그중에는 저자와 주인공 이름조차 다 잊어버린 세계명작도 있을 것이다. 먼지만 쌓여가는 책, 이사 다니다 고물상에 갖다버린 책에 다시금 생명을 불어넣어야겠다는 생각이 들었다. 누군가 버리고 멸한 책이 누군가에게는 보물이 되고 다시 소생하는 중고서점, 책이 돌고 도는 영원한 회귀의 현장인 책방!

이런 까닭에 《데미안》 때문에 책방을 열게 됐다고 말하는 것이다. 책방 개점은 얼핏 보면 우연이지만 결국 필연적인 선택이라는 생각도 든다. 뭐 따지고 보면 세상에서 이미 벌어진 일 중에 필연 아닌 일은 단 한 가지도 없겠지만. 처음엔 그동안 모아놓은 헌책을 주로 팔 생각이었으나 몇몇 출판사의 협조를 얻어서 새 책도 진열하고, 이름도 '중고서점'이 아닌 '책방'으로 했다.

헌책과 새 책을 함께 다루는 책방은 누군가의 도끼 역할을 한 책, 그리고 부활해서 누군가의 도끼 역할을 할 책이 모였다 흩어지는 곳이다. 사람마다 도끼 역할을 한 책은 다를 것이다. 몇몇 지인에게 기증받은 헌책을 살펴보니 저마다 책으로 그려온 내면의 지도가 다 다르다. 누군가는 사막을 여행하는 데 필요한 책이 더 소중했을 테고, 어떤 사람은 설산을 오르는 데 도움이 되는 책을 골랐을 것이다.

헌책방에서 가만히 귀 기울이면, 알을 깨고 나온 새들의 날갯짓 소리가 들린다. 햇살 환한 어느 날인가는 길 잃은 딱새 한 마리가 책방의 열린 창문으로 들어와 재재거리다, 하늘색 허공으로 사라졌다.

거미 보살을 어찌할까요

강화도 시골집에 책방을 만든다고 하니 책에 관심이 많은 첫째 딸이 구경을 왔다. 방 하나에 벽지 대신 페인트칠을 했는데 재미있어 보였는지 붓을 잡고 거들기도 했다. 시골 동네서점에서 북스테이로 일박한 경험도 있다 해서, 책방 꾸밀 때 신경 써야 할 게 무엇인지 물어봤다.

"벌레!"

딸내미는 초등학교 시절 주말이면 수시로 강화도 집에 와서 머물렀는데도 벌레만 보면 기겁을 한다. 심지어는 나비를 봐도 도망친다. 나방과 나비도 구별하지 않는다. 요즘 아이들이 학교에서 "나비야 나비야 이리 날라 오너라……." 라고 노래 부를 때 무슨 심정인지 상상이 가질 않는다.

독립심 강하고 센 언니 기질이 있는 둘째도 벌레만 보면 호들갑을 떨며 난리를 친다. 바퀴벌레 나왔다며 학교 앞 원룸에서 짐 싸 들고 집으로 들어온 적도 있다. 실제로 요즘 대학가에서 자취하는 여학생들은 벌레 잡아주는 아르바이트를 구하기도 한다. 노린재, 거미, 지네뿐만 아니라 무당벌레, 딱정벌레 같은 귀엽기만 한 곤충도 혐오대상이다. 대부분의 여성, 특히 젊은 여성이나 아이들은 비슷한 반응을 보일 거라며 벌레를 꼭 없애야 한다는 것이다.

요구 사항 1번, 벌레를 없애 달라

헌책 위주의 책방을 준비하면서 몇 권의 헌책방, 독립서점 관련 책을 살펴봤다. 그중에 가장 유명한 책 중의 하나가 일본인 다나카 미호가 쓴 《나의 작은 헌책방》이다. 스물한 살 먹던 1993년부터 지금까지 일본 오카야마현 구라시키 시에서 이분이 운영하는 작은 헌책방 이름은 '벌레문고'이다. 직역하면 충(蟲)문고이다. 벌레문고라 이름 지은 특별히 깊은 뜻은 없지만, 사람들이 기억하기 좋아서 효과가 좋은 편이라 한다. 일본 사람들은 벌레에 대한 거부감이 적은 것일까?

오래된 농가주택에는 곳곳에 구멍과 틈이 있고, 그곳은 벌레의 안식처거나 거미의 사냥터이다. 책방의 주 고객인 여성 손님을 받으려면 벌레에 대한 대책이 필요했다. 바로 뒷마당 쪽으로 나지막한 산을 끼고 있는 집이니 온갖 벌레를 원천적으로 차단한다는 것은 불가능했다. 외벽과 나무 기둥의 틈새를 시멘트나 실리콘으로 최대한 막아주는 수밖에 없었다.

여름이 다가오면서 제일 처치 곤란인 벌레는 날아다니는 모기였다. 집 뒤에 야산도 있고 주변에 풀밭이 많다 보니 모기가 극성을 부렸다. 어느 날인가는 동네 이장님이 말라리아 모기약을 나눠주고 갔다. 북한 접경지역에는 말라리아모기가 발생할 가능성이 크기 때문에 예방 차원에서 공급하는 지급품이었다. 티베트의 수행자들은 모기가 와서 물어도 잡지 않는다고 한다. 불살생의 계율을 지키기 위해서다. 깊은 뜻은 알겠지만 현대의 상식으로 봐서는 지혜로운 대처법은 아닌 것 같다. 말라리아는 인간이 걸리는 감염병 중 가장 오래된 질병이자 지금까지 가장 많은 사람을 죽인 질병이다. 《모기》(와이 가드 지음)라는 책에는 "다른 곤충들과 달리 식물의 수분이나 토양의 통기에 그 어떤 방식으로도 절대 관여하지" 않는 모기에 대해 "자기들의 종을 번식시키고 아마도 인간을 죽이는 것 외에는 다른 목적은 전혀 없는 듯하다."라고 적고 있다. 자연 생태계에 도움을 주는 일은 없으면서(《모기》의 저자는 모기가 인구 증가를 막는 역할을 담당하고 있다고 말한다.) 온갖 질병(뇌염, 말라리아, 황열, 뎅기열)을 전파하는 모기에게 자비심을 느끼는 건 보통의 인간으로선 불가능한 일이다.

그런데 거미는 느낌이 또 달랐다. 처마 밑, 기둥 모서리, 심지어는 책꽂이 구석구석에 거미가 집을 짓고 활동했는데, 실내 공간이 아니면 거미줄에 손을 대고 싶지 않았다. 거미줄은 다른 벌레를 막아주는 방충망 역할을 하고, 사람에게 해를 끼치지 않기 때문이다. 책방 안팎 거미줄 제거에 관한 판단은 아직 유보 상태인데 개인적인 경험이 영향을 미쳤다.

거미, 고독한 단독자

2011년경 주말에 여유가 있을 때면 전국의 산사를 찾아다니며 곤충 사진을 찍는 게 취미였다. 산사에는 스님과 불자들뿐만 아니라 곳곳에 곤충이 함께 살고 있었다. 한번은 부처님 진신사리를 모신 5대 적멸보궁으로

봉정암 오층석탑에 오르다
잠시 산신각 처마 밑에서 비를 피했다.
그때 처마 사이에 거미줄을 친 채 정좌하고 앉아 있는
왕거미가 눈에 들어왔다.
얼마나 반갑던지.
봉정암 스님보다 반가운 '거미 보살'이었다.

유명한 설악산 봉정암으로 곤충 사진을 찍으러 갔다. 백담사에서 노린재, 사마귀 사진 몇 장을 건지고 너덧 시간 등산해서 봉정암에 올랐다. 안타깝게도 봉정암에 날씨는 변화무쌍했다. 비가 오면 곤충은 어디론가 꼭꼭 숨어서 찾을 수가 없었다. 고려 시대에 세웠다는 보물 제1832호로 지정된 봉정암 오층석탑에 오르다 잠시 산신각 처마 밑에서 비를 피했다. 그때 처마 사이에 거미줄을 친 채 정좌하고 앉아 있는 왕거미가 눈에 들어왔다. 얼마나 반갑던지. 봉정암 스님보다 반가운 '거미 보살'이었다.

이런 경험 때문에 거미줄을 치고 그 가운데 앉아 있는 거미를 보면 가끔은 혐오감이 아니라 경이의 감정을 느낀다. 거미는 철학자의 저서에도 자주 등장한다.

영국의 철학자 베이컨(1561~1626)도 그의 저서 《노붐 오르가눔》에서 거미를 언급했는데 "경험론자들은 개미처럼 모든 것을 끌어모아 비축하고 이용하는 수준에만 그친다. 합리론자들은 거미처럼 그 자신으로부터 거미줄을 뽑아낸다."라고 썼다. 베이컨은 경험론과 합리론인 개미와 거미를 비판하면서 제대로 된 철학자는 "들판과 정원의 꽃들로부터 원료를 끌어다가 자기만의 방식으로 이를 소화 가공"(《꿀벌과 철학자》, 미래의창)하는 꿀벌처럼 연구해야 한다고 주장했다.

실존철학의 선구자라는 키르케고르(1813~1855)는 인간을 거미와 같은 고독한 단독자로 비유하기도 했다. 실존철학의 핵심개념을 연상시켜 주는 거미는 얼마나 유익한 존재인가. 거미는 이렇게 인간의 철학적 사색의 대상이고, 어쩌면 거미 자신도 실존적 고뇌를 느낄지도 모를 일이다.

이러니 거미나 거미줄을 허술하게 대할 수 없다. 집 처마 밑에 있는 거미줄뿐만 아니라 텃밭으로 가는 길목에 쳐 있는 거미줄도 되도록 고개를 숙여 통과하려 애쓴다. 그의 고된 노동의 성과물 또한 존중해야 하지 않겠는가.

이런 특이한 마음 상태이니 거미줄을 함부로 걷어낼 수 없었다. 그래서 책방 개점 직후 화장실 구석의 거미줄 쳐진 벽 위에 '거미의 집1', 외벽의 거미줄엔 '거미 방충망'이라 적어서 책방 방문객을 안심시키려 애썼다. 그 메모를 보고 황당하게 생각하는 손님이 틀림없이 있으리라 생각했는데, 드디어 한 여성 손님이 화장실에 들어갔다 나오면서 물었다.

"거미의 집이 뭔가요?"

그래서 위의 사연을 포함해서 장황하게 설명했다. 그랬더니 손님은 일면 수긍하는 듯한 표정을 지으면서도 "거미가 작은 거는 괜찮은데 왕거미는 무서울 것 같아요."라고 말했다.

그 뒤로 왕거미가 보이면 잡아서 밖으로 강제 이주시킨다. 작은 거미도 무섭다는 손님이 한 명이라도 나오면 그 작은 거미 집도 강제 철거할 수밖에 없겠지. 사실 벌레를 모두 없애려 하는 건 허망한 생각이다. 벌레의 대부분을 차지하는 곤충의 숫자만 해도 사람 한 명당 2억 마리나 된다. 곤충학자들은 그래서 "지구는 엄연한 곤충의 행성"이라고 말한다. 이런 행성에서 벌레, 곤충을 혐오하는 것은 자연스럽게 사는 방식이 아니다. 《세상에 나쁜 곤충은 없다》 '맺음말'에는 이런 말이 나온다.

진실은, 우리는 무척추동물이 필요하지만 그들에게는 우리가 필요하지 않다는 데 있다. 인간이 당장 내일 사라진다고 해도 세상은 거의 변화를 겪지 않을 것이다……. 그러나 무척추동물이 사라진다면 인간이 불과 몇 달이나마 더 버틸 수 있을지 의심스럽다.

서기 1948년에 판 용암수 우물과 감나무

시골에는 집집마다 오래된 우물이 있었다. 어린 시절 충남 아산 할아버지 댁이나 홍성 외가에 가면 마당에 우물이 있고, 두레박을 이용해 물을 퍼 올렸다. 이즈음 경기도 파주 우리 집 마당에는 우물과 두레박 대신에 손 펌프가 있었다. 이 펌프를 사용해 아버지와 번갈아 가며 등목을 하던 기억이 생생하다. 평생 낚시대를 잡아 보지 않아서 낚시꾼들이 환장하게 좋아한다는 '손맛'의 깊은 뜻은 모르지만 펌프질할 때도 손맛을 느낄 수 있다.

강화 집에 있는 우물은 이 집만큼이나 오래된 유적이다. 우물에는 한자로 '龍岩水(용암수)'라는 제목과 함께 일종의 완공기념사가 적혀 있다.

용암수, 서기 1948년 정해년(아마도 음력 준용한 듯) 어느 때에 7일 만에 물을 긷게 되자 …… 와룡이 기운을 뻗치고 있을 이곳에서 원하건대 아들과 손자들 대대로 이 물을 마시고 쓰며 근심거리가 없기를.

처음에 이 집을 구했을 땐 우물 입구가 그대로 보였고, 속을 들여다보면 깊이를 가늠하기 어려웠다. 실을 매달아 깊이를 재보니 바닥이 5m 정도였고, 여름에는 물이 찬 부분만 4m는 됐다. 유치원을 운영하는 여동생이 우물을 보고는 아이들이 호기심에 들여다보다 빠질 수도 있으니 안전판을 설치하는 게 좋겠다 하여서 철판으로 덮어놓았다. 아이들보다도 술 취한 사람이 뛰어들 위험이 있다는 생각이 들었다. 스무 살 때 전라도 친구 집에 놀러 갔을 때 함께 술 마시던 동창생 한 명이 동네 우물 속으로 뛰어드는 객기를 부린 적이 있다. 초등학교 때 외가에 놀러 갔다가 동네 청년 한 명이 홧김에 물에 빠져 죽는다며 동네 빨래터 옆 수렁에 뛰어드는 장면을 목격하기도 했다. 스무 살 전후에는 겉으론 멀쩡해 보이지만 너나 할 것 없이 정신 나간 원숭이가 숨어 사는 경우가 비일비재하다.

우물에 관련된 신화 많아

그 깊이와 무관하게 우물은 지상과는 다른 세계일 수 있다는 상상을 해본다. 용암수 우물 안에는 1948년의 달빛과 별빛이 그대로 담겨있거나, 그 안에서도 달이 뜨고 지는 별천지일지도 모른다는 생각이 들기도 한다. 우물을 한참 바라보면, 심연으로 빨려드는 묘한 느낌이 든다. 그 심연은 미지의 세계이다. 그래 그런가, 우물과 관련된 설화나 신화도 많다. 《삼국유사》에는 박혁거세 탄생신화와 관련된 우물이 나온다.

옛날에 진한(辰韓) 땅의 여섯 마을 우두머리들이 자제들을 거느리고 알천의 언덕에 모였다. 그들은 덕이 있는 자를 왕으로 받들어 나라를 세우고자 하였다. 멀리 남쪽을 살펴보니 양산 아랫자락에 있는 나정이라는 우물가에 번개처럼 번쩍하는 기이한 기운이 땅으로 비추고 있었다. 그곳에는 흰 말이 절을 하는 모습으로 엎드려 있었다. 흰 말이 있는 곳을 찾아가 살펴니 붉은 알이 하나 놓여 있었다.

박혁거세의 왕후가 된 알영 부인도 우물가에서 탄생했다.

사람들은 혁거세 왕의 탄생을 축하하며 "이제 덕이 있는 배필을 구해야 합니다."라고 하였다. 마침 같은 날 사량리 알영이라는 우물가에 계룡(닭 모양의 용)이 나타나 왼쪽 옆구리에서 여자아이를 낳았다.

1948년에 이 우물을 판 집주인이 '용암수'라 지은 이유를 알 수는 없으나, 우물을 신비하게 여기던 선조의 마음이 반영된 것이라 하겠다.

우물 옆 감나무와 헤세의 정원

우물 바로 옆에는 오래된 감나무가 한 그루 있다. 꼬맹이 때 홍성 외갓집에 가면 외할머니가 대나무 장대로 앞마당에 서 있는 감나무에서 홍시를 따줬다. 겨울철 최상품 간식이었다. 그때는 감나무가 하늘 높이 까마득하게 올려다보였는데, 아마도 지금 숭뢰리 감나무 정도의 그리 높지 않은 키가 아니었을까 싶다.

2006년에 처음 봤을 때 이미 오늘 내일 하던 병든 감나무였다. 몸통의 반쯤 벌레가 파먹은 자리는 오래전에 시멘트로 채워놓아서 보기도 흉했다. 태풍이 세게 몰아치면 살가죽만 남은 가지가 부러질 것 같이 위태로워 보였다. 그래도 죽을힘 다해 살아나려 애썼고, 한 해 걸러 주황색 연시를 몇 알씩 매달았다. 얼마나 더 살까 싶었는데, 15년이 지난 올해도 홍시가 여러 알 달렸다. 일부러 앙상하게 뼈만 남은 감나무 가지를 조심스레 타고 올라가서 한 알을 따서 맛봤고, 나머지는 까치밥 하라고 내비 두었다.

헤세는 글을 쓰다가 힘들 때면 정원 일로 소일하는 취미가 있었다. 《헤르만 헤세의 정원일의 즐거움》이란 책에는 나무에 관한 이야기도 나온다. '고독하고 의연한 나무들'(1918)이란 에세이에서 그는 "나무들은 베토벤이나 니체처럼 위대하고도 고독하게 삶을 버티어 간 사람들 같다."라고 썼다. 헤세는 수시로 나무에 귀 기울이고, 그들이 전하는 말을 들었다.

나는 내 씨앗 속에 간직된 비밀을 지닌 채 마지막까지 살아간다. 그 밖의 어떤 것도 내가 걱정할 일은 아니다. 나는 내 안에 신이 있다고 믿는다.

그는 마음의 평화를 위해 정원 일을 하면서도 현실 문제를 놓지 않았다. '대립되는 것'에서 목련 나무와 난쟁이 분재를 낙관주의자와 비관주의자로 비유하면서, 낙관주의적인 독일국민을 비판한다. 목련 나무가 "지나치게 만족스럽고 포만한 미소를 짓는 것을 볼 때마다 저 1914년의 일이 떠오르기 때문"이라 말한다. 1914년의 일이란 1차 세계대전을 말한다. 1914년 당시 독일의 낙관주의자들은 소위 위대한 시대를 축하하면서 환성을 내질렀고,

"전쟁은 아마도 독일 측에 우울하게 끝나고 말 거라고 상기시켜주는 모든 비관주의자를 벽에다 밀어 세우고 위협했었다."라고 지적한다.

《헤르만 헤세의 정원일의 즐거움》에는 헤세가 직접 그린 여러 점의 그림과 헤세가 정원 일을 하는 장면을 찍은 사진이 실려 있다. 그중에 1952년에 낙엽을 태우는 사진과 그림이 있는데, 이것을 보고 책방 뒤뜰과 배수로에 수북이 쌓여있는 낙엽을 긁어모아 태워야겠다는 생각이 들었다.

책방의 뒤쪽에는 담장 대신 집과 산의 경계 표시로 오동나무 세 그루가 서 있다. 헤세는 나무를 보며 니체와 베토벤을 떠올렸다는데, 나는 오동나무를 보며 한용운이 떠올랐다. 한용운의 시에 나오는 오동나무가 떠오른 까닭이다. "바람도 없는 공중에 수직의 파문을 일으키며 고요히 떨어지는 오동잎은 누구의 발자취입니까?"로 시작하는 〈알 수 없어요〉. 고등학교 때 앨범 맨 앞에 그 당시 좋아했던 인물 사진 넉 장을 꽂아두었다. 한용운과 함께 장준하, 김수영, 노천명의 얼굴 사진이었다. 목이 긴 사슴 이미지였던 노천명은 나중에 친일시인이란 걸 알게 된 뒤 머릿속에서 지워 버렸지만 추억은 추억인지라 사진을 계속 꽂아 두었다. 생각이 여기까지 미친 김에 오동나무에 이름을 하나씩 붙여주고 싶다. 우측부터 한용운 나무, 장준하 나무, 김수영 나무로 불러야겠다.

중국산 손 펌프 설치

헤세는 '고독하고 의연한 나무들'에서 "나무뿌리들은 무한 속에 안주하고 있다."라고 썼다. 눈에 안 보이는 세계이기에 '무한'이라 쓴 것인지는 모르겠으나, 나무뿌리는 우리가 상상하는 것 이상으로 땅속에 깊숙하고도 넓게 퍼져있다고 한다. 오동나무, 왕뽕나무, 감나무의 뿌리가 어쩌면 우물 밑까지 뻗어 있는지도 모를 일이다. 그렇다면 이 집에 살던 사람들은 나무들과 한 우물물을 마시고 사는 식구였던 셈이다.

땅 밑으로만 흐르는 우물물을 다시 살려야겠다는 생각이 들었다. 마을 수도도 있고, 몇 해 전부터는 한강에서 끌어온 강화 상수도도 있지만 우물물도 위로 흐르게 하고 싶었다. 우물을 살리면 쓸 데도 많았다. 등목의 기억을 재현하고 밖에서 허드렛물을 그때그때 퍼서 쓸 수도 있다.

오랫동안 고여있던 우물에 펌프를 설치하기로 마음먹었다. 그런데 인터넷에서 '손 펌프' '우물펌프'라고 쳤더니 100% 중국산이 검색됐다. 한국에서는 손 펌프를 거의 사용하지 않기 때문에 만드는 업체가 사라진 모양이다. 인터넷에 뜬 사진을 살펴봤더니 전원 카페나 음식점 등에서 땅에다 관을 박아 그냥 조경용으로만 설치하는 경우가 많았다.

중국산 손 펌프를 샀는데 일주일이면 온다더니 설 연휴가 껴서 배송이 늦어졌다는 안내문자와 함께 근 한 달 만에 도착했다. 우물 시멘트에 철판을 깔고 거기에 구멍을 내서 펌프를 고정해야 하는 게 일이었다. 이 작업은 앞집의 소개로 동네에서 농사지으며 짬짬이 설비 일 다니는 기술자에게 부탁했다.

77년이나 된 우물이라 철 볼트를 박으면 바스러지지 않을까 걱정했는데 별문제 없이 튼튼하게 고정됐다. 작업하신 분이 하는 얘기가 시멘트는 200년이 지나도 끄떡없다고 했다. 그런데 왜 콘크리트 아파트는 50년도 지나기 전에 다 때려 부수고 다시 짓는 걸까.

펌프 손잡이를 몇 차례 내리누르자 십여 년 이상 고여있던 물이 콸콸 솟구쳐 올랐다. 우물에 손 펌프를 설치했더니 여러 가지로 편리했다. 시골집은 밖에서 작업할 일이 많다. 삽질, 낫질, 망치질, 풀 뽑기, 페인트칠 등의 잡다한 일을 마친 뒤 실내로 들어가지 않고 우물가에서 연장을 닦기 편하다. 작업 후 흙 묻은 손발을 씻거나, 간단한 빨래를 할 때마다 우물의 효용 가치를 절감한다.

바로 옆집은 2백 년 넘게 강화에서 살아온 토박이다. 옆집 아저씨가 우물에 펌프 설치한 것을 보더니만 잠시 후 아줌마까지 데려와 보여주며 자기네도 설치하자고 한다. 펌프를 본 부인이 남편에게 하는 말이 "얼마 전 점을 봤는데 물을 잘 통하게 해야 운수가 트인다고 했는데, 우리도 안 쓰는 우물을 살리면 좋겠네요."라고 한다.

그러고 보니 우물에서 펌프질할 때마다 뭔가 막힌 게 펑 뚫리는 기분이 들어서 좋다. 인생 60년 살아오면서 마음에 쌓인 찌꺼기를 품어내는 기분도 든다. 손맛 느끼며 펌프질하면서 빌어본다.

비나이다, 비나이다! 아들, 딸, 손자, 며느리, 사위 간의 사이도 좋아지고, 남과 북 사이의 꽉 막힌 대동맥이 뻥 뚫리길 비나이다!

봉황이여, 이 집에 서기를 내려주소서!

살다 보면 첫눈에 반할 때가 있다. 꼭 남녀 간에만 생기는 일이 아니고 집도 그렇다.

수도권에서 대출받아 아파트 사는 걸 포기하고, 2005년 강화에 농가주택을 사기로 마음먹었다. 처음엔 강화의 남쪽 지역인 동막 해수욕장 주변을 알아봤는데 관광지 분위기가 물씬 풍겨서 내키지 않았다. 그래서 그다음 주엔 부동산업자와 함께 북쪽의 두세 군데 집을 보고 다녔는데, 북녘 산하가 바로 코앞에 있는 숭뢰리의 이 집을 보고 단번에 결정했다.

허름한 디근 자 농가주택의 마당에 들어서서 현관문을 여는 순간 한눈에 들어온 대들보와 서까래가 맘에 들었다. 부동산에 일가견이 있는 어머니는 목이 좋은 곳에 있는 집, 발전 가능성이 있는 동네를 선택해야 한다고 누누이 강조했지만 이미 눈이 멀어버린 나는 한쪽 귀로 듣고 한쪽 귀로 흘렸다. 그리고 번잡한 곳보다는 한적한 곳을 좋아하는 개인적인 취향 때문에 외진 숭뢰리가 맘에 들었다. 지금은 집 앞으로 주택 서너 채와

농막 너덧 채, 그리고 바로 옆에 전원주택 단지가 들어서서 작은 마을을 이루었지만, 그 당시만 해도 앞쪽으로는 집 한 채 없었고 널찍한 벌판이 평화롭게 펼쳐져 있었다.

1947년에 세운 상량문

첫눈에 반한 대들보에는 그럴듯한 상량문도 쓰여 있었는데, 이 집이 1947년에 지어졌음을 알려준다. 한자로 적힌 상량문의 뜻을 풀어보면 대략 다음과 같다.

> 1947년 윤이월 첫날에 기둥을 세우고 동북방을 등지고 남향하는 자리 터를 잡아 마루도리를 올리나이다.
> 원하옵건대 천지신명의 보살핌 속에 대대로 이어 살며 복록이 오래오래 이어지기를.
> 또 원하옵건대 인간이 누릴 여러 복을 베푸시사 우리 일가 인물들 모두 인(仁)을 이루고 좋은 선비 두루 나오기를 하늘과 땅에 비나이다.
> 봉황이여, 이 집에 서기를 내려주소서.

책방에 와서 쭉 뻗은 대들보를 본 이들은 오래된 집인데도 목재가 튼실하다며 놀라워한다. 보통의 시골 농가집은 삼량 구조인데 이 집은 중량이 두 개 더 있는 오량집이다. 동네 사람의 말에 따르면 반듯하고 굵은 나무를 찾아서 백령도에서 옮겨온 나무라 한다. 강화 읍내의 성공회 성당에 쓴 나무도 백두산 일대의 나무를 잘라 압록강을 거쳐 싣고 온 나무라 하니 그때는 좋은 나무를 구해서 해상으로 옮겨온 것이 아닌가 싶다.

등기부 등본을 확인해 보면, 이 집은 1982년 자손에게 상속되고, 2002년에 타인에게 매매된 것으로 나오는데, 내가 3년 뒤에 매입한 것이다. 그러니까 집주인은 35년간 이 집에서 살다가 자손에게 상속했으며, 그 자손은 20년 후에 무슨 이유에선지 집을 타인에게 처분한 것이다. 이 집 어른은 강화 군수는 한번 할 양반이었으나, 고급 장교로 군 생활하던 중에 월북한 사촌이 있어 관직은 포기했다고 한다. 그 대강의 사정에 대해 옆집 이웃에게 들은 이야기가 있으나 사사로운 이야기이기에 여기에 옮기지는 않는다.

올봄 데크 공사를 할 때 80대의 할아버지가 여러 차례 자전거를 타고 와서 집을 살펴보곤 했다. 건넛마을에 산다는 이 노인은 어릴 때 이 집을 수시로 들락거렸다고 한다.

"문방구를 연다는 소문이 있던데 맞나?"

"지난주에 와보니 신발은 있는데 사람은 없더군."

"이 집 살던 ○자가 나랑 초등학교 동창이야."

이분은 '○자'라는 이름을 여러 차례 떠올렸다. 그는 뒷마당까지 살펴본 뒤 다음에 또 오겠다는 말을 남긴 채 자전거를 타고 사라졌다. 어느 날인가는 '외부인 출입금지'라는 명패를 붙여 놓은 건넌방을 허락 없이 열어보기도 했다. 이분은 대문과 담장이 없지만 엄연히 경계가 분명한 사유지를 수시로 드나들며 자신이 드나들던 영역에서 새로운 이야깃거리를 탐문하고 있었다.

처음에는 너무 당황스러워서 어서 빨리 담장을 치고 대문을 만들어야겠다고 마음먹었다. 그런데 얼마 뒤 옆집 이웃에게서 해코지 걱정할 것 없는 순박한 노인이란 얘길 듣고 맘을 바꿔 먹었다. 그 노인에게 이 집은 어릴 적 친구와 추억을 떠올리게 하는 소중한 보물이 아닐까 싶다. 내가 이 집과 쌓은 추억은 20년이 안 되지만 그분은 70년 넘게, 특히 가장 아름다웠던 소년 시절의 기억이 가득한 곳이다. 이 집에서 술래잡기, 말타기, 자치기하며 놀았을지도 모른다. 그리고 어쩌면 이분은 ○자라는 이름의 동창과 남다른 사연이 있을지도 모르지 않는가. 첫눈에 반한, 평생 잊을 수 없는 짝사랑의 대상일지도 모른다는 상상의 나래도 펴본다.

80대 노인의 어릴 적 친구가 살던 집에서 듣는 노래, 초혼

시골 동네에서 심심찮게 듣는 방송은 이장님 방송이다. 집 앞 전봇대에 매단 스피커에서 수시로 숭뢰리 이장님의 우렁찬 목소리를 들을 수 있다. 비료 타 가세요, ○○씨 칠순 잔치 가실 분은 마을회관 앞으로 오세요, 코로나 백신 맞을 분 모이세요 등의 다양한 안내를 한다. 안내방송 하기 전에 주위를 환기하기 위해 두세 곡의 대중음악을 틀어주는데, 이장님 성향이 특이하다. 즐겨 틀어주는 노래가 〈짜라자짜〉와 같은 유명 트로트 곡이지만, 마야의 〈진달래꽃〉과 민지의 〈초혼〉도 빈도수가 높다. 오늘은 〈초혼〉 딱 한 곡만 내보내면서 코로나 지원금 안내방송을 한다.

"산산이 부서진 이름이여 허공중에 헤어진 이름이여 불러도 대답 없는 이름이여 부르다가 내가 죽을 이름이여."

혹시 저 이장님도 젊은 시절 이 마을의 어느 처녀와 주고받던 연정을 떠올리며 저런 노래를 틀어주는 것은 아닐까.

책방을 개업하면서 두 딸에게 선물할 품목을 지정했다. 첫째한테는 소형 커피머신을, 둘째한테는 라디오 시디 테이프 겸용 오디오를 주문했다. 옛노래 좋아하는 손님이 오면 오래전에 듣던 시디와 테이프를 틀어줄 생각이었다. 통일을 주제로 한 운동가요 테이프도 있었다.

오랜만에 라디오 주파수를 맞추다가 낯선 목소리에 깜짝 놀랐다. 평양 말투의 여자 아나운서 목소리였다. 방해전파 때문에 끊겼다 들리기를 반복했다. 맘만 먹으면 유튜브에서 북한방송을 다 들을 수 있는 요즘 같은 세상에 돈 들여 방해전파를 쏴서 못 듣게 할 이유가 무언지 모르겠다. 중고등학교 때 충청도 할아버지 댁에 가면, 방해전파가 심한 서울과 달리 북한방송이 잘 들렸다. 호기심이 많은 나이라 가끔 이불 뒤집어쓰고 자는척하며 어른들 몰래 들어보기도 했다. 몇 차례 다이얼을 맞춰가며 귀를 쫑긋해서 들어봤지만, 내용은 생각나지 않고, 마지막에 여성 아나운서가 단호한 목소리로 "여기는 평양입니다."라고 했던 게 기억난다.

이 동네는 2000년 6·15선언 이전만 해도 대남방송, 대북방송으로 밤낮없이 시끄러웠다고 한다. 20여 년이 흐르는 사이 통일이 코앞에 다가온 것 같은 날도 있었다. 언젠가는 연평도에 포탄이 떨어지기도 하다가 또 언제 그랬냐는 것처럼 날이 화창해지고 봄꽃이 필 것 같더니만 요즘은 또 선제타격 운운하는 게 영 심상치 않다. 지난 역사를 돌아보면, 한 나라가 세 나라가 됐다가 다시 하나가 되고, 그러다가 다시 둘이나 셋이 되기도 했다. 지금은 하나가 둘이 된 지 77년, 언제까지 둘로 지내려는지 알 수 없는 일이다. 셋으로 갈라진 제3 삼국시대 아닌 게 다행인가. 사다리 타고 올라가 읽어본 상량문 글자의 뜻을 조금 고쳐 써서 읊어 본다.

"또 원하옵건대 인간이 누릴 여러 복을 베푸사 우리 일가 인물들 모두 인(仁)을 이루고 좋은 인재 두루 나오기를, 그리고 우리 민족 하루속히 분단을 끝장내고 둘이 하나가 되어 평화롭게 번창하기를 하늘과 땅에 비나이다."

A자형 나무 사다리와 아버지의 〈추억록〉

농가주택을 고쳐 책방을 하기로 마음먹은 뒤 딱 한 군데 손을 봤다. 기존의 공간 외에 책을 진열할 책꽂이와 테이블을 놓을 자리를 고민하다가 디귿 자 모양의 집 안마당에 나무 데크(갑판)를 깔고 그 위에 렉산 소재로 비 가림 천정을 올리기로 했다. 강화에서 농사지으며 건축일도 하는 기술자를 한 명 소개받았고, 나는 그의 서투른 조수가 되어 공사했다.

앞마당에 데크 깔고 차양막 공사를 하면서 돌아가신 아버지의 얼굴을 여러 차례 떠올렸다. 20여 년 전, 65세의 연세로 돌아가신 아버지는 평생 미군 부대 노무원으로 일하셨다. 원주에 본부가 있던 육군 38사단 제대 후 첫 직장이 미군 부대였는데, 미군을 대신해서 전기, 목수, 보일라, 배관, 페인트 등 온갖 일을 다 하셨다. 아버지가 돌아가신 뒤 유품을 정리하다가 미군 부대 정년퇴임 하면서 받은 '미 육군성 민간인 공로훈장'이란 상장을 발견했다. 이 증서에 쓰여 있는 직함은 한국노무단 제15중대 소속 함석공이었다. 근무 기간이 1959년 4월부터 1996년 4월까지 적혀 있으니, 무려

37년간 근속한 것이다.

20여 년 전 아버지가 만든 A자형 접이식 사다리

아버지는 평생 아파트가 아닌 단독주택에 거주했는데, 쉬는 날도 수시로 낡은 국방색 군복 차림으로 집안 곳곳을 손질하는 게 취미였다. 외부 활동이랄 게 거의 없었던 분이라 '취미가 주택 보수인가?' 하는 의문이 들 정도였다.

아마도 이런 노동 친화적인 아버지가 살아계셨다면 데크 설치 작업과 전기, 도색 공사를 훨씬 수월하게 하지 않았을까 싶다. 글쓰기도 그러하듯 집 짓는(전체가 아니라 부분이라 해도) 일을 잘하려면, 작업자는 처음부터 끝까지 진행 과정을 머리에 꿰고 있어야 한다. 머릿속에 그린 설계도에 따라 일을 순서대로 해야 고생을 덜 하게 된다. 그런데 경험이 짧은 초짜는 그게 어렵다.

데크 설치 공사가 끝난 뒤엔 혼자서 마룻바닥과 외벽에 페인트칠했다. 아버지가 살아생전에 사용하던 20년 이상 된 페인트가 본가 보일러실에 있어서 그걸로 칠했는데 별문제가 없었다.

처마 밑 오래된 빗물 홈통이 삭아서 몇 군데 교체작업을 하는 데 사다리가 필요했다. 철물점에서 알루미늄 접이식 3단~5단 사다리를 알아봤는데, 5~10만 원 정도의 가격이었다. 사는 김에 5단 사다리를 살까 하다가 본가에서 아버지가 쓰던 접이식 나무 사다리가 생각났다. 돈도 돈이지만 아버지가 만든 사다리를 한번 써보고 싶다는 생각에 서울 올라가는 길에 사다리를 싣고 왔다. 다행히 승용차 안에 딱 맞게 들어가는 크기였다.

A자형의 접이식 사다리를 찬찬히 살펴보면서 다시 한번 아버지의 손재주에 놀라움을 금치 못했다. 연결 부위는 쇠로 된 장식으로 덧대서 못질했고, 사용 안 한 지 20여 년이 지났지만 당장 사용하는 데 전혀 문제가 없는 견고한 상태였다. 네 다리의 바닥 면엔 고무를 붙여놔서 미끄럼 방지 기능까지 갖춘 수제 사다리였다. 아버지 살아생전에 이런 솜씨가 얼마나 가치 있는 일인지 모르고 지냈다는 게, 전천후 노동자에게 존경을 표하지 않았다는 게 후회스럽기 짝이 없다.

법정 방청석에서

알게 모르게 아버지 가슴에 대못 박은 게 여러 번이겠지만 두고두고 기억에 남는 장면은 대학교 4학년 때 서울 남부지원에서 재판받을 때의 일이다. 판사는 재판정에서 심리하면서 "피고는 미군이 이 땅에 해방군이 아니라 점령군으로 주둔했다는 내용의 유인물을 작성한 적이 있으며……." 라고 말했다. 이때 피고인 아들 뒤에 앉아서 판사의 말을 듣던 아버지는 그날 집에 돌아와 어머니에게 이렇게 말씀하셨다고 한다.

"내가 밥을 빌어먹어도 더러운 데서 빌어먹은 모양이야."

다행히 집행유예선고를 받고 영등포 구치소에서 출소한 뒤 어머니께 이 말을 전해 듣고 한참 동안 가슴이 먹먹했다.

초등교육도 제대로 받지 못한 아버지가 책 읽는 모습을 본 적은 거의 없다. 그래도 내가 11살 남짓한 나이 때부터 집에서 〈동아일보〉를 구독해서 보았다. 집에 TV가 없던 그 시절에 아버지는 저녁 밥상을 물린 뒤엔 신문의 주요기사를 어머니에게 읽어주셨다. 당시 〈동아일보〉 기사의 주요 단어는 한자로 써 있었을 텐데, 지금 생각해보니 무학자가 그걸 읽으셨다는 게 대단해 보인다. 요즘은 토익 점수 900 넘고 영어 신문 편하게 읽는 대학생도 한자는 그냥 부호나 그림으로 여긴다.

신문 외에 아버지가 산 책은 몇 권 안 된다. 어릴 때 거실에는 《가정생활 백과》, 《웹스터영어대백과사전》, 《한의학백과사전》 등이 꽂혀 있었다. 외판원으로 일하는 아버지 친구가 권유해서 샀던 책이다. 아버지가 자발적으로 돈을 내서 산 책은 《해주최씨해능군파족보》이다. 1985년에 발간한 이 족보를 꽤 비싼 돈을 주고 구입했다. 그런데 지금은 족보라는 게 쓸모없는 세상이 아닌가 싶다. 일단 족보에 올릴 아들이 없는 집이 태반이다.

단기 4291년 11월의 추억록

아버지가 남긴 유품 중에 족보 이외에 책자 비슷한 게 하나 더 있다. 군에서 제대할 때 원주 38사단 본부중대 전우들이 만들어준 '추억록'이다. 검은색 골판지 표지에 '단기 4291년 11월 추억록'이라 적힌 이 문집은 34명이 쓴 40장 정도 분량인데, 아마도 소대원들이 쓴 편지가 아닐까 싶다. 단기 4291년은 서기 1958년이다.

추억록 편지글의 아래에는 부대원들의 주소가 적혀 있는데, 8도 사나이들이 다 모여 있음을 알 수 있다. 주소 중에 "보리 문둥이 영양땅 옥녀봉 밑 초가 6간을 찾으시오"라고 적은 것도 있다. 아마도 장난기로 적은 주소가 아닌가 싶은데, 글도 재밌게 적었다.

아버지가 남긴 유품 중에
족보 이외에 책자 비슷한 게 하나 더 있다.
원주 38사단 본부중대 전우들이 제대할 때 만들어준 '추억록'이다.
검은색 골판지 표지에 '단기 4291년(1958년) 11월 추억록'이라
적힌 이 문집에는 34명이 쓴 손편지가 엮여 있다.

하늘은 높고, 말은 살찌고, 여자는 날뛰고, 남자는 빼빼 마른 이때 조심조심하시기 바랍니다. 광명의 사회에서 성공하기 축원합니다.

63년 전 추억록을 읽다 보니, 그 시절 젊은이들의 우정과 전우애가 느껴지기도 한다. 이름 대신 '탁주꾼'이라 적은 전우는 "밝은 달이 뜨려 하면 검은 구름이 가리우고 아름다운 꽃이 피려 하면 때아닌 백설이 날리니"라며 이별을 아쉬워했다.

정들자 이별이란 웬 말이요. 냉정한 철조망 속에서 나 혼자서 어찌 세월을 보내는가. 잘 가소 잘 있소. 말 한마디 남겨두고 정문 앞에 나서면 쌓았던 정은 무너지고 말 것을 이다지도 사귀었는가, 만나면 헤어지고 말 것이 인간의 법칙인지. 너무나도 얄미운 이별. 부디 좋은 배필 맞아서 행복을 가정을 이루기 빌면서 나는 그치겠소—
　　탁주꾼

어릴 때 아버지가 퇴근길에 약주 드시고 와서 6·25 직전 이북에서 할아버지 손 잡고 38선을 넘어온 이야기, 군대 생활의 추억담을 반복해서 늘어놓으시면 너무 따분하고 재미가 없었다. 지금은 맞장구치며 재미있게 들을 것 같은데, 이미 저 멀리 떠나셨다. 나도 1985년(단기 4318년)에 제대할 때 소대원들이 만들어준 추억록이 있다. 감추고 싶은 별명도 그 안에 적혀 있다. 생각해보니 군대 추억록만한 청춘의 유품도 흔치 않다.

"두 개의 바위틈을 지나 청춘을 찾은 뱀과 같이"

시골살이 최대의 난적은 무엇일까? 농사짓는 사람은 농작물 망치는 해충과 다스리기 어려운 풀이라고 입을 모은다. 텃밭 농사 몇십 평 짓는데도 돌아서면 자라는 풀과 연이어 출몰하는 진딧물, 총채벌레, 미국선녀벌레 같은 해충 때문에 때려치우고 싶은 마음이 수시로 든다.

귀농, 귀촌 관련된 글을 읽다 보면 여성의 경우엔 뱀이나 쥐 때문에 시골을 떠나고 싶다는 사례도 많다. 실제로는 말벌에 의한 피해 사례가 더 많을 테지만 뱀이나 쥐, 바퀴벌레가 주는 혐오감이 사람에 따라 상상 이상인 경우가 있다. 오래전 같은 사무실에서 일하던 디자이너는 어린이 책 전집을 만들면서 동물도감의 파충류 편은 편집하지 못했다. 뱀이 나오는 그림만 봐도 소름이 끼치고 심장이 멎는 기분이라 일을 할 수 없다고 했다. 그녀는 뱀 이야기를 하는 것만으로도 몸서리를 쳤다.

나도 나이 들수록 뱀에 대한 거부감이 커졌다. 풀밭을 걷다가 구부러진 끈이나 칡 줄기만 봐도 섬뜩함을 느낀다. 평생 뱀에 물려본 적도 없는데 왜 이런 피해의식이 생겼는지 알 수가 없다. 전생이 청개구리였나.

처음으로 뱀을 가까이에서 본 것은 열 살 남짓의 나이에 외갓집 홍성에서다. 부엌 뒤편 장독대 위에서 구렁이 한 마리가 똬리 튼 채 일광욕을 즐겼다. 외할머니에게 뱀이 있다고 알려 줬더니 "훠이 훠이, 저리 가서 살아라" 하면서 저리 가라고 손짓하셨다. 그 말을 알아들은 건지 구렁이는 조금 있다가 장독대 뒤의 대숲으로 사라졌다.

중학교 1학년 때 아산 현충사 갔을 때는 작은 꽃뱀을 잡아서 교모에 넣은 뒤 버스를 타고 20분쯤 걸리는 큰집까지 숨겨온 적이 있다. 집 안에 갖고 가서 자랑했다가, 큰엄마에게 혼구멍 난 뒤 멀리 갖다 버렸다.

뱀을 무서워하는 까닭

그렇게 뱀을 보고 겁을 먹지 않던 소년이 중 2~3학년 때부터는 뱀만 보면 공포감과 혐오감에 사로잡히기 시작했다. 난곡동 뒷산으로 집에서 키우던 흰색 앙고라 토끼에게 줄 씀바귀, 아카시아 잎 뜯으러 갔다가 돌무더기 사이에 엉켜 있는 뱀 무리를 보고 거의 까무러칠 정도도 놀란 적도 있다. 나이들어 추정해보는 이유 중의 하나는 그 무렵 교회를 다니면서 구약성서 창세기에 나오는 뱀 이야기를 들었기 때문이 아닐까 싶다. 구약성서에서 뱀은 인간을 죄에 빠뜨린 사탄으로 나온다. 순수한 소년의 뇌리에 뱀은 악의 상징으로 자리 잡았다. 고대의 신화에서 뱀이 지혜의 상징으로 등장하는 때도 많은데, 교회 다니며 기독교 신화의 영향을 받은 탓인지 부정적 이미지가 압도했다. 18세기 스웨덴의 과학자이자 신비주의자인 스베덴보리(1688~1772)가 영체로 변해 천국과 지옥을 여러 차례 방문했다고 하는데, 그가 방문한 지옥 중의 지옥인 제3 지옥에서도 가장 섬뜩한 것은 "뱀과 같은 몸통으로 뱀의 혀를 내두르며 공격의 기회를 노리는" 악귀라고 말했다.

다 큰 청년으로 자라서도 뱀은 공포의 대상이었다. 스물두 살에 춘천 103보충대로 입대해서 강원도 원통의 육군 부대에서 3년간 복무했다. 줄을 잘못 서는 바람에 막사도 짓지 않은 창설 부대에 배치됐고, 24인용 야전 천막에서 1년간 지내기도 했다. 설악산 미시령 계곡의 국립 공원 안에 텐트 치고 생활했는데, 온 사방에 뱀이 널려 있었다. 시골에서 생활하다 입대한 병사들은 뱀만 보면 쫓아가서 잡아다 술을 담근 뒤 내무반 침상 밑에 파묻기도 했다. 짓궂은 고참들은 뱀을 싫어하는 병사들에게 들이대며 놀려먹기도 했는데, 나처럼 뱀만 보면 기절초풍하는 병사가 주 표적이었다.

이등병, 일병을 거쳐 상병 계급장을 달았을 때 일이다. 야외 훈련을 하다 10분간 휴식 시간에 담배 한 대를 피우고 있는데 목에 뭔가 스르륵 감겼다. 차가운 기운이 몸을 스치고 지나가는 게 영락없이 배암 같았다. 전 같으면 화들짝 놀라서 도망쳤을 텐데 상병이라는 계급장을 달았기에 졸병들 앞에서 위신을 지켜야 했다. 아랫배에 힘을 꽉 주며 한 손으로 뱀의 몸통을 거둬내며 말했다.

"장 병장, 이거 왜 이러십니까. 나도 이제 짬밥이 있지."

뱀만 잡으면 나를 놀려 먹던 장 병장은 이젠 별로 놀라지 않는 것에 실망하고 내 목에 감긴 뱀을 푼 뒤 입대한 지 얼마 안 되는 신병을 놀려주러 갔다. 그 뒤로도 안 그런 척했지만 뱀은 내게 극혐의 대상이었다. 언젠가는 용감무쌍하기로 유명한 강원도 출신 김 아무개 병장이 야간행군 중에 뱀을 잡아서 껍질을 벗긴 뒤 군장에다 묶은 채 행군을 했다. 어쩌다 보니 내가 바로 뒤에서 행군하게 됐다. 잠이 많아서 야간 행군할 때면 졸음을 참느라 힘겨워했지만 그날 밤은 잠이 싹 달아난 상태로 산길을 걸었다. 행군 도중 잠시 쉬는 사이에 김 병장은 뱀을 구워서 칼로 토막을 낸 뒤 같은 분대원에게 하나씩 나눠주었다. 아, 그 징그러운 뱀을 씹을 용기가 나지 않았지만 겁쟁이라는 소리를 들을까 봐 검게 탄 꼬리 부분 한 조각 받아 입안에 넣고 우물거렸다. 비위가 상해서 뱉어내고 싶었지만 생사를 같이하는 전우와의 유대감을 지키기 위해 티를 내지 않고 삼켰다. 사탄이 몸에 스며드는 끔찍한 기분이었다.

"두 개의 바위틈을 지나 청춘을 찾은 뱀"

군 제대 이후 도시에서 생활하면서 뱀을 가까운 거리에서 볼 일은 없었다. 등산을 즐겨한 편이지만 사람이 다니는 등산로에는 뱀도 보기 힘들었다. 그러다 2005년 강화에 농가주택을 마련한 뒤 주말에 아이들과 함께 다니면서 또다시 뱀을 가까운 거리에서 목격하게 됐다. 진입로 길목에는 정년퇴임을 한 뒤 전원주택을 지어서 이사 온 체육교사 부부가 살았다. 그들은 가끔 현관 앞에 출몰하는 뱀에 대한 공포가 극심해서 엽총을 사서 보관했다. 보통은 뱀을 보면 집게 같은 거로 잡아서 멀리 산 쪽으로 옮겨 놓는데, 이분은 뱀 근처에 갈 수가 없다며 멀리서 엽총으로 쏴서 없애는 쪽을 택했다.

드디어, 어느 여름날 우리 집 마당에도 뱀이 나타났다. 딸 아이와 집사람이 소리쳐 나를 불렀고 군대 무용담 자주하던 남자가 뱀을 처리해야만 했다. 그러나 나이가 들었음에도 뱀에 대한 공포심이 줄어들기는커녕 더 심해진 상태였기에 보통 TV에 나온 특수부대 군인들이 그러하듯 한쪽 발로 머리를 꽉 밟은 뒤 손으로 꼭 쥐어서 뱀을 제압하는 것은 불가능한 일이었다. 긴 작대기를 구해서 몸을 둘둘 말게 하려고 했지만 그놈도 놀랐는지 한쪽에 임시 보관 중이던 가스통 덮개 속으로 쏙 들어가 버렸다. 막대기로 두들겨도 꿈쩍 않고 나올 생각을 안 했다. 그거참 더 난감한 일이었다. 천신만고 끝에 뱀을 멀리 쫓아버리긴 했지만 그 뒤로 밭에 갈 때면 잠깐 다녀올 일이라도 꼭 등산화나 장화를 신었다.

지금은 기독교 세계관보다 불교적 세계관을 가까이하는데도 여전히 뱀은 두렵고 혐오스러운 사탄의 이미지다. 옆집의 고양이나 진돗개는 뱀을 잘도 낚아채서 깨물어버리던데, 전생에 그보다 연약한 동물이었단 말인가. 왜 그리 뱀 앞에 사족을 못 쓰고 겁을 먹는 것일까. 뱀에 대한 두려움은 무의식 속에 내장된 게 아닌가 싶다.

《히말라야의 성자들》에서 수행자가 뱀을 보고 공포에 휩싸이는 장면을 읽으며 위안이 되기도 했다. 저자인 스와미 라마(1925~1966)는 30세가 되기 전에 힌두교 최고 승직에 오른 수행자이자 박애주의자인데, 14세 되던 해 갠지스강 강가에서 명상하다 코브라를 보고 겁에 질려 도망치는 경험을 한다. 그 뒤로 오랫동안 "명상을 하다 말고 눈을 뜨고 어디에 뱀이 없는가 하여 두리번거리는 버릇이 생겼고, 어디를 가든 혹시 뱀이 없나 살피게 되었다."라고 한다. 이런 공포심은 한참이 지나서야 사라졌다. 스와미 라마는 '만약 내가 뱀을 죽이지 않는다면 뱀이 왜 나를 죽이려 하겠는가? 뱀은 어떤 원인이 없이는 결코 누구도 물지 않는다. 왜 뱀들이 나를 물려고 하겠는가?'라는 생각을 하자, 뱀에 대한 공포심이 사라지고 평상심으로 명상을 하게 되었다.

스와미 라미처럼 마음을 먹으면 뱀에 대한 공포심이 사라질까? 뱀에게 살의를 품지 않았음을 알아주기를 바라며 마냥 경계심을 늦춰도 될까? KBS '동물의 왕국'을 보다 보니 인도에서는 코브라나 가시살모사에 물려 죽는 사람이 1년에 5만 명이나 된다고 나온다.

인간이 뱀을 싫어하는 DNA가 내장됐다는 건 창세기를 봐도 알 수 있다. 창조 이래로 뱀은 똑같은 하나님의 공평한 창조물이건만 악의 상징물이다. 창세기 3:1에는 "여호와 하나님이 지으신 들짐승 중에 뱀이 가장 간교하더라."라는 말이 나온다. 간교하게 만들어놓고 간교하다 욕하는 게 뱀으로선 억울한 일이다. 또 서정주의 시 〈화사〉에는 "얼마나 커다란 슬픔으로 태어났기에 저리도 징그러운 몸뚱어리냐."며 꽃뱀을 측은히 여기는 시구가 나온다. 이 시를 읽을 때면 한편으로 뱀을 가엽게 여겨야 한다는 생각이 들기도 한다. 비록 시 속에 한정되는 감정이지만 뱀을 보고 친근감을 느낀 적도 있다. 열아홉, 스무 살 나이에 애송하던 〈목마와 숙녀〉에는 이런 구절이 나온다.

두 개의 바위틈을 지나 청춘을 찾은 뱀과 같이 눈을 뜨고 한 잔의 술을 마셔야 한다.

'청춘을 찾은 뱀'에게선 흉측하고 간교한 느낌이 들지 않는다. 아마도 가수 박인희의 가슴을 파고드는 애틋한 음성으로 들어서 그런 것이 아닐까 싶다. 열아홉 나이엔 "두 개의 바위틈을 지나 청춘을 찾은 뱀"의 표현이 무엇인가에 대해 곰곰이 생각해도 상이 잡히지 않았는데, 이제는 시인이 무엇을 묘사했는지 알 것 같다. 나는 그 나이에 "청춘을 찾은 뱀"이 아니었다.

빨간 고춧가루와《다시, 책으로》

　10년 전쯤 강화도에서 직장 생활 같이했던 후배가 경상도 고향으로 내려가 헌책방을 한 지 5년 정도 됐다. 제법 자리를 튼튼하게 잡은 것으로 소문난 그에게 헌책방의 어려움에 관해 물어봤다. 후배는 새 책과 달리 헌책이 빠져나가면 새로 채워 넣기가 어렵다고 말했다. 작은 책방, 헌책방을 방문한 손님은 책을 보는 안목이 높은 경우가 많아서 좋은 책을 잘 골라가는데, 이런 책을 새로 구해 채워 넣기가 쉽지 않다는 얘기다.

　책방 냈다는 소문 듣고 책을 보내준 지인이 여러 명 있다. 책을 받으면 먼지를 털고 얼룩을 닦은 뒤 분류하면서 책을 살펴본다. 팔려나가기 전에 한번 보고 싶은 책들도 눈에 들어온다. 이 중 꼭 읽어보고 싶은 책은 일단 비매품 매대에 보관했다 읽어 본 다음에 서가에 꽂아 판매할 계획이다. 헌책방 주인의 소소한 행복이 아닐까 싶다. 지금 골라놓은 책만 수십 종은 된다.

　그중에는 십여 년 전에 더 볼 일 없을 것 같아 버린 레닌의《무엇을 할 것인가》도 있다. 레닌이 1901년에 쓴 이 책은 "경제주의, 테러주의 등에 맞서 대중의 정치적 행동을 조직하기 위한 전국적 선전과 조직망의 필요성"을 주장한 책인데, 1980년대 최고의 인기 도서 중에 한 권에 속한다고 하겠다. 아마도 제목이 잡아끄는 흡입력 또한 무시 못 할 것이다. 모두가 군사파쇼 타도를 위해 무엇인가를 하려는 결의에 불타오르던 시대였기에 제목 자체만으로도 무언의 압력을 가하는 책이었다.

최근에 들어온 헌책 중에는 《대단한 책》과 그 밖의 낯익은 제목의 책도 눈에 들어왔다. 《대지의 저주받은 자들》, 《두 가지 전술과 좌익 소아병》, 《전환시대의 논리》, 《해방 전후사의 재인식》, 《소크라테스를 위한 변명》, 《잃어버린 땅을 찾아서》(금강, 1984) ……. 이런 책은 과거에 봤으나 다시 한번 살펴보고 싶은 것도 있고, 처음 봤지만 탐이 나는 책도 있다.

디지털 시대, 수박 겉핥기식으로 변한 읽기 방식

책방에 쌓인 헌책 더미에서 과거에 감명 깊었던 고전을 몇 권 골라서 다시 읽다가 한가지 특이점을 느끼게 됐다. 대중적인 고전 작품인 톨스토이의 《부활》과 도스토옙스키의 《죄와 벌》이 예전처럼 몰입이 되지 않았다. 작품 속에 푹 빠져들었던 10대 시절과 달리 지루하기까지 했다. 순정을 바치는 마음으로 독서 하던 순간의 감정을 다시 느껴보고 싶었으나, 그런 느낌은 다시 일어나지 않았다. 나이 먹어 집중력이 떨어진 탓이거나, 처음에 고전을 대할 때와 같은 신비감이 사라져서 그런 것이라 여겼다. 그 시절 읽었던 책 중에 주인공에 빠려들었던 《달과 6펜스》를 다시 읽어보고 싶은 생각이 들었다. 프랑스의 후기인상파 화가 폴 고갱을 모델로 한 주인공 스트릭랜드에 여전히 감정 이입 하며 몰입이 되려나.

그런데 '순간접속의 시대에 책을 읽는다는 것'이란 부제가 달린 《다시, 책으로》라는 책을 보다가 흥미로운 대목을 발견했다. 인지신경학자이자 아동발달학자인 저자는 디지털 매체에 빠져 지내는 청소년 뇌의 읽기 회로를 탐색하다가, 자신도 책에 몰입하던 경험을 잃어버렸음을 확인하고 깜짝 놀라게 된다. 자신의 논문에서 다루던 '초보자 수준의 뇌'로 회귀했음을 알게 된 것이다.

저자 매리언 울프는 자신의 연구소에서 난독증 환자를 분석하듯이 자기 실험을 했다. 그 실험은 "젊은 시절 좋아했던 책이자, 언어학적으로 어렵고 개념적으로 이해하기 힘든 소설을 읽는 제 모습을 성실히 관찰"하는 방식이었다. 매리언 울프는 헤르만 헤세의 《유리알 유희》를 골랐다. 1946년에 노벨문학상을 탄 작품이었다. 처음엔 어린 시절에 큰 영향을 받은 책을 다시 '강제적'으로 읽게 된다는 생각에 신나고 즐거웠지만, 이내 뇌를 한방 얻어맞는 느낌이 들었고 혼란에 빠졌다.

그 책을 읽을 수 없더군요. 글은 불필요하게 어려운 단어와 문장들로 빽빽했고, 뱀 같은 문장 구조는 의미를 밝혀주기보다 저를 혼란에 빠뜨렸습니다. 속도를 낼 수가 없었습니다.

그는 천천히 읽는 데 실패한 뒤에 "제가 어떻게 이 소설을 20세기의 위대한 소설이라고 생각했는지 의심마저 들더군요."라고 고백했다. 자신의 읽기 방식이 쉽게 읽는 온라인 읽기 스타일로 변했고, 어려운 텍스트는 불편하게 여기게 됐음을 알았다. 그는 언제부턴가 책을 수박 겉핥기식으로 빠르게 읽는 습관이 생겼고, 헤세의 걸작 《유리알 유희》를 최대한 빠르게 읽으려다 실패했다. 내게도 이런 독서 습관이 생긴 게 아닐까 싶다. 단순히 사라진 신비감과 둔해진 집중력의 문제가 아니라 디지털 기기에 익숙해진 나의 읽기 회로의 문제일지도 모른다.

매리언 울프는 "속도를 늦추고, 책 속의 다른 세계에 빠져들며" 잃어버렸던 읽기의 길을 되찾는 연습을 했다. 그리고 《유리알 유희》를 세 번째 읽으며 평화를 느꼈다. 그는 책을 다시 읽으며 "처음 헤세를 읽었을 때의 저에 관한 중요한 무언가를 떠올렸으며", 예전의 읽는 자아를 재발견했다. 이런 과정을 거치며 매리언 울프는 헤세의 수필 '책의 마법'에 나오는 이야기에 깊이 공감하게 된다.

인간이 자연의 선물로 받지 않고 자신의 영혼으로 창조한 수많은 세계들 중에 책의 세계가 가장 위대하다. 모든 어린아이는 자신의 첫 글자를 석판에 휘갈기고 처음으로 글을 읽으면서 인공적이고 가장 복잡한 세계로 진입한다. 이 세계의 법과 규칙을 완전히 알고 완벽하게 실행할 만큼 충분히 오래 살 수 있는 사람은 없다. 단어가 없다면, 쓰기가 없다면, 책이 없다면 역사도 없을 것이고 인간성도 없을 것이다.(《다시, 책으로》)

천천히 읽기, 《다시, 책으로》의 저자에게 배운 점이다. 일단 수박 겉핥기식의 빠르게 읽기를 멈추고, 10대에 몰입해서 읽은 책 중에 천천히 읽을 책을 한 권 골라봐야겠다. 《달과 6펜스》가 후보작이다. 화가 폴 고갱을 소재로 한 이 소설의 제목에서 달은 만져볼 수 없는 이상을, 6펜스(영국의 동전)는 세속적인 것을 의미한다. 이 소설의 주인공인 화가 스트릭랜드는 난폭한 관능이 뚜렷이 나타난 얼굴을 한 인물이었다. 그의 몸속에는 "뭔가 원시적이고 원초적인 것이 깃들어" 있었으며, "그리스인들이 사티로스니 파우누스 같은 반인 반수 괴물 속에 구체화시킨 자연의 불가해한 힘"을 지닌 것 같았다. 눈이 먼 스트릭랜드가 자신의 오두막에 그린 인생역작을 불태워달라는 유언을 남기고, 결국 최후의 대작이 지구상에서 사라지는 장면에서 섬뜩한 광기를 느꼈는데, 지금 다시 읽으면 어떨지 궁금하다.

미술에 아무런 소질도 없고 관심도 없던 내가 《달과 6펜스》에 빨려들었던 이유는 무엇이었을까? 직접 그린 그림이라곤 초등학교 때 반공 포스터 대회에 나가서 까만 바탕에 빨간색으로 뭔가를 떡칠한 그림밖에 기억나지 않는다. 미각도 그렇고 색감도 평균 이하다. 그런데 한 철 텃밭 농사를 지으며, 특정 색에 강렬한 인상을 받았다. 이런 경험이 일상적으로 생기는 사람이 화가를 지망하는 게 아닌가 싶다.

《달과 6펜스》와 고추의 원초적 빨간색

책방 뒷마당 쪽에 작은 텃밭이 있는데 한쪽엔 고구마를 심었고, 또 한편엔 고추를 키웠다. 채소처럼 먹는 오이고추와 조금 매운 일반 고추, 통증을 느끼며 먹는 청양고추를 70주 정도 심었다. 텃밭 초보자가 농부 유튜버 설명 들어가며 고추 심었다가 매운맛을 제대로 봤다. 농사 아무나 짓는 게 아니었다.

먼저 잡초 투성이 30여 평 묵정밭을 일궈 밭두둑과 고랑을 만들었다. 그다음 분뇨 거름을 사다 뿌리고 골고루 섞은 뒤에 며칠 말리고, 비료를 용량에 맞게 주고, 풀을 잡고 습기 보존을 위해 검정비닐을 치고, 읍내 나가 모종 70여 주를 사다 심고, 물을 주고, 지주대를 세우고, 고추 모종이 자라면 끈으로 묶어주고, 벌레가 생기면 약을 치고, 비바람에 쓰러지지 말라고 더 높은 지주대 세운 다음 끈으로 다시 묶어주고, 열흘 넘게 비가 안 오고 가물어서 물뿌리개 사다 물을 주고, 바짝 마른 흙에는 간에 기별도 가지 않아서 물 호수 사다가 여러 차례 물을 흠뻑 줬다. 처음엔 초록 고추가 붉게 물들면 검게 병들어 얼룩진 게 반은 되고, 떼로 덤벼드는 모기에 시달리며 고추를 따고, 물로 세 번씩 씻어 꼭지를 일일이 다 딴 다음에 햇볕에 말렸다가, 밤이며 거두고, 다시 말리기를 일주일 넘게 하고, 고추가 영양이 부족하다 해서 칼슘제도 사다 분무기로 뿌리고, 작은 손 분무기로 약주는 게 힘들고 효율이 떨어져 농협에서 등에 메는 분무기를 사다 뿌리고, 비가 며칠 오면 전기장판에 말리기도 하고, 햇볕에 너무 타서 허옇게 된 것들은 골라서 버리고, 영 말리기 어려울 때는 옆집 고추 건조기 신세도 지고, 바짝 말린 고추 모아서 방앗간 가서 빻고, 그렇게 1차, 2차, 3차, 4차에 걸쳐 딴 고추를 말려서 고춧가루로 만들었는데, 다 모아야 겨우 4킬로 1관 정도 나왔다. 시장 가격으로 15만 원 정도인데, 농업노동자 하루 품삯밖에 안 된다. 그동안 들인 시간과 비용을 따져보니 한숨이 절로 나온다. 뭐 나름대로 수확의 기쁨이야 뿌듯하게 누렸지만, 생업으로 농사짓는 농부라 생각하면 머리가 지끈거린다.

그래도 한 가지 커다란 수확이 있다면 자연스레 익은 붉은 고추를 보면서 어느 화가의 전시회에서도 얻지 못한 감동을 느꼈다는 것이다. 빨간 고추를 따며 빨간색의 완전함, 성숙미에 몇 번이고 감탄했다. 이는 비바람을 이겨내고, 벌레와 싸우고, 가뭄을 버티며 빚어낸 생의 치열한 욕망으로 가득 찬 색이다. 죽음을 불사하며 인고의 세월을 겪지 않고는 빚어낼 수 없는 색깔이다.

《달과 6펜스》 뒷부분에는 스트릭랜드가 그린 후기인상파 류의 과일 정물화 사진에 관한 설명이 나온다. 기묘한 색채는 보는 이에게 마음의 동요를 일으키게 하는데, 그중에 빨간색은 "서양 감탕나무의 열매처럼 선명하고, 영국의 크리스마스, 눈, 그리고 잔치며 아이들의 기쁨을 연상케 하는데"라고 묘사했다. 봄부터 한여름을 견디며 자라 마침내 온몸을 붉게 물들인 고추에선 무엇이 연상되는지 생각해본다. 심장이 새빨간 청춘들이기에 가능했던 혈서로 쓴 연애 편지, 혈서로 쓴 반독재투쟁 구호가 생각나고, 승화, 비약, 완성, 심지어는 열반이란 말까지 떠올렸다. 게다가 붉은 고추는 자기 몸을 갈아서 가루가 되어 몽땅 바친다. 주관과 객관이 마침내 하나가 되어 발가벗은 붉은색이었다.

숭뢰리 해안 철책과 동부전선 DMZ의 〈고추잠자리〉

일주일에 한두 번 승천포로 산책하러 간다. 뒷짐 지고 천천히 걸어서 30분 거리에 있는 이곳은 몇 년 전 공원으로 조경을 한 뒤 고려천도공원이라 불린다. 몽골군에 쫓긴 고려의 고종이 1231년 개성에서 강화로 천도할 때 바로 이곳 승천포에 하선했다고 한다. 기록에 따르면 당시 고종을 따라 강화도로 온 인구가 30만이라 하는데, 지금 강화도 인구가 약 7만 명이다. 어떻게 살았는지, 믿기 어려운 숫자다.

고려천도공원 바로 앞에는 해안도로를 끼고 삼중 철책이 쳐져 있으며, 그 너머 한강하구를 사이에 두고 북한의 개풍군과 마주하고 있다. 강화대교에서 연미정을 거쳐 연결된 이 해안도로는 2019년 7월에 개통됐는데, 이때 철책이 하나 더 세워져 삼중 철책이 됐다. 승천포에서 지척으로 건너다보이는 북녘의 산은 해발 150m의 백마산이다.

승천포 가는 농로는 한강하구로 흘러가는 다송천을 따라 뻗어 있다. 다송천에서는 붕어, 메기, 가물치, 민물장어를 잡으러 온 낚시꾼을 심심찮게 볼 수 있는데, 심지어는 겨울에도 얼음을 깨고 앉아 있는 모습을 자주 볼 수 있다. 하천 둑에는 낚시 금지 표지판이 세워져 있다.

민통선 이북지역 주·야간 낚시 금지 주민신고 전화 032-454-526×, ○○○○부대

민통선 경계선이 바뀐 것인지 낚시꾼들은 이 표지판을 무시하고, 주민들도 신고 전화를 하지 않는다. 철책만 눈에 보이지 않으면 다송촌 주변 벌판은 여느 농촌의 평화로운 풍경과 다를 바 없다.

젊은 시절 군 복무할 때 민통선 지역에 자주 출입했다. 1983~1985년 사이에 '인제 가면 언제 오나 원통해서 못 살겠네'라는 말의 출원지인 강원도 인제군 원통에서 군 생활을 했다. 강원도 동부전선을 관할하는 3군단 직할부대 소속이라 겨울과 여름에는 소속 사단인 양구 21사단, 인제 12사단, 고성 22사단 지역의 철책 경계와 DMZ 내의 매복, 수색작전에 투입됐다.

여러 작전 중에 휴전선 철책과 민통선 사이의 도로를 따라 걸으며 수색하는 게 제일 편했다. 도로에 떨어진 삐라를 수거하는 게 주 임무였다. 그런데 유감스럽게도 북쪽의 삐라는 한 장도 줍지 못했고, 비키니 차림의 남쪽 여배우 사진을 배경으로 월남을 유인하는 선전 구호가 적힌 삐라만 몇 장 발견한 게 전부였다. 도로 안쪽은 지뢰밭 위험지역이라 출입을 철저히 금했다.

평화책방에서 해안 철책으로 이어진 산책로,
한강하구로 흐르는 다송천 가에 세워진 낚시 금지 경고문.
낚시꾼들은 '민통선 이북 지역' 표지판을 무시하고,
주민들도 신고 전화를 하지 않는다.

DMZ 안에서 감상한 조용필의 고추잠자리

　다양한 철책 경계근무 중에 기억에 남는 것은 고성 DMZ의 고추잠자리다. 1984년 여름, 동해안 고성 22사단 지역 해안 철책으로 지원 근무 갔을 때는 중대원 중 2명의 병사가 사망하는 사고도 생겼다. 술 마신 채 경계근무 서던 3사관학교 출신 소대장이 해안 쪽에서 이상한 소리가 나자 클레이모어 격발기를 눌렀고, 그 앞에서 근무 서던 중대원 2명이 즉사했다. 나중에 같이 근무 섰던 병사의 증언에 따르면, 고양이 울음소리를 듣고 술 취한 소대장이 장난기에 크레모아 안전핀을 풀고 격발기를 누른 것으로 추정했다. 사망한 중대원 중 한 명은 나보다 2주 먼저 입대한 전라도 출신 병사였는데 야간 근무 투입되기 바로 전 중대 오락 시간에 조영남의 〈점이〉라는 노래를 구슬프게 불렀다.

　　아마 난생처음일 거야 어머님의 곁을 떠난 건
　　원한 사무친 휴전선에는 궂은비만 내리누나
　　점이 그때까지 소식 없거든
　　점이 다른 곳에 시집을 가오…….

　입대 전 사귀던 애인들이 고무신 거꾸로 신는 게 일상사인 병영에서 〈점이〉는 가장 인기 있는 노래 중의 하나였다. 중대 가수로 손꼽히던 그 병사가 부르는 〈점이〉는 군인아저씨의 심금을 울렸다. 이제는 이름도 잊어 버린 그 병사 얼굴에는 커다란 점이 있었던 거로 기억한다.

누군가는 이 사건을 운명의 장난이라고도 했다. 사고가 나기 직전에 동해안 철책 전방에 있는 작은 바위섬으로 매복 경계근무 나갔던 조원들이 달밤에 바위에 올라앉은 수달피를 K1 소총으로 사격해서 잡았다. 수달은 연대장에게 보내서 박제로 만들었고, 매복조 칠팔 명은 일주일 포상휴가를 받았다. 이때 강원도 출신 K 병장이 "어부들이 수달은 영험한 놈이라며 잡으면 다 풀어줬는데⋯⋯."라고 했던 말이 잊히지 않는다. 술 마시고 클레이모어 사고를 친 소대장은 옷을 벗거나 군사 재판을 받지 않고, 군단 내 다른 사단으로 전출 보내는 거로 끝났다. 전두환 군사정권 시절이라 가능한 일이었다.

또 한번은 겨울에 강원도 양구의 21사 지역으로 지원 근무하러 갔다. 이때는 철책 경계근무가 아닌 DMZ 안에서 매복 근무를 섰다. 12월 24일 성탄절 전야에도 철책 안으로 투입됐다. 그날은 함박눈이 펑펑 쏟아졌는데, 평생 잊지 못할 크리스마스이브였다.

영하 10도를 오르내리는 엄동설한에 매복을 서는 건 죽을 맛이었다. 철책의 초소 안에서 보초를 설 경우엔 바람도 피하고 가벼운 체조로 몸을 풀어가며 할 수 있지만 DMZ 매복은 앉은 자리에서 꿈쩍 않고 추위와 맞서야 했다. 방한복을 있는 대로 껴입고 갔지만 특히 어깨와 무릎 부위가 바늘로 콕콕 찌르듯 시렸다. 적과의 싸움이 아닌 동장군과의 사투였다. 다른 수색대가 얼마 전 이렇게 매복 작전하다 동상 걸려서 몇몇 병사가 발을 자르는 사고가 발생했다는 소문도 들은 터였다.

금강산 만물상이 건너다보이는 강원도 고성의 22사단 철책 안으로 지원 근무를 나간 적도 있다. 북한 주민이 철책을 넘어 월남했다 1년만인 2022년 신년 초 다시 귀신같이 월북한 바로 그 지역이다. 처음에 철책의 통문을 통해 매복 작전에 투입될 때는 바짝 긴장했다. 찰칵하고 통문 잠그는 쇳소리에 뜨끔하고 놀라기도 했다. 교육 시간에 배운 대로 전방경계 후방경계 측방경계를 멋있게 하면서 수색을 했다.

그런데 하루 이틀 남과 북의 경계선 사이에서 매복 근무를 선 뒤엔 경계근무 자세가 확 바뀌었다. 한마디로 그곳은 긴장이 사라진 완충 구역이었다. 최전방, 최전선이라는 느낌보다는 남북의 평화지대였다. 북쪽에선 혁명가요가 흘러나왔고, 남쪽에선 대중가수의 유행가가 들렸다. 지금도 기억나는 노래는 조용필의 〈고추잠자리〉이다. 남과 북으로 갈라지지 않은 하늘에는 셀 수 없이 많은 별이 반짝거렸다. 박봉우의 시처럼 "별들이 차지한 하늘은 끝끝내 하나"였다. 중대본부에서 한 시간마다 수신호로 무전 연락 오는 것에 교대로 응답하는 당번만 정해놓고 나머지 병사는 은하수를 이불 삼아 편안하게 누워 잠자리에 들었다. 간혹 충청도 병력 윤 병장의 코 고는 소리도 들렸다. 조영필의 〈고추잠자리〉 노랫소리는 자장가로 들렸다.

아마 나는 아직은 어린가 봐 그런가 봐, 엄마야 나는 왜 자꾸만 기다리지, 엄마야 나는 왜 자꾸만 보고 싶지.

별들이 차지한 하늘은 끝끝내 하나인데

37~38년 전의 강원도 동부전선의 철책선 회상을 하며 걷다 보니 서산으

로 뉘엿뉘엿 해가 지기 시작한다. 고려천도공원 전망대에 올라서니 기러기 떼 수백, 수천 마리가 이중 삼중의 민통선 철책을 자유롭게 넘나든다. 남쪽 숭뢰리, 당산리, 양오리의 추수를 끝낸 벌판에서 벼 나락으로 배를 채운 새들은 해질녘이면 어김없이 철책 넘어 북으로 넘어갔다. 알에서 태어나 날개 달린 것들만 월경이 가능한 곳이다.

북쪽 해안에는 불빛이 하나도 없는데, 남쪽 해안 철책을 따라 설치한 조명등으로 불야성을 이뤘다. 어둠이 깔려오자 K2 소총으로 무장한 해병대 병사들이 철책을 따라 야간경계근무에 투입되고 있었다. 한 병사에게 물어 보니 실탄도 지참했다고 한다.

병사들이 초소에 투입된 승천포 해안 철책을 바라본다. 높이는 성인 키의 두 배도 안 되지만 저 철조망이 가로막는 시간과 공간의 크기는 어마어 마하다. 1945년 이후 77년의 세월을 압류했으며, 앞으로 얼마나 더 오랜 시간을 가둬버릴지 모른다. 그리고 서로 마주 보는 북의 땅 해장포, 남의 땅 산이포를 서로에게 불모지로 만들어버렸다.

김구는 1948년 4월 19일 38선 앞에서 "나는 통일된 조국을 건설하려다 38선을 베고 쓰러질지언정 단독정부를 세우는 데 협력하지 않겠다"라는 결연한 의지를 밝히고 평양으로 향했다. 그리고 장준하는 《씨알의 소리》 (1972년 9월호)에 발표한 글에서 "민족적 양심 앞에 살려는 사람 앞에 갈라진 민족, 둘로 나누어진 자기를 다시 하나로 통일하는 것 이상의 명제는 없 다……. 모든 통일은 좋은가? 그렇다. 통일 이상의 지상명령은 없다."라고 단호하게 말했다. 장준하가 박정희 정권에 의해 타살당한 것에 충격을 받은 뒤 호를 늦봄이라 정하고 민주화운동에 뛰어든 문익환 목사는 "난

올해 평양으로 갈 거야/ 기어코 가고 말 거야, 이건/ 잠꼬대가 아니라고
농담이 아니라고/ 이건 진담이라고……."라는 내용의 시 〈잠꼬대〉를 쓴
직후 평양으로 날아가 김일성 주석과 담판을 벌였다. 서울대 학생 조성만은
1988년 5월 15일 명동성당 교육관 옥상에서 "조국 통일"을 외치며 할복
투신했다.

선각자들의 피땀 어린 헌신에도 철조망은 끄떡하지 않고 제자리에 박혀
있다. 아메리카 대륙의 인디언은 자신의 사냥터에 백인이 쳐놓은 철조망을
'악마의 끈'이라 불렀다고 한다. 한반도의 휴전선에서 철조망은 '악마의
끈'이라 불릴 만하다. 이제는 77년 전 철조망 없이 자유롭게 왕래하던
시절을 기억하는 사람이 거의 없다. 2000년 이후에 태어난 젊은이들은
저 분단 철조망, 휴전선은 원래부터 저 자리에 있었고, 앞으로도 영원히
마치도 동서를 가로막은 백두대간처럼 남북의 장벽으로 서 있을 것이라
여긴다.

시인 박봉우는 휴전 직후인 1956년에 쓴 〈휴전선〉에서 저 쌀쌀맞은
철책의 풍경을 이렇게 한탄했다.

저어 서로 응시하는 쌀쌀한 풍경. 아름다운 풍토는 이미 고구려 같은
정신도 신라 같은 이야기도 없는가. 별들이 차지한 하늘은 끝끝내 하나인
데……. 우리 무엇에 불안한 얼굴의 의미는 여기에 있었던가.

박봉우 시인은 휴전선에서 '불안한 얼굴'을 목격했다. 그리고 '믿음이
없는 얼굴과 얼굴'이 이 마주보는 것을 보았다. 철책선이 쳐진 지 칠팔십

년을 '불안한 얼굴', '믿음이 없는 얼굴과 얼굴'로 살아온 남과 북의 국민과 인민들. 그 불안과 불신의 얼룩이 덕지덕지 붙어있는 얼굴을 말끔히 씻겨줄 것은 무엇일까. 하늘인가, 바람인가, 별인가, 시인가. 아니면 정신의 핵폭탄 같은 그 무엇인가.

강화도 울트라마라톤, 평양-남포 마라손대회

경기도 파주군 법원리의 초국민학교에 입학해 2년 동안 다녔다. 1968년 닉슨이 대통령에 당선된 뒤 뉴스에 주한미군 철수 소식이 났는데, 전쟁 위기에 민감한 동네의 몇몇 집은 바로 휴전선에서 멀리 떨어진 남쪽으로 이사했다. 우리 집은 1970년 초에 안양으로 이사 갔다.

초국민학교 입학할 때 학생들은 가슴에 손수건을 달았다. 그 시절엔 모두 코흘리개였다. 아무 걱정없이 뛰어놀던 코흘리개 어린이에게 한가지 비상한 기억이 있다면 나무나 절벽 위에서 하늘을 날다가 추락하던 꿈이었다. 이상의 〈날개〉를 읽은 것도 아닌데, 날개짓하다 지상으로 떨어지는 꿈을 여러 번 꿨다.

삽살개처럼 골목과 벌판을 싸돌아다니던 어린 시절, 또 하나 잊혀지지 않는 기억의 하나는 가을운동회. 만국기가 펄럭이는 학교로 미군 부대일 다니던 아버지가 휴가 내서 응원 왔고, 어머니는 한복 차려입고 도시락 장만해서 참석했다. 시골 초등학교 운동회는 동네잔치 분위기였다. 평소에는 먹어보지 못했던 쓰리미(그때는 마른오징어를 쓰리미라 불렀는데 일본어 스루메를 그리 발음했던 것 같다)도 먹어보고 솜사탕도 맛보는 날이었다.

운동회 종목에는 모두가 참가하는 줄다리기, 박 터트리기, 기마전, 50미터 달리기가 있었다. 유일한 개인전이라 할 수 있는 달리기에 나갔을 땐 부모님 응원에 보답하려고 죽어라 이 악물고 달렸지만 5명 중에 3등을 했다. 달리기 실력은 중고등학교 때도 마찬가지였다. 1970년대에는 대학입시에 체력장 시험이 있어서 100미터 달리기 측정을 자주 했는데, 간신히 15초 안에 드는 속도였다. 오래달리기 1천 미터 역시 합격점 안에 겨우 드는 수준이었다.

송해면 주민마라톤대회 나가 밥솥을 타기도

이러다 뒤늦게 40대 나이에 달리기를 취미로 삼게 됐다. 《말》지에서 같이 일하던 직장 동료가 마라톤 잡지를 창간하면서 마라톤 전도사가 되었는데, 그 영향을 받아서 2003년경 하프마라톤대회에 함께 참가한 것이 계기가 됐다.

풀코스 마라톤을 처음 뛴 것은 2003년이었고, 그 뒤 1년에 서너 차례 마라톤대회를 나갔다. 흔히 말하는 주요 언론사 메이저 마라톤대회 이외에도 지방에서 열리는 마라톤대회 참가하는 재미가 쏠쏠했다. 농민의 풍물 응원이 신났던 섬진강, 반환점부터 맞바람에 걷기조차 힘들었던 제주, 해안 도로의 언덕길이 많아 힘들었던 강화 코스가 기억에 남는다.

특히 2007년 가을, 강화도를 야간에 한 바퀴 도는 80킬로미터 갑비고차

울트라마라톤 대회도 잊을 수 없는 대회다. 강화읍에서 출발해 광성보-동막 해변-마니산 남단-선수포구-외포리로 이어진 해안도로를 따라 돌다가 고려산 언덕길을 넘어 반환하는 코스였다. 성스러운 침묵이 느껴지는 밤바다와 벗하고, 밤하늘 별 무리와 무언의 대화를 하며 달릴 때의 기분을 무엇에 비교할 수 있을까. 그해 겨울 한강 변 아파트 숲 사이를 달리는 100킬로 울트라마라톤 대회에선 이런 감흥을 느끼지 못했다. 밤과 낮의 색감 차이 때문일 수도 있다.

기록을 재는 정식 마라톤대회는 아니었지만 강화도 송해면의 면민 체육 대회 단축 마라톤대회에 참가했던 것도 인생 앨범에 꽂아둘 만한 추억거리 다. 2008~9년경 두 차례 참석했는데, 3등 안에 들어 작은 무쇠솥과 소형 전기밥솥을 탔다. 요즘 시골 면 단위에서 장거리 달리기를 할 만한 장정이 몇 명 살지 않았기에 가능한 일이었다. 무쇠솥은 아직도 요리할 때 잘 쓰고 있다.

끝까지 뛰게 해준 이북 철도 노동자 방민선

마라톤대회 중 평생 잊지 못할 대회 딱 하나를 꼽는다면 2005년 11월 24일 평양에서 열린 평양-남포 하프마라손대회였다. 북에서는 마라톤을 마라손이라 표기한다. 오마이뉴스에서 주최한 이 대회에 참가하는 아마추어 마라토너 150명과 함께 김포공항에서 특별기를 타고 평양 순안공항으로 이동했다. 북에서도 150명의 아마추어 선수가 참여한다고 했다. 환영 만찬 장에서 옆에 앉아 술잔을 주고받던 새신랑 민화협 직원, 전깃불이 여러 차례 꺼졌던 용문굴에서 해설하던 여성 안내원, 구두에 승복 입었던 보현사 스님, 고려호텔 앞에서 함께 사진 찍었던 등교길의 어린 학생, 한 명 한 명의 얼굴이 생생하게 떠오른다. 북에서 만난 동포들 모두 다시 보고 싶은 마음 간절하지만 특히 마라톤을 함께 뛴 달림이 동무들을 만나고 싶은 마음이 크다.

평양에 도착한 첫날, 너나 할 것 없이 흥분한 마음을 감추지 못하고 밤늦도록 과음했다. 내 옆자리 앉았던 북의 민화협 직원은 신혼초인데 연일 남쪽 손님들 술접대 하느라 늦게 귀가해 애로사항이 많다 했다. 다음 날 아침 술이 덜 깬 상태로 정주영체육관 앞의 출발선에 남북의 참가 선수들이 함께 섰다.

마라톤은 개인 기록 경기라 처음부터 끝까지 자기 혼자 뛰는데, 어느 정도 구간까지는 기록이 엇비슷한 사람끼리 모여서 함께 달린다. 남쪽의 마라톤대회에서는 일정한 기록 단위로 시간을 적은 풍선을 등에 매달고 달리는 대회 도우미 선수(페이스메이커)가 있기도 하다. 북한에는 이런 도우미가 없었기에 그냥 내 몸이 가는 대로 속도 조절을 하며 달렸다. 5킬로미터 급수대까지는 영화 〈말아톤〉의 실제 주인공 배형진 씨와 함께, 그 이후엔 북한의 달림이 두세 명과 함께 달렸다. 이때의 각별한 경험을 서울로 돌아온 뒤에 〈오마이뉴스〉(〈끝까지 뛰게 해준 북한 길동무 방민선-평양마라톤 참가기, 손 맞잡고 달리니 남북은 이미 하나〉)에 기고했는데, 지금 그 글을 읽고 사진을 봐도 그때 옆에서 1시간 넘게 함께 달리던 동무의 숨소리, 맥박 소리가 느껴진다.

평양 광복거리 만경대학생소년궁전 부근에 설치된
'남은거리 5km' 표지판 앞에서 오마이뉴스 사진기자가 셔터를 눌렀다.
서울에 돌아와서 보니 이때 필자와 평양철도노동자 방민선,
평양 여대생 등 네 명의 선수가 나란히 표지판을
통과하는 장면이 〈오마이뉴스〉에 올라왔다.
2005년 11월 24일 평양-남포 하프마라손대회. (사진: 남소연)

평양에 도착한 첫날, 너나 할 것 없이 흥분한 마음을 감추지 못하고 밤늦도록 과음했다. 내 옆자리 앉았던 북의 민화협 직원은 신혼초인데 연일 남쪽 손님들 술접대 하느라 늦게 귀가해 애로사항이 많다 했다. 다음 날 아침 술이 덜 깬 상태로 정주영체육관 앞의 출발선에 남북의 참가 선수들이 함께 섰다.

마라톤은 개인 기록 경기라 처음부터 끝까지 자기 혼자 뛰는데, 어느 정도 구간까지는 기록이 엇비슷한 사람끼리 모여서 함께 달린다. 남쪽의 마라톤대회에서는 일정한 기록 단위로 시간을 적은 풍선을 등에 매달고 달리는 대회 도우미 선수(페이스메이커)가 있기도 하다. 북한에는 이런 도우미가 없었기에 그냥 내 몸이 가는 대로 속도 조절을 하며 달렸다. 5킬로미터 급수대까지는 영화 〈말아톤〉의 실제 주인공 배형진 씨와 함께, 그 이후엔 북한의 달림이 두세 명과 함께 달렸다. 이때의 각별한 경험을 서울로 돌아온 뒤에 〈오마이뉴스〉(〈끝까지 뛰게 해준 북한 길동무 방민선-평양마라톤 참가기, 손 맞잡고 달리니 남북은 이미 하나〉)에 기고했는데, 지금 그 글을 읽고 사진을 봐도 그때 옆에서 1시간 넘게 함께 달리던 동무의 숨소리, 맥박 소리가 느껴진다.

한 명의 북한 선수가 "힘냅시다"하는 말과 함께 옆으로 다가왔다. 작은 키에 가무잡잡한 얼굴을 한 이 선수의 이름은 방민선이라고 했고, 나이는 나보다 세 살 아래인 마흔두 살이었다.

"어디서 일합니까?"

"평양철도공장에서 일합니다."

"달리기 자주 합니까?"

"일주일에 네 번쯤 뜁니다."

"주로 언제 뛰죠?

"아침에 두 번 저녁에 두 번씩 뜁니다."

키는 자그마했지만 거친 숨소리 하나 들리지 않을 만큼 숙련된 '달림이'였다. 아무래도 내가 쫓아가는 것이 어려울 듯싶어 몇 차례 먼저 가라고 말을 했다. 그럴 때마다 방민선 씨는 정감 어린 목소리로 "힘내서 같이 뜁시다."라며 보조를 맞춰 주었다. 반환점을 지난 뒤에는 두 명의 북한 선수가 또 따라붙더니 옆에서 함께 달렸다. 그중 한 명은 스물네 살 먹은 여대생이었다.

반환점을 향해 달려오고 있는 남측 참가 선수들이 "조국" "통일"을 연호하는 소리도 들렸다. 도로 주변에 모여 응원하던 북한 동포들이 박수를 보내며 함께 "조국" "통일"을 외치기도 했다. 함께 달리던 방민선 씨에게 말했다.

"우리 아버지 세대는 통일을 못 이뤘지만 우리 세대엔 통일을 꼭 이뤄야죠."

"그럼요, 힘을 합쳐서 꼭 통일을 이루자고요."

웃음을 지은 얼굴로 서로의 손을 꼭 잡았다. 그때 취재를 하던 방송사 기자가 달려와 마이크를 들이댔다.

"함께 달리니 기분이 어떻습니까?"

마주 잡은 손을 흔들어 보이며 대답했다.

"이렇게 우리는 벌써 남과 북이 통일되지 않았습니까?"

"평양의 공기가 깨끗하죠?"

"예, 상쾌합니다."

평양 공기만 깨끗한 것이 아니었다. 손을 맞잡아 쥔 남북 마라토너의 심장도 순수 그 자체였다. 함께 달리는 우리 사이엔 더는 분단선도 경계선도 존재하지 않았다. 두 손 마주 잡고 달린 남북의 선수는 이미 통일을 이룬 사이였다.

백두에서 한라로 우린 하나의 겨레

광복거리 만경대학생소년궁전 부근에 설치된 5km 표지판 앞에서 사진기자가 셔터를 눌렀다. 서울에 돌아와서 보니 이때 네 명의 선수가 나란히 5km 표지판을 통과하는 장면이 멋지게 찍혀 〈오마이뉴스〉 사진기사에 올라 있어서 너무나 반가웠다.

2010년 이후 10년 넘게 풀코스 대회를 나간 적은 없다. 그래도 가끔 하프 대회에는 참가한다. 언제라도 평양에서 하프마라톤대회가 열리게 되고 다시 참가한다면 완주할 체력을 유지하기 위해서다. 페이스북 대문 사진, 프로필 사진도 이때 북한 달림이 동무들과 함께 찍은 사진을 걸어놓았다. 그러고 보니 벌써 17년 전 사진이다.

2018년 평창동계올림픽 축하 공연에서 북한의 삼지연악단 가수가 부른 〈다시 만나요〉 노래를 들으며, 평양에서 함께 손잡고 결승점에 골인한 방민선 동무와의 재회를 꿈꿔 본다.

"백두에서 한라로 우린 하나의 겨레, 헤어져서 얼마냐 눈물 또한 얼마였던가. 잘 있으랴 다시 만나요 잘 가시라 다시 만나요. 목메 소리칩니다, 안녕히 다시 만나요!."

책방을 유튜브에 소개한 이목수와
《그리스인 조르바》

유튜브에서 '평화책방'을 검색하면 '귀촌 아이템, 시골 책방 성공스토리'라는 제목의 영상이 뜬다. 귀촌 귀농 전문 유튜버인 '조르바'가 만들어 올린 영상물이다. 책방 개업 직후에 방문한 조르바 님은 페이스북에서는 '이목수'라는 이름으로 활동한다. 몇 년 전까지 양구의 자택에서 목공예를 했는데, 책 모양을 본 따 '도서출판 말' 제호를 새긴 작은 실내 간판도 만들었다.

이목수 조르바 님(본명 이석화)은 도서출판 말에서 두 권의 책을 낸 문영심 작가의 남편이다. 10여 년 전부터 양구로 귀촌해 사는데, 귀촌 후에는 산야초 효소 만들기, 목공 일로 생활을 꾸려나갔다.

소양강이 멀리 내려다보이는 양구의 아담한 흙집을 방문한 적이 있다. 오두막처럼 지은 집의 위쪽에 있는 목공작업실과 부처상을 모신 토굴이 인상적이었다. 반야심경을 나무에 새긴 현판도 있고, 얼핏 보면 환속한 스님 같아 보였다. 외모나 말솜씨, 왠지 공력이 있어 보이는 분위기를 볼 때 암자 하나 지어놓고 목탁 두들기면 보살 신도에게 꽤 인기를 끌지 않을까 싶었다. 그런데 알고 보니 전직은 의외로 부동산업자였다고 한다.

1년 전부터 과거의 전공을 살려 귀농·귀촌 원하는 이에게 농가주택 매매, 경매를 소개하는 유튜브를 운영했는데, 현재 구독자 수가 16만 명이 넘을 정도로 급성장했다. 유튜브 채널의 이름을 조르바라 달았는데, 본인의 분위기와도 딱 맞는 이름이었다. 가끔 유튜브에 함께 출연하는 문영심 작가의 지적이고 자유로운 모습이 조르바라는 이름과도 잘 어울렸다.

생각이 많은 책벌레가 조르바를 좋아하는 이유

조르바라는 이름은 《그리스인 조르바》(1946)에서 따온 것이다. 이 책은 종종 우리나라 지식인들이 '가장 영향을 많이 받은 책 1권'을 뽑을 때 1위로 선정되고, 한국의 50대 남자가 가장 많이 사는 책으로 알려져 있다. 50대 남자뿐 아니라 젊은이의 애독서이기도 하다. 이탈리아 부소니 콩쿠르에서 5관왕을 차지한 피아니스트 박재홍은 〈한겨레〉(2021. 11. 23.)와의 인터뷰에서 《그리스인 조르바》를 열 번, 《이방인》을 일곱 번 읽었다고 말했다. 그의 나이는 올해 22세였다.

세상에 유명 작가도 많고 명작이 널려 있는데, 이 책이 왜 지식인, 특히 남성에게 압도적으로 인기가 좋은 걸까? 아마도 조르바가 비판하는 책벌레 청년(두목)의 모습이 대다수 지식인의 모습이라 그럴 것이다. "책상을 떠나지 않고 늘 오래된 문헌을 보며 현자의 삶을 그리워하는" '책벌레'들의 장점도 있겠지만 《그리스인 조르바》에서 '책벌레'는 지향이 아니라 지양할 존재다. 이들 먹물은 대체로 몸을 움직이는 행동보다는 생각하는 시간이 많다. 책벌레 주인공에게 조르바는 이렇게 충고한다.

무슨 생각을 하시오? 당신 역시 저울 한 벌 가지고 다니는 거 아니오? 매사를 정밀하게 달아 보는 버릇 말이오. 자, 젊은 양반, 결정해버리쇼. 눈 꽉 감고 해버리는 거요.

조르바에게 인생이란, 인간이란 무엇인가? 그는 한마디로 "자유, 자유라는 거지."라고 답한다. 주인공 책벌레가 볼 때 조르바는 어떤 사람일까?

조르바는 내가 오랫동안 찾아다녔으나 만날 수 없었던 바로 그 사람이었다. 그는 살아 있는 가슴과 커다랗고 푸짐한 언어를 쏟아내는 입과 위대한 야성의 영혼을 가진 사나이, 아직 모태인 대지에서 탯줄이 떨어지지 않은 사나이였다.

"나는 아무것도 두려워하지 않는다. 나는 자유다."

대다수 한국의 남성 인텔리는 자신이 '야성의 영혼을 가진 사나이'라 여기지 않는다. 대체로 그 반대라 여기고, 그래서 자유로운 영혼 조르바를 흠모하는 것이다. 《그리스인 조르바》를 남성들만 좋아하는 것은 아니다. 국회의원을 했던 장하나 씨도 '인생의 책'으로 《그리스인 조르바》를 꼽았다.

아직까지 내 인생의 책은 단 한 권이다. 열셋에 《그리스인 조르바》를 읽었고, 나는 책을 다 읽기도 전에 조르바처럼 살기로 맹세했다. 한 마디로 자유다. 자유란 무엇이냐? 주위의 시선과 평가로부터 초연해지는 것이다.(〈경향신문〉, 2021. 5. 23.)

이처럼 '자유'는 대다수 사람이 인생을 걸고 추구하고자 하는 가치이다. 몸으로, 행동으로 추구하지는 못하더라도 자유에 대한 본능적인 갈망이 있다. 그런데 한가지 짚고 넘어가야 할 점이 있다. 자유라는 개념이 사람마다 다르고 하나의 통일된 개념으로 정리하기 어렵다는 것이다. 베를린 예술대학의 한병철 교수는 《심리정치》 '자본의 위기'에서 "개인의 자유를 통해 실현되는 것은 자본의 자유다. 그리하여 자유로운 개인은 자본의 성기로 전락한다."라고 썼다. 신자유주의적 자본주의 체제에서 개인의 자유, 자유경쟁은 자본의 능동적 번식을 추동하고, 자본이 새끼치게 만드는 반면, 시민의 자유는 소비자의 수동성으로 대체된다는 것이다.

《그리스인 조르바》의 작가 카잔차키스는 공산주의(사회주의) 노선의 행동주의자였다. 그의 정체성을 잘 드러내주는 글이 있다. 카잔차키스가 죽기 1년 전에 쓴 《영혼의 자서전》에서 그는 "내 영혼에 깊은 골을 남긴 사람이 누구냐고 묻는다면 나는 이렇게 꼽을 것이다. 호메로스, 베르그송, 니체, 조르바……"라고 했다. 베르그송과 니체는 둘 다 생철학자로 불린다.

1953년 카잔차키스가 70세 되던 해에 《최후의 유혹》을 발표했는데, 신성모독 했다는 이유로 그리스 정교회의 비난을 받고, 그리스에서 책을 출간하지 못했다. 가톨릭에서는 《최후의 유혹》을 금서 목록에 올렸다. 카잔차키스

는 교부 테르툴리아누스의 말을 인용하여 바티칸에 이런 전문을 보냈다고
한다.

성스러운 사제들이여. 여러분은 나를 저주하나 나는 여러분을 축복합니
다. 여러분께서도 나만큼 양심이 깨끗하시기를, 그리고 나만큼 도덕적이
고 종교적이시기를 기원합니다.

카잔차키스가 74세에 사망했을 때 그리스 정교회는 그의 시신이 교회
공동묘지에 묻히는 것을 거부했다. 그는 고향인 이라클리오의 성문 외곽의
공원에 묻혔다. 카잔차키스가 생전에 미리 써둔 유언을 친필 그대로 묘비에
새겨서 적었다.

나는 아무것도 바라지 않는다. 나는 아무것도 두려워하지 않는다. 나는
자유다.

조르바가 그랬듯이 카잔차키스가 바란 것이 있다면 그건 자유였다. 그리
고 당시 현실 속에서 카잔차키스는 그 자유를 사회주의 속에서 찾았다.
〈오마이뉴스〉(2019. 7. 12.)에 조은미 씨가 쓴 〈'그리스인 조르바' 니코스
카잔자키스의 삶을 찾아서〉라는 글을 보면, 박물관 직원인 크레타 남자가
"왜 한국인들은 그렇게 니코스 카잔차키스를 좋아하나요? 이곳 박물관에도
많이 찾아오거든요."라고 묻는 장면이 나온다. 이에 대해 조은미 씨가 "글쎄
요. 모르는 사람들도 많지만, 《그리스인 조르바》를 좋아하는 사람들도 많

영화 〈그리스인 조르바〉(1964)에서 주인공
조르바(안소니 퀸)가 두목에게 춤을 가르쳐 주는 장면.
바닷가 파도 소리에 박자를 맞춰가며
둘이 함께 어깨동무하며 좌우 앞뒤로 스텝을 밟다가
조르바가 젊은 두목에게 말한다.
"웃을 줄도 아네?"

고…… 또 유명인들이 조르바 책 얘기도 하고……그래서 그럴까요?"라고 답했다. 한데 박물관 직원은 "내 생각엔 크레타 사람들이나 한국이나 식민 지배의 경험이 있고 핍박을 받아서 그런 게 아닐까 합니다."라는 구체적인 답을 내놓는다. 한국 독자들도 《그리스인 조르바》의 자유를 다양한 관점에서 해석하고느끼겠지만 크레타의 박물관 직원은 그 자유를 보다 정치적으로 해석하고 있다는 생각이 들었다.

유튜브 댓글, 주사파네……

이목수 조르바 님이 평화책방을 촬영한 9분짜리 영상을 방문한 날 저녁때 올린 것을 보고 편집 속도에 놀랐다. 영상에 달린 반응을 보니, 좋은 정보 제공해줘서 고맙다는 말도 있었지만 뜻밖의 댓글도 달려 있었다. 조르바 님은 책방에 꽂힌 책을 영상에 쭉 보여주면서 몇 권의 책 제목을 읽어줬는데 그중의 하나가 《감옥으로부터의 사색》이었다. 이 책을 신영복 선생이 썼다는 말과 함께 편집해서 올렸는데, 그 대목에서 "주사파" "사회주의자네" "신영복은 공산주의 사상……." 이라는 부정적 반응의 댓글과 낙인찍기가 나온 것이다. 이들은 아마도 반공주의 혹은 자유민주주의 신봉자일 것이다. 이 지점에서 '자유란 무엇인가?' 하는 질문을 다시 던져보게 된다.

신영복이라는 지식인의 이름을 듣는 순간 공산주의, 주사파라는 단어를 연상하는 사람은 자유를 말하지만 반공, 반북이라는 이데올로기의 감옥에 갇힌 죄수와 같다. 감옥에 30년 동안 갇혀 지내도 자유로운 인간이 있고, 30년 동안 세계여행을 맘껏 다니며 자유주의자 행세해도 부자유한 인간이 있다.

자유의 문을 통과하는 자격은 생각보다 엄격하다. 일단 주체성을 지키면서도 좌우를 넘나드는 유연성을 갖춰야 하고, 적당히 고독한 습성이 몸에 배어 있어야 한다. 그리고 무엇보다 카잔차키스의 유언에 따르자면 "아무것도 바라지 않아야" 하는데, 사실 껍데기만 자유인 자유주의자들이 따라 하기 제일 어려운 일이다.

뒤늦게나마 《그리스인 조르바》에 관심을 갖게 되면서, 억지로라도 조르바를 따라 하고 싶은 게 하나 생겼다. 조르바의 춤. 1964년에 상영된 영화 〈그리스인 조르바〉에서 주인공 역할을 맡은 안소니 퀸이 두목에게 춤을 가르쳐 주는 장면이 나온다. 이 영화를 젊은 시절에 봤을 때는 잘 몰랐는데, 지금 보니 춤추는 장면이 압권이다. 자유를 느끼기 위해서 일단 저 춤을 배워야겠다. 평생 몸치로 살아왔고 뻣뻣하게 굳은 몸으로 가능한 일인지 모르겠으나, 스텝을 밟아 볼 일이다.

티치 미 댄스, 댄스,

바닷가 파도 소리에 박자를 맞춰가며 둘이 함께 어깨동무하며 좌우 앞뒤로 스텝을 밟다가 조르바가 젊은 두목에게 말한다. "웃을 줄도 아네?"

그러고 보니, 자유를 소리 높여 외치면서도, 신나게 춤을 추지도 못했고, 제대로 웃을 줄도 모르며 살아왔다.

헤이, 조르바! 티치 미 댄스, 댄스!

김현의 《행복한 책 읽기》와 낙서의 값어치

오월에 눈이 내린다, 큰 눈, 밝고 시원한, 가슴이 시리다.

김승옥 소설 《무진기행》 뒷장 연녹색 면지에 기도하는 소녀의 그림과 함께 적힌 글이다. 헌책을 정리하다 보면 이처럼 맨 앞이나 뒷장에 독자가 쓴 글귀를 종종 보게 된다. 주로 선물하면서 적거나, 책을 살 때의 단상, 읽고 난 뒤의 느낌 등이 적혀 있다.

헌책방에서 책값을 매길 때 낙서가 있는 책은 값을 낮게 책정한다. 그런데 습관적으로 여러 장에 밑줄 친 게 아니라면 때에 따라서는 책 주인이 남긴 흔적은 오히려 헌책의 값어치를 더 높여줄 수도 있다.

헌책에 적힌 낙서와 흔적은 매력적인 요소

영국의 유명한 중고서점 주인이 쓴 《서점 일기》(2021)에는 "난 중고 책은 절대 안 사요. 어떤 사람이 만졌을지, 또 어디 있었을지도 모르잖아요?"라고 하는 불청객 손님의 말이 나온다. 주인은 중고서점에 있는 책은 "당연히 장관에서부터 살인자에 이르기까지 온갖 종류의 사람들 손이 닿았을 것"이라며, 책이 가진 이런 역사성은 문제점이 되는 것이 아니라 "어떤 사람들에게는 상상력을 자극하는 홍미의 근원이 되기도 한다."라고 했다. 그리고 책에 누군가 휘갈겨 쓴 글씨 때문에 반품하는 때도 종종 발생하는데 이에 관해서도 서점 주인은 "하지만 나는 이런 흔적을 훼손이라 생각하지 않고 오히려 매력적인 요소로 받아들인다. 나와 같은 책을 읽었던 다른 사람의 마음을 엿볼 기회가 되니까 말이다."라고 썼다.

실제로 다른 사람의 헌책을 뒤지다가 의미 있는 메모나 기념품이 될 흔적을 발견하면, 마치도 별 기대 없이 방문한 여행지에서 뜻밖의 매력에 빠져드는 장소를 발견했을 때와 유사한 감정을 느낀다.

청하 출판사에서 펴낸 《자살의 연구》(1982) 맨 뒷장의 흰색 면지에서 "인천에서 돌아오면서/ 나는 새삼, 내가 지닌 생각들을/ 열거해 보았다. 기차가 풍경을/ 열거하듯이. 하루하루 무너지지 않았던 날은/ 없었다고 시인하면서/ 눈물을 삼켰다. / 겨울나무들 사이에/ 정말./ 서 있는 나를/ 보 았 다. -1999. 1. 정화."라는 운율 살린 글을 보고 곰곰이 생각해봤다. "하루하루 무너지지 않았던 날은 없었다"라고 시인한 이 독자는 《자살의 연구》를 왜 산 걸까? 최승자 시인이 번역한 이 책의 표지에는 "죽음이 감히 우리에게 찾아오기 전에, 우리가 먼저 그 비밀스러운 죽음의 집으로 달려 들어간다면 그것은 죄일까?"라는 윌리엄 셰익스피어의 글이 적혀 있었다. 그밖에 평화책방에 있는 오래된 책에서 발견한 몇 가지 흔적의 사례를 적어 본다.

- 아는 선배에게 기증받은 《어머니의 노래》(학민사, 1989, 값 25,00원)라는 민중가요 노래책에는 교도소에서 붙인 '도서 열독 허가증'이 붙어 있다. 칭호 번호 3467, 교부 일자 1990년 11월 6일.

- 격월간지 《선사상》(1987년 9~10월호) 맨 앞의 그림(옥봉환), 시(정동주)로 된 화보에는 "김대중 선생님 이희호 여사님께 옥봉환 拜上"이라고 적혀 있다. 그림을 그린 옥봉환 작가가 고 김대중 대통령에게 보내면서 사인을 한 책이 아닌가 싶다. 발행일이 1987년 9월 10일로 찍혀 있으니 대통령 선거를 석 달쯤 남겨둔 때였다.

- 막스 뮐러의 《독일인의 사랑》(초판 1쇄 1967년, 문예출판사)의 맨 앞장 면지에는 "사랑은 결과가 아니고, 그때그때 순간의 과정입니다. Y가"라는 글이 적혀 있다.

《행복한 책 읽기》에 적은 둘째 출생일의 감상기

헌책 속의 낙서를 찾다 뜻밖의 수확을 거뒀다. 문학평론가 김현의 《행복한 책 읽기》 뒷부분 면지엔 이런 메모가 적혀 있었다.

2.45kg, 여. - 여자라 좋은 점.
1. 첫째 딸 옷 물려줄 동생 생겨서

2. 좋은 사윗감 고를 기회 많아서

3. 속 썩일 아들 없어서……

4. 여자 셋 속에 묻혀 사니 여복이 많다.

5. 21세기는 여성 중심사회니까.

놀랍게도 이것은 내가 둘째 출산 직후 인하대병원 대기실에 앉아서 책 뒷장에 남긴 메모였다. 이 책이 누가 보던 책인지도 몰랐다. 1999년 6월 19일의 기억, 완전히 잊고 있던 기억이 23년 만에 엊그제 일처럼 떠올랐다. 첫째가 딸이었고, 연년생으로 생긴 아이는 사내아이로 알고 있었다. 첫째 아이를 힘겹게 출산했던 우리 부부에게 의사는 둘째 출산 직전에 넌지시 말하는 것도 아니라 거의 직설법으로 남자아이임을 두 번씩이나 암시했다. 그런데 분만실에서 간호사가 안고 나온 아이는 여아였다. 혹시 아이가 바뀌거나, 간호사의 착오가 아닌가 싶어 "분만실에 산모가 한 명인가요?"라고 물어봤다. 한 명이란다.

첫째가 딸이니 둘째가 아들이면 좋겠다는 생각을 하는 건 당연했다. 일부러 아들을 낳으려고 애쓴 건 없지만 의사가 그렇게 암시를 했으니 기대 또한 적지 않았다. 병상 중환자실에 누워 계신 임종 직전의 아버지에게도 둘째 손주는 아들이라고까지 말씀드렸다. 그런데 딸이라고 하니 순간 당황해서 '여자라서 좋은 점'을 적어 내려갔던 것이다. 좋은 점 6, 7, 8, 9, 10도 있었을 텐데 즉석에서 생각난 것은 다섯 가지였던 것 같다.

그 자리에서 아들이 아닌 딸의 이름을 작명해서 책 뒷장에 적어놓기도 했다. "최해인, 최해성, 최인혜, 최지혜, 최지수" 이 중에 간택 받은 이름은 없다. 평생 불리며 사는 이름이 사주만큼 중요하다고 말하는 꽤 유명한 어느 작명가에게 이름을 받았다.

이날 병원 대기실에서 출산을 기다리며 읽었던 김현의 《행복한 책 읽기》 곳곳엔 밑줄도 여러 군데 쳐 있었다. 그중에 '동어반복'의 문제점을 지적하며 "나는 옳으니까 내가 틀릴 리가 없다는 오만함은 동어반복에 기초하고 있다. 권위주의는 동어반복이다."라는 말에도 줄을 그었는데 지금 봐도 인상적이다. '동어반복' 조심할 일이다. 이렇게 줄 쳐가며 탐독한 책인데 김현이란 평론가는 그동안 왜 그렇게 낯설게 여겨졌는지 의아하다. 김현은 1990년 6월 27일, 48세의 젊은 나이로 세상을 떠나기 직전 일기장에 이런 글을 남겼다.

어제는 좀 힘이 들었다. 아침부터 몸에 열이 좀 있었는데 무리해서 북한산을 종주했더니 밤에는 열이 나고 뼈마디가 쑤셨다. 이러다가 가는 것인가 할 정도로. 삶의 순간순간이 죽음과의 싸움인데 그것을 모르고 희희낙락 지낸다. 그러나 고통이 없다면 죽음의 실감도 없으리라. 많이 아프라, 죽음이 너를 무서워하도록.(1989. 6. 12.)

김현이라는 평론가는 이름 두 자밖에 모르는 사람이라 여겼는데, 인제 보니 둘째 딸의 탄생과 함께 한 작가였다. 1992년 11월 20일 초판본《행복한 책 읽기》(문학과지성사), 인지에 한글로 '김현'이라는 도장이 찍힌 이 책은 아들이 딸로 둔갑한 희극적 사건의 가족사가 담긴 책이었다.

1999년《올해의 좋은 시》속의 노란 은행잎

책방으로 쓰고 있는 농가주택이 대들보를 올린 것은 1947년이다. 그해 봄 제주에서는 4·3항쟁이 일어났고, 7월 19일 몽양 여운형은 혜화동 로터리에서 암살당했다. 1947년 12월 15일에는 김구의《백범일지》가 출간됐다. 백범은 1947년 강화를 방문해 읍내에 있는 대명헌(일명 1928가옥)에 잠시 머물기도 했다.

그로부터 58년이 지난 2005년 봄, 강화 숭뢰리 농가주택을 산 뒤에 손을 본 곳은 지붕과 기둥이다. 그해 여름에 장맛비가 쏟아지자 천정에 비가 새는 난리를 겪었고, 가을에 스틸 기와로 지붕을 덮는 공사를 했다. 그리고 빗물에 썩고 벌레에 파여서 구멍이 뚫린 나무 기둥 여러 개를 손봤다. 기둥 전체를 갈지 않고, 썩은 밑동만 잘라내고 새 기둥으로 바꿔 넣었는데, 이를 목수는 신발 갈아신기라 표현했다.

기둥이 썩고, 지붕에 비가 샐 정도로 오래된 집이지만, 옛집에 머물면 새집에선 결코 느낄 수 없는 정취를 느낄 수 있다. 오래된 것에서만 느낄 수 있는 깊은 맛이 있는 것이다. 집뿐 아니라 책도 그렇다. 나이가 들어 동병상련의 애정을 느낀 이유인지 색바랜 표지의 헌책에서도 묘한 정감을 얻는다. 곰팡이가 핀 게 아니라면, 누렇게 색이 바랜 책장을 넘길 때는 신간에서 느끼지 못하는 숙성한 맛을 느끼기도 한다. 집에서 옮겨오거나, 지인들이 기증한 책 중에 수십 년 전에 발간된 책을 보면 마치도 잊고 지내던 중고학교 동창생의 얼굴을 앨범에서 봤을 때와 비슷한 아련한 마음이 일어난다. 그런데 분명 읽은 책인데 답답하게도 책의 제목을 봐도 저자나 주인공 정도만 떠오르고 내용이 전혀 생각나지 않는 게 많다.

잊어버릴 책을 도대체 왜 읽는가?

소설을 놓고 보면, 《부활》이나 《죄와 벌》, 《이방인》은 주인공 이름도 잊지 않았고, 주제도 선명하게 기억이 나는데, 마찬가지로 감명 깊게 읽었던 《서부전선 이상 없다》, 《적과 흑》 같은 소설은 저자 이름 외엔 거의 생각나는 장면이 없다. 이런 망각은 누구에게나 생기는 흔한 일인 모양이다. 국민대 정선태 교수의 유튜브 방송을 듣다가 무릎을 치며 공감한 대목이 있다.

'정선태 교수의 오늘을 읽는 책'에서 한 번은 《깊이에의 강요》를 다뤘는데, 저자 파트리크 쥐스킨트는 《좀머씨 이야기》, 《향수》 등의 작품으로 유명한 작가다. 그는 세계적인 명성을 얻은 작가임에도 인터뷰나 사진 찍기를 거부하고 은둔자로 살아간다.

정선태 교수는 《깊이에의 강요》에 실린 '문학의 건망증'이라는 글을 소개했다. 정 교수는 "분명히 어제 읽었는데, 밑줄까지 긋고 느낌표도 찍고, 강조 표시도 했는데, 기억이 안 난다."라고 본인의 사례를 들면서 "그럼에도 (나는) 왜 읽는가?"라는 질문을 던지는데, 이는 바로 쥐스킨트 에세이 '문학적 건망증'의 질문이자 대답이라 말한다. 쥐스킨트는 이렇게 묻는다.

조금만 시간이 흘러도 기억의 그림자조차 남아 있지 않다는 것을 안다면 도대체 글을 왜 읽는단 말인가? 도대체 무엇 때문에 지금 들고 있는 것과 같은 책을 한 번 더 왜 읽는단 말인가? 모든 것이 무로 와해된다면 대관절 왜 읽는단 말인가.

정선태 교수도 이와 똑같은 생각이 들 때가 많다. '내가 뭐하러 읽지?'라는 의문이 들 때도 있지만, 결국 버릇처럼 병처럼 읽는다. 정 교수는 한 문장 한 구절 발견했을 때의 기쁨과 순간순간의 환희를 느끼고, 설령 망각의 강을 건너 다시 돌아오지 않는다고 해도, 순간의 기쁨이 무의식 밑바닥에 먼지처럼 쌓여있다가, 어느 순간 춤추듯 날갯짓하며 날아올 수도 있고, 내 삶을 밀어줄 수도 있기에, 한 단어, 한 문장, 한 페이지가 발하는 광채를 경험하기 위해서 책을 읽는다고 고백한다. 쥐스킨트도 독자가 알지 못하는 '독서하는 동안'의 변화에 대해 말한다.

인생에서처럼 책을 읽을 때도 인생 항로의 변경이나 돌연한 변화가 그리 멀리 있는 것이 아닐지도 모른다. 그보다 독서는 서서히 스며드는 활동일 수도 있다. 의식 깊이 빨려들기는 하나 눈에 띄지 않게 서서히 용해되기 때문에 과정을 몸으로 느낄 수 없을지도 모른다. 그러므로 문학의 건망증으로 고생하는 독자는 독서를 통해 변화하면서도 독서하는 동안 자신이 변화하는 것을 말해주는 두뇌의 비판 중추가 변하기 때문에 그것을 깨닫지 못하는 것이다.

독서하는 동안에 나도 모르게 서서히 변해가는 게 중요하니 문학의 건망증으로 고생하는 독자도 두려워하지 말라는 것이다. 이를테면 30년 전 점심으로 내가 무엇을 먹었는지 기억하지 못하지만 몸에 영양소로 작용한 것은 분명하다는 말이 아닌가.

좌절감을 안겨준 애독서

분명 인상 깊게 읽었지만 '문학의 건망증'으로 책의 디테일한 내용이 머릿속에서 사라진 책이 많다. 서가에 꽂힌 책 중에 루소의 《고백록》, 톨스토이의 《사람은 무엇으로 사는가》, 조지 오웰의 《동물농장》, 《설국》 등도 그런 종류다. 이제야 알고 보니 《동물농장》은 청소년이 볼 책이 아니었다. 이 책은 미국 정보기관의 지원 아래 남한에서 가장 먼저 번역 출간됐는데, 한국전쟁 직후 한국이 반공 이데올로기의 최전선인 점을 고려했다 한다. 중학생 때 헤밍웨이의 《누구를 위하여 종은 울리나》도 흥미진진하게 읽었지만 지금 생각해보니 소설의 배경인 스페인 내전에 관한 지식이 없는 상태에서는 전체 맥락을 제대로 파악할 수 없는 소설이었다.

한 번만 읽지 않고 여러 번 읽어서 주요 내용을 망각하지 않은 책도 있다. 《논어》나 《성서》와 같은 고전이 아니라면 아무래도 일단 분량이 적은 시집이나 에세이 류의 책이 반복해서 읽기에는 유리하다. 《아낌없이 주는 나무》, 《예언자》, 《갈매기 조나단》, 《어린 왕자》 같이 오랫동안 여러 사람에게 사랑받는 책은 일단 쪽수가 만만하다. 이런 책처럼 근수가 가벼워서 부담 없이 여러 차례 읽은 책으로 《채근담》과 《캉디드》가 있다. 이런 손때 묻은 책은 잘 보관했으면 좋으련만 어디론가 사라져버렸다. 나중에 다시 헌책방에서 산 《채근담》은 1986년에 초판 1쇄 찍은 범우사 문고판이다.

《채근담》은 애독서이지만 내게 수시로 좌절감을 안겨준 책이기도 하다. 10대 후반에 처음 읽을 때는 '20대가 되면 나도 군자가 될 수 있을까?'라는 생각을 했다. 교과서에 나온 '남아이십미평국이면 후세수칭대장부랴?'라는 남이(1441~1468) 장군의 시를 읽으며, 20대는 10대와 달라지리라 기대했다. 20대에는 '아마 30대엔 되겠지', 40대에 읽으면서는 '군자 아무나 되는 것 아니군.'이라는 생각이 들었다. 청소년기에 읽어도, 이제 이순의 나이에 살펴봐도 《채근담》에 비춰본 나의 모습은 군자와는 거리가 멀었고, 씁쓸하게도 그렇게 멀리 하려던 소인에 가까웠다. 《채근담》에 실린 첫 번째 글은 이렇다.

도덕을 지키고 사는 사람은 한때 적막하지만, 권세에 아부하며 사는 사람은 언제나 처량하다. 이치를 완전히 깨친 사람은 사물 밖의 사물, 즉 재물이나 지위 이외의 진리를 보고, 육체 뒤의 몸, 즉 죽은 뒤의 명예를 생각한다. 차라리 한때 적막할지언정 만고의 처량함은 취하지 말라.

맨 앞에 실렸으니 아무래도 가장 많이 봤고 기억에 남는 구절이다. 순수했던 청년 시절엔 그리 어렵지 않은 말이라 여겼지만 세월이 흘러 되돌아보니 보통 사람이 감당하기 어려운 가르침이라는 생각이 들었다. 부정한 재물을 받을 높은 자리에 앉아 보지 못해서 뇌물 받을 기회가 없었고, 권력 근처에 가보지 못했기에 아부할 일이 없었다. 사다리에 올라탈 기회가 없었기에 노골적인 기회주의자가 되지 못했다. 아마도 그런 기회를 노릴 자리에 있었다면 얘기는 달라졌을 것이다. 《채근담》에 나오는 "권세와 명리, 사치와 부귀를 가까이하지 않는 사람은 결백하다고 말하지만 가까이하고서도 이에 물들지 않는 사람이 더욱 결백하며"도 그런 뜻이라 하겠다. 대체로 권세와 부귀를 얻지 못한 사람들은 질투와 시샘으로 채우지 못한 욕망을 아쉬워 할 뿐이다.

헌책 속에서 수십 년간 잠자던 은행잎과 단풍잎

종이가 누렇게 바랜 헌책 속에서 이따끔 잠들어 있던 나뭇잎의 오래 묵은 시간의 향기를 맡을 수 있다. 과거의 시간은 어디론가 증발되는 게 아니라 현재의 어디엔가 남아 있다는 생각이 든다. 1990년대 초반 서울구치소에서 읽던 《성서》 안에는 몇몇 지인이 편지에 담아 보내준 민들레, 진달래와 작약 꽃잎이 들어 있다. 편지지 여러 장 분량의 사연이 담겨있는 꽃잎이 잠에서 깨어나 내게 말을 걸어왔다. 아는 이들이 보내준 헌책 속에서도 사연 담은 꽃잎, 나뭇잎을 발견했다. 신영복 글 그림 《나무야 나무야》(1997년

1월 13일 초판 7쇄 발행)에는 꽃잎과 나뭇잎 10여 장이 꽂혀 있었다. 20여 년 전에 떨어진 단풍잎, 은행잎은 햇빛 없는 책 속에서 시간을 품은 채 세월을 물들이고 있었다.

1999년 현장비평가가 뽑은 《올해의 좋은 시》에는 커다란 나뭇잎이 한 장 꽂혀 있는데, 손바닥 크기의 갈색 잎사귀에는 어느 여성이 쓴 것으로 보이는 글이 적혀 있다.

나의 영원한 소년이여, 내 마음 그대 추억의 문을 두드리니 …… 끝날까 지의 좋은 추억 소담하게 채우소서. 99. 11. 10.

《올해의 좋은 시》에 실린 이원 시인의 〈지구는 미끄럽고 둥글다〉에서 "가끔 무덤 안에서도 물 흐르는 소리가 들리고/ 책장을 넘기는 소리도 들린다"라는 시구가 눈에 들어온다. 이 시를 읽으며, 갈색 나뭇잎을 다시 보았다. 22년 전, 시집의 책장을 넘기며, 추억의 문을 두드리던 어떤 여자의 숨소리가 들린다.

2장 인생의 두 갈래 길에서 읽은 책

대를 이어 보는 시집, 김소월의 《님의 노래》

산산이 부서진 이름이여!
허공 중에 헤어진 이름이여!
불러도 주인 없는 이름이여!
부르다가 내가 죽을 이름이여!

열대여섯 나이에 애송하던 시 〈초혼〉의 1연이다. 교과서에도 실려 있던
이 시를 줄줄 암송하던 소년, 소녀들이 많았다. 저마다 가슴 속에 그리운
소녀, 소년의 이름이 하나씩 있어서 그랬던 건지, 그런 희망 사항을 담았던
건지, 하여간 나이에 어울리지 않게 나름 비장미 넘치게 외우곤 했다.
그 애송이 시절에 감상적으로라도 '죽을' 수도 있다는 걸 떠올렸다는 게
놀라운 일이다.

시 '초혼'이 나오는 김소월 시집 《님의 노래》를 50년 가까이 보관하고
있다. 하드커버에 색채삽화가 열여덟 장 들어간 이 시집을 책장이 닳도록

넘기며 읽었다. 김소월의 시 56편이 실렸는데, 이 중에 애송시는 〈가는 길〉, 〈그 사람에게〉, 〈님의 노래〉, 〈초혼〉, 〈먼 후일〉 등이었다.

10여 차례 이사를 다니면서도 이 시집을 분실하지 않고 깔끔하게 간수했는데, 뒷장의 두 장 정도가 떨어져 나갔다. 책장이 떨어져 나간 이유는 대를 이어 둘째 딸이 중학생 시절부터 이 시집을 끼고 살았기 때문이다. 문과형의 첫째와 달리 공대를 간 둘째는 전형적인 이과형 아이였다. 교과서 외에는 문학 서적을 거의 들여다보지 않았는데 유독 이 책만은 열독 했다. 둘째 아이 방에서 굴러다니는 《님의 노래》가 있기에 넘겨봤더니 뒷부분 두어 장의 제본이 풀어져 너덜너덜한 상태였는데, 그 뒤 제대로 보관하지 않아서 어느 틈엔가 사라진 모양이었다.

정미조의 '개여울'을 따라 부르다 흘린 눈물

열다섯 살 무렵 김소월의 《님의 노래》를 탐독했지만 다 흘러간 과거의 서정이라 여겼다. 그런데 2022년 정초, TV에서 1979년에 은퇴했다가 수년 전에 복귀했다는 가수 정미조의 노래 〈개여울〉을 듣다가 다시 소월의 시에 감전되는 일이 벌어졌다. 박정희가 장기집권을 목적으로 10월유신을 발표한 해인 1972년에 발표된 〈개여울〉은 소월 시에 곡을 붙인 노래였다. "당신은 무슨 일로 그리합니까" 오랜만에 TV에서 보는 정미조가 반가웠고, 아는 노래가 나오기에 따라불렀다. "홀로이 개여울에 주저 앉아서" 그런데 무심코 한 소절 부르자마자 예상치 못한 생리 현상이 생겼다. 갑자기 가슴이 뭉클하고 콧등이 시큰거렸다. "파릇한 풀포기가 돋아 나오고……" 목이 메이기 시작했다. "가도 아주 가지는 않노라시던 그런 약속이 있었겠지요" 흰머리 희끗희끗 보이는 1949년생 정미조가 특유의 애절한 음색으로 고음을 휘저으며 노래를 부르자 나도 모르게 눈물이 흘렀다. 목이 잠겨 더이상 따라 부를 수도 없었다. "굳이 잊지 말라는 부탁인지요." 두 눈에서 눈물이 줄줄 흘러내리는데, 나중엔 우습게도 콧물까지 흘렀다. 이 무슨 생뚱맞은 신파조란 말인가.

정미조는 떠나간 님을 그리워하는 마음으로 이 노래를 불렀다고 한다. 나는 이 노래를 들으며 떠나간 님을 생각한 것도 아닌데, 어떤 심연 속의 그리움이 솟구친 것일까. 《님의 노래》 시집에 나오는 〈개여울〉을 찬찬히 읽으며, 그 정체를 알 수 없는 그리움에 대해 헤아려 보았다.

소월 시집 《님의 노래》를 애독할 무렵, 그 나이에 한 번쯤 경험하듯이 한 여학생을 짝사랑했다. 짝사랑이란 사실 자기 멋대로 지어낸 감정에 빠져서 허우적대는 일이었다. 교회에서 반주를 하던 이 여학생이 교회 피아노로 〈엘리제를 위하여〉를 치는 소리에 반한 탓에 중학교 내내 클래식 음악만 즐겨 들으며 지냈다. '엘리제를 위하여'를 듣다가 베토벤까지 좋아하게 됐다. 특히 교향곡 5번 〈운명〉은 아마도 백 번 이상 들었을 것이다. 지휘자 카라얀의 사진이 인쇄된 레코드판이었다.

이렇게 태어나서 처음으로 오감이 열려서 가슴 속에서 사랑과 예술의 감미로운 이중주가 울려 퍼지니 《님의 노래》에 실린 시는 단순한 활자가 아니었다. 게다가 한국 최고의 서정시인 김소월의 시 아니던가. 시 한 편, 한 구절, 한 단어가 사춘기 중학생의 애틋한 마음을 어루만지고 도닥여 주었다.

소월의 시는 몇 살 때까지 이처럼 심장을 소용돌이치게 하고, 위로와 떨림을 안겨 줄까? 스무 살, 서른 살? 짝사랑이나 첫사랑이 아니더라도 사랑에 눈먼 이에겐 나이와 무관하게 공감을 불러일으키려나? 십 대 이후엔 소월의 시에 빠져드는 일은 없었다. 소월의 시를 노랫말로 쓴 〈예전엔 미처 몰랐어요〉, 〈진달래꽃〉(마야 노래)을 들으며, 곡도 좋지만 역시 아름다운 시어라는 생각을 하는 정도였다. 그건 아마도 나이가 들수록 감성이 무뎌진 탓이라 여겨진다. 잠시 열다섯 소년의 마음으로 돌아가 시 〈그 사람에게〉(전체 2장 중 앞부분 1장)를 감상해 본다.

한때는 많은 날을 당신 생각에/ 밤까지 새운 일도 없지 않지만……
낯모를 딴 세상의 네길거리에/ 애닯이 날 저무는 갓 스물이요……
축 없는 베갯가의 꿈은 있지만/ 당신은 잊어버린 설움이외다.

지금 다시 읽어보니 이 시는 십 오륙 세 소년보다는 캄캄한 밤거리를 고삐 풀려 헤매는 '갓 스물'의 청년에게 더 잘 어울리는 시가 아닐까 싶다. 그런데 가만히 생각해보면 15세의 그 마음이나 20세의 그 마음이, 아니 30세나 60세나 그 마음의 뿌리는 다를 바 없다.

젊은 베르테르의 슬픔과 자살

시집 중에 《님의 노래》를 베갯머리에 놓고 지냈다면, 산문 중엔 《젊은 베르테르의 슬픔》에서 이와는 다른 차원의 격정을 느꼈다. 고1 때 읽은

《젊은 베르테르의 슬픔》 표지에 실린 유럽 어느
공주의 얼굴 사진도 수십 년간 또렷하게 기억했다.
뜻밖의 장소에서 표지 속의 주인공을 30여 년 만에 만나게 됐는데,
2011년 1월에 예술의 전당 미술관에서 열린 '프랑스 베르사유 특별전'에서였다.
전시된 그림 중에 표지 속 인물이 걸려 있었는데, 안내문을 살펴보니
루이 15세의 여덟 번째 딸 루이즈 공주였다.

이 책이 기억에 선명한 것은 '독서삼매'라는 걸 처음으로 경험했기 때문이다. 책장을 넘기기 시작해서 어느 순간에 빠져들더니만 잠시 정신을 차리고 페이지를 보았더니 이미 마지막 중반부를 지나 결말에 다다른 상태였다. 안타깝게도 이날 이후 독서거나 명상에서 이처럼 깊은 삼매에 빠져본 기억이 없다. 표지에 실린 유럽 어느 공주의 얼굴 사진도 수십 년간 또렷하게 기억했다. 뜻밖의 장소에서 표지 속의 주인공을 30여 년 만에 만나게 됐는데, 2011년 1월에 예술의 전당 미술관에서 열린 '프랑스 베르사유 특별전'에서였다. 전시된 그림 중에 표지 속 인물이 걸려 있었는데, 안내문을 살펴보니 루이 15세의 여덟 번째 딸 루이즈 공주였다. 초상화 인물 중에 가장 예쁜 얼굴이라 그런지 전시회 포스터에도 사용되었다. 그런데 실제로는 곱사등이에다 기형적으로 큰 얼굴을 지닌 비운의 공주였다고 한다.

주인공 베르테르가 친구인 빌헬름에게 보낸 편지 형식으로 쓰인 이 소설의 구성은 너무도 평이하다. 베르테르는 약혼자가 있는 로테라는 여성과 사랑에 빠지며, 결국은 알베르트와 결혼한 로테를 잊지 못해 괴로워하다 권총으로 자살한다. 이 권총은 자살하기 직전 하인을 통해 알베르트에게 빌린 것인데, 옆에 있던 로테가 먼지를 털어서 베르테르의 어린 하인에게 건네주었다. 베르테르는 이 권총을 받은 뒤 "당신은 먼지를 털어 주셨다지요? 나는 수없이 그 권총에 입을 맞췄습니다. …… 로테여! 당신이 이 무기를 내게 주신 것입니다. 실은 당신의 손에서 죽음을 받기를 원하였습니다."라는 마지막 편지를 남기고 자살한다.

이 소설은 괴테가 23세 때 겪은 삼각관계에 기초해서 25세 되던 해인 1774년에 완성했다. 《젊은 베르테르의 슬픔》은 구사회에 대한 반감으로 가득 찬 젊은이들의 감성 폭발에 어마어마한 영향을 미쳤다. 젊은이들은 베르테르를 흉내 내 푸른 웃옷과 노란 조끼를 입고 다녔으며, 염세자살의 유행을 불러일으켰다고 한다. 심지어 나폴레옹도 괴테를 만난 자리에서 《젊은 베르테르의 슬픔》을 일곱 번이나 읽었다고 말했다 한다. 국어 시간에 낭만주의 문학작품인 《젊은 베르테르의 슬픔》이 발표된 때를 전후한 시기를(특히 1765~1785년, 20년 동안) 독일 문학의 질풍노도의 시대(슈투름 운트 드랑)라고 배웠던 기억이 난다.

베르테르의 영향은 2백년 후 흐른 뒤에도 서울 변두리 동네에 살던 까까머리 중학생에게도 영향을 미쳤다. 중3 때 밤낮으로 붙어 다니던 친구 S는 교회에서 만난 여학생과 사귀었는데 애칭을 '로테'라 붙였다. 《젊은 베르테르의 슬픔》에 나오는 여주인공 이름이다.

유난히 조숙했던 친구는 Y와 말다툼 끝에 헤어지게 됐고 실연의 쓰라림을 못 이겨 자살을 시도했다. 약국 여러 곳에서 수면제 수십 알을 구해서 삼켰다. 작별을 통보했던 Y는 꽃다발을 들고 병원에 사나흘 입원했던 친구에게 병문안 왔다. 이 친구에게 "부르다가 내가 죽을 이름이여"는 그저 감상적인 시구가 아니었다. 수면제를 먹기 하루 이틀 전엔 우리 집에 들러 내가 좋아하던 요한 슈트라우스의 레코드판 원판을 선물하기도 했다. 아는 사람이 평소 안 하던 행동을 하면 혹시 무슨 약을 먹는 건 아닌지 의심해볼 필요가 있다. 이 조숙했던 친구의 누나는 그때 고1이었는데 동생이 입원한 병원에 와서 했던 말이 아직도 기억에 남는다. 여학생들은 루이제 린저의 《생의 한가운데》(언제부터인지 《삶의 한가운데》로 번역됨)를 읽고 자살 충동에 빠지는 경우가 많다는 것이다. 그 뒤에 《생의 한가운데》를 읽어봤지만 왜 자살을 유발하는지 이해하기 어려웠다. 남자는 여자 주인공 니나에 공감하기 어려워서 그런 것이라 여겼다.

그 나이에 무엇을 안다고 죽음에 빠져들고 그랬을까. 잘난 척 해봐야 사춘기 중학생이었지만 가슴 속엔 저마다 걷잡을 수 없는 소용돌이가 휘몰아치고 있었다. 친구들도 그렇고 나도 그렇고 겉으로 티가 나는 활화산이든 속에서 정체를 알 수 없는 용암이 부글부글 끓는 휴화산이든 모두 질풍노도의 시대를 살았다.

그 많던 문학 소년, 소녀들은 다 어디에

친구 S나 그와 풋사랑을 하던 Y, 그리고 친구의 누나에겐 공통점이 있었다. 모두 책벌레였다. 이미 중학교 1~2학년 때 세계문학 전집과 한국문학 전집을 거의 독파했다. 《에밀》, 《전쟁과 평화》, 《카라마조프의 형제들》처럼 두껍기 짝이 없는 고전을 읽은 소감을 주고받았다. 어쩔 땐 진짜로 다 읽고 설을 푸는 건지 의심이 들기도 했다. 간혹 말솜씨 좋은 친구들은 소설 뒤에 나오는 작품해설 2~3장만 읽고도 몇 시간씩 장광설을 풀었다. Y의 친구들이 중학교 교지에 쓴 단편소설을 보고, 입을 벌리며 감탄을 한 적이 있다. 조숙한 아이들이 갖고 놀 거라곤 책밖에 없던 시절이라 그런가, 빈민가로 유명했던 신림동 낙골의 외진 구석에도 이런 책벌레가 넘쳐났다. 그 많던 문학 소년, 소녀들은 다 어디로 간 것일까? 서른 전후부터 가끔 새해 정월 초하루 신문에서 신춘문예 당선작가의 이름을 살펴봤다. 연락이 끊긴 친구 S나 Y의 이름이 나오지 않을까 뒤져봤으나 끝내 발견하지 못했다. 요즘은 늦깎이 등단 작가도 드물지 않으니 더 기다려봐야 할까?

옛 동네 친구들의 소식은 끊겼으나, 그 시절 품에 끼고 살던 시집 《님의 노래》를 넘기다 보니, 열 대여섯 먹은 사춘기 까까머리 친구들의 얼굴과 목소리가 되살아난다. 시집 안에는 그 옛날 연분홍색 진달래 빛깔의 눈물로 얼룩진 시 구절, 설렘과 기다림, 낙담의 숨결이 묻어나는 시어가 가득하다.

심중에 남아 있는 말 한마디는
끝끝내 마저 하지 못하였구나.
사랑하던 그 사람이여!
사랑하던 그 사람이여!

인터넷 중고서점에서 '님의 노래, 왕문사'를 검색해 봤다. 1974년에 나온 이 책의 판매가는 무려 3만 원이었다. 당시 정가가 천 원 이내였을 텐데 중고서점에서 귀한 대우를 받고 있다. 설익은 감정을 토해내던 친구들은 봄날이 흘러가듯 어디론가 다 사라지고, 손때 묻은 《님의 노래》한 권만 남았다.

그리고 아무 말도 하지 않았다
- 전혜린, 헤세, 린저, 이미륵

이 여자의 삶을 바라보는 태도와 그 시대…….

이 여자에게 '죽음'이란 것을 택하게 한 시대를 알고 싶어서…….

1993년 10월 9일, 토

책방에 전혜린 에세이 《그리고 아무 말도 하지 않았다》(민서출판사, 1993년, 초판 5쇄)가 있어 옛 추억을 회상하며 책장을 넘겨보다가 발견한 메모다. 맨 앞장 면지에 검은색 볼펜으로 적혀 있었다. 전혜린의 '죽음'이 궁금했던 이 독자는 아마도 여성이지 않았을까 싶다.

전혜린에 대한 평은 여러 가지로 엇갈리지만 박인환 시인이 그러했듯 문학소녀, 문학 소년에게 지대한 영향을 미친 것은 사실이다. 10대에 문학소년, 소녀 아닌 경우가 드무니 대부분의 청춘, 특히 1960~70년대 학창시절을 보낸 젊은이의 내면세계의 한 영역을 지배했다.

박숙자 서강대 인문과학연구소 연구교수는 이런 전혜린에 대해 "1960년 대에서 1970년대까지 근 15년 동안 전혜린이 쓴 책과 번역한 책을 빼놓고 청년들의 내면을 읽기는 어렵다. 《그리고 아무 말도 하지 않았다》가 대중에게 폭발적으로 읽히고 있음에도 그녀가 '니나'와 다를 바 없이 불꽃 같은 삶을 살았다는 사실이 잊히거나 묻힌 채 반추되지 않고 있다."라는 평을 했다.

1960~1970년대 청춘의 내면을 지배한 전혜린

교과서에 나오지도 않고 세계명작 목록에 오르지 않았는데 무슨 이유에선가 인기를 끈 작가와 작품이 있다. 중고 시절에 읽은, 이미륵의 《압록강은 흐른다》와 전혜린의 《그리고 아무 말도 하지 않았다》도 그런 작품이었다. 주변에 이 책을 추천할 만한 사람이 없었고, 어디서 광고를 봤는지 전혀 기억나지 않지만 10대의 애독서였던 것은 분명하다. 개인적으로는 전혜린보다는 이미륵을 더 좋아했다.

지금 추측하건대, 이미륵은 독일어로 책을 썼고, 전혜린은 1950년대에 독일 유학을 한 여류작가라는 것도 한몫하지 않았을까 싶다. 외국, 정확하게 말하면 서구 선진국에 대한 동경이 지금과는 비교가 되지 않을 정도로 큰 시기였다. 시내에서 볼 수 있는 유명 빵집 이름도 독일빵집, 파리제과, 뉴욕제과였다. 전혜린에게는 또 다른 이유가 하나 있다. 그녀는 1965년, 32세의 젊은 나이로, 스스로 생을 마감했다. 전혜린은 《생의 한가운데》의 주인공 니나를 좋아했다. 이른 나이에 세상을 뜬 예술가에겐 알게 모르게 애수와 신비감을 느끼기 마련이다.

그리고, 《그리고 아무 말도 하지 않았다》라는 제목으로 우리나라에 번역된 하인리히 뵐의 소설이 있는데, 어느 책이 먼저 나왔는지 궁금하다. 전혜린은 하인리히 뵐의 '그리고 아무 말도 하지 않았다'도 번역했다. 전혜린 에세이집의 제목을 '그리고 아무 말도 하지 않았다'로 달게 된 것은 아마도 본문 안에 실린 이어령의 추도사에서 따온 것이 아닌가 싶다. 이어령이 쓴 추모의 글 마지막 문장이 "그리고 그는 아무 말도 하지 않았다."이고 추도사 제목이 '그리고 아무 말도 하지 않았다'이다. 이어령은 이 추도사에 "그는 하나의 활화산이었다. 이 지상에 살고 간 서른두 해. 자기의 생을 완전하게 산 여자였다."라고 썼다. 고종석의 글에는 이 추도사를 편집자가 썼다고 나온다.

앞표지의 날개에는 흐리게 찍힌 얼굴 사진과 함께 '서울법대 재학 중 독일로 유학 감, 뮌헨대학 독문과 졸업, 성균관대 교수 역임, 1965년 32세로 숨짐.'이라고 약력이 적혀 있다. 그 아래 그녀가 번역한 루이제 린저의 《생의 한가운데》, 헤르만 헤세의 《데미안》, 이미륵《압록강은 흐른다》, E. 슈나벨 《한 소녀가 걸어간 길》을 소개했다. 《데미안》은 다른 번역자의 번역본도 출간됐으나, 전혜린 에세이집 《그리고 아무 말도 하지 않았다》가 출간된 뒤에야 베스트셀러가 됐다고 한다.*

《데미안》,《생의 한가운데》 유행하게 만든 번역자

---

* 박숙자, 전혜린의 서재 그 시절 청년들의 영혼, 〈매거진 한경〉, 2014. 9. 5.

《그리고 아무 말도 하지 않았다》에는 전혜린이 번역한 《생의 한가운데》, 《데미안》과 《압록강은 흐른다》 저자 이미륵에 관한 글이 실려있다. '이미륵 씨의 무덤을 찾아서'는 이미륵(본명 이의정)의 기일인 3월 20일에 그가 묻혀 있는 시골 교외의 공동묘지를 찾아가서 작은 화환을 바친 경험담을 적은 글이다. 이날 전혜린은 독일인 'S양'과 동행했다. S양은 이미륵이 이십 대 나이에 만나서 교제한 사이다. 전혜린이 S양 집을 방문했을 때 이미륵이 독일의 신문, 잡지에 발표한 글을 하나도 빠짐없이 모아둔 것을 읽었고, 그녀가 보관 중인 이미륵의 사진 여러 장도 보았다고 한다.

이미륵은 말년에 뮌헨대학에서 한문학과 동양사상을 강의했는데, 나치 에게 처형당한 뮌헨대학 총장 후버 씨와 둘도 없는 친우였다고 한다. S양도 "어떤 나치 축제일에도 나치의 깃발을 안 달고 또 오레온 광장에 있는 나치 전몰 용사 제단 앞을 지날 때도 그 당시 의무로 행해졌던 경례를 한 번도 안 했다."라고 한다. 전혜린은 이에 대해 "그것만 해도 그 당시로써 는 때때로 생명도 위태로운 저항이었다."라고 적었다.

《압록강은 흐른다》는 아끼던 책인데 아무리 찾아도 보이지 않아 이미 오래전에 분실한 줄 알고 지냈다. 그런데 며칠 전 본가 옥탑방 벽지를 새로 바르기 위해 책꽂이와 짐을 정리하다 제일 아래 칸 한쪽 구석에 보이지 않게 숨어 있던 책을 발견했다. 소식 끊긴 고향친구를 다시 만난 듯 반가웠 다. 이미륵 저, 전혜린 역의 이 책은 1973년 10월 3일 범우사에서 초판 발행했고, 값은 540원으로 매겨져 있었다. 하드커버에 표지 케이스까지 갖춰 고급스럽게 만든 《압록강은 흐른다》의 앞표지 날개 면에는 역자 전혜린의 사진이 실려있는데, 담배 한 개비를 오른쪽 손의 검지와 중지에 끼고 입에 문 채 책을 보고 있는 장면이었다. 1980년대 초반에도 종로의 길거리나 술집에서, 심지어는 대학교 앞 다방에서 여자가 담배 피우면 호기부리는 남자들이 와서 시비 걸 정도로 남녀 차별이 심했다. 그런데 1973년 펴낸 책에 실린 이런 담배 피우는 사진을 보니, 백문이 불여일견이란 말이 생각난다. 전혜린의 자유로운 기질은 시대를 앞서갔음엔 분명해 보인다.

'나의 지병은 페시미즘'

《그리고 아무 말도 하지 않았다》에는 자살, 죽음에 관한 언급이 여러 차례 등장한다.

그녀가 죽기 4일 전인 1965년 1월 6일 새벽 4시에 쓴 유고에 "내가 원소로 환원되지 않도록 도와줘! 정말 너의 도움이 필요해."라며 이렇게 적었다.

나도 생명 있는 뜨거운 몸이고 싶어. 가능하면 생명을 지속하고 싶어.
그런데 가끔가끔 그 줄이 끊어지려고 하는 때가 있어. 그럴 때면 나는 미치고 말아. 내 속에 있는 이 악마를 나도 싫어하고 두려워하고 있어. 악마를 쫓아줄 사람은 너야. 나를 살게 해줘.

전혜린은 1월 6일 마지막 편지를 남긴다. "모든 일에 구토를 느껴."라고 괴로운 심경을 밝힌 그녀는 번역 중인 '태양병'에 대한 느낌을 글로 남겼다.

마라, 우리의 사랑은 안 죽어,/ 태양은 나를 죽일 것이다./ 갑자기 광적인 생각이 엄습해 온다. 죽음이 구제를 갖다 줄는지도 모른다는,/ 그러나 숲의 화재는 광기다, 사랑하는 불, 사랑하는 숲이여, 너는 죽어야 한다,/ 나는 마라를 고통 없이 사랑할 수 있으리라./ 나는 한계 위에 서 있다. 아, 마라.

그녀는 위의 유서와도 같은 편지글에서 자신의 지병을 '페시미즘'이라 말한다. 부르주아라 비판받을 정도로 유복한 집안에서 태어나 유학까지 다녀온 그녀가 왜 페시미스트가 됐는지 모르겠으나, '긴 방황'이라는 글에서는 서른 살 나이에 대해 이렇게 썼다.

삼십 세! 무서운 나이! 끔찍한 시간의 축적이다. 어리석음과 광년(狂年)의 금자탑이다. 여자로서 겪을 수 있는 한의 기쁨과 절정과 괴로움의 극치를 나는 모두 맛보았다.

전혜린을 잘 아는 사람들은 그녀가 번역한 《생의 한가운데》 주인공 니나에 비교하곤 한다. 《그리고 아무 말도 하지 않았다》에 실린 이덕희의 추모글은 "참으로 '니나'처럼 살아보기 시작하려는 바로 그때에 그처럼 동경하고 숭배했던 '니나'의 생을 스스로 구현해 보려는 온갖 시도를 다 할 수 있는 바로 그러한 때에 죽음은 그 여자를 데려가 버린 것이다."라며 끝을 맺는다.

전혜린의 에세이집 《그리고 아무 말도 하지 않았다》에는 '생의 한가운데'라는 제목의 글이 실려있다. 이 글의 결말 부분에 그녀는 "죽도록 절망해서 영국으로 떠나간 니나의 편지는 명랑한 소식이었다."라고 쓰면서, 이를 통해 루이제 린저는 "아무리 절망해도 작업이 있는 사람은 '고통 속의 무풍지대'를 지니고 있고, 행복할 수도 있음을" 말하고 있음을 강조했다. 그런데 전혜린은 니나처럼 '고통 속의 무풍지대'를 갖지 못했던 것일까.

친구 무덤에 묻힌 전혜린의 《데미안》

전혜린은 '두 개의 세계'라는 글에서 데미안에 대해서 길게 썼다. 이 글의 앞부분에 소개된 예화는 충격적이다. 대학교 2학년 때, 여학교 친구가 찾아와서 《데미안》을 빌려 갔다. 빨간 줄투성이의 《데미안》을 빌려 간 이 친구는 다음 주 월요일에 돌려주겠다고 했는데 연락이 없었고, 보름이 지나서 이 세상을 떠났다는 소식을 전해 들었다. 그 친구는 마지막 순간에 《데미안》을 읽고 있었고, 그래서 그 책도 무덤에 같이 넣었다고 한다. 전혜린은 반년 넘게 친구가 "왜 죽었을까?" 하는 의문에서 벗어나지 못했다. 1차 세계대전에 참여했다 사망한 독일 병사들의 배낭 속에 한 권씩 들어있었다는 《데미안》, 그 데미안이 휴전협정 직후 한국의 청춘에겐 어떤 의미로 다가왔던 것일까.

전혜린은 '두 개의 세계'에서 《데미안》의 고뇌하는 청춘이 겪는 일곱 가지 발전 과정을 7단계로 나누어 설명했다. 1. 영과 육의 대립 시대(두 개의 세계) 2. 외계와의 대결(자기 이외는 모두 이방인) 3. 데미안의 등장(타자와의 교통 속에서만 우리는 실존) 4. 베아트리체 시대(사춘기 욕정에 대한 자기 반발로 맑고 고귀한 것만 원함) 5. 아프락사스(제자는 스승과 갈라서는 것이 운명) 6. 다시 찾은 데미안(모성, 여신, 동물, 여인, 모든 것의 집대성 같은 예지의 여인 에바) 7.

새로운 창조를 위한 파괴(새는 알을 까고 나온다. 그리고 불가피한 것 죽음)

이 글의 마지막에 전혜린은 "어린 시절 성에의 기피에 대한 섬세한 대변자, 관념 속에의 도피, 자아 예찬, 그리고 죽음에 의한 승리. 데미안은 확실히 우리 자신의 분신이다."라고 썼다. 그녀가 선택한 것은 '죽음에 의한 승리'인가?

《데미안》을 쓴 헤세도 우울증, 자살 충동에 시달렸다고 한다. 실제로 그는 10대 시절에 학교를 중퇴한 뒤 자살을 시도했고, 정신병에 입원한 전력도 있다. 헤세의 자전적 소설이라는 《수레바퀴 아래서》(1906)의 주인공인 한스도 강물에 빠져 죽는 장면으로 끝난다. 헤세는 '자기로부터 자기 찾기'라는 에세이에서 나이 40에 접어들면서 '필연적인 죽음'에 대한 고통을 넘어섰다는 고백을 한다. 그는 이 글에서 "사십에 접어든 지금은 나의 생에 있어서 한낮"이며, "내가 여러 해 동안 '필연적인 죽음'의 고통으로 여겼던 것은 이제 '새로운 탄생'의 고통을 의미할 것"(《그래도 꿈꾸어야 하리》)이라고 썼다. 전혜린도 헤세처럼 30대 나이에 '필연적인 죽음'의 고통에 시달린 것이 아닌가 싶다.

독일의 청년을 넘어 세계 젊은이의 의식을 지배한 데미안, 싱클레어, 니나, 헤세, 린저를 한국에 소개했고, 한국 젊은이의 내면을 사로잡는 데 가교 역할을 한 전혜린에 대한 여러 평가가 있다. '자의식 과잉, 유럽 동경, 지적 허세, 문학소녀, 부르주아'와 같은 단어를 동원하며 비판하기도 했다.

문학평론가 정여울은 "여성의 성취를 은근히 때로는 노골적으로 방해하는 사회를 향해 오직 자신의 글쓰기로 투쟁한 예술의 전사로 다시 태어나는 전혜린은 그 어느 때보다도 눈부시다."라고 말한다.

죽기 직전에 이혼한 그녀의 결혼 생활은 순탄해 보이지만은 않았다. "만약에 23세에 무슨 바람이 불었는지 남보다도 빨리 결혼을 해버리지 않았더라면……" 독신을 고수했을 것이라고 말한다. 그 갈등의 원인이 꼭 남편 때문은 아닌 것 같다. '남자와 남편은 다르다'라는 글에서 "남편에 의한 남편을 위한 남편의 생활을 내가 영위하고 있다고 말할 양심은 나에게 없다."라고 썼다. 누구든 결혼을 하면 남자가 아닌 남편이 되기에 생기는 문제라 여긴다.

그녀는 스스로 반항적(외계에 현혹되지 않고, 근본적으로 자기와 이념이 다른 자를 회의하고, 지나치리만큼 솔직하고, 아무런 주저도 없는 생활 태도)이라 평했는데, 이는 "뮌헨 대학생의 기질이 옮겨준 가장 강한 낙인"이라고 평했다. 전혜린이 다닌 뮌헨대학은 히틀러에게 맞서 백장미라는 저항단체를 결성해 싸우다 사형당한 숄 형제의 광장이 있고, 후버 교수 광장이 있는 곳으로 '반항적' 전통이 넘쳐나는 곳이라고 소개한다.

헌책방 돌기를 가장 좋아했다는 전혜린

전혜린이 자살을 결심한 1964년 대학가에서는 한일협정 반대시위가 대대적으로 벌어졌으며, 베트남 파병이 결정되고, 1차 인혁당 사건이 터진 해였다. 그녀의 반항적 기질이 남성 중심의 권위주의 시대라 할 수 있는 박정희 시대와 어떻게 불화했는지, 에세이를 읽은 것만으로는 알 수 없다. 동시대를 살았던 김수영과 달리 전혜린은 일기에서 정치발언을 하지 않았다. 반면 루이제 린저는 사회비평적 일기(1972~1978)를 모아 〈전쟁장난감〉

이란 책을 펴내기도 했다.

전혜린의 《그리고 아무말도 하지 않았다》에 실린 일기를 다시 살펴 본다. 헌책방 돌기를 가장 좋아했다는(봉투 만들기와 맛있는 것 먹기도) 전혜린, 일기장에 "우주가 새것으로 느껴지는 순간으로 가득 찬 생이란 책 속에서 가능하리라."(1964. 9. 30.)라고 적었던 전혜린은 자살하기 며칠 전인 1965년 1월 3일 이런 꿈을 꾸고 일기장에 적었다.

울타리에 자꾸 새 페인트칠을 했다. 녹색. 수없이 많은 울타리가 있었다. 우리 집, 남의 집 등.

그리고, 그녀는 세상의 울타리를 넘어 저 멀리 떠났다.

〈님의 침묵〉과 4·19혁명 1주기 문집

素月의 시 〈님의 노래〉에서 느낀 '님'은 100% 이성애의 대상이었다. 그런데 고등학교 때 접한 〈님의 침묵〉의 님은 그와 달랐다. 교과서에 실린 "님은 갔습니다, 아아 사랑하는 나의 님은 갔습니다."의 님은 단지 어린 소녀거나 짝사랑의 대상이 아니었다. 국어 교과서에 나오는 〈님의 침묵〉 해설을 통해 배웠듯이 이때의 님은 이성이면서, 어떤 때는 종교적 절대자이고 또 어떤 때는 조국이기도 했다. 님의 범위가 이렇게 넓고 다양하다는 것을 알게 된 것은 마치도 신세계를 발견한 것과 같은 경이로움을 안겨주었다.

무엇을 외우는 데는 젬병이었지만 교과서에 실렸던 〈승무〉와 〈님의 침묵〉 그리고 가수 박인희가 낭송해서 알게 된 박인환 시인의 〈목마와 숙녀〉는 수십 번 반복해서 소리내어 읽었고, 암송이 가능했다. 〈님의 침묵〉을 외우면서, 이때의 님은 어떤 님일까 여러 차례 고민했다. 설마 이름난 고승이 여인을 그리는 시를 썼겠어, 조국이나 종교의 대상이었겠지, 라고 생각했던 것 같다. 그러나 또 한편으로는 "날카로운 첫 '키스'의 추억은 나의 운명의 지침을 돌려놓고"라는 시구를 보면서, 어쩌면 속세의 사랑을 못 잊어 쓴 시 아닐까, 라는 추정도 했던 기억이 난다.

피가 역류하게 만든 4·19 1주기 문집

이 시기 청소년이 할 수 있는 문화 활동은 서점에 가거나 청소년관람 금지가 아닌 영화 구경 정도였다. 책방에 가서 새 책 사기엔 주머니가 가벼워서 가끔 헌책방을 다녔다. 그때 산 책 한 권이 인생의 가치관과 항로를 결정하는 데 나침판 역할을 했다. 고2 때 헌책방에서 '4월 혁명 1주기 기념문집'을 구해 읽었다. 그 뒤로 1980년 광주항쟁이 발생하기 전 머릿속에는 4·19혁명이 꽉 차 있었다.

이 귀한 책자를 오랫동안 소중하게 보관했으나 언제 분실했는지 지금은 찾을 수가 없다. 그 문집은 이승만 독재정권에 저항하며 떨쳐 일어선 대학생과 교수의 시국선언문 등을 엮은 책인데, 앞부분에 학생, 교수의 시국선언문이 실려 있었다. 4월 19일 서울대학교 문리과 대학생들이 "언론·출판·집회·결사 및 사상의 자유의 불빛은 무식한 전제권력의 악랄한 발악으로 하여 깜박이던 빛조차 사라졌다."라며 울분을 토한 선언문도 실려 있었다. 아래에 그 일부 내용을 소개해본다.

민주주의와 민중의 공복이며 중립적 권력체인 관료와 경찰은 민주를 위장한 가부장적 전제권력의 하수인으로 발 벗었다. 민주주의 이념의 최저의 공리인 선거권마저 권력의 마수 앞에 농단되었다.

언론·출판·집회·결사 및 사상의 자유의 불빛은 무식한 전제권력의 악랄한 발악으로 하여 깜박이던 빛조차 사라졌다. 긴 칠흑 같은 밤의 계속이다.

나이 어린 학생 김주열의 참시(慘屍)를 보라! 그것은 가식 없는 전제주의 전횡의 발가벗은 나상(裸像) 밖에 아무것도 아니다.

저들을 보라! 비굴하게도 위하(威嚇)와 폭력으로써 우리들을 대하려 한다. 우리는 백번을 양보하고라도 인간적으로 부르짖어야 할 학구(學究) 의 양심을 강렬히 느낀다.

보라! 우리는 기쁨에 넘쳐 자유의 횃불을 올린다.

보라! 우리는 캄캄한 밤의 침묵에 자유의 종을 난타하는 타수(打手)의 일익(一翼)임을 자랑한다. 일제의 철퇴 아래 미칠 듯 자유를 환호한 나의 아버지, 나의 형들과 같이—

양심은 부끄럽지 않다. 외롭지도 않다. 영원한 민주주의의 사수파(死守 派)는 영광스럽기만 하다.

5·16 군사쿠데타가 일어나기 직전에 발간된 책이라 4월 혁명의 전개 과정이 자세하게 묘사되어 있고, 여러 단체의 성명서가 실려 있었다. 한 구절 한 구절 읽어나갈 때마다 온몸이 전율하고, 피가 역류하던 느낌이 생생하다.

《베르테르의 슬픔》과 마찬가지로 온몸이 감전되는 충격을 받았지만 전기 의 성분이 달랐다. 《베르테르의 슬픔》이 맑은 욕망과 그리움으로 가득 찬 저수지의 물을 떨어뜨려 만든 전기를 흐르게 했다면, 4월 혁명 문집은 정의감과 분노의 기운으로 낙하하는 폭포수로 만든 전기로 감전시켰다. 이 책으로 충전한 반독재 민주화의 배터리는 아직도 방전되지 않은 채 몸속 세포 하나하나에 내장되어 있다.

이 책을 읽은 뒤로 김주열 학생을 포함하여 186명의 사망자가 발생했던 4월 혁명은 내게 절대 선이었고, 그것을 뒤엎은 세력은 절대 악이었다. 4·19를 군사쿠데타로 능멸한 박정희 장군은 악의 화신이었다. 그래서 1979년 10. 26 아침, 조간신문에 실린 '박정희 대통령 유고'의 뜻이 사망이란 걸 알고는 기쁨에 겨워 교실에서 손뼉 쳤다. 그 순간 나의 멱살을 잡으려던 경상도가 고향인 애국심 넘치는 친구는 육군사관학교에 가서 별을 달았다.

이때쯤부터 4월 혁명 희생자의 피를 잉크 삼아 쓴 느낌의 김수영의 시집 《거대한 뿌리》를 품고 살았다. 사실 그 난해한 시를 제대로 이해하지 못했지만 그건 무지한 나의 문제라고 자책했을 뿐이다. 중학생 시절 제1 도서가 김소월의 《님의 노래》였다면, 고교 시절에는 김수영의 《거대한 뿌리》로 바뀐 것이다.

"노인은 과거의 추억에 환상을 갖는다"

4·19 문집에 충격을 받았던 시기의 의식 상태를 다 기억하지 못한다. 아무도 길을 알려주는 사람이 없었고, 혼돈 속에서 갈팡질팡하며 미로에서 헤맸던 게 분명하다. 반독재 의식과는 별개로 박정희 정권이 주입한 반공, 멸공 캠페인에 세뇌됐고, 백인 카우보이가 인디언 죽이는 걸 정의롭게 묘사하는 대중문화의 영향으로 백인우월주의와 친미를 상식으로 여겼다.

고등학교 때 《아우렐리우스 명상록》, 《루소의 참회록》, 《죽음에 이르는 병》, 《소크라테스의 변명》 등을 읽으려 애쓰기도 했다. 웅변반 반장 하던 친구가 들고다니던 칸트의 《순수이성비판》을 빌렸다가, 채 열 장도 못 넘기고 돌려줬던 기억도 난다. 교양인은 철학, 인생, 뭐 이런 걸 가까이해야 한다는 겉멋이 들어있었던 것 같다. 나이가 든 이후에는 10대 때 간신히 읽었던 책을 다시 읽어보고 싶었는데 좀처럼 기회가 나지 않는다.

사실 루소나 아우렐리우스의 책은 10대보다는 성인이 된 후에 읽어야 작품을 제대로 음미하고 해독할 수 있다. 45년 만에 한 장 한 장 넘기며 읽은 김소월의 《님의 노래》에서 열대여섯 살 중학생의 마음의 지문을 보았듯이 예전에 읽은 책에서 기억의 지문을 되찾고 싶다. 얼핏 책꽂이에서 눈에 띄는 추억의 책은 《이방인》, 《테스》, 《사람은 무엇으로 사는가》, 《야간비행》, 《페스트》 등등이다. 추억의 심연에 잠기게 할 책이다.

제목에 이끌려 책장을 넘기다 포기했던 키르케고르의 《죽음에 이르는 병》을 꺼내 다시 훑어봤다. 1957년 평화출판사에서 나온 책인데, 목차만 봐도 현기증 나는 책이다. 이건 사춘기 소년이 읽을 책이 아니었다. 한참 발랄해야 할 10대 시절에 '죽음' 자가 들어간 책에 관심을 기울인 이유가 무엇인지 알 수 없다. 청소년이라면 관심 두지 않았을 한 구절이 불쑥 눈에 들어왔다. 지금 보니 기막히게 딱 들어맞는 말이다.

그러나 사람들은 환상에는 본질적으로 두 개의 형태가 있다는 것, 즉 희망의 환상과 추억의 환상이 있다는 것을 간과하고 있다. 젊은이는 희망의 환상을 지니고, 늙은이들은 추억의 환상을 지니고 있다.

《거대한 뿌리》와 분단 44년 4월 8일의 연애편지

고교 시절, 사월혁명은 내게 하나의 종교였다. "양귀비꽃보다 더 붉은 그 마음"으로 사월 정신을 받들었다. 고2 때 헌책방에서 구해 읽은 4·19 1주년 기념문집(1961년 4월 발간)을 통해 4월 혁명의 세례를 받은 뒤부터다. 1970년대 말, 서점에서 고른 책 중에 사월혁명을 느끼게 한 책은 김수영 시인의 《거대한 뿌리》였다. 1974년에 초판이 나온 이 시집의 앞장에는 김수영 시인의 널리 알려진 고독한 분위기의 초상화 그림(1956년 작)이 실려 있는데, 그림 아래엔 "시는 나의 닻(錨)이다."라는 글자가 적혀 있다. 2018년엔 김수영 작고 50주년을 기념해 헌정 산문집 《시는 나의 닻이다》(21명 공저)가 출간됐다. 마치 기독교인이 주일에 교회 갈 때 성경책을 가슴에 품고 다니듯 김수영 시집을 마음에 품고 다녔다.

이 시기 김수영의 시와 함께 애송하던 시는 박인환의 〈목마와 숙녀〉였다. 가수 박인희의 노래 테이프에 함께 들어있는 이 시를 암송하기 위해 꽤 공을 들였다. 그런데 나중에 《김수영 산문집》을 읽다가 김수영이 박인환을 노골적으로 폄훼하는 것을 보고 놀란 적이 있다. 1966년 8월에 쓴 〈박인환〉이란 글은 이렇게 시작한다.

나는 인환을 가장 경멸한 사람의 한 사람이었다. 그처럼 재주가 없고 그처럼 시인으로서의 소양이 없고 그처럼 경박하고 그처럼 값싼 유행의 숭배자가 없었기 때문이다. 그가 죽었을 때도 나는 장례식에를 일부러 가지 않았다.

김수영이 이렇게 평가절하한 시인을 1970년대의 청소년들은 찬미했다. 많은 문인이 '천재의 요절'처럼 평했으니 일반 대중이 숭배한 것을 탓할 수는 없을 것이다. 김수영은 '목마'와 '숙녀'라는 말도 이미 20년 전에 무수히 써먹은 낡은 말이라며 비하했다. 이렇게 성향이 다른 두 시인을 동시에 흠모하면서도 전혀 모순을 느끼지 못한다. 청소년기의 의식은 이렇게 분열적인 모습을 보일 때가 많다.

혁명은 왜 고독한 것인가를

박인환의 대중적이거나 통속적인 시어와 달리 김수영의 시는 난해하다. 요즘 말로 힐링을 하는 데는 김수영의 시보다 박인환의 〈목마와 숙녀〉가 좋을 것이다. 김수영의 많은 작품은 난해한 시였지만 이따금 그 거대한 몸체를 드러내는 고래처럼 직설법으로 시인의 의식을 표출하는 구절을 만날 수 있다. 그것은 이제 막 십 대를 벗어나려는 미성년자의 정치적

성감대를 격렬하게 자극했다.

> 어째서 자유에는
> 피의 냄새가 섞여 있는가를
> 혁명은 왜 고독한 것인가를

> 혁명은
> 왜 고독해야 하는가를?(〈푸른 하늘을〉 중에서)

> 혁명은 안 되고 나는 방만 바꾸어버렸다
> 그 방의 벽에는 싸우라 싸우라 싸우라는 말이 헛소리처럼 아직도 어둠을
> 지키고 있을 것이다.(《그 방을 생각하며》 중에서)

러시아 볼셰비키혁명, 중국혁명, 사회주의혁명이라는 말을 알기 전에 4·19혁명, 김수영의 '혁명'이, 혁명(Revolution)의 R자가 이마에 선명하게 새겨졌다. 그런데 솔직히 말하면 김수영 시집 《거대한 뿌리》에는 난해시가 많아서 대부분 느낌으로만 이해하고 넘어갔다. 위에 인용한 시처럼 즉각적으로 의미가 간파되는 경우는 많지 않았다. 그런데 나중에 구해본 《김수영 전집-산문》(민음사, 1981)에는 김수영 시인의 속맘을 그대로 알 수 있는 글이 많았다.

우리의 38선은 세계에서 제일 높은 빙산의 하나다.(《해동》 중에서, 1968.

2.)

　적어도 언론자유에 있어서는 '이만하면'이란 중간사(中間辭)는 도저히 있을 수 없다.('창작자유의 조건' 중에서)

　《들어라 양키들아》(C. 라이트 밀스 저) 독료. 뜨거운 마음으로, 무수한 박수를 보내며 읽었다. 사상계사에 Book Review를 썼다. 아아 '들어라 양키들아.'(일기초, 1961. 5. 1.)

　《김수영 전집-산문》에 실린 일기초의 마지막 날짜는 1961년 5월 14일이다. 박정희 군사쿠데타가 일어나기 이틀 전이다. 사상계사에 보낸 'Book Review'는 무사히 실렸을까? 마침 평화책방에 《사상계》 영인본 전집이 있어 확인해 보니, 1961년 6월호 〈북리뷰〉에 실려 있다. 김수영 시인은 이 글에서 "우리들의 오늘날의 과제로서의 혁명이 어째서 평범하고 상식적인 것인가를 《들어라 양키들아》는 그의 독자들에게 입으로서가 아니라 창자로서 보여주고 있다."라고 썼다.

김수영의 강박관념, 남북 분단과 38선

　1981년에 산 문학평론가 김우창의 《궁핍한 시대의 시인》(민음사, 1977)이란 평론집에는 김수영에 관한 글이 나온다. 문학평론에 관심이 있던 것도 아닌데, 두툼한 책을 산 까닭은 '궁핍한 시대'라는 제목에 끌려서다. 이 책은 40년 동안 버리지 않고 보관하는 첫 번째 이유도 제목이 맘에 들어서이다. 《궁핍한 시대의 시인》에는 〈예술가의 양심과 자유-김수영론〉이 실려 있는데, 여기서 김우창은 김수영 시인이 분단문제와 '38선'에 관해 강박관념을 가졌다고 말한다.

김수영에게 우리 사회에서 가장 분명한 금기 중의 하나는 남북 분단의 문제였다. 그가 이러한 금기사항이 존재한다는 것 자체에 얼마나 강박적인 저항감을 느꼈는지는 그의 여러 암시적인 행동이나 발언에서 나타난다. 그는 4·19 이후에는 술에 취하여 파출소에 가서 자기가 공산주의자라고 들이대어야 할 필요를 느꼈고 "글을 쓸 때면 무슨 38선 같이 선이 눈앞을 알짱"거림을 느끼고 "이 선을 넘어서야만 순결을 이행할 것 같은 강박관념"을 가졌고, 또 이것을 못 하는 한 "무슨 소리를 해도 반 토막 소리밖에는 못 하고 있다는 강박관념"(〈히프레스문학론〉)을 느꼈었다.

이러한 강박관념에 관해 김우창은 아마 그가 "모든 시인이란 선천적인 혁명가"(〈시의 뉴프런티어〉)라고 하고 또 "모든 전위문학은 불온하다. 그리고 모든 살아 있는 문화는 불온한 것이다."(〈실험적인 문화와 정치적 자유〉)라고 말할 때처럼, 그의 금기철폐의 주장은 정치적 테제보다는 철학적 당위의 전술이었는지 모른다."라고 말한다.

스무 살 청춘에게 자유의 고독함을 느끼게 해준 김수영 시인의 시집은 대학에 들어간 뒤 김수영보다 직설적이고 육감적으로 현실을 비판한 참여 시인 김지하, 김남주 시집을 접하게 되면서 한동안 뒷전으로 밀리게 됐다. 4월도, 혁명도 김수영보다는 껍데기를 갈라(1967)고 외친 신동엽 시인에게서 느낄 게 많았다. 신동엽의 시는 난해하지도 않았고, 민족적인 정서가

배어났다. 하지만 시대의 혁명적 열정이 시들시들해진 탓인지 아니면 직설법으로 타도하기 힘든 세상이 된 탓인지 근래는 김수영 시집이 다시 눈에 들어온다.

'분단 44년 4월 8일 경제철학 자유기고가 초영'

평화책방에도 1981년에 중판된 헌책 《김수영 시선, 거대한 뿌리》(민음사)가 꽂혀 있다. 누구의 손을 거쳐서 여기까지 오게 된 시집인지는 모르겠으나 책 뒷부분의 여백에는 두 페이지에 걸쳐 '분단 44년 4월 8일 경제철학 자유기고가 초영'이라 이름의 청춘이 장문의 글을 썼다. 草影이란 서명은 본명인지 '풀그림자'라는 뜻의 필명인지는 알 수 없다. 분단 44년은 1988년이나 1989년을 가리킨다.

1980년대 중후반, 통일의 열정으로 가득 찼던 대학가에서는 대자보나 유인물의 날짜를 '분단조국 ○○년'이라 적곤 했다. 특히 분단모순 해결을 중시하던 민족해방계 진영에 널리 퍼진 유행이었다. 그런데 시집에 적힌 글을 자세히 읽어보니 이는 편지글이었고, 그 대상은 애인이거나 연인으로 삼기를 원하는 사람이 아닌가 싶었다.

우리가 만났다는 사실이 틀림없다고 느꼈을 때부터 저는 무척이나 긴장하고 있습니다. 왜냐하면, 제겐 지문에서 氏를 훔쳐보는 일조차 요행에 속하는 것이었으니까요. 제가 쉴 새 없이 찍어가는 쉼표의 겹 위에 언젠가 신의 자비로 마침표를 찍어줄 날이 어서 오기를 소망하면서 그리우면 그리운 대로 아프면 아픈 대로 입이 닫히고 덜 안달하는 것이 제게 가능한 몫인 줄 알았으니까요…….

김수영의 자유를 드리겠습니다. 제가 씨에게 보태드릴 것이 아직 많이 남았기를 바랍니다. 건강하셔야 합니다.

2백 자 원고지로 10장 정도는 될 정도로 빼곡하게 쓴 이 편지의 주인공이 처음에는 남자려니 생각했다. 김수영, 분단, 경제철학 등에서 그런 선입견을 안겨준 것 같다. 그런데 '씨'라는 호칭과 단아한 글씨체를 볼 때 여성의 편지일 수도 있다는 생각이 들었다. 그 시절 '분단'의 십자가는 남성뿐만이 아니라 대부분의 여성 청년학도도 함께 짊어진 것 또한 분명한 사실이다.

연애편지도 정치적으로

'분단 44년'에 이 편지글을 쓴 초영은 이제 환갑의 나이에 도달했거나 환갑을 바라보는 나이가 됐을 것이다. 김수영의 자유를 사랑했던 초영은 자유인으로 살고 있을까? 그는 편지에서 이렇게 썼다.

우리들이 우리들만을 위하여 살 수 있는 날이 며칠이나 될까 하고 생각해 봅니다. 한국 사회에 때 묻지 않은 모습으로 마주 서기 위하여 우리가 하고 자 하는 노동 또는 인간의 상상에 훼방 놓는 것들과의 싸움이 얼마나 많이 우리 자신의 당연함직한 권리를 빼앗아가고, 또 어느 때쯤에 우리를 자유롭 게 풀어놓아 줄 것인가 하고 말입니다. 미상불 그런 의문은 우리가 대단한 사람이라서가 아니라 또 우리가 순수한 사람이라서가 아니라, 우리들이 하고자 하는 일이 한국 사회에 중요한 일이기 때문에 생겨나는 것일 겁니다. 이제 이 척박한 노정을 앞에 들 두고 우리들의 주먹을 한 번 더 불끈 쥐게 하는 의미도 있는 줄 압니다.

그러고 보면 정치적으로 불안하고 불온했던 80년대를 거쳤던 청춘들은 그 반작용으로 순수를 지향하는 강렬한 집단에너지가 있지 않았나 싶다. 지금은 이처럼 연애편지를 쓰면서도 사회, 공동체와 연관 지어 생각하는 연인들은 희귀하지 않을까 싶다. 이런 측면에서 독재자들은 젊은 청춘의 심장을 붉은 피로 순수하게 만들고, 공동체를 위해 자신의 몸을 던지게 했다. 회의주의에 빠져 지내는 젊은이를 투사로 키우는 긍정적 역할을 했다는 점에서 역설적으로 사회적 기여를 했다고 말할 수 있다. 어느 철학자가 말한 '긍정적 페시미즘'이 살아 있는 시대였다. 대다수에겐 독재자와 싸우면서 닮아갔다는 말보다는 독재자와 대립하면서 성장했다는 말이 더 정확하다. 분단조국 ○○년이라 표기하던 그 시절, 대립물의 통일과 투쟁의 법칙은 한국 사회 곳곳에서 작동했다.

정신분열증에서 구한
〈민중의 흑백논리와 지배자의 흑백논리〉

軍사정권 시절 '의식화'라는 말은 관제보수언론에 의해 부정적으로 사용됐다. 의식화 교육, 좌경화, 빨갱이 만들기는 유사한 말이었다. 이른바 의식화 교육을 받기도 하고, 시키기도 했지만 '의식화'라는 말의 개념이 무엇인지 정확히 살펴본 기억이 없다. 사전을 찾아보니 "한 개인 혹은 집단이 그가 처한 상황에 맹종하는 태도에서 자각을 통한 비판적 시각으로 현실적 제 모순에 대항해 그것을 극복하려는 태도로 변화하는 과정 또는 그러한 변화를 유도하는 작업"이라고 나온다.

교육학에서 의식화라는 말을 이렇게 정의한다면 교육 당국이나 언론이 나서서 전 시민을 '의식화' 시켜야 하는 것 아니었나. 의식화라는 말은 브라질의 민중교육가인 프레이리(P. Freire)로부터 비롯된 것으로 그는 이것을 "사회적·정치적·경제적 모순들을 인식하고, 현실의 억압적 요소들에 대항하여 행동을 취하게 되는 것"으로 정의했다.

정신분열증 직전에 만난 '민중의 흑백논리와 지배자의 흑백논리'

1980년 5월, 스무 살 나이에 5·18에 관한 언론의 허위보도에 구토 증세를 느끼며 당시 일기장에 "거짓을 일삼는 기자의 눈을 펜대로 찌르고, 혹세무민하는 중의 머리통을 목탁으로 내려쳐라."라고 쓰면서 홀로 비분강개했다. 대학 들어가서 첫 번째로 하고 싶은 것은 4·19 집회에 참여하는 일이었다. 1981년에 입학했을 때 자발적으로 '의식화 서클'에 들어가려 했으나 찾지 못했다. 흥사단 같은 공개 서클은 탄압을 피해 숨어버렸고, 언더서클이란 건 어디에 있는지 알 수 없었다. 술집에서 어울리던 비슷한 성향의 친구 중에 몇몇이 몰려다니며 일본어로 된 팸플릿 읽는 걸 봤다. 은밀하게 뭔가를 도모하는 것 같았으나 나에겐 아무런 얘기도 없었다. 의식화 대상을 찾는 선배 보기에 샌님 스타일의 내가 스크럼 짤 만큼 당차 보이지 않았던 모양이다.

서클이나 선배를 통해 '의식화' 교육을 받을 기회를 구하지 못한 스무 살의 애송이를 의식화시킨 것은 불온도서로 분류된 책이었다. 마르크스레닌주의 관련 도서가 쏟아져나온 1980년대 중반 이전에는 한완상, 리영희, 김중배의 시론이나 김지하, 양성우 등의 시집이 그 역할을 했다. 여러 지식인, 예술가의 활자가 합해져 "현실적 제 모순에 대항해 그것을 극복하려는 태도로 변화"하게 만들었는데, 그 중 딱 한 명을 손꼽으라면 한완상 교수의 책이다. 특히 한 교수의 《지식인과 허위의식》(현대사상사, 1977)에 들어있는 〈개방적 사고의 구조와 특성〉이라는 글과 비슷한 주제의 〈민중의 흑백논리와 지배자의 흑백논리〉(1979년 1월에 씀)는 한마디도 과장하지 않고

표현해서 사막에서 만난 오아시스고, 정신분열증 직전의 뇌를 치료한 묘약
이었다.

밤마다 이불 속에서 독재자 암살

쿠데타로 집권한 군인들을 향한 분노를 밖으로 터트리지 못하고 혼자서
삭이는 시간이 길어지자 정신이 병들어갔다. 혼자 감당하기 힘든 이런
분노를 함께 터뜨릴 공간과 '동지'가 있었다면 사회적 분노로 승화시키며
치유했을지도 모른다. 안에 쌓인 분노를 표출하지 못하자 밤마다 허망한
공상을 하느라 잠을 설쳤다. 이런 정신 상태에서 뭔가를 실행에 옮기면
테러리스트가 되고 극좌 모험주의자가 되는 게 아닌가 싶다.

그즈음 이상의 〈날개〉(1936) 주인공에 감정이입이 잘 됐다. '박제가 되어
버린 천재'는 마지막에 이렇게 외치고 싶어 한다. "날개야 다시 돋아라./
날자. 날자. 한 번만 더 날자꾸나./ 한번만 더 날아 보자꾸나." 일제 식민지
치하 〈날개〉의 주인공과 작가 이상의 심리, 그로부터 45년 뒤 군사파쇼
치하 젊은이의 정신 상태가 크게 다를 바 없다는 생각이 들었다.

이제야 고백하자면 거의 매일 밤 전두환을 암살하는 계획을 짜고 이를
이불 속에서 실행에 옮겼다. 2012년 개봉한 영화 〈26년〉의 주연 한혜진
(국가대표 사격선수 출신 저격수 미진 역)의 심리와 같았다. 주로 서울역과 남영동
사이의 건물에 장총을 거치하고 저격하는 방식이었다. 용산 후암동에 있는
중학교에 다녀 이 지역 지리를 꿰고 있었다. 마치도 안중근이 권총을 쏘고
윤봉길이 도시락 폭탄을 던지는 결연한 심정으로 밤마다 거사를 실행했지

만, 다음날 TV 뉴스에는 허무하게도 땡 하는 소리와 함께 어김없이 광주학살의 원흉 전 땡땡(2021년 11월 23일, 91세로 사망)이 등장했다. 스스로 피해망상중 환자가 아닐까 하는 생각이 들었다. 가끔은 자신이 지닌 콤플렉스, 이를테면 성격, 외모, 학력, 사회화 등에 대한 열등감을 외부대상에 전가하는 것은 아닌가 하는 의구심이 들기도 했다. 한창 이런 불면과 고민에 시달릴 때 한완상 교수의 〈개방적 사고의 구조와 특성〉과 〈민중의 흑백논리와 지배자의 흑백논리〉를 읽고는 씻은 듯이 낫게 됐다.

이 글에서 한완상 교수는 "이분법적 사고는 바로 획일주의와 권위주의의 거울"이며, 주위의 모든 것을 두 축으로 나누어서 가치판단을 내리는 이분법적 사고는 "두 축 사이에 끼는 모든 것을 불순한 것으로 정죄하면서, 사고주체가 서 있는 축 이외의 모든 것을 경멸하고 저주한다."라고 비판하면서, 이렇게 말했다.

그러기에 이것은 가장 원시적인 사고일 뿐더러 많은 사람을 쓸데없이 적으로 만드는 어리석은 독선주의적 사고이기도 하다. 세상을 천사와 악마, 백로와 까마귀, 정통과 이단, 애국자와 매국노, 전부와 무 등의 두 축으로 나누어 놓고서 자기 자신을 한쪽 축에 위치시켜 놓는다. 그렇게 한 후 안심하는 사고이다.

이렇게 이분법적 사고를 비판한 한완상 교수는 이런 사고방식이 갖는 문제점으로 첫째, 현실태를 지나치게 단순화시키는 잘못, 둘째, 이견자(異見者)를 차별하는 권위주의 사고, 셋째, 목적과 수단을 전도시키는 율법주의 사고, 넷째, 완전주의의 까다로움, 다섯째, 인간과 사회를 분열시킨다는 점을 들었다.

특히 이분법적 사고의 문제점 중에서 다섯 번째 '분열'에 관한 설명에 깊이 공감했다. 한 교수는 "이분법적 사고에 지나치게 매여 있는 사람은 자기 자신을 완전하고 순수한 한쪽 축에 더욱 가까이 접근시키기 위해 자기 자신에게도 무거운 짐을 스스로 지우는 일을 하게 된다."라고 말한다.

도저히 이룩하기 어려운 높은 기준에 자기를 끌어올리려고 지나치게 자기 자신을 채찍질하게 되면, 이 기대의 힘에 짓눌려 자신이 쪼개질 수도 있다. 즉 자기분열을 자초하기도 한다. 마치 도끼가 물건을 두 쪽 내듯이, 이분법적 사고를 내실로 삼는 권위주의 사고는 사회와 개인을 모두 두 쪽 낼 수 있는 위험한 사고이다.

이런 위험한 이분법적 사고가 생기는 원인에 대해 한완상 교수는 "심리적 차원에서 보면 이것은 자기 열등감에서 오고, 구조적 차원에서 보면 심한 양극화 상황에서 온다."라고 진단한다.

여기까지는 일반적인 얘기고 사회학자라면 누구라도 할 수 있는 말이다. 이를 읽고 이분법적 사고의 위험성에 대해 자각한 것만 해도 유익한 소득이라 하겠다. 한데 한완상 교수는 여기에 머물지 않고 다음과 같은 말을 덧붙였고, 이를 읽는 순간 오랫동안 자기 분열적 증세가 순식간에 사라지고 새로운 인식의 지평이 열리는 경험을 했다.

자기방어적인 약자의 이분법 논리

그런데 여기서 우리는 신중히 다루어야 할 문제가 있다. 즉 강자의 권위주의와 약자의 획일주의를 그것이 다 같이 이분법적인 것이라는 이유로 동일선상에서 비판해야 하느냐 라는 문제에 대해서 우리는 신중한 태도를 취해야 한다. 과연 약자의 이분법적 사고는 강자의 그것과 동일하게 나쁜 것으로 판단할 수 있는가? 물론 둘 다 바람직한 것은 아니다. 그러나 강자의 권위주의는 그것이 이견자를 물리적으로 누르는 가해자의 사고이기 때문에, 또 그것이 통치수단을 독점하기 쉽기 때문에 전적으로 부당한 것인데 반해서 약자의 권위주의적 사고는 다분히 자기방어적인 것이므로 한 마디로 정죄하기는 어렵다.

그러기에 시시비비의 논리에 따라 강자나 약자의 권위주의를 다 같이 비판해야 한다는 주장은 평형을 잃은 논리이다. 왜냐하면, 시시비비의 논리는 강자와 약자가 예리하게 이분화되어 있지 않은 상황에서, 그리고 설혹 이분화되었다 하더라도 약자가 강자의 힘의 정당성을 인정하는 상황에서만 먹혀들어 가기 때문이다. 그러니 힘의 균형의 정도와 힘의 정당성의 정도에 따라 시시비비의 논리를 적용해야 한다.

거의 같은 시기에 본 한완상 교수의 〈민중의 흑백논리와 지배자의 흑백논리〉(1979. 1.)도 〈개방적 사고의 구조와 특성〉과 비슷한 문제의식을 담은 글이라 할 수 있다. 이글은 어느 단행본이나 잡지를 복사한 것이었는데 원전이 무엇이었는지는 생각나지 않는다. 〈민중의 흑백논리와 지배자의 흑백논리〉는 1983년에 일월서각에서 펴낸 단행본《민중시대의 문제의식》에 엮어서 실렸다. 한완상 교수가 이 글에서 전달하려는 요지는 다음과 같다.

흑백논리는 독선의 논리이고, 흑백논리의 포로가 된 자들은 정신 불안이나 정신분열 증세를 곧잘 일으킨다. 흑백논리에 사로잡힌 사람은 깊은 열등의식에 사로잡힌 사람으로 돈키호테식으로 저돌적 행동을 하거나, 완고한 아집에 사로잡혀 자신을 고립시키며, 사회 부적응의 원인이 된다.

그런데 흑백논리와 그 소유자들을 공정하게 평가하기 위해서는 상황의 개방성 정도와 지배-피지배의 문제를 함께 고려해야 한다. 개방적 상황, 다원적 구조에서 흑백논리를 펴는 사람은 위험한 극단주의자일 수 있다. 이런 사회에서는 지도자나 민중이 마땅히 중도통합론자가 되는 게 옳다. 그러나 닫힌 상황, 민중과 지배세력이 양극화되어 있는 강익강 약익약(强益强 弱益弱)의 사회에서는 문제가 다르다. 선과 악이 뚜렷하게 양분되는 상황에서는 순수, 가치중립성, 객관성이 들어설 자리가 없다. 이때는 순수나 중립의 구호가 지배자의 허위의식으로 작용하게 된다.

닫힌사회, 지배세력의 흑백논리는 명백하게 사악한 것이며 그들의(한완상 교수는 히틀러, 무솔리니, 스탈린, 필리핀 마르코스, 이란의 팔레비를 예로 든다.) 독재체제와 전체주의 체제는 분명하게 흉측한 것이 된다. 반면에 지배 세력에게 저항하는 과정에서 흑백색 사고와 행동을 취하는 민중의 흑백논리는 정당하다. 닫힌 상황에서 민중의 흑백논리와 그것에 기초한 투쟁은 따지고 보면 정직과 희생정신, 용기의 표상이다.

여전히 중도는 지배세력에게 악용되는 닫힌 사회

〈개방적 사고의 구조와 특성〉, 〈민중의 흑백논리와 지배자의 흑백논리〉를 읽은 뒤부터 밤마다 암살 작전을 홀로 펼치던 일은 사라졌다. 여전히 현실 속에서 정치적 이분법으로 승화시킬 돌파구를 찾지 못해 방황하긴 했지만 잠자리에서 망상에 사로잡히는 버릇은 떨쳐버리게 됐다.

지금은 40년 전의 상황과 얼마나 달라졌나. 쿠데타로 권력을 틀어쥔 군사정권에서 선거로 대통령을 선출하는 민주 정부가 통치하는 사회는 분명 과거보다 열린 사회고 다원화된 사회다. 그러나 어떤 대목에서는(조선민주주의인민공화국, 국가보안법, 미군) 여전히 닫힌 사회이고, 경제 구조에서는 예전보다 더 강익강 약익약(强益强 弱益弱)이 심화한 사회다. 누군가에게는 흑백논리가 여전히 용기와 정직함의 표상이라 할 수 있다. 근래 중도, 중립이 정직하고 용기 있는 자의 구호로 받아들여지는 경우가 많다. 그러나 여전히 중도는 지배자의 허위의식으로 작용하거나, 지배세력을 더욱 강화하는 데 악용될 수 있다.

겉보기에 형식적 민주주의가 이뤄진 열린 사회에서 지배세력은 더 강력해 보인다. 언론은 자발적으로 자본에 충성하고, 검찰은 법과 원칙이란 이름 아래 무소불위의 칼날을 휘두른다. 군사독재보다 무서운 검찰독재라는 소리도 들리고, 노동 현장에선 감옥보다 무서운 손해배상 가압류가 횡횡한다. 흔히 말하는 민중세력은 어찌 보면 민주화 이전보다 목소리가 더 작아졌다. 이런 세상에서 민중이 주인 되는 세상, 민중이 권력을 잡는 세상을 꿈꾼다는 게 그야말로 꿈과 같은 일로 여겨진다.

한완상은 박정희 군사정권의 끝 무렵인 1978년에 발간한 《민중과 지식인》의 책머리에서 "과연 민중이 역사와 구조의 주인일까?"라는 질문을 던지고 "주위를 둘러보면 그런 것 같지 않다."라고 답한다. 그러면서도 《민중과 지식인》을 세상에 내놓는 뜻을 이렇게 말한다.

비록 민중이 주인이다라고 하는 주장이 아직도 세계 여러 곳에서는 당위의 차원에 묶여 있다고 하더라도 자기의 저력을 깨닫기 시작하는 민중이 늘어가고 있는 것도 역시 숨길 수 없는 오늘의 현실이다. 그렇기에 역사는 민중을 더욱 존중하는 방향으로 나아가게 될 것이다. 또 그렇게 나아갈 것으로 믿는 사람만이 민중이 주인이 되는 역사와 구조를 실제로 만들 수 있는 것이다.

한완상 교수가 44년 전에 던진 질문을 다시 던져본다. '과연 민중이 역사와 구조의 주인일까?' 20대에는 즉각적으로 "그렇다"라고 답을 했다. 이젠 붉은 깃발도 우측으로만 나부끼는 나라에서, 혁명은 거세되고 개량주의가 정의를 독점하는 세상에서 무어라 말을 못하고, 그저 먼 산만 바라볼 뿐이다.

의식화 서적 1번 성서

大학생 때 시위하다 두 번, 졸업 후에 한 번 모두 세 차례 구속된 적이 있다. 이때 수사관이 조서를 쓸 때 맨 처음 물어보는 항목이 있는데 "무슨 책을 읽고 의식화됐나?"이다. 모두 '성서'라고 답했다. 그러면 수사관들은 사실대로 말하지 않고 둘러대며 뺑끼칠 하는 것이라 다그친다. 그가 원하는 답은 《우상과 이성》, 《난장이가 쏘아올린 작은 공》(난쏘공), 《해방전후사의 인식》, 《러시아혁명사》와 같은 세미나용 도서였을 것이다.

천지신명께 맹세하고 말하건대 나를 의식화시킨 책 중에 최고의 책은 성서이다. 물론 그 앞서 읽은 사회과학 세미나 도서와 중고 시절에 읽은 교양 도서도 어떤 방식으로든 '의식화'에 영향을 끼쳤지만 결정적 영향을 준 것은 성서가 분명하다.

군 입대 후 6주간의 훈련소 생활을 마치고 자대 배치받은 바로 그 주에 생긴 일이다. 이등병은 쉬는 날 머릿수 채우기 위해 종교사역병으로 개신교, 천주교, 불교 중의 한 군데 종교의식에 참여해야 했다. 훈련 없이 자유시간을 누리는 일요일에 이런 데는 고참이 아닌 졸병이 가는 강제노동이었다. 지겹게 다녔던 교회는 가기 싫고 불교는 아는 바 전혀 없어서 천주교 군종사병을 따라갔다. 그런데 성당은 교회와 달리 앉아서 잠을 잘 수가 없었다. 미사 시간 내내 앉았다 일어났다를 여러 차례 시켰다. 다음 주에는 불교 모임에 가겠다고 말하리라 마음먹었다. 그런데 군종 사병은 딱 한 번 갔을 뿐인 이등병에게 그다음 주 크리스마스 모임 때 '영세'를 받으라는 명령을 내렸다. 세례는 알지만 영세라는 말은 처음 들어봤는데 그게 얘기 들어보니 세례와 같은 거였다. 황당한 일이었지만 그렇다고 피할 방법도 없었다.

데살로니카 전서 5장 16절

소대장이 대부를 했고, 토마스라는 영세명까지 정해줬다. 군종 사병을 따라 모처럼 사단 성당이 있는 홍천 읍내까지 간 것은 특별한 혜택이었다. 미사에 참석해서 성찬식 때 엄지손가락만 한 넓이의 얇은 떡을 먹고, 성경책과 묵주를 받아서 왔다. 일요일마다 미사 가서 앉았다 일어났다 할 일이 갑갑했는데, 그다음 주부터 동계훈련과 팀스피릿 훈련하느라 일요일에도 교회 사역병 갈 일이 없었다.

이런 떡신자도 아닌 사역병 신자에게 느닷없이 종교적 사건이 터졌다. 새로 신설된 설악산 미시령 계곡에 있는 3군단 소속 직할 부대로 옮겨서 군 복무 중인 1984년 늦가을의 어느 날, 탄약고 앞에서 보초를 설 때 생긴 일이다. 이때의 계급은 제대를 6개월 정도 앞둔 고참 병장이었다. 이 생각 저 생각하며 지루하게 두 시간을 채우다 설악산의 능선을 바라보는데 갑자기 뭔가가 가슴을 번개처럼 스치고 지나갔다. 능선과 맞닿은 하늘과 그 안에 총총히 박혀 반짝이는 별빛, 잎새를 거의 떨궈 야윈 나무들, 늦가을의 쌀쌀한 바람, 이 모든 익숙한 풍경 하나하나가 새로운 감흥을 주는 창조물로 다가왔다.

별빛을 담은 바람을 맞으며 이 장면에 빠져들다가 어느 순간 나도 모르게 교회 다닐 때 외우던 찬송가를 불렀다. 중학교가 미션스쿨이었는데 소풍만 가면 이 노래를 부르면서 야외예배를 드렸다. "참 아름다워라, 주님의 세계는/ 저 솔로몬의 옷보다 더 고운 백합화⋯⋯."

한 구절 한 구절이 사무치는 곡조였다. 신이 손수 빚었다는 세상의 나무와 산, 바람과 별빛이 이렇게 아름답다는 것을 그날 온몸으로 느꼈다. 이 노래를 부르고 나서 교회 다닐 때는 영혼 없이 암송하던 사도신경 "천지를 만드신 하나님 아버지를 내가 믿사오며⋯⋯"를 외우는데, 마치도 신앙고백을 하는 심정에 사로잡혔다.

성령 충만했던 특이한 체험은 여기서 그치지 않았다. 두 시간의 보초를 끝내고 내무반에 들어와서 옷을 갈아입는데, 내무반 침상 한쪽 구석에 걸린 표구에 적힌 글자가 눈에 쑥 들어왔다.

항상 기뻐하라. 쉬지 말고 기도하라. 범사에 감사하라.
이는 그리스도 예수 안에서 너희를 향하신 하나님의 뜻이니라.
ー데살로니카 전서 5:16~18

이 내무반에서 1년 이상을 지냈지만 저 성구가 눈에 들어온 적은 한 번도 없었다. 너무나 익숙해서 그런지 저 위치에 표구가 언제부터 걸려 있었는지도 기억이 나지 않을 정도였다.

그다음 날 일어나서 성경책을 들춰 봤다. 책이 귀한 군대였지만 교회에서 전도용으로 보급한 국방생 표지 포켓 판형의 신약성서는 흔하게 굴러다녔다. 중학교 때 성서 과목이 들어있었고 시험도 봤기에 신약성서에 모르는 내용은 거의 없었다. 사실 믿지 않는 사람들이 본다면 성서라는 게 이스라엘 사람들의 믿거나 말거나 수준의 옛 이야기책이었다. 그런데 이날 신약성서를 읽을 때의 느낌을 한마디로 표현한다면 성서가 단지 활자가 아니라 살아 있는 말씀으로 살아나서 내 가슴에 꽂혔다는 것이다.

그날 이후로 독실한 신자가 되었고, 심지어는 가톨릭 신자가 적은 탓이긴 했지만 몇 달 동안 '가톨릭 군종 사병' 마크까지 가슴에 달고 지내다 제대했다. 한 달에 한 번쯤 미시령에 있던 대대 막사의 작은 공간에 인제 성당의 신부님이 와서 공소예절을 지냈는데, 여기에 참석하는 날엔 미리 찬물로 목욕재계하고 몸을 정화할 정도로 경건한 신자였다.

이때 성서와 함께 즐겨 읽은 책은 《종교박람회》였고, 그 여파였는지 크리슈나무르티의 《자기로부터의 혁명》과 라즈니쉬, 아씨시의 성 프란체스코에 관한 종교, 명상 서적도 가까이했다.

경건주의자 흉내 내는 생활은 다음 해 봄 제대한 뒤에도 6개월 정도 지속했다. 제대하면서 사단 본부에서 영세증명서를 떼다가 대림동 본당에 제출하고 본격적인 신앙생활을 했다. 매일 아침 하루도 빠지지 않고 새벽 미사에 참석했고, 열성자들의 기도 모임인 레지오 마리에 모임에도 가입해서 모범적으로 활동했다. 레지오 회원들과 나환자촌, 시립병원, 시각장애인 마을 등에 봉사활동도 다녔다. 봉사활동을 통해 처음으로 이타적인 삶이 무엇인지 몸으로 배울 수 있었고, 그 시기 함께 활동한 레지도 모임의 단원 열두세 명 중 3명의 자매가 수녀원에 들어갔다. 근래 1985년에 읽던 《레지오마리아》 교본을 버리려고 책장을 넘기다가 또박또박 쓴 자필 메모를 발견했다. 로마서 12장 15~18절에 나오는 "기뻐하는 사람이 있으면 함께 기뻐해주고 우는 사람이 있으면 함께 울어 주십시오…… 여러분의 힘으로 되는 일이라면 모든 사람과 평화롭게 지내십시오."라는 구절이었다. 이때 삶의 모델은 아씨시의 성 프란체스코였고, 그가 작성했다는 "주여 나를 평화의 도구로 써주소서"라는 '평화의 기도'를 즐겨 암송했다.

그러다 가을 학기에 복학했는데, 군대 가기 전 함께 술 마시던 친구들이 학생운동의 선봉에 서서 싸우고 있었고, 한 친구는 감옥에 갇히기도 했다. 이때 '내가 십자가를 짊어져야 하는데, 신앙인에게 감옥 가는 일은 영광의 가시면류관일 텐데'라는 생각이 들었다.

억압받는 사회 현실과 대비하며 성경을 읽으니 구절구절이 사회 참여, 혁명의 경구와도 같았다. 예수가 자기의 고향인 나사렛의 회당에 들어가 처음 설교할 때 인용한 성구는 〈이사야〉 서에 나오는 말씀인데, 이것이야말로 성서의 핵심 메시지 중 하나라 여겼다.

하나님에게 날린 사표

주의 성령이 내게 임하였으니 이는 가난한 자에게 복음을 전하게 하시려고 내게 기름을 부으시고 나를 보내사 포로된 자에게 자유를, 눈먼 자에게 다시 보게 함을 전파하며 눌린 자를 자유케 하고 주의 은혜의 해를 전파하게 하려 하심이라 하였더라.(누가 4:18-19, 이사야 61:1-2)

그러니 《성서》가 의식화 도서 제1권이라 아니 할 수 없다. 그 뒤 마르크스 레닌주의와 주체사상 서적도 접했으나 오랫동안 기독교인의 정체성을 버리지 않았다. 그러나 2000년대 초반 대형교회 교인 수만, 수십만 명이 3.1절 기념식을 한다며 서울 시청 앞 광장에 모여 태극기와 성조기를 흔들고, 반북 친미 정치구호를 외치는 모습을 본 뒤로 대한민국에서 더는 기독교인이 되기를 포기했다. 성조기 흔드는 머저리 신자들, 인간말종이 가는 천국엔 가지 않겠다며 하나님에게 사표를 날려 보냈다.

딸아이가 읽은 《철학에세이》는 4판 15쇄

《성서》가 양심의 소리에 귀를 기울이게 하고, 불의에 저항할 수 있는 용기를 심어줬다면, 세상 보는 관점을 코페르니쿠스적으로 전환한 책은 《철학에세이》다. 《철학에세이》는 쉽고 가볍게 읽을 수 있는 내용인데, 이 책을 읽은 뒤에 세상을 보는 눈이 보다 구체적이고 현실적으로 변했다. 한마디로 변증법적 사유가 가능해졌다.

군 제대 후 2학년 2학기에 복학한 뒤에는, 복학생들이 그러하듯 도서관에 파묻혀 살았다. 이런 평온한 생활은 10월 초순쯤 학생회가 틀어 준 광주항쟁 비디오를 본 뒤에 급변했다. 외신기자가 찍은 광주항쟁 비디오 속의 장면은 데모가 단순한 집회 시위가 아니라 전투임을 알려줬다. '광주출정가'와 '동지가'를 부르며 목숨을 걸고 싸워야 하는 전쟁터였다.

도서관에서 책을 뒤적거릴 때가 아니라 판단하고 학생운동에 선이 닿아 있으리라 판단되는 몇몇 서클을 직접 찾아갔다. 그런데 야학 서클, 쿠사, 가톨릭학생회 문을 열고 들어가 신입회원 가입 의사를 밝혔을 때 의외로 분위기가 냉랭했다. 보통 신입회원이 서클 문을 열고 들어오면, 그날 바로 2차, 3차 술자리로 모시고 갔을 텐데 뜻밖의 반응이었다.

흥사단 청년 모임의 세미나 교재《철학에세이》

학생운동을 하던 동기에게 이런 분위기를 전했더니 "군 제대한 복학생이 자발적으로 서클에 찾아오면 일단 프락치로 의심한다."라고 얘기했다. 전두환 군사정권 시절에는 강의실 내에도 곳곳에 정보원이나 프락치가 박혀 있었으니 그런 경계심을 품을 만했다. 친구는 내게 학생운동 조직은 학번체계로 움직여서 복학생이 활동하기 어려우니 학내가 아닌 학외 서클에서 활동하라며 대학로에 있는 흥사단 청년 모임을 소개해줬다.

기대에 부풀어 흥사단 청년 모임을 찾아갔다. 엇비슷한 나이의 열 명 정도 되는 회원이 참여하는 모임이었다. 그중에 삼 분의 이 정도는 직장인이었고, 삼 분의 일 정도가 나 같은 복학생이었다. 이 중에 여러 명은 아직도 만나고 있는데, 어쩌다 보니 같은 사건의 감방 동기만 네 명이나 된다. 안창호 선생의 흥사단 설립정신인 무실역행(務實力行)을 따라 실천한 결과라 하겠다.

내 기억에 세미나의 첫 번째 책이《철학에세이》였다. 이 유서 깊은 책은 지금까지 보관 중이다. 두 차례의 자택 압수 수색 등을 거치면서 귀한 '불온도서'가 꽤 사라졌고, 다른 곳에 옮겨놨다 분실한 책이 적지 않은데 이 책은 책꽂이에서 37년을 버텼다. 누가 봐도 책 제목이 건전한《철학에세이》는 압수대상 불온도서에 포함되지 않았기 때문이다.

1983년에 발행된 이 책 초판에는 저자 이름이 적혀 있지 않고, 편집부 구성이라 적혀 있다. 당시 출판계에선 외국의 진보적 도서를 번역하거나 재구성해서 낼 때 가명을 쓰거나 편집부 이름으로 내는 게 관행이기도 했다. 《철학에세이》는 다른 이념 도서와 달리 꾸준하게 팔리면서 2판, 3판, 4판을 찍었는데, 이때는 필자의 이름도 밝혔다. 2005년에 나온 개정 4판의 필자 소개를 보니 "조성오-1959년 대전에서 태어나 서울대학교 법학과를 졸업했다. 지은 책으로는 《인간의 역사》, 《우리 역사 이야기》가 있으며, 현재 변호사로 활동하고 있다."라고 적혀 있다. 1983년 5월 초판을 발행했을 때는 저자 나이가 25세였다.

《철학에세이》 초판의 서문에서 저자는 "철학이 철학을 전문으로 하는 소수의 사람에게만 통하는 암호 같은 것으로 되어버린 점은 마땅히 극복되어야 할 것입니다."라고 말하고, "과시적 사치품이 아니라, 당연히 생활의 곡괭이가 되고, 삽이 되고, 또한 나침반이 되어야 할 것"이라 밝혔다.

세상 모든 것은 연관되어 있고, 변화한다

사실 일반인이 칸트, 데카르트, 헤겔의 난해한 철학서를 읽고 자기 삶의 지침서로 삼기는 어렵다. 《철학에세이》는 철학이라는 말이 들어가지만 누구나 쉽게 이해할 수 있는 수준의 논리와 사례를 통해 철학의 핵심 문제를 풀어준다.

《철학에세이》가 전하려는 핵심 명제를 한 문장으로 요약한다면 "세상 모든 것은 연관되어 있으며, 모든 것은 변화한다."라는 것이다. 너무나 당연할 것 같은 이 명제를 현실 상황 속에서 제대로 적용하지 못해서 우리의 뇌가 혼돈과 착각, 미몽, 주관, 억측 속에 빠져서 허우적거리는 경우가 많다.

1985년 대학로 흥사단에서 읽고 토론했던 《철학에세이》에 밑줄 쳤던 대목을 다시 읽어보니 감회가 새롭다. 이 평범하고도 상식적인 몇몇 구절을 통해 실타래 엉킨 것처럼 어수선했던 머릿속이 깔끔하게 정리됐던 기억이 지금도 생생하다.

다시 한번 말하자면, 이처럼 세계에 존재하는 모든 사물은 상호 관련을 맺으면서 존재합니다. 따라서 이러한 관련성을 무시한다면 우리는 올바른 인식을 가질 수 없게 됩니다.(24p)

이처럼 '모든 사물은 변화한다.'라는 생각, 사물의 본질은 운동이며 과정 이라는 생각은 매우 중요한 것입니다.(31p)

이 책은 위와 같은 내용과 함께 모순의 특수성과 보편성, 적대적 모순과 비적대적 모순, 주요모순, 대립물의 투쟁과 통일, 양질 전화의 법칙, 부정의 부정과 변화발전, 존재의 일차성과 관념의 이차성, 자유와 필연성, 이론과 실천, 현상과 본질, 형식과 내용, 목적성과 인과관계·법칙, 가능성과 현실성 에 관해 다루고 있다. 나중에 알고 봤더니 이는 변증법적 유물론의 주요 내용을 정리한 것이었다. 《철학에세이》를 끝낸 다음에는 《강좌철학》, 《세 계철학서》 등으로 심화학습을 했다.

《철학에세이》를 통해서 세상을 변화시키는 운동에 참여해야 할 정당성이 머릿속에서 정리가 됐다. 그렇지만 결정적으로 몸을 움직이게 한 것은 따로 있었다. 앞서 말했듯이 1985년 가을, 학생회관에서 광주항쟁 비디오와 《죽음을 넘어 시대의 어둠을 넘어》(황석영, 1985)를 본 뒤로 도서관 파에서 탈퇴했다. 데모 정도라면 모를까 대한민국 군인이 시민을 총칼로 학살하는 전쟁터에서 도망치는 비겁자가 될 수는 없는 일이었다.

하늘에 반짝이는 별과 내 마음속의 도덕률

《철학에세이》에 나오는 모든 사항이 절대 진리는 아니겠지만 적어도 '세상의 모든 것은 연관되어 있고 변화한다'라는 진리만큼은 시대와 공간을 넘어 인정할 수밖에 없는 진리가 아닌가 싶다. 즉문즉설로 유명한 법륜 스님은 반야심경을 강의하면서 "과학이 발달하면서 등장한 변증법적 유물론은 '모든 것은 연관되어 있고 변화한다'라고 했는데, 이것이 바로 불교의 연기법이다."라고 말하기도 했다.

이 명제는 노동자는 일만 해야 하고, 교사는 가르치기만 해야 하고, 예술가는 순수하게 예술만 해야지 정치에 참여하는 것은 불순하다는 논리를 비판할 수 있게 하고, 오랫동안 군사독재정권의 통치를 받으면서 체념적으로 받아들이고 있던 '세상은 쉽게 변하지 않는다', '계란으로 바위 치기다'와 같은 패배주의에서 벗어나게 하는 데 큰 도움을 줬다. 기득권을 지키려는 보수세력은 변화와 운동의 논리를 마땅치 않게 여긴다. 변화의 철학을 무기로 민주세력은 끝장낼 수 없을 것 같았던 군사독재를 종식했다. 그러나 변화된 세상을 경험한 뒤에도, 심지어는 변화의 주체라 자임한 사람들도 나이가 들면 세상은 쉽게 변하지 않으리라 생각한다.

"우리가 미국을 물러나게 할 수는 없을 거야."

"분단된 지 77년이나 됐는데 뭐 이제 이 상태를 인정하고 그냥 평화로운 분단체제 아래서 살아야 하는 거 아닐까."

"무슨 힘으로 저 재벌과 기득권세력을 무너뜨리고 노동자가 주인 되는 세상을 만들 수 있겠어."

이 자리에서 무엇이 옳은 방향인지 논의하는 것은 생략하기로 한다. 똑같이 《철학에세이》를 읽고 활동했던 사람도 같은 현상에 대해 달리 생각할 수 있다. 분명한 것은 똑같이 변화와 운동을 얘기해도, 변화의 방향과 속도를 정하는 것은 주관적일 수밖에 없다는 것이다.

대학 졸업을 앞두고 '운동에서 무엇이 가장 중요한가?'라는 질문을 던지고 자문자답한 적이 있는데, 그때 나는 '좌우편향에 빠졌을 때 솔직히 자기비판을 하고 극복하는 것'이라 판단했다.

문제는 너나 할 것 없이 솔직하기가 쉽지 않다. 몰라서 그럴 수도 있지만 자신의 좌우편향을 알면서도 사리사욕을 채우기 위해 합리화하거나, 상호비판을 악용하는 사람들이 많다. 이렇게 사심이 개입되면 《철학에세이》의 변증법적 사유도 무용지물이 된다. 이럴 땐 윤동주의 "하늘을 우러러 한 점 부끄러움이 없기를" 같은 시구나 칸트의 묘비명에 새겨져 있는 "생각하면 생각할수록 새롭고 무한한 감탄과 존경을 불러일으키는 두 가지가 있다. 그것은 하늘에 반짝이는 별과 내 마음속의 도덕률이다."와 같은 말을 되새기는 게 좋을 것이다. 세월이 흘러 깨닫게 된 사실은 변증법적 사유나 특정한 이념을 이해하는 것보다 내 마음속의 양심을 지키는 일이 더 어렵다는 사실이다.

이 시대의 곡괭이, 나침반은?

《철학에세이》 내용이 알차서 그런지 아니면 제목이 좋아서 그런지 1983년 초판을 펴낸 뒤 아직도 꾸준히 팔리고 있다. 2015년경 고등학교에 들어간 딸 아이가 학교 독서 토론 모임에서 읽은 책 중의 하나가 《철학에세이》였다. 1980년대 사회과학 세미나 모임 커리큘럼에 들어간 주요 도서 중에 거의 유일하게 살아남아 스테디셀러가 된 책이 아닐까 싶다. 딸이 읽은 2012년에 나온 《철학에세이》의 판권을 살펴보니 개정 4판 15쇄라 찍혀 있었다. 1980년대 서클 활동한 청년, 학생들은 너나 할 것 없이 《철학에세이》를 읽었으니 1쇄도 불타나게 팔렸을 텐데, 지금까지 몇 부나 찍었는지 궁금하다.

《철학에세이》처럼 변화와 실천을 강조하는 철학서가 아니라면 지금 젊은 이들에게 "곡괭이가 되고, 삽이 되고, 또한 나침반"이 되는 책과 철학은 무엇일까? IMF 사태 이후 우리 사회는 천민자본주의의 극단을 달리고 있고, "부자되세요!", "대박나세요!"가 국민적 덕담으로 등극했다. 초등학생의 꿈이 건물주인 나라에서 인간중심, 사람중심 철학이 설 자리는 어디인가?

이산하의 〈한라산〉과 힐링 혹은 킬링

　제주도 유채꽃을 보고 신혼여행, 사진 촬영, 올레길, 힐링을 떠올리는 사람은 제주도의 10분의 1, 100분의 1밖에 모르는 사람이다. 4·3항쟁의 비극적 사연을 알게 된 사람에겐 유채꽃이 또 다른 의미로 다가온다. 1980년대 대학가에서 유행하던 〈한라산〉이란 노래가 있다.

　"유채꽃 노란 아우성 속엔 핏빛 함성이 일어

　알몸이 된 산허리엔 주검만이 쌓였구나

　아아 어찌 잊으리오……."

　〈사람이 꽃보다 아름다워〉를 부른 안치환이 부른 민중가요 중엔 〈잠들지 않는 남도〉란 노래도 있다. "외로운 대지의 깃발, 흩날리는 이녁의 땅, 어둠 살 뚫고 피어난, 피에 젖은 유채꽃이여……." 이 노랫말의 의미를 새기며 입술을 꼬옥 깨물어보지 않은 사람은 제주도와 한라산의 붉은 속살을 봤다고 할 수 없다. 4·3의 비극을 제대로 알지 못한다면 이 노랫말에 공감할 수도 없다.

1985년 군 제대 후 복학해서 광주항쟁 비디오 영상을 본 뒤 시국이 '전시상황'이라는 인식이 생겼고, 얼마 후 1980년의 5·18, 1960년의 4·19 이전에 1948년의 4·3이 있음을 알게 됐다. 1986년 봄 이산하의 장시 〈한라산〉을 읽게 된 뒤부터다. 그 직전에 대학 내에 유포된 제주 4·3항쟁 관련 팸플릿을 읽은 것도 함께 영향을 미쳤다.

이때 읽은 팸플릿과 〈한라산〉 시를 통해 "조국 통일 완수하자", "미국을 몰아내자"라는 구호가 1980년대에 특정 정파에 의해 갑자기 생긴 구호가 아님을 알게 됐다. 그리고 1980년대의 반독재민주화운동은 단지 1980년 광주항쟁으로 인해 촉발된 것이 아니라 1945년 이후 "민족해방을 위해 장렬히 산화해 간 전사들"이 피 흘리며 벌여온 자주, 민주, 통일운동의 일환임을 알게 됐다. 운동에도 역사성이 있으며, 그 맥락을 놓치지 않는 게 중요한 과제임을 깨달았다.

혓바닥을 깨물 통곡 없이는 갈 수 없는 땅

이산하의 시 〈한라산〉이 발표된 것은 사회과학전문 부정기간행물 《녹두서평》 창간호(1986)이다. 이 책의 맨 앞장엔 "모든 이론은 회색이고 오직 영원한 것은 저 푸른 생명의 나무이다."라는 문장이 적혀 있었다. 《녹두서평》은 '특집- 민주주의 혁명과 제국주의'라는 제목 아래 '러시아 민주주의혁명과 노농동맹', '중국의 신민주주의혁명', '신식민지에 있어서의 민족해방과 민주주의의 실현' 등의 글을 실었는데, 맨 앞에 〈한라산〉을 전재했다. 13~70 페이지에 걸쳐 실린 한라산은 1장 정복자, 2장 폭풍전야, 3장 포문을 열다,

4장 불타는 섬으로 구성됐다. 이산하 시인은 맨 앞에 '해방 전사'에게라는 헌사를 썼다.

> 혓바닥을 깨물 통곡 없이는 갈 수 없는 땅
> 발가락을 자를 분노 없이는 오를 수 없는 산
> 제주도에서, 지리산에서, 그리고 한반도의 산하 구석구석에서
> 민족해방을 위해 장렬히 산화해 가신 전사들에게 이 글을 바친다.

이를 읽다 보면 1980년 전두환과 공수부대가 광주의 무고한 시민을 학살할 때 미군이 방조(혹은 배후조종)한 것 이상으로 1948년 이승만과 토벌대가 제주의 선량한 주민을 학살할 때 미국이 관여했다는 것을 알 수 있다.

이 시 '제4장 불타는 섬'의 맨 앞 장에는 제주도 인민유격대 이름으로 토벌대(제9연대) 막사 안에 뿌려진 삐라의 내용이 인용됐다. 나는 홍천 11사단 9연대에서 이등병 시절을 보내기도 했다.

> 당신들의 친구 형제를 살해하는 미국의 용병이 되려는가?
> 애국적인 인민대중을 테러, 학살하는 도구가 되려는가?
> 조국의 통일과 민족의 해방을 위해 용감히 싸우고 있는 제주도 인민을 방위하고 검은 공포에게로 총구를 돌려라!
> 친애하는 장병들이여!
> 조국과 민족의 강토를 우리와 함께 지키자!

150

〈한라산〉을 지금 읽으면 다소 격하게 느껴질 수 있다. 혁명적 열정으로 가득 찼던 1980년대의 사회 정서를 감안하며 읽어야 제대로 감상할 수 있다. 따지고 보면 이때의 모순이 근본적으로 해결된 것이 없는데도 〈한라산〉에 지금의 독자들이 깊이 공감하지 못한다면 그 이유는 무엇일까 생각해봤다. 그중 하나는 민족자주와 통일 없이도 민주주의가 가능하다는 환상을 갖게 된 탓 아닐까 싶다.

김영삼이 집권하자 김영삼 지지자가 추구하는 민주화운동은 끝이 났고, 김대중 정부, 노무현 정부가 들어서자 그들 지지자가 갈망하던 민주주의는 거의 완료됐다고 여긴다. 민족자주와 통일의 열정은 현저히 식었다. 어쩌면 이젠 미국이나 분단문제에 대해 체념하는 분위기가 깊어졌다. 누구나 국가의 자주성이 중요하고, 필요하다고 말은 한다. 문제는 국가의 자립, 자위, 자주조차도 미국의 허락을 받는 상황을 당연시한다. 이명박·박근혜, 노무현·문재인 모두 금강산 관광이나 개성공단 문제에 있어 미국의 허락 없이는 한 발자국도 움직이지 못한다.

항소이유서에 "장백산 줄기줄기 피어린 자욱……"

〈한라산〉 시로 수배 받던 이산하(본명 이상백) 시인은 결국 1987년 11월 11일 구속됐다. 이 사건은 김지하의 시 〈오적〉 이후 최대의 필화사건으로 불렸다. 이산하 시인은 〈한라산〉 복간호(2018) 후기에서 당시 재판정에서 "작품을 놓고 '4·3의 진실'에 대해 판검사, 변호사들과 조목조목 논쟁한다면, 그 자체가 이미 하나의 '창작과 표현의 자유'를 위한 투쟁의 장이 될 수 있었"다고 봤는데, 그에게 유리한 증언을 해줄 작가(고은, 백낙청, 신경림도 거부)가 없었고, 초반에는 변론해줄 변호사도 없어 좌절했다고 밝혔다. 이런 고립적 상황에 좌절한 이산하 시인은 항소이유서 서두에 간략히 심경을 밝힌 다음 "장백산 줄기줄기 피어린 자욱 압록강 굽이굽이 피어린 자욱……" 이라고 써서 재판부에 제출했다. 이 노랫말은 〈김일성 장군의 노래〉 가사였다. 원래는 200장이 넘는 항소이유서를 썼으나 모두 찢어 버린 뒤 "감옥 바깥의 기회주의적인 작태들이 떠오르면서 가슴속에 차곡차곡 분노가 쌓여졌"고, "한국에서 유통기한이 가장 긴 '반공 이데올로기'의 심리적 마지노선에 작은 흠집이라도 내기 위해 마지막 프로블레마(도전장)"를 던진 것이었다. 그가 쓴 항소이유서를 보고 검찰은 발칵 뒤집혔고 "이 자는 영원히 콩밥을 먹여야 한다."라며 격앙했다는 얘기가 전설처럼 들려온다.

이산하 시인은 장편서사시 《한라산》 시집 복간본을 '복간된 시집이라기보다는 복원된 시집이라고 하는 것이 맞다'라고 했다. 1986년 《녹두서평》을 만들 때는 원본 시를 본 인쇄소 사장이 그대로 싣는 것을 거부해 할 수 없이 민감한 부분을 완화했다고 밝혔다. 눈물, 적개심, 복수심에 불타며 읽었던 시집을 이제는 아무런 마음의 동요 없이 읽어 내렸다. 시집을 사니 《산하, 이산하》라는 제목을 단 노트가 딸려 나왔다. 그 노트 한 페이지마다 〈한라산〉의 주요 시구가 한 구절씩 적혀 있는데, 마지막 장에는 이렇게 적혀 있었다.

오늘도 잠들지 않는 남도 한라산
그 아름다운 제주도의 신혼여행지들은 모두

우리가 묵념해야 할 학살의 장소이다.

그곳에 핀 노란 유채꽃들은 여전히 아름답다.

그러나 그 꽃들은 모두 칼날을 물고 잠들어 있다.

제주도 신혼여행자, 올레길 순례자, 한달살이 여행객이 유채꽃을 보고 힐링을 얻는 게 자연스러운 감정일까. 설령 힐링을 하더라도 "우리가 묵념해야 할 학살의 장소"라는 것을 기억하고 잠시라도 추모의 마음을 지녀야 할 것이다.

오랫동안 유행하고 있는 힐링이라는 말 자체에 대한 거부감도 크다. 치유라 하면 될 것을 영어를 쓰는 것이 맘에 들지 않았다. 최근 한병철(베를린예술대 교수)의 《심리정치》를 보다가 그보다 더 근원적인 이유를 파악하게 됐다. 한병철은 이 책에 실린 '힐링 혹은 킬링'이란 글에서 "신자유주의적 심리정치는 점점 더 세련된 자기착취의 형식을 고안해" 내는데, 힐링은 시스템 내에 완벽하게 적응하라는 신자유주의의 대표적인 자아 최적화 이데올로기라는 것이다. 저자는 사람의 인격을 긍정성의 강제 속에 묶어두고, 고통마저 착취하는 힐링은 킬링으로 귀결된다고 말한다.

《한라산》을 가슴으로 읽은 사람이라면 이제 한라산 자락의 유채꽃을 보고 힐링만이 아닌 '킬링'도 함께 떠올라야 마땅하다.

노래책 《어머니의 노래》와 나의 어머니

어머니 하면 무엇이 떠오를까? 사람마다 자라온 환경에 따라 언제 회상하느냐에 따라 다를 것이다.

어머니, 부모라는 말에 대해 10대 때와는 전혀 다른 감정을 갖게 된 것은 육군 입대 후이다. 빡빡머리 깎고 강원도 홍천의 신병 훈련소에서 6주 동안 훈련받을 때 조교들은 잔인하게도 가끔 군가 아닌 노래를 부르게 하는데 그중의 하나가 〈어머님 은혜〉 노래다. "낳으실 제 괴로움 다 잊으시고 기르실 제 밤낮으로 애쓰는 마음…….." 대부분 훈련병은 이 노래의 한 소절이 끝나기 전에 목이 메고 눈시울이 벌게진다. 이 노래가 끝날 때까지 울지 않는 신병은 거의 없다. 군대에선 어버이날에 의무적으로 부모님에게 편지를 쓰게 한다. 이때 한 줄 한 줄 꼭꼭 눌러서 쓰다 보면, 내게 이런 효심이 있었나 하는 새로운 발견에 놀라기도 한다. 뭐 그렇다 해도 제대 후 부모 말 안 듣고, 속 썩이는 데는 큰 차이가 없긴 했다.

1987년 봄부터 6·29선언이 발표되던 날까지는 거의 매일 학내 집회가 있었다. 어느 날인가는 집회에 어머니가 참석했다. 당시에는 학생처나 학과 교수가 집회를 주도하는 학생의 부모에게 연락해서 집회를 못 하게 설득하라는 요청을 하기도 했다. 이런 계략은 가끔 성공해서 집회가 불발되는 일이 벌어지기도 했다. 어머니도 그런 전화를 받고 온 것이었다. 하지만 어머니는 마이크를 잡고 집회를 주도하는 아들 앞에 나타나지 않았다. 되려 시위에 참여하지 않고 구경하는 학생들에게 "학생은 왜 같이 안 하냐." 며 은근슬쩍 시위 참여를 종용했다고 한다. 학생회 후배를 통해 어머니가 집회에 참여했다는 말을 전해 들은 뒤 마이크를 잡고 "독재 타도 민주 쟁취 대열에 우리 어머니도 참여하셨습니다. 학우 여러분 모두 함께합시다."라고 외쳤다. 그 효과였을까, 그날 시위에 참여해 스크럼 짠 학생의 숫자는 이전보다 대폭 늘었다.

검찰청에서 만난 어머니의 한마디

대학 다닐 때 두 번 구속이 돼서 어머니를 힘들게 했다. 영등포 구치소에서 수감 중일 때 소내 투쟁으로 징벌방에 갇힌 적이 있는데 고분고분하게 말을 듣지 않자 보안과장이 불렀다. 내게 긴말을 하지 않고 "집 전화가 844-○○○○이지? 어머니에게 전화해서 여기서도 투쟁을 잘하고 있다고 알려줘야겠군."이라고 하며 전화기 다이얼을 돌렸다. '감옥에 잡혀가 속을 썩이더니 그 안에서까지 난리 피냐'라며 속상해할 어머니 얼굴이 떠올랐고, 보안과장에게 바로 항복했다. 지금 생각해도 열 받는 일이다. 싸움에도 법도가 있는 것이지 가족을 끌어들이다니, 망할 놈들 같으니라고.

학교 졸업 하자마자 잡지사에 취직했기에 어머니는 더는 감옥 갈 일은 없을 거라며 안심을 했다고 한다. 그런데 이런 기대를 무너뜨리고, 이번에는 국가보안법 사건에 연루돼 경찰서가 아닌 안기부로 끌려가는 사태가 발생했다. 흥사단 친구의 권고로 이름 그대로 1995년에는 조국통일을 이루자는 목표를 내세운 1995년위원회에 가입했는데, 뭘 해보지도 못하고 '일망타진'된 것이다. 남산 지하실에서 조사받는 20일 동안 면회도 금지였다. 고립무원으로 갇힌 상황에서 안기부원은 너는 가족도 버렸고 면회 오는 사람도 한 명 없다며 심리전을 폈다. 반신반의하면서도 어쩌면 정말로 마지막 의지처마저 사라졌을지도 모른다는 사실에 내심 위축되기도 했다.

안기부 지하실에서 구치소로 넘어온 바로 다음 날 검찰로 조사받으러 갔다. 검찰 수사관과 일문일답을 하고 있는데 누가 문을 조심스레 열고 들어왔다. 20일 사이에 10년은 더 늙어버린 얼굴의 어머니였다. 얼굴이 반쪽으로 야윈 상태였다. 구속 후에 민가협 어머니들과 함께 매일 아들 얼굴 한번 보려고 남산 안기부에 갔지만 면허를 불허했다고 한다. 나이 들어서도 속 썩이는 아들에게 욕을 하고 한 대 때려도 할 말이 없는 상황이었는데, 어머니는 검사와 수사관을 바라보며 말을 했다.

"우리 아들 몸에 한 대라도 손을 대기만 해봐. 내가 이 자리에서 혀를 꽉 깨물고……."

그 말을 듣고 너무 죄송하면서도 고마웠다. 어머니는 내 몸이 성한 걸 확인한 후에 돌아가셨다. 수십 년 지난 지금도 이때의 어머니 모습을 떠올리면 가슴이 먹먹하다. 예나 지금이나 어머니는 정치적으로는 보수지만 무조건 아들 편을 든 것이다. 이 세상 모든 사람이 내게 돌을 던지더라도 나를 믿고 보호해 줄 이는 어머니(부모님)밖에 없음을 확인한 순간이었다. 그런데 아들 구속 이후 민가협 집회에 따라다니고, 평소 안 찍던 호남 출신 야당 정치인이나 개혁 성향 후보에게 투표하던 어머니였지만 아들이 석방된 뒤에는 다시 보수 후보에게 표를 던졌다. 부모 자식도 타고난 좌우 기질은 다르고, 정치적 핏줄은 연결되지 않는 모양이다,

고리키의 《어머니》

1980년대에는 어머니에 대한 관념이 혈연적 관계를 넘어 사회적 관계로 확장되는 현상이 일어난다. 고리키의 《어머니》는 현실참여에 관심을 지닌 학생들의 필독서였다. 1906년에 고리키가 창작한 《어머니》는 러시아 소르모프에서 일어난 노동자의 5·1절 시위사건을 소재로 했는데, 이 시위의 주도자인 노동자의 어머니 닐로브나가 아들과 그의 동지들의 영향을 받으면서 점차 대담한 지하활동가로, 여성혁명투사로 변모되는 과정을 그린 소설이다. 레닌은 《어머니》에 대해 "가장 때에 알맞은 책이며, 또 당시 혁명에 가장 필요한 책"이라고 강조하면서 "많은 노동자는 자각적으로가 아니라 자연발생적으로 혁명운동에 참여하였는데 그들이 지금 《어머니》를 읽게 된다면 여기에서 많은 유익한 점을 알게 될 것이다."(《민중의 벗 고리끼》, 정판룡, 182P)라고 하였다.

고리키는 1905년 볼셰비키 당의 기관지 《노바야 쥐즈니》에 '단상'이라는 글을 실었는데, 이 글에서 "당시 혁명대오 내부에 적지 않게 존재하는 톨스토이주의거나 개량주의 사조들이 앞으로 우리 혁명에 어떤 해로운

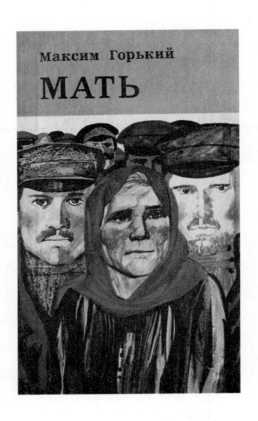

레닌은《어머니》에 대해 "가장 때에 알맞은 책이며,
또 당시 혁명에 가장 필요한 책"이라고 강조하면서 "많은 노동자는
자각적으로가 아니라 자연발생적으로 혁명운동에 참여하였는데 그들이
지금《어머니》를 읽게 된다면 여기에서 많은 유익한 점을 알게 될 것이다."
(《민중의 벗 고리끼》, 정판룡)라고 하였다. 러시아 판《어머니》의 표지.

영향을 끼칠 수 있는가에 대하여 말하면서 혁명의 승리를 쟁취하자면 우선 혁명을 실패로 이끌 수 있는 개량주의 사조를 철저히 숙청해야 한다."라고 하였다.

그들은 박해받는 수난자들에게 참을 것을 요구하며 폭력에 대항하지 못하도록 한다. 그들은 돈 있는 자가 돈 없는 자를 압박하고 착취하는 현행 제도를 영원히 개변할 수 없다는 증거를 찾으려고 하며 인민들에게 인간 세상에서 고된 노동과 고통을 참고 견디기만 하면 천당에 갈 수 있다고 말한다.

고리키는 '단상'에서 톨스토이와 도스토옙스키는 비록 예술상에서 '세계 문학에서의 제1급의 작품을 남겨놓은 천재적인 예술가'이나 타면으로는 '폭력으로 악에 저항하지 말라'와 소위 '도덕적 자기완성' 등 '바보같은 설교'를 한 사람들로서 이런 설교에 대하여 엄격한 비판을 가해야 한다고 하였다.(《민중의 벗 고리끼》, 정판룡) 그러나 히틀러가 소련을 침공한 2차 대전 시기에 스탈린은 톨스토이의 소설을 "조국과 민족의 단결과 저항을 부추기는 위대한 민족적 서사시이자 애국 소설, '선동문건'으로 활용했다."(《인생이 묻고 톨스토이가 답하다》, 이희인)라고 한다.

민가협의 어머니

1980년대에는 문학가의 소시민적 성격을 비판하는 고리키의 관점이 톨스토이나 도스토옙스키보다 대다수 진보적 청년학생 사이에서 인기가 높았다. 소설 속 고리키의 어머니가 눈앞에 있었으니 민가협 어머니가 바로 그 화신이었다. 1980년대에는 주요 집회에 참석하시던 민가협의 어머니는 양심과 투쟁, 희생, 헌신, 결단, 희망, 승리의 상징이었다. 집회의 사회자가 민가협의 어머니가 참석했다고 소개하고 어머니들이 연단에 오르면 학생들은 열화와 같은 박수와 함께 일어나 〈어머니〉 노래를 부르며 환영했다. 책방에 《어머니의 노래》라는 민중가요 모음집이 있어서 노랫말을 찾아봤다.

> 사람 사는 세상이 돌아와 너와 내가 부둥켜안을 때
> 모순덩어리 억압과 착취 저 붉은 태양에 녹아버리네……
> 아아 이글거리는 눈빛으로 두려움 없이 싸워나가리
> 어머니 해맑은 웃음의 그 날 위해

이 노래와 함께 많이 불리던 노래 중에 〈선봉에 서서〉라는 노래가 있다. 노래의 뒷부분에 "오 어머니 당신의 아들(딸) 자랑스런 민주의 투사 영광의 장정 뿌려진 피땀 어머님의 눈물이런가"라는 가사가 나온다.

1986년 5·3사태 때 인천 주안역 앞 집회에 참석했다 구속됐다. 하필 이때가 중간고사 기간이라 시험 자체를 보지 못했다. 기말고사가 끝나고 교양과목을 맡은 젊은 강사가 학생들과 종강 파티를 하는데 내게 질문을 던졌다.

"요즘 집회에서 유행하는 최신곡 부르면 학점 잘 줄 수도 있는데 노래 한번 불러 볼래요? '선봉에 서서' 하며 부르는 노래가 귀에 쏙 들어오던데 그 노래 알아요."

타고난 음치라 술집에서도 독창은 절대 사양이었지만 학점을 준다는데 뭘 못하랴.

"선봉에 서서 하늘을 본다. 고향 집 하늘 위엔 굴뚝 연기가, …….오 어머니 당신의 아들 자랑스런 민중의 투사"

못 부르는 노래지만 끝까지 불렀더니 강사는 흡족한 표정을 지으며 손뼉을 쳤다. 나중에 성적표에 A^0가 나온 걸 보고 깜짝 놀랐다. F만 면하게 해주고 B나 C를 줘도 감지덕지했을 텐데 A 학점을 주다니. 어찌 보면 대학가에 낭만이 있던 시절이었다. 〈선봉에 서서〉는 노무현 대통령이 선거 때 유권자와 악수하러 다닐 때 흥얼거리며 부른 노래로도 유명하다.

옛 노래를 떠올리다 보니 구비구비 청춘의 고갯길에서 내 손을 잡아주고 영혼을 구원해준 민중가요 몇 곡이 떠오른다. 1985년 부평경찰서 유치장에서 2박3일 두들겨 맞은 뒤 구속자들과 함께 부른 〈타는 목마름으로〉, 그 살벌한 분위기에서 용감하게 선창을 한 이는 어느 여성이었다. 1987년 대선을 코앞에 두고 노량진 경찰서 유치장에 수감됐을 때 부른 "뜻없이 무릎 꿇는 그 복종 아니오."로 시작하는 찬송가, 남산 지하실에서 조사받던 마지막 날 수사관이 노래를 시켜서 불렀던 〈동지애의 노래〉, 술이 들어가면 가끔 부르는 이 세 곡은 지금도 악보 없이 부를 수 있다.

신영복 옥중사색《엽서》와 불타버린 엽서

1980~90년대 감옥에서 양심수들이 즐겨 읽은 책 한 권을 꼽으라면 무엇이 선정될까? 그런 조사를 했는지 모르겠으나 1990년대 정치수에게 딱 한 권의 책을 고르라고 하면 상당수가 신영복의 《엽서》(《감옥으로부터의 사색》)를 꼽지 않을까 싶다.

《엽서》를 처음 본 날은 서울구치소에서 지내던 1993년 6월 22일이다. 이날을 정확히 기억하는 것은 구치소, 교도소에 반입되는 모든 도서는 검열을 거쳐 '열독 허가증'을 맨 앞장에 부착하는데, 아직도 붙어 있는 열독허가증에 '교부일 - 93. 6. 22.'이라 적혀 있기 때문이다.

1993년에 나온 《엽서》는 1988년 9월 1일에 발간된 《감옥으로부터의 사색》에다 일부 내용을 더하고 책의 판형을 키워서 펴낸 책이다. 《감옥으로부터의 사색》과 《엽서》의 결정적 차이는 전자와 달리 후자는 신영복 선생의 편지 원본을 그대로 인쇄해서 냈다는 점이다. 그 때문에 감옥으로부터의 편지, 엽서, 사색이라는 느낌을 시각적으로 생생하게 보여준다. 더군다나이 책을 감옥 안에서 읽은 재소자는 그런 느낌을 더 진하게 받는다. 《엽서》에서 감옥 독방 안 변기통의 냄새까지도 풍긴다는 착각을 하게 된다. 신영복 선생은 남한산성 육군교도소, 안양교도소, 대전교도소, 전주교도소 등으로 이감 다녔는데, 이곳에서 징역 생활을 한 양심수는 한 장면 한 장면이 더욱 실감나게 읽히지 않을까 싶다.

"세상이란 관조의 대상이 아니라 실천의 대상"

1968년 통일혁명당(통혁당) 사건으로 구속된 신영복 선생은 1988년 8·15 특사로 출소한다. 2016년 암으로 사망한 신영복의 이름은 2022년 김문수에 의해 다시 소환되는데, 그는 국회에서 '문재인이 신영복을 존경한다면 김일성주의자다'라는 발언을 했다. 신영복이 통혁당 출신이기에 그런 말을 한 것이다. 20년 넘게 복역하다 출소한 그에게 남은 것은 어찌 보면 검열을 거친 엽서뿐이었을지도 모른다. 출소 날짜만 바라보며 사는 재소자에게 가장 큰 낙 두 가지를 꼽으라면 접견(면회)과 편지가 아닐까 싶다. 그건 아마도 병영 생활하는 군인도 마찬가지일 텐데 군인과 달리 재소자는 정기휴가나 포상휴가가 없다.

《엽서》를 읽다 보면 다른 책에서 보기 힘든 간결하고 담백하면서도 정곡을 찌르는 사색의 풍미를 맛볼 수 있다. 사회에서 격리돼 수형생활을 하는 재소자는 시나 잡문이라도 써보려 하지만 쉬운 일이 아니다. 타고난 글솜씨가 없는 사람은 징역 오래 살아도 세상 사람들에게 감동을 줄 단 한 장의 엽서 한 장 그럴듯하게 채우기 힘들다. 신영복은 어느 날인가 엽서에 이런 구절을 적었다.

　독서는 타인의 사고를 반복함에 그칠 것이 아니라 생각거리를 얻는다는 데에 보다 참된 의의가 있다. 세상이란 관조의 대상이 아니라 실천의 대상이다. 퇴화한 집오리의 한유(閑遊)보다는 무익조의 비약하려는 안타까운 몸부림이 훨씬 훌륭한 자세이다. 인간의 적응력, 그것은 행복의 요람인 동시에 용기의 무덤이다. 투쟁은 그것을 멀리서 맴돌면서 볼 때에는 무척 두려운 것이지만 막상 맞붙어 씨름할 때에는 그리 두려운 것이 아니며 오히려 어떤 창조의 쾌감 같은 희열을 안겨주는 것이다.

한 문장 한 문장에서 '타인의 사고를 반복'하는 것이 아니라 스스로 사색하는 인간의 창조성을 느낄 수 있다. 신영복의 《엽서》 한 장 한 장은 그냥 건너뛸 글이 하나도 없다. 워낙 글재주도 뛰어난 데다 한 달에 한두 장으로 제한되는 엽서에 검열을 피하고자 여러 번 생각을 다듬어 공들여 쓴 글이기 때문일 것이다. 그중에 근래 나의 관심사인 '나이 듦'에 대한 글이 있어 한 토막 옮겨 본다.

　징역 살면서 먹은 나이를 나이에 넣지 않는 사람이 있습니다. 언제나 입소 때의 나이를 대는 고집은 기실 잃어버린 것에 대한 미련인지는 모르나 이것은 징역살이에서 건져낼 수 있는 육중한 체험의 값어치를 심히 경시하기 쉬운 결정적인 잘못을 범하는 것이라 하겠습니다.
　사람은 나무와 달라서 나이를 더한다고 해서 그저 굵어지는 것이 아니며,

반대로 젊음이 신선함을 항상 보증해 주는 것도 아닙니다. 老(노)가 원숙이, 少(소)가 청신함이 되고 안 되고는 그 연월을 안 받침하고 있는 체험과 사색의 갈무리 여하에 달려 있다고 믿습니다.(1983년 1월 13일 대전)

'양심수 석방! 문익환'이란 의견 광고

요즘도 비슷한 생각을 많이 하지만 군대 3년은 썩으러 간다고 말하기도 한다. 그런데 돌이켜보면 민주 정부가 아닌 군사독재정권 시절의 군대 생활도 여러 가지로 도움을 주기도 한다.

나는 체력이 허약하고 기질도 문약한 편이었는데, 군대에서 줄을 잘못 서 창설 부대에 배치되는 바람에 험악한 훈련을 몇 차례 받았다. 그중 하나는 부평 5공수여단에 파견돼서 받은 공수훈련이다. 막판에 '백장미'가 되어 낙하산 타고 뛰어내리는 것은 일종의 레저였고, 3주간의 지상훈련이 지옥훈련이었다. 어느 날은 예비낙하산 가슴에 걸고 낙하 자세 연습하며 달리는 '8자 돌림' 훈련을 했는데 아마도 42.195km보다 더 긴 거리가 아니었나 싶다. 강원도 원통 용대리에 있는 부대에서 출발해 설악산-오대산을 에돌아 화천 오음리의 702부대 훈련장까지 천리행군으로 갔다가, 2주 유격 훈련 후 다시 천리행군으로 돌아오는 약 한 달짜리 훈련은 지금도 머릿속에 기억이 생생하다. 100km 행군할 때도 세 끼 식사는 취사 차량에서 제공했는데, 천리행군에서는 조별로 취사도구를 메고 다니며 알아서 해결해야 했다. 그러니 배낭 무게가 엄청났다. 게다가 나는 개인 화기 K1에다 3인 1조로 포판, 포다리, 포열을 메고 움직이는 60M 박격포반이었고, 일반 소총수보다

군장 무게가 10kg은 더 나갔다. 4박 5일 정해진 시간 안에 천리행군 목적지에 도착하기 위해선 하루 평균 세 시간도 잠자기 어려웠다.

악에 받치는 장거리 산악행군이었지만 이때 수천 리 길을 밤낮으로 걸으며 발바닥에 깊숙이 스며든 것이 있다. 흙과 돌멩이, 나무뿌리와 길섶에 난 풀을 밟고 다니며 나도 모르는 사이에 조국 산하와 혼연일체가 되는 순간이 있었고, 그러는 사이 애국애족의 마음이 박혔다. 그로부터 수년 후 국가보안법으로 구속됐을 때 이런 심정을 최후진술서에 담아 법정에서 읽기도 했다. 그런데 애국애족의 마음이 몸에 박힌 청년이 왜 국가보안법은 위반하게 됐을까?

감옥도 마찬가지다. 일부러 갈 일은 아니지만 감옥생활 3년은 어찌 생각하면 스님들의 선방 생활 3년보다 귀하게 보낼 수 있다. 감옥을 안방처럼 들락거린 문익환 목사는 신앙생활에 큰 도움이 되는 곳이라 여기고 감사한 마음으로 수형 생활을 했다. 감옥 안에서 어떤 사람은 정체하거나 답보할 수 있지만 어떤 사람은 "체험과 사색의 갈무리 여하에" 따라 더 원숙하게 나이 먹고 진일보할 수도 있다.

출소할 때까지 애지중지하며 끼고 산 《엽서-신영복의 옥중사색》의 책갈피에는 다양한 낙서와 오려 붙인 자료가 남아 있다. 색이 누렇게 바랜 이것을 살펴보노라니 30년 전에 사라졌던 기억이 뭉실뭉실 피어올랐다.

열독 허가증 붙여 놓은 맨 앞 장에는 이런 글을 적었다. 그 당시에는 수시로 읽으며 마음에 새기던 문장이었는데, 중국의 청년 영웅 뇌봉이 한 말을 어느 책에선가 보고 베껴둔 것이다.

동지에 대해서는 봄날처럼 따사롭고

사업에 대해서는 여름날처럼 뜨겁고

개인주의에 대해서는 가을바람이 낙엽 쓸어버리듯 하고

적에 대해서는 엄동설한처럼 냉혹해야 한다.

근사하지만 따라하기 벅찬 말이다. 이렇게 살 수 있는 사람이 몇이나
될까. 신문을 오려서 《엽서》에 붙여 놓은 것 중엔 시커멓게 먹칠한 것도
있다. 1993년 8월 18일 자 의견 광고란의 여러 문장을 다 지워버린 〈한겨레
신문〉이 반입됐는데, 이 부분만 오래서 보관했다. 지금 보니 이 또한 민주화
운동자료실에 보관될 기념품이다. 1993년 10월 4일 〈한겨레신문〉의 의견
란에는 가로 4, 세로 2cm의 박스 안에 '양심수 석방! 문익환'이란 광고가
실렸는데 이를 오려두기도 했다. 밖에서 보면 별거 아닌 이 작은 광고를
보며 격리된 공간에서 생활하는 정치수들은 농축된 애정을 느끼고, 고립감
과 맞설 힘을 얻게 된다.

책갈피에는 노트 한 장에 앞뒤로 적은 '늦봄 문익환 목사님 영전에'라는
추모사도 있었다. 지금 기억을 되살려보니 문익환 목사님이 운명하신 뒤
(1994년 1월 18일) 부산교도소에 있던 공안수 몇몇이 모여서 추모식을 했는데
이때 낭송하려고 내가 썼던 글이다.

분단의 철창 안에서 당신의 마지막 길 배웅하는 우리 앞에서 웃음 가득한
얼굴로 "이봐 통일은 다 됐어, 힘내자고." 하시며, 우리 처진 어깨 감싸 주고
계시군요, 목사님!

신영복의 《엽서》를 읽은 많은 양심수는 밖으로 내보내는 편지를 정성껏 썼을 것이다. 왜냐하면, 징역에서 남는 것은 이런 편지밖에 없다는 것을 남다르게 실감했기 때문이다. 실제로 적지 않은 양심수들이 감옥에서 쓴 편지를 묶어서 시집이나 책으로 펴냈다.

불태워 버린 '감옥으로부터의 편지'

감옥에서 남는 게 시간이었다. 그래서 평소에 못 읽던 책도 꽤 읽게 된다. 나도 《토지》, 《임거정》, 《장길산》, 《태백산맥》 같은 대하소설과 평소 가까이하지 않던 장편 무협지는 모두 감옥에서 독파했다. 이 외에도 시간 보내기 위해서라도 책을 읽을 수밖에 없었는데, 밖으로 내보내는 편지를 독서 노트로 활용했다.

3년 동안의 사색과 독서 기록이 적힌 '엽서'는 보물 1호였다. 교도소 독방에 보관 중이던 일부 짐을 만기 출소 직전에 특별 접견 오신 부모님에게 전달했는데 엽서도 여기에 포함됐다. 그런데 출소 후 교도소 정문 앞에서 흰 두부를 먹은 뒤 집에 돌아와 기막힌 소식을 들었다. 엽서 묶음이 통째로 보이지 않아 행방을 물었더니 어머니가 "다 불태워버렸다. 징역 냄새나는 거 보기 싫어서."라고 대답하시는 것이다.

아!! 목덜미가 당겨왔다. 그렇다고 징역 살고 나온 죄인이 무슨 말을 하리오.

카프카는 막스 브로트에게 남긴 마지막 유언장에 일기, 원고, 편지 등을 "읽지 말고 모두 태워 달라."고 했다. 그러나 친구는 이 유언을 지키지 않았고 "후대의 사람들은 브로트가 이 유언을 지키지 않은 것을 용서했다."라고 한다. 카프카가 불태우려 한 것은 자신의 "문학이 아니라 실패한 것으로 보이는 개인적인 작품"(《카프카, 변신의 고통》, 클로드 티에보)이라 해석하기도 한다.

감옥으로부터의 편지를 통째로 불태운 어머니는 3년 징역살이를 아들의 '실패'한 인생으로 여기지 않았나 싶다. 내게 필요한 것은 그저 군대 추억록, 비망록 같은 수준의 낙서였다. 성공과 실패 여부를 떠나, 3년의 기록이 담긴 그 손바닥만한 추억의 법무부 엽서가 가끔 떠오르곤 한다.

최제우의 하느님과 《마음의 진보》

'**종**교는 인민의 아편이다.' 좀 더 길게 인용하면, 마르크스가 《헤겔 법철학 비판》에서 "종교는 억압받는 피조물들의 한숨이며, 무자비한 세상의 본질이며, 영혼 없는 상황의 핵심이다. 그것은 인민의 아편이다."라고 한 말이다.

마르크스가 말한 대로 종교가 인민의 아편이라면, 나는 평생 아편을 가까이하며 산 셈이다. 10대 시절엔 교회를 가까이했고, 20대엔 가톨릭 신자가 되어 영세를 받고 토마스가 되었으며, 40대엔 본의 아니게 절에서 수계를 받고 중봉이라는 법명을 얻었다.

수운 최제우에게 나타난 하느님

이게 다가 아니었다. 나는 30대 중반에 1993년경 《천도교 사상사》를 읽다가 최제우가 하느님을 만나는 장면 "공중에서 외는 소리 두려워 말라

두려워 말라······ 세인은 나를 상제라 부른다, 너는 상제도 모르냐."를 읽고 나서 이왕 하느님을 믿을 바엔 이스라엘의 하나님이 아니라 수운이 만난 우리 하느님을 믿어야겠다는 생각을 하게 됐다. 직접 서울 종로구 천도교 교당에도 찾아갔다.

동학복원운동을 하던 고 이세권 선생의 제보를 받고, 월간 《말》지(1998년 1월호)에 '천도교의 한울님과 동학의 하느님'이라는 기사를 쓰기도 했다. 이세권 선생은 "천도교에서 모시는 범신론적 한울님은 동학의 하느님과 다르다.", "천도교의 종지는 인내천이 아니고 시천주이다.", "천도교는 3대 교주 손병희 이후 일제에 의해 왜곡된 경전을 쓰고 있다."라는 주장을 했다. 천도교의 신관, 종지에 대해 근본적 문제를 제기하는 기사였지만 동학에 대한 사회적 관심이 적어서 그런지 별 반응은 없었다. 그런데 최근 동학 연구에 매진하고 있는 도올 김용옥 선생이 《동경대전》(2021)을 펴냈는 데, 이 책의 '서언'에서 흥미로운 대목을 발견했다.

수운 자신이 '하늘님' 즉 '하느님' 즉 '천주'라 말했는데, 왜 그런 수운 선생님 본인의 말을 쓰지 않고 교조화된 이후의 '한울'이라는 신조어를 신봉하려 하는가?

도올과 동학 유적 함께 답사하던 표영삼 선생도 2008년 운명하기 한 달 전에 편지를 보내 "김 선생님! '한울'이라는 말은 수운 선생님과 아무 관련이 없고, 우리 동학의 진의를 전달하지 못합니다."라며 한탄했다고 한다. 도올은 '한 울타리'로밖에 해석될 길 없는 한울은 우리 민중이 신봉하기 어려운 편협한 언어라 비판한다.

동학 이외에 항일독립운동의 주력군이었던 대종교에 대해 알아보기도 했다. 인연만 닿으면 방문해서 입교할 마음의 준비를 하고 사무실에 전화까지 했으나 포교엔 관심이 없는 분위기였다. 신앙 차원은 아니지만 중국의 법륜공, 채식주의 종교 집단인 칭하이무상사협회에도 호기심 수준의 관심을 기울인 적이 있다. 이러니 마르크스 눈에는 아편쟁이로 보일지도 모르겠다.

호기심에 한남동 이슬람 사원을 찾아간 적도 있다. 이슬람 사원에는 별도의 성직자도 없고 신도 중의 한 명이 예배를 주도하는데 이맘이라 불렸다. 한국인 이맘에게서 이슬람 교리서를 몇 권 받아서 읽어보았다. 그 뒤에 신촌 헌책방 이씨공방에서 코란 성전을 사기도 했는데, 표지에 《성 꾸란-의미의 한국어 번역》이라 쓰여 있었다. 1만3천 원을 주고 산 이 성경책은 판권에 사우디아라비아 파하드 국왕 성 꾸란 출판청에서 발간한 것으로 표기돼 있었다. 집 책꽂이에 꽂혀 있던 《쿠란》이 빛을 본 순간이 생겼다. 2013년 5월 3일, 딸아이 다니던 고등학교에 교환학생으로 왔던 인도네시아 학생이 1박 하러 왔을 때였다. 짧은 영어에다 초면의 낯섦으로 어색한 분위기가 이어졌는데, 내가 책꽂이에서 《코란》을 꺼내와 보여줬더니, 히잡을 쓴 이 여학생은(이름이 소냐였다) 얼굴이 순식간에 환해지면서 말을 편하게 나누었다. 인도네시아의 27번째 섬에 산다는 소냐는 귀국 후 몇 년 뒤에 결혼한다며 연락이 왔는데, 비행기 표가 비싸서 가 보지는 못했다.

함께 징역 살던 한 '동지'는 종교에 관심이 많고, 주일이면 가톨릭 미사

보러 다니는 나를 사상적으로 불철저한 개량주의자라고 비판했다. 시종일관 유물론자이고 주체사상 신봉자인 이 후배의 비판에 뭐라고 반박했는지 기억나지 않는데, 속마음으로는 "종교, 인간의 '궁극적 관심'을 이해 못 하는 자가 무슨 인생을 알겠어."라고 생각했다. 그런데 북의 주체사상도 일종의 대체종교 역할을 한다. 김일성 사후에 만들어진 "김일성 주석은 영원히 우리와 함께 살아계신다."라는 구호는 기독교의 영생 구호와 비슷하다. 북한의 영화 〈민족과 운명〉의 최덕신 편을 보면, 남쪽에서 미국으로 망명한 천도교 교령이 북으로 가기 전 "한울님이여 어디 계시나이까, 이땅에는 조국도 민족의 구세주도 없다."라고 울부짖는 장면이 나온다. 이는 은연 중에 김일성 장군을 한울님과 동격화하는 장면이었다. 1986 아내 류미영과 함께 입북한 최덕신은 북에서 조평통 부위원장, 천도교 청우당 중앙위위원장을 지내다, 1989년에 사망했다. 부인 류미영은 2000년 남북이산가족 상봉시 북측 단장 자격으로 남한을 방문했다.

얼떨결에 참석한 외계인 숭배 모임

자발적으로 찾아간 것은 아니지만 라엘리안 무브먼트라는 외계인 숭배 예배 모임에 참석한 적도 있다. 1996년 《티끌 속의 무한 우주》(사계절, 1994)라는 책을 읽고 부산 태종대에 사는 저자 정윤표를 직접 만나 인터뷰했을 때의 일이다. 해양대를 졸업하고 20년 동안 오대양 육대주를 돌아다닌 정윤표 씨는 배를 사원으로 여기고 진리를 좇는 고독한 수도자 생활을 했는데, 인터뷰할 때는 선장이 아닌 도선사로 일을 하고 있었다. 지구를 백 바퀴 돌고 나서 얻은 결론은 자기가 서 있는 자리가 중요하고, 바로 그 자리에서 진리를 찾을 수 있다는 것이었다. 그리고 또 한 가지 내린 결론은 지구는 넓은 것이 아니라 우주의 하찮은 먼지 한 톨에 불과하다는 것이었다. 《화엄경》, 《관무량수경》을 읽으며 해답을 찾았다고 한다. 《티끌 속의 무한 우주》를 읽은 어느 스님이 "一微塵中含十方"(일미진중함시방)이라는 글자를 붓글씨로 적어서 보내주기도 했는데, 이는 정윤표 씨의 '티끌 속의 무한우주'라는 생각과 딱 맞아떨어지는 말이었다.

그런데 이런 결론 끝에 정 씨가 선택한 종교는 불교가 아니라 라엘리안 무브먼트였다. 부산의 자택에서 인터뷰를 끝낸 정 씨가 모임에 같이 가자고 해서 따라갔는데, 그게 바로 라엘리언 집회였다. 외계인을 직접 만났다는 프랑스인 라엘이 창시한 이 생소한 모임은 외계인이 인간을 창조했다고 믿으며, 외계인을 숭배하는 단체였다.

이런 종교에까지 발을 들일 생각은 없지만 외계인의 존재는 의심하지 않는다. 중학교 때 절친이 권해서 샀던 《신들의 수수께끼》를 읽은 뒤부터 지구에는 외계생명체가 건설한 문명이 무수히 존재한다고 믿기 시작했다. 정음사 문고판으로 나온 이 책은 지금도 보존하고 있다.

어찌하다 보니 기회가 닿는 대로 여러 종류의 '인민의 아편'을 즐긴 편이다. 하지만 교회나 절, 성당도 열심히 다니지 않았다. 가끔은 무신론을 설파하는 러셀의 말에도 끌렸다. 근래는 '신을 믿는 무신론자'라 불리는 니체의 신관이 맘에 든다. "우리 모두가 신을 죽인 살인자다!"라고 말한 니체는 《안티크리스트》에서 오직 예수만이 그리스도인이라고 외친다. 그는 믿음을 체계화한 바울을 비판하고 실천을 강조했다.

근본적으로는 오직 한 사람의 그리스도교인이 존재했었고, 그는 십자가에서 죽었다. '복음'이 십자가에서 죽어버렸다.

그는 이어서 "오로지 그리스도교적 실천만이, 즉 십자가에서 죽었던 그가 살았던 것처럼 사는 것만이 그리스도교적이다."라고 설파한다. 이 문장을 접하고 니체는 자신이야말로 유일무이한 그리스도교인이라 여긴다는 생각이 들기도 했다.

성모마리아와 관세음보살은 같은 분 아닐까?

종교, 신에 관한 물음에 단답형으로 답하는 것은 그 누구라도 힘든 일이다. 그런데 〈강화뉴스〉 창간 10주년을 기념해 열린 《천문학콘서트》 저자 이광식 선생의 강연을 듣다 솔깃한 말을 들었다. 천문학에서 중요한 것은 '통찰과 개안(開眼)'임을 강조한 그는 빅뱅우주론을 제창한 조르주 르메트로 신부의 말을 인용했다.

"진리에 이르는 길은 두 개가 있다. 나는 두 개의 길을 다 가기로 결심했다."

신부이기에 종교의 가르침을 따르지만, 천문학자이기에 과학의 길도 걸으며, 모순된 것으로 보이는 두 개의 길을 통해 진리에 이르겠다는 말로 이해된다. 종교와 과학을 어설프게 연결하며 단답형 정답을 찾기보다 각각의 길을 인정하며 두 개의 답을 동시에 푸는 게 더 현실적인 방안인지도 모를 일이다. 138억 년 전 미세한 점에서 출발해 우주가 형성됐고, 지금도 팽창 중이라는 빅뱅설이 현재로서는 가장 유력한 우주기원론이지만 누가 이 사실을 과학적으로 증명할 수 있겠는가.

'두 개의 진리'는 과학과 종교의 관계만이 아니라 종교 사이에도 적용할 수 있다. 나는 성당 다닐 때 성모마리아를 좋아했고, 꿈속에서 수렁에 빠져 죽기 직전에 성모마리아가 나의 손을 붙잡아주는 체험을 했다. 실제로 그다음 날 한 걸음만 발을 헛딛어도 인생이 휘청할 뻔한 위기에 처했는데, 가까스로 수렁에서 벗어났고, 이는 성모의 덕이라 여겼다. 가톨릭 냉담자가 되고, 나이 들어 불교를 가까이하면서 '성모마리아와 관세음보살 중에 한쪽을 택해야겠지'라는 고민을 한 적이 있다. 그러다 이런 결론을 내렸다. 성모마리아와 관세음보살은 같은 분이거나, 서로 다른 존재라 해도 우호적인 관계이기에 두 분 다에게 기도해도 상관없는 일 아닐까? 굳이 내가 양자택일할 문제가 아닌 걸로 정리하고 나니 맘이 편해졌다.

종교 사이의 회통을 중시했던 탄허 스님의 연구자로 명성이 높은 문광 스님은 《탄허 선사의 사교(四敎) 회통 사상》(2020)이란 책을 펴냈다. 이 책에서 문광 스님은 유불선 삼교뿐만 아니라 기독교까지 회통, 융합하려 한 탄허 선사는 예수에 대해서 '각자', '꿈을 깬 사람', '도통한 사람', '해탈한 사람'으로 묘사하며 성인으로 여겼다고 썼다. 탄허의 회통 정신을 가장 잘 보여주는 말이 "천하에 두 도가 없고, 성인에게 두 마음이 없다."인데, 이 언명을 유불선 삼교만이 아니라 기독교에도 그대로 적용한 것이다. 문광 스님은 2018년 중국 복건성에서 열렸던 세계불교도대회에서 발표한 '동서 문명의 회통시대'라는 글에 불교와 기독교의 회통을 염원하는 시를 지어 넣기도 했는데, "성모마리아와 관세음보살이 손을 마주 잡고 덩실덩실

춤을 추도다"라는 구절이 눈길을 끌었다.*

《마음의 진보》와 균형 감각

　강화 사는 지인이 서가 정리하다 묵은 책 서너 박스를 챙겨서 책방에 기증했는데, 그중에 《마음의 진보》라는 책이 눈에 들어왔다. 《마음의 진보》는 가톨릭 수녀원에서 7년 동안 수녀 생활을 하다 환속한 영국의 유명한 종교학자인 카렌 암스트롱의 자서전이다. 그녀는 수녀 시절의 경험을 토대로 한 《좁은 문으로》를 발표하면서 작가로 활동하다 종교학자가 됐는데, 기독교-유대교-이슬람교 사이에 다리를 놓는 역할을 했다. 서양인이 편하게 읽을 수 있는 마호메트 전기가 하나도 없다는 것에 놀란 카렌은 직접 마호메트 전기를 쓰기도 했다. 그녀는 기독교도, 유대교도, 이슬람교도를 갈라놓은 지독한 적개심을 파고들다가, 이들을 하나로 묶는 것에 관심을 두게 된다. 사실 아브라함을 인정한다는 점에서 같은 이 세 종교가 받드는 신은 동일한 신이었다.

　카렌은 세 종교 사이에 어떤 우열도 없다고 보았고, 앙숙 관계로 지낼 필요가 없다고 보았는데, 이런 생각은 이슬람 철학자 이븐 알 알라비에게서 배운 바이기도 하다.

---

* 天國極樂本一家/ 愛人慈悲原一心/ 耶蘇彌勒拍掌笑/ 聖母觀音攜手舞
　천국과 극락이 본래 한집안이요,/ 사랑과 자비가 원래 한마음이로다. / 예수와 미륵이 박장
　대소하고/ 성모마리아와 관세음보살이 손을 마주 잡고 덩실덩실 춤을 추도다. (〈불교신
　문〉, 2020년 3월 28일)

하나의 교리만을 금과옥조로 떠받들면서 나머지는 모두 불신하는 어리석음을 범하지 말라. 그랬다가는 좋은 것을 많이 잃을 것이다. 아니 참다운 이치를 깨닫지 못할 것이다. 신은 어디에나 있고 무엇이나 할 수 있으므로 하나의 교리에 얽매이지 않는다……. 균형 감각이 있는 사람은 남의 믿음을 나무라지 않는다, 남의 믿음을 싫어하는 것은 무지해서다.

이런 원리는 기독교, 유대교, 이슬람교 사이에만 해당하는 말은 아니다. 종교 간의 분쟁은 불교, 힌두교, 기타 종교 사이에서도 벌어지고 있다. 각각의 교주 눈에는 자기 종교 내세우는 제자들이 다 허깨비고 사이비로 보일 것이다.

TV 프로그램 '걸어서 세계 속으로'에서 소개한 스리랑카 기행에 재미있는 장면이 나왔다. 해발 2,243미터의 스리파다 정상에는 부처님의 발자국이 남아 있어서 불교 신자들의 성지로 유명하다고 한다. 그런데 인산인해를 이룬 순례 행렬에는 타 종교인도 많았다. 스리파다에는 부처님 전설만 있는 게 아니라, 아담과 시바신, 세인트 토마스의 전설도 깃들어 있어서 이슬람교, 힌두교, 기독교 신자들도 성지 순례를 한다는 것이다. 지팡이를 짚고 오르는 노부부, 부모 손을 잡고 오르는 아이를 보면서 느끼는 바가 많았다. 어쩌면 그들의 신은 2,243미터 산꼭대기에 머무는 게 아니라, 스리파다 정상을 향해 한 걸음 한 걸음 오르는 저마다의 가슴 속에 깃들어 있는 게 아닐까.

스콧 니어링, "나는 사회주의자, 평화주의자, 채식주의자가 되겠다"

귀농, 공동체에 관한 관심이 크게 번지기 시작한 것은 1990년대 중후반부터다. 무한경쟁, 성장 신화 중심의 자본주의적 발전에 대한 회의와 함께 동구 사회주의권의 붕괴를 목격하면서 진보적 가치를 지닌 사람들이 새로운 대안을 찾는 흐름 속에서 생긴 현상이다.

이 무렵 경상도 산골에서 직접 통나무집을 짓고 새로운 삶을 개척하던 선배 부부를 찾아가 귀농의 즐거움과 애환에 관해 대화한 적이 있다. 헤어지면서 귀농인들이 가장 즐겨 읽는 책을 소개해 달라 했더니 《모든 것은 흙 속에 있다》(농부 이영문의 태평농법 이야기)와 《아름다운 삶, 사랑 그리고 마무리》, 《무탄트》를 추천했다. 세 권 다 유익했지만 특히 헬렌 니어링의 《아름다운 삶, 사랑 그리고 마무리》에 관심이 갔다.

《아름다운 삶, 사랑 그리고 마무리》는 미국의 변혁적 지식인인 스콧 니어링과 53년간 함께 살았던 헬렌 니어링이 자신들의 삶과 철학을 정리한 책이다. 1883년에 태어난 스콧은 100세를 넘겨 살고 1983년에 사망했다.

그는 유능한 사회학자였으나 1917년 미국이 1차 세계대전에 참전한 뒤 《거대한 광기》라는 책을 써서 정부를 비판하면서 대학에서 퇴출당하고, 대형 상업출판사와 언론사의 기피인물이 되었다.

삶을 예술로 승화시킨 사람

스콧은 제도권에서 벗어나 생태주의자, 사회학자로서 반체제적 삶을 살았다. 1971년 스콧은 메인주의 예술인문위원회상을 받았는데 그때 주지사는 이런 축사를 했다.

"오늘 그런 예언자가 우리와 같이 있습니다. 우리 가운데 누구보다도 먼저 태어난 이분은 싸움을 계속해왔습니다. 이분은 아동노동과 전쟁에 반대해왔고, 대도시의 황폐, 공기와 물의 오염, 개인의 독립성이 떨어지는 것을 예언했습니다. 경제학자이자 환경론자이며, 사회학자, 강연자인 동시에 저술가로서 이분은 조화로운 삶을 이야기했고 스스로 말한 것을 실천했습니다. …… 분명히 이분은 자신의 삶을 예술로 승화시켰습니다."

반체제성향을 지닌 스콧과 함께 산 헬렌 니어링(1904~1995)은 스물한 살의 나이 차이에도 불구하고 평생을 "함께 같은 방향을 바라보며" 살았다. 헬렌은 17세 나이에 인도의 유명한 명상철학자인 크리슈나무르티와 교제를 했는데 그의 총애를 받는 여자였다고 한다.

《아름다운 삶, 사랑 그리고 마무리》에서 가장 인상적인 구절은 스콧이 1917년(34세)에 썼다는 '내 삶의 전환점'에 나오는 1번 항목이다.

1. 나는 사회주의자, 평화주의자, 채식주의자가 되겠다.

이는 내가 살아오면서 발견한 최고의 지향점이었으며, 1917년에 이 세 가지를 인생의 좌표로 설정한 지식인을 선망의 눈길로 바라보게 됐다. 스콧은 자신이 본받을 위인들의 핵심가치에 대해 적기도 했는데, 대체로 위의 세 가지 이념과 연관이 있어 보인다.

소로와 간소한 생활, 마르크스 엥겔스의 착취에 대한 저항, 간디와 비폭력, 부처와 무애, 빅토르 위고와 인도주의, 리처드 버크와 우주의식, 월트 휘트먼과 자연주의, 에드워드 벨라미와 유토피아, 올리브 쉬라이너와 풍자

이 책을 소개받아 읽을 때 나는 채식주의를 지향했다. 달걀과 우유도 먹지 않는 비건 채식을 수년 정도 할 때였다. 그 때문에 스콧 니어링이라는 인물에게 곧바로 친밀감을 느꼈다.

채식 혁명을 꿈꿨지만

《아름다운 삶, 사랑 그리고 마무리》를 처음 접했을 때 월간 《좋은엄마》를 발행하고 있었다. 이 잡지가 자리 잡으면 채식 전문잡지를 만들 생각이었다. 자본주의를 뒤엎을 근본적 혁명은 채식 혁명이라 여겼다. 채식동호회 모임도 나갔다. 그런데 여기 참석하는 회원의 대다수는 동물 인권과 다이어트에 관한 관심이 높았다. 사회변혁 차원에서 채식을 바라보는 이는 많지

않았다. 환경운동 단체에서 하는 채식 모임에 나가기도 했는데 이때만
해도 환경운동가 중에도 채식하는 이는 극소수였다.

어지간한 단체의 활동으로는 채식 인구 늘이는 게 쉽지 않겠다는 판단이
들었다. 우리 사회에서 집단적인 채식 운동을 벌이려면 불교 모임에 나가야
겠다는 생각을 하게 됐다. 불교는 5계에 불살생이 들어있어서 원칙적으로는
채식을 해야 하는 종교다. 실제로 인도, 스리랑카, 태국 등의 스님이나
불교 신자는 채식을 하는 계율이 있다. 대만만 해도 불교 신자의 대다수가
채식한다. 그런데 무슨 이유에선가 우리나라 불교 신자나 스님은 대체로
절의 공양간에서만 채식한다.

서울의 한 법당에서 열린 불교 강좌에 참석했을 때의 경험담이다. 사월
초파일 특집으로 방송에도 나온 S대 출신 스님이 강사로 있었고, 수행을
열심히 하기로 소문난 모임이었기에 큰 기대를 하고 참석했다. 첫날 모임을
끝내고 절 바로 옆의 식당에서 뒤풀이했다. 간판을 보니 생선탕 전문점이었
다. 식당에 들어가며 단골집이라 신자들을 위한 채식 요리를 특별히 준비했
으려니 생각했다. 그런데 잠시 후에 실제로 생선탕이 나왔고, 강사 스님과
신자들은 아무 거리낌 없이 숟가락질했다. 그 뒤로 강의에 계속 나가면서
살펴봤더니 30여 명의 수강생 중에 서너 명의 보살(여성 신도)만 채식을
하고 나머지는 일상적으로 육식을 했다. 불교 안에서 채식 운동을 해보려
했으나 이는 비현실적 발상이었다. 채식과 육식을 분별하려는 자가 오히려
망상에 갇힌 자 같았다.

헬렌 니어링 부부는 '왜 채식주의자가 되었는지'라는 질문에 "여러 가지
까닭이 있습니다만, 가장 먼저 생각할 것은 윤리입니다."라고 답변했다.

그 외에도 "채식은 육식보다 훨씬 단순하고 돈이 덜 들며 또한 온건합니다."라고 말했다.

스콧 니어링, 나는 단식을 하다 죽고 싶다

스콧이 죽음을 준비하고 맞이하는 자세는 비범했다. 그는 80세가 되던 1963년에 '주위 여러분에게 드리는 말씀'이란 제목의 지침을 준비했는데, 100세가 되던 해에 자신의 지침대로 실행에 옮겼다. 그중 몇 가지 지침을 적어 본다.

- 나는 단식을 하다 죽고 싶다. 그러므로 죽음이 다가오면 나는 음식을 끊고, 할 수 있으면 마찬가지로 마시는 것도 끊기를 바란다.
- 나는 죽음의 과정을 예민하게 느끼고 싶다. 그러므로 어떤 진정제, 진통제, 마취제도 필요 없다.
- 죽음은 광대한 경험의 영역이다. 나는 힘이 닿는 한 열심히, 충만하게 살아왔으므로 기쁘고 희망에 차서 간다.

스콧은 100세 생일 한 달 전쯤 테이블에 앉아 있던 여러 사람에게 "나는 더 이상 먹지 않으려고 합니다."라는 말을 하고 단식을 시작했다. 그 죽음은 "느리고 품위 있는 에너지의 고갈이고, 평화롭게 떠나는 방법"이었다. 1983년 8월 24일 아침, 헬렌은 숨이 끊겨가는 스콧에게 인디언 노래를 불러주었다.

나무처럼 높이 걸어라. 산처럼 강하게 살아라. 봄바람처럼 부드러워라. 네 심장에 여름날의 온기를 간직해라. 그러면 위대한 혼이 언제나 너와 함께 있으리라.

스콧은 "좋~아"하며 숨을 쉬고 나서 눈을 감았다. 스콧이 죽고 나서 8년 뒤에 헬렌은 이 책을 썼으며, 1995년에 91세의 나이로 세상을 떴다. 《조화로운 삶》이라는 책을 함께 쓰기도 한 헬렌 니어링, 스콧 니어링은 대안적인 삶을 꿈꾸는 한국 지식인의 푯대라 할 수 있다. 자연주의 삶의 표본이라 할 《월든》의 작가 소로우와 함께 대안 사회를 꿈꾸는 이들에게 지금까지도 영향을 미치는 대표적인 인물이다. 그런데 수십 년 동안 적지 않은 숫자의 단체와 개인이 자본주의 체제를 극복하기 위한 대안적인 삶을 모색됐으나 여전히 세상의 대안으로 자리 잡을 기미는 보이지 않는다.

탈 일상적이고 탈 서민적 흐름이라는 비판

철학자 김용석은 《깊이와 넓이 4막 16장》이란 책에서 디지털 인터넷 혁명과 이른바 전 지구화의 피로감에서 도피 및 탈출하는 현상에 관해 분석하면서, 이런 정서를 대변하는 책으로 소로우와 헬렌 니어링, 스콧 니어링의 저서를 손꼽았다. 이처럼 대안적 삶을 동경하는 현상은 한국만이 아니라 세계적인 현상인데, 그 흐름을 다음 네 가지 주제로 정리했다.

지난 몇 년 동안 문화적 대세를 이룬 관심 주제들은 대개 이런 것들이다.

첫째, 이른바 동양 철학을 비롯한 '동양적인 것', 둘째, 느림의 추구, 셋째, 자연 회귀의 욕구, 넷째, 단순한 삶에 대한 동경 등이라고 할 수 있다.

철학자 김용석이 《깊이와 넓이 4막 16장》를 펴낸 것은 벌써 20년 전이다. 저자는 이 책에서 이런 성찰적인 자세가 나름대로 의미는 있으나 탈일상적이고 탈서민적 흐름이라는 비판을 가한다. 느림을 쫓아 자연 회귀할 수 있는 사람은 해고의 위험이 없는 자산가에게 가능한 얘기라는 것이다. 의사현실이 아닌 일상현실 속에서 서민적인 삶을 살아야 하는 사람에게는 이런 대안적 삶의 논리가 좌절감만 안겨주기 십상이라 말한다.

그러면서 저자는 일상현실에서 야수와의 삶을 살아가는 지혜를 말해줘야 한다고 말한다. 〈미녀와 야수〉에서 주인공 벨이 야수의 볼모가 되지만, "야수의 성에 살면서 결국 야수를 정면으로 대함으로써 야수를 길들이는 데 성공"하는 것처럼, 현대 사회의 지성인들 역시 '야수의 눈빛'을 똑바로 바라봐야 한다는 것이다. 야수에 길들지 않고 야수를 길들인다는 것은 체제변혁 없이는 불가능한 일이 아닌가 싶다.

짧다면 짧고 길다면 긴 인생살이에서, 어느 쪽의 삶을 살아야 할지 선택은 결국 본인 몫이다.

청평사 오봉산 소나무와 동체동근

金색 부처님이 24시간 장좌불와(長坐不臥)로 앉아 있는 절에서 처음 잠을 자본 건 2005년 6월 2일이다. 이 날짜를 정확히 기억하는 것은 강원도 춘천시 북산면에 있는 청평사를 가기 위해 산 열차 승차권을 아직 보관하고 있기 때문이다. 이때 절에 가는 기본 예의로 《불교와의 만남》(강건기 지음)을 배낭에 넣고 갔는데, 지금 보니 이 책의 맨 앞장에 승차권을 붙여 놓았다.

'무궁화호 승차권, 청량리 춘천, 2005년 6월 2일 11시 50분 ⇒ 13시 46분, 3호 차 23석, 운임 5,200원'

서울에서 청평사를 가기 위해선 청량리에서 춘천까지 열차를 타고 간 다음에 소양강댐행 직행버스를 타야 했다. 선착장에서 청평사 가는 배를 타고 10분을 가서 내린 다음 30분 정도 더 걸어가야 청평사가 나왔다.

청화 스님을 깨우친 전두환 정권의 총칼

멀리 청평사를 찾아갔던 이유는 닷새 정도 머무르면서 출간 예정이던 책의 원고를 정리하기 위해서였다. 당시 청평사에는 청화 스님이 주지로 계셨는데, 월간 《말》(1998년 5월호)에 스님을 인터뷰한 적이 있다. 스님은 그때 인터뷰에서 "나를 참말로 깨우치게 한 것은 선방의 죽비가 아니라 바로 전두환 군사정권의 총칼(1980. 10. 27. 법난)"이라고 말했다. 이런 인연으로 가끔 연락하고 지내던 스님에게 부탁해서 청평사에 며칠 머물게 된 것이다.

청평사로 가는 기차 안에서 여행 기분 내려 캔 맥주를 마시며 《불교와의 만남》을 건성으로 넘기며 훑어 봤다. 고등학교 때 도덕이나 역사 수업시간에 듣기도 했고, 어디선가 한 번쯤은 본 내용이었다. 불교의 핵심 교리인 사성제, 팔정도는 교과서에서도 본 내용이라 외워서 쓸 수도 있지만 정작 무슨 뜻인지 정확히 이해하지는 못했다.

사성제-고성제, 집성제, 멸성제, 도성제
8정도-정견, 정사, 정어, 정법, 정명, 정정진, 정념, 정정

부처가 깨달은 뒤 처음 한 설법과 열반 직전에 한 설법이 사성제와 팔정도라고 한다. 절에서 지내는 동안 세 끼를 해결한 공양간의 반찬은 평소에 꿈꾸던 식단이었다. 채식하고 있던 내게 절간의 반찬은 최고의 진수성찬이었다. 문제는 예불 시간이었다. 절에 가면 부처님께 삼배하고

새벽예불에도 참석하는 게 기본 예의라 하는데, 오랫동안 기독교, 교회 문화에 젖어 있어서 그런지 법당에 들어가는 게 힘들었다.

오봉산에서 만난 청솔바위와 동체동근

아침 공양을 마치면 청평사 뒤를 둘러싸고 있는 오봉산 등산을 했다. 봉우리가 다섯 개인 오봉산은 1봉을 나한봉, 2봉 관음봉, 3봉 문수봉, 4봉 보현봉, 5봉 비로봉이라 부른다. 유럽에선 산봉우리 이름을 베드로봉, 요한봉, 야고보봉, 누가봉, 도마봉으로 짓는지 궁금하다. 아침마다 1봉~5봉을 한 바퀴 다 둘러보고 내려왔다.

오봉산이 한국의 100대 명산으로 꼽히는 이름난 산이지만 평일 아침엔 등산객을 한 명도 만날 수 없었다. 혼자서 등산하다 보면 가끔 무아지경에 빠질 때가 있다. 산과 내가 하나가 된 기분이랄까, 혼자서 설악산의 서북 능선을 탈 때 말로 표현할 수 없는 황홀한 감정에 젖어 들기도 했다. 물아일여(物我一如)가 되면서 산으로 스며드는 기분은 일종의 정신적 오르가슴이었다.

그렇게 오봉산을 오르던 세 번째 날엔 그와는 또 다른 특이한 경험을 했다. 능선의 바윗길을 오르내리다 바위틈에 불가사의한 자세로 뿌리내린 소나무를 마주했다. 어제도 그제도 본 소나무일 텐데 그날은 전혀 새로운 느낌으로 다가왔다. 경이로움, 설렘, 반가움, 새로움, 순수함, 황홀경, 감탄, 뭐 그런 단어 하나로는 표현하기 힘든 오묘한 감정이었다. 저 소나무가 나와 다를 바 없고, 결국은 나와 한 몸이라는 각성을 불러일으켰다.

나중에 알아보니 이 소나무가 뿌리내린 바위 이름은 청솔바위라 했고, 등산객에겐 꽤 소문난 바위였다. 많은 사람이 바위의 틈바구니로 뿌리를 내리고 자란 소나무의 생명력에 놀라움을 느꼈을 것이다. 나 또한 그런 경이로움에 가슴이 벅차올랐는데, 그와 함께 이 세상에 뿌리 박은 근본 진리의 한 가닥을 잡은 기분이 들었다.

청평사에서 닷새를 지내고 춘천에서 청량리로 가는 열차 안에서 《불교와의 만남》을 다시 읽었다. 전에는 주마간산식으로 대충 훑어 봤는데 이제는 한 글자 한 글자 정신 차려 읽었다. 그러다 다음 구절을 읽고 마음속으로 '아하' 하며 탄성을 질렀다.

그 '하나'라는 말을 불교에서는 '불이(不二)'라고 합니다. 그런 하나인 세계를 가리켜, "하늘과 땅이 나와 더불어 한 뿌리요, 만물이 또한 나와 더불어 한 몸뚱이다(天地與我同根 萬物與我一體, 천지여아동근 만물여아동체)."라고 하는 유명한 말씀이 있습니다. 이것이야말로 그 깨친 하나의 세계를 드러내는 말씀이며 불교의 기본 바탕입니다.

부처님께 삼배 한 번 올린 적 없고, 대웅전에 들어가 예불 한 번 드리지 못했지만 내가 청솔을 통해 본 것은 불교의 핵심 진리인 일체동근이었고, 만물이 하나라는 진리였다. 나중에 생각한 바로는 동근일체 사상은 불교라는 종교의 진리라기보다는 세상의 보편적 진리, 불법의 기본 바탕이었다.

하여간 이 뒤로 불교 경전을 찾아 읽고, 강좌를 찾아다녔다. 기독교의 경전은 신구약 성서 한 권으로 끝나는데, 불교의 경전은 끝이 없었다.

팔만대장경까지는 아니더라도 부처가 직접 설했다는 경전을 한번 읽는 것도 쉬운 일이 아니었다. 지금까지 찾아 읽은 불교 서적 중에 유익했던 책을 몇 권 꼽아 보면 《불교 수행법 강의》(남회근), 《붓다의 가르침과 팔정도》(월풀라 라훌라 원저, 전재성 역저), 《단박에 윤회를 끊는 가르침》(인광대사), 대행 스님 법어집, 탄허 스님 어록 등이다. 《붓다의 가르침과 팔정도》에서 읽은, 다른 종파의 수행자들과 달리 붓다의 제자들은 "미소짓고, 즐거워하고, 참으로 기뻐하고, 평화롭고, 사슴과 같은 마음을 지니고" 수행한다는 증언이 매우 인상적이었다. 그런데 무슨 이유에선가 한국의 스님들은 전투적인 기풍이 강하다. 남방 불교의 한 고명한 승려는 우리나라에 와서 불교 행사를 같이 치른 뒤 한국의 스님들은 화를 잘 내는 특징이 있다는 평을 하기도 했다.

경전과 설법을 아무리 많이 보고 들어도 소용없어

와타나베 쇼코가 쓴 《불타 석가모니》도 유익하게 읽었다. 법정 스님이 쓴 《내가 사랑한 책들》에는 50권의 추천도서가 나오는데 이 중에 딱 한 권 들어있는 불교 서적이 《불타 석가모니》이다. 이전의 전기가 대부분 "전설적이고 신화적인 데 치우쳐 있었다."라면, 이 책은 실증적이고 객관적인 시선으로 사회 경제적 배경까지 함께 다뤘다는 점을 높게 봤다. 법정 스님은 《일기일회》에서 평소 가까이 한 불교 서적을 소개한 적이 있는데 《초발심자경문》, 《선가귀감》, 《숫타니파타》 등 다섯 권을 꼽았다.

이런 책도 눈으로는 한 번씩 다 살펴봤다. 그런데 불교를 머리로만 이해하려 들고 몸으로 익히지 않아 그런지 17년이 지난 지금에 와서 생각해보면, 오봉산에서의 그 짜릿했던 각성에서 한 걸음도 진일보하지 못했고, 오히려 나이가 들수록 퇴보만 한다.

그리고 예수와 교회의 관계가 그렇듯 부처와 불교도 그렇다. 불경은 향기롭지만 한국 불교는 언론에 나오는 모습만 봐도 썩은 냄새, 비린내가 진동한다. 무소유를 지향해야 할 승려들이 돈과 권력, 술과 노름에 빠져 허우적거린다. 절에 가서 기왓장에 적힌 원을 보면 모두 개인과 가족의 출세, 건강, 복을 비는 내용이다. 티베트 신자들은 삼보일배 순례할 때도 이웃을 위해 기도하는데, 한국의 불교는 기복신앙에 머물러 있다.

이런 환경에서 법륜 스님의 정토회가 1993년 3월 시작한 '만일결사'를 끝내고 2022년 12월 4일 회향식을 했다는 것은 놀라운 일이다. 한 불교신문은 '수행·사회운동 병행 정토회 만일결사 경이롭다'라는 제목의 기사를 내보내기도 했다. 법륜 스님은 불교계 언론사 기자와 한 간담회에서 만일결사의 성과에 관해 이렇게 말했다.

"사람들이 종교를 찾는 가장 큰 이유가 두 가지죠. 첫째, 이생에 복을 비는 것입니다. 둘째, 죽은 다음에 좋은 데 가도록 비는 것입니다. 정토회는 복을 빌거나 내생에 관한 얘기를 일절 하지 않고도 지난 30년간 활동을 계속해 왔다는 것이 실험의 성과라고 생각해요. 수행과 사회적 실천을 함께하는 것이 가능하다는 것을 확인했죠."

정토회는 만일결사를 시작하며 절대빈곤 퇴치, 한반도 평화, 개인의 행복, 환경의 4대 과제를 내세웠다. 그리고 개인 회원은 매일 아침 1시간씩 수행하고, 하루 1,000원 이상을 보시하며, 하루 한 가지 이상 선행과 정토회의 필요한 일에 자원봉사를 해야 했다. 만일결사는 3년(천일결사)을 한 단위로 보고 1차부터 10차까지 이어왔으며, 1,000일이 진행되는 동안 100일씩 10번 100일 기도로 초발심을 세워 이어나갔다. 마지막 천일 결사에 9천여 명이 참여했고, 연인원 7만여 명이 만일결사에 참여했다. 만일결사에 처음부터 끝까지 동참한 사람은 법륜 스님 포함해 40여 명이라고 한다.

얼마 전 책방을 방문했던 손님 중에 강화 정토회 회원이 있다. 이분은 머리로는 불교에 관심이 있어 보이는 나에게 여러 차례 정토회 불교대학에 들어갈 것을 권유했다. 그러나 근기와 인내심이 부족한 나는 천일결사는 고사하고 백일결사도 개근하지 못할 것임을 알기에 이런저런 핑계를 대며 빠져나갔다. 몸이 따라가지 못하고 아상은 나이들수록 단단해지는데, 머리에 뭔가를 더 넣어서 무슨 소용이 있으랴, 하는 회의감도 있다.

조계종의 근본 경전이라는 《금강경》을 읽어보면, 결국 '아상(我相)'을 버리라는 한마디로 이해되는데 그게 어렵다. 내 몸과 정신을 이루고 있는 지, 수, 화, 풍에 파고든 탐진치의 뿌리가 너무 깊기 때문이다.

한국불교 수행자의 교과서라 불리고, 율곡이 1천독 했다고 알려진 《능엄경》은 부처의 제자 아난이 음행에 빠지는 장면으로 시작한다. 부처의 도움으로 여자에게서 벗어난 아난은 "오늘에야 비로소 제아무리 많이 들었다 하더라도 수행하지 않으면 듣지 아니한 것과 같음을 알았다."라면서 부처에게 가르침을 청한다. 부처는 아난에게 참다운 마음에 대해 설하고, 이를 깨닫기 위한 여러 수행법을 알려준다. 그리고 지켜야 할 계율에 관해 설하면서 "음욕을 끊지 않고서 선정을 닦는 이는 비유하면 마치 어떤 사람이 모래를 끓여서 밥을 짓는 것과 같으니" 마땅히 음욕을 독사보다 더 무섭게 여기라고 했다. 아난이 그러했듯 수행자라고 음욕을 끊는 게 쉬운 일이 아니다.

하여간 부처의 말대로 욕망, 음욕에서 벗어나 해탈, 열반하는 일은 너무도 난해한 일이 아닌가 싶다. 아난이 그러하듯 경전을 보거나, 설법을 듣는 것만으론 번뇌와 욕망을 끊을 수 없고, 참된 마음의 실체를 알 수 없다. 수십 년 수행을 한 스님도 욕망에서 자유롭지 못한 걸 보면 어지간한 수행으로도 다가서기 어려운 경지 같다. 그렇다면 도대체 누가 해탈할 수 있단 말인가. 하긴 예수가 '낙타와 바늘귀 설교'를 했을 때 사람들이 "그러면 누가 구원 받을 수 있겠느냐"라고 묻자, 예수는 "사람에겐 불가능한 것이 하나님께는 가능하다."라고 말했다.

설악산에서 "항상 기뻐하라"는 데살로니카 전서를 보고 눈을 떴을 때는 남은 군대 생활을 잠시나마 아가페적 사랑으로 했고, 그 약발이 1년은 갔다. 그런데 오봉산 청솔바위에게 일체동근을 느낀 뒤에는 때가 탈 대로 탄 몸이라 그런지 몸의 변화가 따르지 않았다. 타고난 근기라는 것도 무시할 수 없다는 생각이 든다. 동근동체의 깨침은 나라는 벽을 허물고 결국 동체자비의 길로 나가게 된다는데, 몸은 안 움직이고 머리로만 동체자비 할 뿐이다. 나이 들수록 동체자비는커녕 이상과 아집이 단단해지고 온갖 번뇌와 욕망 또한 끊이질 않으니 '하악~'하고 한숨이 절로 나온다.

"청춘의 교만은 산산이 무너지고"

청평사 다녀온 직후 초발심하고 조계사에서 진행한 《백일법문》(성철 스님)

강좌에 참석했을 때의 일이다. 뒤풀이 모임에서 수강생 중 나이 지긋한 분이 "나이 들어 공부하기 힘드니, 나중에 후회하지 말고 젊어서 힘 있을 때 열심히 정진하라."는 충고를 했다. 그분은 아마도 60대 초반 나이였다. 그 얘기 들을 때만 해도 60대 초중반까지 먼 훗날의 일이고 시간이 많이 남았다는 생각에 가볍게 들었다. 겉으로는 공손하게 대답했지만 속으론 자만을 떨었는데, 지나고 생각해보니 십수 년을 허송세월하고 말았다.

《불교와의 만남》에는 부처님이 출가하기 전의 삶을 회상하는 내용이 나오는데 이를 인용해 본다. 《중아함 유연경》에 나오는 구절인데, 한 살이라도 젊었을 때 '교만'에서 벗어나는 게 현명한 일이다.

어리석은 범부는 스스로 늙어가면서 남이 늙은 것만을 보고 자기 일은 잊은 채 그 늙음을 혐오한다. 자신 또한 늙어가는 몸이다.

아직 늙음을 면할 길을 모르면서 남의 늙음을 혐오해도 되는가? 이는 결코 마땅한 일이 아니다. 비구들이여, 내 생각이 이에 미치자 내 청춘의 교만은 산산이 무너지고 말았다.

단 한 권의 책을 들고 무인도로 떠나야 한다면
-대행 스님 《한마음 요전》

만약 무인도에 단 한 권의 책을 갖고 가야 한다면 무엇을 선택할 것인가? 이런 질문이 신문, 잡지의 책 관련 기사에서 종종 나왔다. 사람마다 나라마다 취향이 다를 텐데, 그에 대한 답변을 보면 대체로 예상 범위 안에 드는 책 이름이 거론된다. 흔히 말하는 세계명작 전집 안에 드는 책이 절대다수다.

전주 지역의 동네서점에서 '무인도에 갖고 갈 책'에 관한 의견을 구했을 때 올라온 답변은 《노인과 바다》, 《백 년의 고독》, 《어린 왕자》, 《잃어버린 시간을 찾아서》와 같이 익숙한 제목의 명작이었다. 낯선 제목의 책이 한 권 있었는데 《빅터 프랭클의 죽음의 수용소에서》였다.

20년 전쯤 프랑스의 언론인이 세계의 유명 작가를 상대로 '무인도에 갇히게 될 때 갖고 갈 세 권의 책'에 관해 물었는데, 이때 답변이 많이 나온 책은 대부분 서양의 고전이었다. 질문자가 성경을 제외하고 답변해달라고 요청했으나 가장 많이 나온 책은 《성서》였다. 성서를 빼면 《잃어버린 시간을 찾아서》가 1위였으며, 그다음으로 《돈키호테》, 《천일야화》, 《안나 카레니나》 순서였고, 그밖에 《전쟁과 평화》, 《모비딕》, 《죄와 벌》, 《신곡》 등이 포함됐다. 196명의 답변자 중에는 움베르토 에코, 밀란 쿤데라, 파트리크 쥐스키트 같은 세계적인 작가가 포함됐다. 이 내용은 국내에서 《무인도의 이상적 도서관》(문학수첩)이란 제목으로 출간됐다.

단 한 권의 책을 고른다는 것은 어려운 일이다. 인생의 시기마다 큰 감동을 준 책도 다를 것이다. 10대에 답을 했다면 《데미안》이나 윤동주 시집 《하늘과 바람과 별과 시》라고 했을 테고, 20대였다면 아마도 《성서》나 《러시아 혁명사》였을 것이다. 그런데 지금 바로 책을 한 권 골라 무인도로 급히 떠나라고 한다면, 대행 스님의 《한마음 요전》(불기 2537년, 서기 1993년)이다. 이 책을 산 뒤 맨 앞 장에 "신촌 공씨책방 2005. 7. 11"이라는 메모와 함께 "줄탁동시, 일체동근, 물아일여"라고 썼다. 청량리에서 무궁화호를 타고 춘천 청평사에 가서 오봉산의 소나무를 조우하면서 '일체동근'을 느꼈던 게 2005년 6월 초이니, 그로부터 한 달쯤 뒤 헌책방에서 만난 책이었다.

신촌 공씨책방에서 만난 《한마음 요전》

대행 스님 책을 공씨책방에서 보기 전에 처음 접한 것은 1993년경 부산교도소의 도서관이다. '갱생'이 구호인 교도소답게 바른생활 지침서나 기독교, 불교 등의 종교 서적이 주를 이룬 서가에서 몇 권의 책을 골라 봤는데, 그중 유일하게 기억나는 책은 《한마음-대행 스님 대담집》이었다. 몇몇 대목에서 강렬한 인상을 받았는데, 첫째는 학교 문턱도 밟아보지 못한 무학의 비구니 스님이 한번 법회를 할 때마다 수천, 수만의 신자가 구름처럼 몰린다는 점이었다. 그 이유는 대행 스님이 병 고치는 신통력이 탁월했기 때문이었다. 두 번째로 기억에 남는 장면은 젊은 여자의 몸으로 선방이 아닌 산속에서 수년간 노숙하며 수행했다는 사실이다. 서울 근교, 강원도 산에서 뱀, 새와 같은 야생동물과 교감하는 장면이 여러 번 나오는데, 보통 수행자에게 찾아보기 어려운 도력이 느껴졌다.

중고서점 공씨책방에서 《한마음 요전》을 만난 시점이 청평사 오봉산 소나무를 통해 불법을 체감한 직후였기에 꽤 몰입해서 책을 살펴봤다.*

1926년 1월 2일 해산당한 대한제국 무관의 3남 2녀 중 장녀로 태어난 스님의 속명은 노점순이었다. 발등에 한반도 지도 모양의 큰 반점이 있어서 이름을 그리 지었다고 한다. 부친은 일제에 의해 요시찰 인물(불령선인)로 지목되고, 몇 차례 투옥당했다. 비교적 넉넉했던 집안 형편이었는데 급기야 는 일본 사람들에게 모든 걸 빼앗기고 거리로 내쫓겼다. 그때 스님의 나이 일곱 살이었는데 "일곱 식구에게 남은 재산이라고는 일곱 벌의 옷과 일곱 켤레의 신발뿐"이었으며, "숟가락 하나 없이 빼앗겼다."라고 당시를 회고했다.

노점순의 모친은 불심이 깊었는데, 열네 살 되던 해 어머니를 따라 오대산 상원사에 갔고, 이때 방한암 스님을 만나게 된다. 한암 스님은 조계종 초대 종정을 지내기도 했다. 해방되고 몇 해가 지나 스님은 상원사를 찾아가 한암 스님에게 머리를 밀어 달라고 청한다. 한암 스님은 "죽으려면 몽땅

---

* 대행 스님의 법어집으로 《삶은 고가 아니다》(1996)가 있는데, 이 책은 오디오북으로도 나와 있다. 8시간 53분 분량의 이 오디오북은 유튜브에서 무료로 들을 수 있다.

죽어야 너를 보느니라."라는 말을 하면서, 시봉 중이던 탄허 상좌에게 삭도를 가져오라 일렀다. 대행 스님은 상원사 부근의 비구니 암자에서 지내기도 했지만 수시로 주변 산속을 떠돌아다니며 지냈다. 그때 강원도 일대의 산을 다 돌아다녔다고 한다. 스님은 당시를 회고하며 "나는 경전이라든가, 좌선이라든가 그렇게 거창하고 고상하다 하는 데서 도리를 배운 게 아니라 하찮은 데서 배웠으니, 예를 들면 서리 맞은 고추 하나 따는 데서라도 인과법을 배우는 그런 식이었다."라고 말했다.

"여우, 늑대, 살쾡이, 호랑이, 뱀 따위가 다 친구였다"

스님은 1950년 3월 27일(음력) 상원사에서 한암 스님에게 정식으로 계를 받았다. 한암 스님에게 계를 받은 마지막 승려였다. 청각(淸覺)이란 법명을 받은 스님은 그 뒤에도 산문 밖을 나서서 여러 해 산에서 산으로 발걸음을 이어갔다. 스님은 산에서 마주한 자연 만물을 통해 "경전이 따로 있는 게 아니라 세상 돌아가는 조화가 바로 팔만대장경이란 걸 알았다."라고 한다.

스님은 선승이나 경전이 아닌 생물, 무생물을 통해 불법을 깨우쳤는데 "뭇짐승들이, 들짐승이나 날짐승들이 다 나의 벗이었다. 청계산으로 돌 때는 여우, 늑대, 살쾡이, 뱀 따위가 다 친구였다."라고 회고했다. 믿기 힘든 얘기지만 치악산에 있을 때는 호랑이와 친구가 되었다고도 했다.

스님은 《한마음 요전》에서 뱀과의 인연에 대해서도 여러 차례 언급하면서 뱀과 무언의 대화를 나눈 얘기도 썼다. 흉측한 외모 때문에 미움받는

가련한 뱀 때문에 울기도 했다. 《히말라야의 성자들》의 저자 스와미 라마가 뱀을 두려워하다가 수행을 통해 이를 극복하는 장면과 비교가 되었다. 한번은 산중에서 큰 병이 났을 때 나뭇잎을 물어다 주고 사라진 뱀도 있었다. 스님은 이때 생애 최고의 진한 감동을 하고 한참을 울었다고 한다.

나를 살리려는 뱀의 뜻이 고마워서라기보다 살아 있다는 것, 생명을 가진 것들이 공통적으로 갖고 있는 진하디진한 사랑과 자비, 서로를 살리고 구하고 위로하려는 그 지극한 마음, 처절한 마음이 나의 온몸, 온 마음을 너무나 강력하게 사로잡았기에 그만 울고 말았던 것이다.

스님은 이때 "나의 마음과 뱀의 마음이 진정 하나인 것을 다시 한번 절실히 느꼈다."라고 했다. 대행 스님은 훗날 "나는 지금도 가엾은 사람이나 못 배운 사람이나 못난 사람에게 더 마음이 끌린다. 사람뿐만이 아니다. 축생에게도 마음이 끌린다. 그중에서도 모든 사람과 짐승이 징그럽다고 싫어하고 미워하는 뱀 따위에게 측은한 마음을 느끼곤 했었다."라고 회고했다. 이런 경험 때문에 대행 스님은 "생명체들이 제각기 육신을 갖고는 있으나 본래 둘이 아닌 것이다."라고 말한다.

책방 바로 뒤의 텃밭에 가다 간혹 뱀이 스르르르 지나가는 걸 보고 깜짝 놀라곤 했는데, 대행 스님의 글을 떠올리며 측은지심을 느끼려 해봤다. 하지만 그 전에 무의식적으로 징그러운 마음이 드는 건 어찌할 수 없었다.

산속에서 노숙하며 지내던 스님은 여러 번 무장 공비, 간첩으로 오인을 받아 경찰서에 잡혀가 조사를 받았다. 그때 나이가 한창때라 젊은 여자

혼자 산길 다니는 게 신경 쓰였고 그래서 "내 그림이 좋지 않았는데도 일부러 얼굴과 손발에 진흙을 바른 적도 있었다."라고 한다. 동네 사람들은 이런 행색의 스님을 미친 사람 취급했다. 어느 해 겨울에는 광나루 모래톱에 구덩이를 파고 수행을 했고, 밤이면 인근 건초더미에서 지냈다. 산속에 비해 바람 피할 곳 없는 광나루는 극한의 고행이었다. 스님의 양식이 된 것은 김장밭에 버려져 있던 무 꽁지, 배추 시래기였다. 영양 부족으로 버티기 힘든 상태였는데, 지나가던 노인이 스님을 보고 집에 가서 콩 한 되를 가져와 시주했다. 광나루에서 콩을 씹으며 스님은 "별이 총총한 하늘을 보며 천지운행의 이치를 요달하는 공부에 몰입"했다. 내면의 소리는 '산에도 길이 있었듯이 하늘에도 길이 있을 것이다.'라는 의중을 던졌다. 광나루에 봄이 왔을 때 스님은 천지운행의 이치를 터득하고 우주 법계를 넘나들었다. "일일이 말로 다 설명할 수는 없는 일이지만 과학 이전에 마음을 알아야 우주 탐사도 가능하다는 것"을 느꼈다. 이때 광나루에서 거대한 빛을 체험했는데 "그때 잠시 정좌 중이었는데 갑자기 거대한 광명이 나를 둘러싸는 것을 느꼈다. 그 빛은 둘레가 십 리 안팎이나 되는 것 같았다." 라고 회고했다. 4년간의 '설산 고행'을 마친 스님은 충북 제천의 백련사로 향했다.

4년 고행으로 깨우친 천지운행의 이치

백련사로 가는 길에 스님은 길에서 만난 병자를 치유한다. 간질병으로 쓰러진 체장사 여인, 쇠뿔에 받힌 노인, 볏짚에 눈을 다친 젊은 농부에게

원력을 보였다. 백련사를 거쳐 치악산 상원사의 견성암에 머문 스님에게 소문을 들은 병자들이 몰려들었다. 스님을 통해 치유한 환자의 병은 결핵, 소아마비, 뇌염, 간질, 정신병, 중풍, 백혈병, 간암, 위암, 문둥병 등 이루 다 헤아릴 수 없이 많았다. 특별한 약을 쓰는 게 아니라 합장을 하는 방편 등으로 병을 고치곤 했다.

스님이 병을 고쳐주는 일이 잦자 이를 외도라며 매도하는 이들도 있었다. 이에 대해 대행 스님은 "괘념치 말라. 내가 이미 오래전에 그 문제를 숙고한 일이 있었으니 '부처님 법이 아니다', '능사가 아니다' 하고 따지기 전에 당장에 죽어가는 사람을 살려 놓고 보아야 하지 않겠느냐?"라고 하면서 "병든 이와 내가 부딪쳐서 하나가 됨으로 병이 절로 고쳐지는 이치를 알아야 한다."라고 말했다.

스님은 치악산 견성암 토굴에 든 지 6년이 지나 하산했다. 한암 스님에게 사미니계를 받은 이후 줄곧 산중에서 지내 승적이 불분명한 상태였다. 스님은 이를 전혀 신경 쓰지 않았으나 한암 스님의 상좌였던 탄허 스님은 "불법을 널리 펴는 데는 그래도 그편이 편리하다."라며 회향을 권유했다. 이를 받아들인 스님은 1960년 탄허 스님을 계사로, 우진 스님을 은사로 삼아 다시 승적을 회복했다.

불상이나 경전보다 자기 마음을 중심에 놔야!

1972년 여러 신도의 보시를 받아 안양에 한마음선원을 건립했고, 2012년 세납 86세(법랍 63세)로 입적할 때까지 이곳을 중심으로 전법 활동을 했다.

한마음 선원은 몇 가지 점에서 기존 불교와 다르다. 선원 신축 초기에는 법당에 불상을 조성하지 않고 일원상(ㅡ, ㅇ)과 촛대 두 개 향로 한 개만을 설치했다. 스님은 "부처님께서는 어느 곳에나 계시니 절 법당에만 계시다 생각하지 말고 어디서든 그 자리에서 안으로 믿고 안으로 관하라." 하셨다. 일원상을 걸어 놓은 것에 대해서는 "우주의 섭리는 시작이자 끝이요, 끝이자 시작인 한마음이 돌고 도는 그것이다."라고 설명했다. 나중에 선원이 조계종 사찰로 등록할 때 법당에 본존불 한 분의 상만 모셨는데 "이 또한 믿음을 위한 방편이다."라고 말했다.

산신각, 칠성각 등을 짓는 것을 반대했으며, 불상 앞에 떡 해놓고 기도하며 복을 구하는 행위는 부처의 뜻이 아니라고 했다. 보통 종교에 의지하는 사람들이 중시하는 팔자 운명, 부적, 삼재, 손 없는 날도 멀리하라고 가르쳤다.

스님은 경전 공부를 권장하지 않았다. 본인이 책이나 스승이 아니라 떠돌아다니며 체험을 통해 깨달음을 얻었기 때문에 그러했을지도 모른다. 그는 "부처님께서 설해 놓으신 것만으로도 경전의 바다를 이룰 만큼 많고, 수많은 선지식들이 무수한 가르침을 베풀어 놓았으나 범상한 사람들로서는 그 가르침의 제목조차 다 알기가 어렵다. 급한 살림살이에 언제 경전에 매달리겠느냐?." "팔만대장경을 달달 외우고 이론으로 가로 꿰고 세로 꿴다 해도, 멋진 비유와 결구를 아무리 많이 기억한다 해도 가르침을 단 한 번 실천한 사람만 못하다."라고 말하며 행을 강조했다.

경전 중에는 《반야심경》, 《금강경》, 《법화경》, 《화엄경》을 권했는데, 일반 신자들이 이해하기 쉽게 한글로 풀어쓰는 작업을 권했다. 1990년대에 스님은 《반야심경》과 《천수경》을 순우리말로 옮기고 이를 법회 때 독송하고 실천하기를 당부했다. 스님은 《반야심경》을 풀이하면서 "어린아이들은 말할 것도 없고 어른조차도 알아듣기 어려우니 마음에 와닿지를 않는다. 그러므로 외우기만 할 뿐 참고함이 적으니 이를 알기 쉽게 우리말로 푼 것이다."라고 하였다. 신자들은 이를 반겼으나 선원 밖, 특히 종단에서는 이를 문제 삼고 경위를 조사하러 오기도 했다. 그러나 2011년 10월, 조계종단에서도 공식적으로 한글 《반야심경》을 만들고, 이를 의례에 사용하도록 공포했다.

당대 최고의 학승 탄허 스님과 자주 법담 나눠

대행 스님은 탄허 스님과 각별한 교분을 유지했다. 불교계 최고의 석학으로 꼽히던 탄허 스님은 대행 스님과 격의 없이 법담을 나누곤 했다. 탄허 스님은 유불선에 두루 통달했고 주역에도 조예가 깊어 당대 최고의 학승으로 명성이 자자했는데, 대행 스님은 탄허 스님을 가리켜 "선의 경지에서도 그분만 한 도반이 없었노라."라고 자주 얘기했다. 탄허 스님도 제자들에게 "나는 대행 스님을 존경한다. 그러니 너희들도 그분을 비구니로 보아서는 안 되고 사숙이라 불러야 한다."라고 일렀다.

그러나 대행 스님이 비구니라고 무시하는 때도 종종 있었다. 미국에서 열린 법회 중에 한 비구승이 대중 가운데 일어나 "어찌하여 비구니로서 큰스님이라 칭하는가?"라고 묻기도 했다. 이에 스님은 "나는 아직껏 비구다, 비구니다라는 것을 생각해 본 일이 없다."라고 말했다. 학인들 중에도 "비구니가 알면 얼마나 알겠느냐'며 우습게 여기는 말을 듣고 "나무 한 잎사귀조차도 불교 아닌 게 없거늘, 어찌 사람인데 비구니라서 잘하고 못하고가 있겠는가"라고 답했다.

대행 스님은 비구니 제자들에게 "남녀가 따로 없다고 말하는 것조차 어설프거늘 비구니가 수행함에 있어 남자 몸 받기를 발원한다는 것은 좁은 소견이다."라고 말했다. 비구, 비구니 같은 것에 겉모습에 걸린다면 절대로 부처님의 마음을 꿰뚫어 보지 못할 거라는 게 스님의 생각이었다.

정말로 부처님과 한자리 하고 역대 조사와 한자리 하려면 내가 비구라는 생각, 비구니라는 생각, 율사다 선사다 하는 생각 등등을 다 놔 버리고 평등심부터 지킬 줄 알아야 할 것이다.

대행 스님에게 간혹 사회적 갈등, 분쟁에 관해 묻는 사람도 있었다. 미국 샌프란시스코 법회에 참석했을 때 한 신도가 "스님께서 도력이 높으시다면 한국에서 스님들끼리 싸우고 노사 분규가 일어나고 학생 데모가 심한 것을 왜 두고 보십니까?"라고 물었다. 이에 대해 스님은 "돌과 돌이 부딪치지 않으면 불이 일어나지 않듯이 마찬가지로 그것은 싸움이 아니라 발전의 계기인 것이니 각자가 법거량을 하는 셈이다."라고 답했다. '법거량'(法擧量)이란 말이 인상적이었다. 법거량은 선문답과도 같은 말인데, 서로의 도력, 법을 재어 본다는 의미이다. "무엇이 부처입니까?" 하고 물음에 '부처란 바로 마른 똥 막대기야'라고 대답하는 식이다. 선사들이 '할'(喝)이라 소리치거나 방망이를 휘두르는 것도 법거량의 일종이다. 즉문즉답으로, 인위적

가식 없이, 언어문자를 뛰어넘는 정신세계를 말로 표현하는 것이기에 자칫하면 언어유희로 흐르는 부작용이 있다. 1998년 백양사에서 열린 무차선대법회 때는 법거량에 나선 한 스님이 재가불자에게 선문답 도중 뺨을 맞는 일이 발생하기도 했다. 이게 진짜 법거량인지 아닌 밤중에 홍두깨인지 단순 폭행인지, 구별하는 것도 쉬운 일이 아니다.

한국의 보수와 진보가 대립하는 것도, 남과 북, 북과 미국이 대치하며 힘을 겨루는 것도 모두 법거량을 나누는 일로 보면 그 장면이 새롭게 보인다. 북은 근래 방망이 대신 미사일을 여러 방 날렸다. 이에 무어라 답할 것인가. "할?"

가르침의 핵심-주인공에 믿고 맡겨라

대행 스님의 설법은 얼핏 들으면 매우 평이하다. 심오한 설법을 기대했다면 실망하기에 십상이다. 그는 늘 "스스로를 부처로 알고 스스로에 귀의하여 성불하는 것, 이것이야말로 천만번을 강조한들 지나치지 않을 가르침"이라고 말한다.

자기 자신의 부처 될 가능성을 믿어야 한다. 자신의 근본 마음, 주인공을 철저히 믿고 그에 귀의하라. 나는 수십 년간 오로지 이 말만 되풀이해 왔고 앞으로도 여전히 이 말만 되풀이할 것이다.

대행 스님은 이것이야말로 자신이 알고 있는 단 하나의 진리라고 말한다.

이 진리에 도달하기 위해 대행 스님은 어떤 수행법을 제시할까. 요즘 불교에서 공부 좀 했다는 사람은 화두나 위파사나를 떠올린다. 그런데 스님은 구체적인 수행법을 알려주지 않고 그냥 주인공에 믿고 맡기라고만 말한다.

화두나 염불, 기도에 비하면 맡긴다, 놓는다 하는 게 처음엔 애매하고 막연한 것 같아도 차차 경험해보면 좁아 보이던 길이 넓어져 마침내는 문 없는 문이 된다. 그러나 특별한 방편을 세우면 우선은 손에 잡힐 듯하다가도 결국은 벽 없는 벽에 부딪히게 된다.

화두를 들더라도 선방에서 받은 화두가 아니라 자기 자신 속에서 찾으라고 말한다. 스님은 자기 자신이 화두라고 하면서 "육신 생긴 게 화두요 네 마음이 화두요 네 생활이 화두이니 화두가 따로 있는 게 아니다."라고 강조했다. 남이 준 화두를 드는 것은 "빈 맷돌 돌리는 것이요. 헛바퀴 도는 것"이니, 누구에게서 화두를 받을 것 없이 자기 몸과 생활 속에서 화두를 찾으라고 말했다.

대행 스님은 자기 자신을 믿는 게 수행의 근본이라 말한다. 부처나 스승이 아니라 자기부터 받들 줄 알아야 한다고는 것이다. 대행 스님의 가르침을 천금같이 믿고 받드는 이들에겐 "나를 믿지 말고 자신의 주인공을 믿어야 하느니, 믿을 것은 오로지 여러분들의 주인공이다."라고 경책 삼아 말했다. 누구도 대신 죽어 줄 수도, 먹어 줄 수도, 배설할 수도 없다는 것을 알아야 한다는 것이다. 이는 부처도 마찬가지다. 부처님 공양할 줄만 알고 자기 부처 귀한 줄 모르는 이들은 "부처님 뜻과 반대로 가는 사람들"이라며

주의를 당부했다. 죽은 부처 만 개가 있다 하더라도 산 부처, 즉 자신 안의 부처 하나만 못하다는 것이다. 부처의 마지막 가르침도 자등명법등명 (自燈明法燈明), 즉 "너희들은 저마다 자기 자신을 등불로 삼고 자기를 의지하라. 또한 진리를 등불로 삼고 진리를 의지하라. 이밖에 다른 것에 의지해서는 안 된다."였다고 한다.

자기 안의 자성불, '업의 용광로'인 주인공에게 믿고 맡길 때 '자유인'이 된다. 대행 스님은 자기 주인공을 찾지 못한 사람은 항상 남의 지식, 남의 생각들만을 자기 머리에 놓고 지내며, 이런 사람은 "진정한 대장부, 대자유인으로 자유스런 자기 삶을 사는 게 아니라 부자유한 남의 삶을 사는 것"이라 말한다.

수행법을 둘러싼 논쟁 중에 돈오돈수, 돈오점수 논쟁이 유명하다. 한국 불교계의 선방에서는 성철 스님의 영향으로 돈오돈수가 우세하다고 한다 돈오돈수, 돈오점수 따지며 논쟁하는 것에 대해 《한마음 요전》에서도 "사람들이 세상살이 중에 보고 듣는 것으로 관념을 지어 거기 박혀서 벗어나지 못하고 있음"이라고 지적했다. "돈오란 공한 자리에 탁! 한 점 찍는 것이고 점수란 지혜를 닦아 마음과 우주가 합일한 것을 말하는 것이니 거기에 돈오다, 점수다 하는 무슨 장광설이 따르겠는가."라면서 굳이 비유한다면 "탑의 기단을 쌓아 올리는 게 점수라면 탑 정상을 들어 올려놓는 게 돈오다."라고 말했다.

대행 스님이 1990년 미국에 건너가 교포를 상대로 설법을 했을 때 돈오돈수, 돈오점수에 관한 질문을 받았다. 이때 스님은 "서울에서 큰스님네들이 돈오와 점수로 논쟁하는 데 있을 수 없는 일이다. 어린애 금방 놔놓고 어른이 되라고 하면 안 된다. 과정을 거치지 않으면 어떻게 돈오가 되겠냐. 돈오와 점수는 둘이 아니다. 뭐라고 이름 붙일 수도 없고, 둘이 아닌 도리를 알아야 한다."라고 답변했다.

이 대목에서 불교의 불이(不二) 사상이 떠오른다. 불이는 부처님이 깨친 마음자리, 대립을 떠난 경지를 나타내는데, 무어라 말과 생각으로 표현할 수 없는 경지라 한다. 《유마경》에서 문수는 유마 거사 병문안 간 자리에서 '불이'에 관해서 묻는데, 유마는 아무 말 하지 않고 침묵으로 답했다고 한다. 부처와 중생, 생명과 죽음이 둘이 아니고 욕망과 해탈도 둘이 아니다. 욕망에 매달리면 윤회하고, 욕망을 관하면 열반에 든다고 한다.

대행 스님은 자신의 못생긴 얼굴을 통해 "일체가 둘이 아니요, 나와 사생 만물, 우주의 근본이 다르지 않은 주객일여의 경지"를 들여다 보게 되었다고 한다. 어느 땐가 산에서 수행 중에 "물을 마시려고 엎드렸다가 물에 비친 내 모습을 보니 험하기도 한지라, 내 마음은 그렇지 않은데 모습은 왜 이런가 하는 생각이 들었다. 그러는데 홀연히 '그 또한 부처이니 그 속에 진짜 부처가 있느니라.' 하는 내면의 소리가 들렸다."라고 한다. 이 순간 그토록 찾던 주인공, 참 나의 모습을 확연히 보게 되었다는 것이다. 부처는 잘생긴 얼굴 속에도 있고, 못생긴 얼굴 속에도 있으며 심지어 부처는 "개구리도 되고 돼지도 되고 개"가 되기도 한다는 것이다. 그러니 불이라 하는 것이다.

불교의 수행방법을 둘러싼 견해와 함께 윤회에 관한 논쟁도 딱 떨어지는 답을 구하기 어려운 문제이다. 불교학자들이 수천 년을 논쟁했지만 무아와 윤회의 모순을 해결하기 어려워한다. 무아이고 공인데 무엇이 윤회한단 말인가? 이를 둘러싼 복잡한 논쟁은 건너뛰기로 한다.

사람이 새가 되는 일도 있고

대행 스님은 윤회에 관해 구체적인 언급을 자주 했다. 어떨 때는 진화론의 관점에서 설명하는데 인간이 전에는 미생물이었고, 벌레였는데, 그로부터 수억 겁을 거쳐 진화해왔다는 것이다. 그것은 육신 속에 수 없는 중생이 존재하는 것만 보아도 알 수 있다고 한다. 그런데 문제는 생명체가 계속 진화만 하는 게 아니라 퇴화도 한다는 사실이다.

사람으로까지 진화되어 태어났으면 사람의 궤도를 지키는 게 도리이다. 그렇지 못하고 옛날 습을 놓지 못하면 다시 퇴화하게 된다.

이는 아마도 물질계의 진화론과는 별도로 정신계의 법칙을 말하는 것이 아닌가 싶다. 스님은 "사람이 새가 되는 일도 있고 새가 사람이 되는 일도 있다. 마음 씀씀이에 따라서 천차만별로 좌천하는 수도 있고 승진하는 수도 있다. 거기엔 식물에서 동물로, 미물에서 고등 동물로 별의별 층층이 다 있으니 모두 한 집안 통속이라, 내가 잘 났느니 네가 잘 났느니 할 것도 없다."라고 하면서 중요한 문제는 "지금 이 육신, 이것도 동물이니 여기서 벗어나야 한다."라고 말한다. 이런 변화의 과정에서 윤회가 있기에 진화도 하고, 성불도 할 수 있다는 것이다.

윤회가 없다면 진화도 없다. 윤회는 성불케 하는 힘이다. 따라서 윤회는 업보에 의한 시달림이 아니라 진화의 과정이요 수행을 가능케 하는 바탕이다.

이처럼 대행 스님은 "윤회가 없다면 부처가 될 수 있는 길도 없는 게 된다."라고 설하면서, 한 번쯤은 새나 물고기로 살아가는 것도 두려워하지 말고 받아들이라는 말도 한다.

동네에서 하천길 따라 산책하다 보면 낚시꾼을 자주 보게 된다. 낚시바늘에 걸린 뒤 어망 속에서 숨을 헐떡이는 붕어나 가물치를 보노라면 아무래도 물고기보다는 새로 태어나는 게 낫겠다는 생각이 들기도 한다. 가을 벌판을 나는 철새를 바라보았다. 전과 달리 그 몸짓 하나하나가 예사롭게 보이지 않았다. 저 날개짓으로 철책 너머 한강을 건너고, 때로는 바다를 건너고, 그러다가 어느 생엔가는 날개를 버리고 물속을 헤엄치다가, 다시 인간계로 올 수도 있다는 얘기 아닌가.

다음 생에 새로 태어날지도 모르니 가끔은 《갈매기의 꿈》 주인공 조나단 리빙스턴의 눈으로 인간 세상을 바라보는 연습도 해야겠다는 생각도 들었다. 자유로운 갈매기의 눈에는 인간이 답답해 보일 수도 있지 않을까. 어쩌면 저 하늘을 비행하는 갈매기 중에 대행 스님이 말한 "우주와 더불어 노니는 자유인"이 있을지도 모를 일이다.

예수, 칼 바르트와 결혼한 박순경의
《통일신학의 여정》

한국 최고의 여신학자, 아니 그냥 최고봉의 신학자로 손꼽히는 박순경 교수를 처음 만난 것은 지금으로부터 30년 전인 1991년 9월 8일이고, 장소는 서울구치소 여자 접견실이다. 당시 월간 《말》 기자로 일하던 나는 연재물 '분단과 사람들'의 주인공으로 선정된 박순경 교수를 만나기 위해 옥바라지를 하던 김애영 교수와 함께 서울구치소를 찾았다. 이화여대 교수를 거쳐 목원대 대학원 초빙교수로 있던 박순경 교수는 그해 여름 일본에서 열린 평화통일과 선교에 관한 기독자 도쿄회의 주제 강연과 관련하여 구속, 수감 중이었다.

1991년 9월의 첫 만남, 서울구치소 접견실

강연 발표문 중에 문제가 된 내용은 주체사상을 언급한 부분, 특히 수령을 가톨릭의 교황에 비유한 대목으로 알려졌다. 어쩌면 우리 사회는 30년이 지난 지금도 이 같은 강연을 자유롭게 허용하지 않을 것이다.

교회 구조에 비유하자면 수령은 가톨릭교회의 교황과 같다. 누가 교황을 독재자, 우상이라고 규정하는가?

박순경 교수는 수령론을 언급하면서 결론적으로 "주체사상은 그 혁명이념의 궁극성 때문에 유일성을 함축하고 있음에도 불구하고 남한의 다원적인 사상의 조류들, 기독교와 타 종교 사상 조류와의 대화, 따라서 상대화 과정을 통과하면서 민족사상으로 정립되고 전개되어야 할 것"이라고 말했다. 우리 사회에서 금기시되는 주제를 건드리자 도쿄에서 강연을 듣던 목회자 일부가 예민하게 반응했고, 결국 공안 기관이 여성 신학자에게 국가보안법의 칼을 꺼내 들었다.

서울구치소 여자 접견실에 만난 박순경 교수는 고희를 바라보는 나이치고는 고운 인상이었지만 머리가 희끗희끗한 게 그 나이의 여느 할머니와 다를 바 없었다. 평소 옷매무새가 깔끔한 멋쟁이 여신학자라는 소리를 듣고 왔지만, 접견실에서 본 '수번 72번 박순경'은 허름한 푸른색 옷을 입은 수인일 뿐이었다. 면회 시간 10분의 대부분은 박순경 교수가 함께 살던 제자 김애영 교수에게 학생들의 논문지도, 읽을 책, 먹을 약 등을 얘기하는 데 쓰였고, 기자는 간단한 인사말 몇 마디만 하고 헤어져야 했다.

잠깐의 만남으로 간파할 수 없는 박순경 교수의 삶과 체취를 느끼기 위해서 안양시 관양동에 있는 그의 자택을 방문했다. 렘브란트의 예수 초상화와 칼 바르트의 사진이 걸린 서재에서 김애영 교수와 간접 인터뷰를 했다. 그리고 종로 5가 기독교회관에서 열린 박순경 교수 석방을 위한 목요기도회 등에 참석해 여러 지인의 얘기를 듣고 자료를 건네받았다. 이를 참조해 《말》 10월호에 《기독교와 공산주의 잇는 여신학자 박순경》이라는 제목의 기사를 썼는데, 여기 소개된 동료 목사, 신학자들의 몇몇 인상기를 옮겨 적는다.

민족신학의 개척자로, 통일신학의 지도자로

1970년대 이후 지금은 민족 신학의 개척자로 통일신학의 지도자로 모두 앞에 독보한다. 나 개인적으로는 지난 민족분단 45년 역사에서 신학자 중 순수하고 진보적이며 민족적인 대표적 신학자는 박순경 교수라 생각한다.
-홍동근 목사, 1990

언제나 남색 저고리에 검은 치마를 입고 다니던 그 양반은 미모에다 빼어난 알토의 매력적인 여학생이었어요. 그리고 이때부터 칼 바르트에 매료돼 독일어 공부에 전념했지요. 여성뿐만 아니라 전체 신학자 중에서도 최고봉의 학자라 생각합니다.
-감신대 동창 김준영 목사, 1991

내가 보기에 박 교수야말로 신비의 여성입니다. 보기엔 그렇게 냉철하면서도 1968년 칼 바르트가 죽었을 때 그렇고 통곡하고, 또 1988년 이대 채플 기간에 조성만 군의 죽음과 민족의 통일 얘기를 하면서 수많은 사람을 울게 했을까. 또한, 그렇게 사랑이 많고 아름다운 분인데 왜 아직도 독신일까. 박 교수는 이러한 여러 가지 수수께끼를 가진 여성입니다. 누군가 박 교수에 대한 전기를 쓸 때 신학적 전기뿐만 아니라 '여성'이라는 주제로 접근하기 바랍니다.

－서광선 교수, 1988년 이화여대 정년퇴임 고별 강연장에서

이런 평을 봤을 때 박순경 교수는 학자로서, 여성으로서 뛰어난 능력과 타고난 외모까지 겸비한 인물이 틀림없어 보였다. 맘만 먹으면 얼마든지 주류 학계에서 이름 날리며 편하게 살 수 있는 조건을 갖춘 교수였다. 그런데 이런 분이 왜 고초를 자초하고 나선 걸까.

그의 평생의 과제는 분단 극복이었고, 신학자로서 이는 반공신학, 분단신학을 타파하고 민족신학, 통일신학을 세우는 것이었다. 1946년 감리교신학대에 입학했을 때 몽양 여운형 선생이 주도하던 인민공화국을 지지한다고 했다가 '빨갱이 마귀가 거룩한 하나님 동산에 들어왔다'라는 비판을 받고 학교에서 쫓겨날 위기에 놓이기도 했다. 이때부터 한국 반공교회의 벽을 절감한 뒤 '한국 교회가 옳으냐, 내가 옳으냐'하는 물음을 끌어안고 민족신학을 추구해온 것이다. 이러한 물음을 안고, 미국에 유학 가서 얻은 결론은 한국 교회의 반공 반북은 오류고 "기독교와 공산주의는 필연적으로 만나야 한다."였다. 그는 유학 생활 중에 헨델의 〈메시아〉를 즐겨 들었는데 그때마다 우리 민족의 분단 현실이 떠올라 목놓아 울곤 했다. 이런 신학적 뿌리가 있기에 박순경 교수님은 반공, 분단의 건너편에 서서 국가보안법이 씌워주는 가시면류관의 길을 마다하지 않고 걷게 된 것이다.

1992년 법정 최후진술 참고도서, 박순경 교수의 책

1991년 8월 13일 국가보안법으로 구속된 박순경 교수는 1심에서 집행유예로 석방됐다. 그런데 얼마 지나지 않아 박순경 교수와 나는 처지가 바뀐 채 옥중에서 편지를 주고받는 사이가 되었다. 박 교수가 석방된 다음 해에 나는 분단 50년을 맞이하는 1995년에는 분단을 종식하고 통일을 이루자는 모임에서 활동하다 국가보안법으로 구속되고 3년 동안 수감생활을 하게 됐다.

이때 재판을 받으면서 나는 정신적으로 매우 혼란스러운 상태였다. 이십대 초반부터 성서에 기초한 변혁 운동을 꿈꿨지만, 머릿속은 실존주의, 기독교, 마르크스주의, 주체사상으로 뒤엉켜 복잡한 상태였다. 어찌 보면 일단 종교와 운동을 분리해서 사고하는 입장이었다. 그런데 박순경 교수의 저서 《통일신학의 여정》, 《한국 민족과 여성신학의 과제》와 같은 책을 읽고 머릿속이 맑아졌다. 그때의 기억을 정리해보면 '불완전한 인간의 혁명은 하나님의 혁명에 의해 인도되어야 하며, 또한 하나님의 혁명은 인간의 역사적 혁명에 의해 구체적으로 현실화한다.'라는 논리였다. 하여간 이 논리 덕에 1심 재판의 최후진술을 나 스스로는 만족스럽게 할 수 있었다. 3년 실형 선고를 받고 서울구치소 9중 2방으로 돌아온 뒤에도 나를 감옥으로 인도해주신 하나님께 기꺼이 감사기도도 드렸다.

1995년 10월 출소한 뒤 안양 자택으로 찾아가서 인사를 했고, 서초동으로 이사를 하신 뒤에도 몇 번 방문해서 말씀을 나눌 기회가 있었다. 한 번은 멋모르고 향수를 선물로 사간 적이 있는데 그런 거 사용하지 않는다며 면박을 받은 적도 있다.

《말》지를 그만두고 개인적인 인생의 사연이 있어서 월간 《좋은엄마》를 창간했다고(2000년) 전화했을 때의 반응이 떠오른다. 박 교수님은 적어도 3초 이상 아무런 반응이 없다가 "무슨 엄마?"라고 되물었다. 이때 교수님은 형식적인 덕담도 건네지 않았다. 목소리는 높이지 않았지만 "통일운동에 도움 되는 일을 해야지……" 하면서 실망하는 투의 목소리로 말씀하셨다.

단군 유적이 있는 강화도에서의 인터뷰

그 뒤로 교수님께 10년 넘게 연락을 제대로 못 하고 지냈다. 박 교수님은 통일운동과 칼 바르트 저서 번역에 온 힘을 다하셨고, 나는 전혀 다른 주제의 일을 했기 때문에 오랫동안 볼 일이 없었다. 그러다 다시 만나게 된 것은 어렵게 운영하던 잡지사를 정리하고, 2014년 혼자서 출판사를 차린 뒤 첫 번째 책으로 《분단시대의 지식인들》을 기획한 직후다. 통일운동에 앞장선 강희남 목사, 이기형 시인, 기세문 비전향장기수와 함께 정동익 사월혁명회 상임의장, 소설가 남정현, 청화 스님의 삶을 한 권에 묶어 소개하는 책이었는데, 박순경 교수에게도 인터뷰를 신청했다. 이때 교수님은 아흔이 넘은 나이였다. 1991년 처음 만났을 때부터 24년의 세월이 흘렀는데, 여전히 온 힘을 다해 민족의 통일과 칼 바르트 신학에 매진하고 계셨다.

여러 차례 무릎 수술, 허리 수술을 해서 거동이 불편했지만 교수님은 강화도를 가고 싶어 하셨다. 민족주의에 관심이 많은 교수님은 단군 유적지가 있는 강화도를 좋아하셨다. 다리가 아파서 가파른 계단 길을 올라야 하는 마니산 꼭대기에 가 보지 못한 것을 아쉬워하신 박 교수님과 전등사 찻집 죽림다원에서 인터뷰를 진행했다. 이때 다른 데서 하시지 않은 말씀을 몇 가지 하셨는데, 이 자리에 그 내용을 옮겨 본다.

북을 위한 기도문인데 내 새벽기도의 일부분이야. 김정은 위원장과 그와 동역하는 일꾼들을 위해서 기도한 다음에 이렇게 해. 통일 대업과 우리 민족의 경제공동체를 결단코 이루어내게 하소서. 모든 인민이 총 단결하여 공화국을 지켜내게 하시고, 그들의 삶이 나날이 풍요로이 채워질 수 있도록, 북의 경제기반을 하나님 당신의 능력으로 도우소서. 평화협정과 주한 미군 철수가 이루어지게 하소서. 정의로운 조미 관계가 설정되게 하소서. 북과 남의 평화공존과 통일, 남북의 군대 통합을, 연방제통일을 우리가(남과 북이) 결단코 속히 이뤄내게 하소서.

평생 반공교회를 넘어서기 위해 고군분투한 박 교수는 분단의 족쇄를 달고 사는 한국 교회를 질타했다.

한국 기독교는 대체로 왜 민족해방이 필요한지조차 몰라. 통일은 바로 그러한 분단세력들의 극복이요, 민족해방을 의미하기도 해. 칼 바르트가 교회는 동과 서, 사회주의 공산권과 자본주의 서방 사이에 존재해야 한다고 말했듯이 한국 교회는 미국과의 유착 관계와 반공주의에서 해방되어 남과 북 사이에서 참된 민족 화해를 위해 사역해야 하는 거야.

민족신학, 통일신학을 추구한 박순경 교수는 우리 역사에 관심이 많았다. 역사책을 살펴본 뒤 우리나라 사학자들이 민족의 시원 문제를 제대로 밝히지 못하는 점에 대해 여러 차례 실망감을 토로했다.

우리나라의 진보적인 식자들은 역사를 잘 모르는 경우가 많아. 서구에서 공부를 잘못해서 그럴 거야. 한국 사학자들도 민족 시원을 잘 몰라. 그래서 내가 《환단고기》를 보면서 독학으로 공부하는 거야. 시대, 인물, 상황이 구체적으로 나오는 걸 보면 《환단고기》는 결코 위서가 아녜요. 무슨 재주를 부려서 역사적 상상력으로 꾸며낸 책이 아니야. 한번 읽어보라고. 근 일 년 동안 상생방송 보면서 공부했지. 1976년 귀국해서 역사학자 책을 봤는데 민족문제를 제대로 밝힌 역사학자를 찾지 못했어. 진보진영이 걱정할 것은 제대로 된 민족주의가 없다는 것이야. 민족의 과잉이 아니라 민족의 결핍이지.

민족 시원 문제 제대로 밝힌 역사학자 못 봐

2014년 봄, 기독교회관에서 열린 《분단시대의 지식인-통일 만세》 출판기념회에 박순경 교수는 어려운 걸음을 하셨다. 그 뒤 박 교수님은 여러 차례 전화해서 《환단고기》를 꼭 읽어보라고 말씀하셨다. 나는 교수님의 권유에 따라 서점에서 1,420쪽에 달하는 《환단고기》를 샀으나 아직 제대로 책장을 넘겨보지도 못했다.

작년에는 돌아가신 강희남 목사님이 쓴 《우리 민족 정리된 상고사》,

《새 번역 환단고기》, 그리고 김상일 전 한신대 교수의 상고사 관련 저서 등을 요약정리하고, 박순경 교수의 새로운 해석을 보태서 '환단고기와 민족주의'에 관한 책을 펴낼 계획도 세웠다. 교수님은 칼 바르트 저서 '삼위일체 하나님과 시간 제2권 신약 편'을 저술하는 작업에 벅차서 다른 글을 쓸 여력이 없다며 청탁을 거절하셨다. 기회가 되면 찾아뵙고 인터뷰를 해서 녹음이라도 하고 싶었지만 안타깝게도 그런 자리를 마련하지 못했다.

98세의 나이로 돌아가신 박순경 교수님 영전에, 교수님이 마지막까지 붙들고 공부했던 '민족개념', '민족 시원'을 주제로 한 책을 발간할 것을 출판인으로서 약속드린다.

* 이 글은 2020년 10월 24일 박순경 교수가 98세의 나이로 별세했을 때 〈민중의 소리〉에 실은 추모의 글이다. 추모사에 쓴 약속을 지키기 위해 펴낸 책이 《환단고기에서 희망의 빛을 보다》(2022)이다.

평생 미군을 화두로 잡은 작가, 남정현의 《분지》

뒤늦게, 너무나 뒤늦게도 1999년 봄에 시대의 문제작 《분지》를 읽었다. 나이 40에 가까워지니 어지간한 소설에는 감동하지 못하던 때였다. 일부러 감흥을 느끼기 위해 문학상 수상작품을 몇 권 사서 읽어봤으나 시대가 바뀐 건지, 취향 탓인지 감정이입을 하지 못했다. 그러나 《분지》는 무려 34년 전(1965년)에 발표된 소설인데도 마치도 신세계를 발견한 듯한 놀라움이 솟아났다. 몸이 떨릴 정도로 감격스럽다는 말, 전율이라는 단어가 이럴 때 쓰는 것임을 절감했다.

살벌한 박정희 군사정권 시절에 이런 반미소설을 쓰고, 반공법으로 구속된 소설가가 있었다는 사실이 믿기지 않았다. 남정현 선생님을 처음 만난 것은 《분지》를 읽은 직후였다. 1999년경 대학로의 한 음식점에서 이기형 시인(2013년 작고)의 소개로 '분지'의 작가를 만났다. 작고 마른 체구에 순한 인상을 지닌 분이 군사정권 치하에서 대표적인 필화사건을 겪은 소설가라는 게 한편으로 놀랍기도 했다.

김수영의 시 〈어느날 고궁을 나오면서〉에 나오는
"한번 정정당당하게/ 붙잡혀간 소설가를 위해서
언론의 자유를 요구하고 월남파병에 반대하는/ 자유를 이행하지 못하고
20원을 받으러 세 번씩 네 번씩/ 찾아오는 야경꾼들만 증오하고 있는가"에서
붙잡혀간 소설가는《분지》필화사건으로 구속된 남정현을 말한다.

그 뒤로 가끔 대학로의 카페 엘빈이나 쌍문동 자택 부근에서 만나 분지에 얽힌 야사, 중앙정보부에 끌려가 고문받은 이야기, 동학 인내천과 주체사상, 평양에 가서 북한 문인과 나눈 대화 등을 들을 수 있었다. 이런 만남이 인연이 돼서 《편지 한 통-미 제국주의 전상서》라는 소설집을 도서출판 말에서 출간하기도 했다.

미군, 미국이 평생 화두였던 소설가

1965년에 발표한 필화소설 《분지》와 2011년 팔십을 바라보는 나이에 쓴 《편지 한 통-미 제국주의 전상서》의 주제는 미국, 반미다. 작가는 "선승들이 화두를 붙들면 앉으나 서나, 자나 깨나 일념으로 화두 생각만 한다더니 내가 화두를 미제로 잡았다."라고 말씀하셨다. 이렇게 미국 문제를 물고 늘어진 작가에 대해 평론가 김병걸은 "어떤 절대적 힘인 거대한 힘과 홀로 대결"하며 근본문제를 파고드는 작가라고 평했다.

아마 한국 소설가 중에서 남정현만큼 끈질기게 악의 근원에 도전한 작가가 없을 것이다. 현실적 문제에 힘을 기울이는 작가들의 대부분도 주변 상황에 유착할 뿐 남정현처럼 근본문제를 파고드는 일이 없다.

소설가 이호철은 "남정현은 너무나도 한 원칙에만 철(徹)해 있었다. 바로 '반(反)미국'이 그것이었다."라며, 자신의 삶과 문학을 송두리째 미군에 저항하는 데만 쏟아붓는 작가가 한편으로는 안쓰럽다고 말했다.

백 년 뒤나 2백 년 뒤에, 오늘을 감당해낸 이 땅의 문학 자취로서 저런 사람 한 사람 정도는 있어 마땅하지 않을까 하는 생각도 안 드는 것은 아니다. 그러나 나 자신은 저렇게 살기는 싫다. 저런 삶은 내 기질이나 내 성향, 내 분수에는 애당초에 맞지 않는다

작가는 최일선의 초병이 돼야!

남정현 선생은 작가들이 파고들어야 할 대한민국의 근본문제 네 가지로 국보법 철폐, 북미 평화협정, 미군 철수, 평화통일을 꼽았다. 동료 문인들은 평생 미군, 반미를 주제로 소설을 썼다는 점을 지조로 보기도 했겠지만, 때로는 시대에 뒤처진 지체로 봤을 수 있다. 겉보기엔 유순하다 못해 유약해 보이는 남정현 선생이 일념으로 시대의 괴물인 미국, 국가보안법과 씨름한 것에 대해 스스로는 어떻게 생각할까. 주변에서 초지일관하는 성향을 지적하며 '쇠말뚝' 같다고 평하는 것에 대해, 작가는 그것이 이 시대를 사는 작가의 정신에 부합한다고 말한다.

"내가 제자리에서 변하지 않는다고 쇠말뚝 같다고 해. 그런데 말이야, 생각해 봐. 아직 이승만이 넘겨준 국군통수권 하나도 해결되지 않았어. 국군통수권 없는 독립국이 세상에 어디 있겠어?"

남정현 작가는 《분지》를 쓸 때나 《편지 한 통-미 제국주의 전상서》를 쓸 때나 우리 사회의 근본모순은 바뀐 것이 없으며, 작가들은 이 근본모순을 제대로 볼 줄 알아야 한다고 강조한다.

"시대가 변했다고 하는데 근본모순은 변하지 않았어. 남북 분단이 변했

나, 국보법의 행패가 변했나, 미국과의 부조리한 관계가 변했나? 도대체 뭣이 변했다는 거지? 특히 우리 인류의 양심을 대변한다는 문학인들이 그런 시류에 휩쓸리면 안 되지."

근본모순이 변하지 않았기에 작가는 "외세란 이름의 육중한 암반 밑에 깔려" 숨을 제대로 쉴 수가 없어 숨을 쉬기 위해, "미국 시대가 일방적으로 강요하는 그 굴욕적인 분단"에서 벗어나기 위해 비명을 지르고, 아우성친 것이 자신의 소설이라 말했다.

평생 작가로만 살아온 남 선생님은 젊은 작가들에게 바라는 기대가 컸다. 다른 어느 때보다 작가정신을 말할 때 목청을 높였다.

"내가 늘 말하지만 작가나 시인들은 최일선의 초소를 지키는 초병들처럼 우리 인간 정신의 영토를 지키는 초병 역할을 해야 한다니까. 그러니 최일선 의 초병이 졸거나 딴전을 피우면 그 나라가 남아나겠어?"

작가는 시대의 굉음을 들을 줄 알아야 해

평소에 선생님께 전화하면 "기운이 하나도 없어", "어지러워서 온종일 누워만 지내"라고 말씀하셨지만, 막상 만나 문학과 북미 관계 얘기를 하실 때는 눈빛을 반짝거리고 목청을 높이셨다.

젊은 작가들이 초병이 되고, 초소가 되어 우리 시대를 지키기 원하지만 남 작가의 눈에 '견고한 초소'가 많지는 않아 보였다. 그 이유는 작가들이 시대의 '굉음'을 듣지 못하기 때문이라 여겼다. 남정현 작가의 귀에는 어떤 굉음이 들리는 것일까.

"요즘 나의 귀에는 뭔가 거대한 것이 무너져 내리는 그런 굉음 같은 것이 자꾸 들린단 말이야. 귀청이 아주 떨어질 것 같은 큰 소리거든. 하하하. 21세기가 내지르는 특이한 굉음이랄까. 문명의 틀이, 그 견고한 축이 뒤바뀌는 그 굉음을 말이야. 사실은 그 누구보다도 진정한 우리 시대의 예술인이라면 제일 먼저 그 굉음을 들을 줄 알아야 하거든. 그래야만 우리 시대 백성들의 심금을 울리는 그런 좋은 작품을 창작할 수 있다 이 말이지."

그 굉음이 전하는 구체적인 메시지는 무엇일까. 남정현 작가가 들은 굉음 중에 두 가지는 어쩌면 다른 작가들 귀에는 잘 들리지 않는 소리이다. 평생 '미국'을 화두로 잡고 살아온 작가에게만 들리는 소리일지도 모른다. 첫 번째 굉음은 "지금까지는 미국이 세상의 축이었지만 조만간 바뀐다."라는 것이다.

"그동안 세계의 중심축이 되어 문명을 이끌어가던 미국의 소위 그 약육강식에 기초한 시장원리가 허물어지고, 대신 바로 그 자리에서 우리 한민족 고유의 사상인 인내천 즉, 약강이 평화스럽게 공존하며 행복을 쌓아가는 그런 인과의 원리가 작동하게 된다 이 말이지, 정말이야."

이런 세상이 되기 위한 단서가 딱 하나가 있다고 했다. 우리 한반도 내외에서 평화와 통일을 방해하는 온갖 잡귀들을 우리 힘으로 제압하고 6·15정신에 따라 평화와 통일을 이루는 것이다.

"미국이 한반도 문제를 서로가 상생하는 평화협정으로 풀지 않고, 끝내 전쟁으로 몰고 간다면, 지금까지 우리 인류가 사용하던 '서기'라는 연호가 '주체'라는 연호로 전환되는 그런 천지이변과 같은 대변화를 우리 시대에 경험하게 될지도 모른다."

2011년 《편지 한 통》을 발표하면서 여러 기자와 인터뷰를 했는데 '주체'와 '서기' 이야기는 모두 뺐다고 한다. 남정현 선생을 인터뷰한 기자들은 작가가 들었다는 굉음은 단지 문학적 상상력으로 지어낸 공상이거나 나이 들어서 생긴 환청 증세에 불과하다고 판단했을 것이다. 2014년 1월 필자와 인터뷰할 때 남정현 선생님은 '주체' 이야기를 빼지 말고 꼭 넣어달라고 했다.

남 작가가 2011년 《실천문학》 봄 호에 실은 소설 '편지 한 통'의 제목도 원래는 '미 제국주의 전상서'였다, 편집자가 '미 제국주의'라는 말이 대중적이지 않으니 '편지 한 통'으로 바꾸자 하여 그렇게 했다고 한다. 남 작가는 요즘 미국을 "미 제국주의라고 부르는 출판사, 작가가 없어. 이것 자체가 불온한 거야"라고 말했다.

남정현 선생은 작가회의 이름에서 '민족' 자를 뺀 것에 대해서도 여러 번 아쉬움을 토로했다. 지금 여전히 "외세의 간섭을 물리치고 우리 민족끼리 힘을 하나로 합쳐야 하는" 때인데, 민족이라는 소중한 이름을 너무 쉽게 내팽개쳤다는 것이다.

굉음을 못 듣게, 근본모순을 못 보게 하는 국가보안법

아마 젊은 작가 중에도 남정현 선생이 들은 굉음을 들은 작가는 거의 없는 것 같다. 하지만 남정현 선생은 젊은 작가들이 "미국의 제국주의 정책이 허물어지는 굉음을 못 듣고, 휘황찬란한 제국의 불빛만 보기 때문에" 미국의 실상을 제대로 파악하지 못하는 거라 말했다. 노 작가가 듣는 역사의 굉음을 젊은 작가들이 못 듣는 이유는 무엇일까. 그것은 역사관, 미국관, 정세관이 달라서 그럴 수도 있겠지만 더 근원적인 이유는 '국가보안법' 때문이다. 남 작가는 미국과 함께 국가보안법이 우리 시대의 괴물이라고 봤다.

"국가보안법의 전신인 일제의 '치안유지법'은 해방 후에는 죽은 목숨 아니었겠어? 그런데 미제가 살려준 거지. 국보법 입장에서 그것은 정말 기적이었어. 그런 뜻에서 미제는 틀림없는 국보법의 창조주인 거야"

남 작가는 국보법은 여러 법률 중의 하나가 아니라 실제로는 헌법 1조와 같은 위력을 발휘하고 있으며, 대한민국은 국가보안법 공화국이라고 말했다. 동시에 미국에게 국가보안법은 통일운동을 상대하는 보검이고 최종병기라고 보았다.

이처럼 국가보안법을 애지중지하던 미국이 북한과 평화협정을 체결하겠다며 나서자, 국가보안법이 미국을 향해 편지를 보내며 살려달라고 하소연하는 게 《편지 한 통》인 것이다. 《편지 한 통》은 남정현 작가가 굉음을 듣고 이 시대의 뒷전으로 사라지는 미국과 국가보안법을 조롱과 냉소의 대상으로 만든 소설이라 할 수 있다. 임헌영 평론가는 "역사적인 격변을 거치면서 점점 형해화되어가는 국가보안법의 위기의식을 풍자"한 소설이라 평했다.

"우리 사회에서 가장 큰 거짓과 모순은 뒤에서는 국보법을 휘두르면서 앞에서는 평화통일을 주장하는 행위라고 봐. 작가들은 이런 거짓과 앞장서서 싸울 줄 알아야 해. 부당한 권력이 진실을 감추기 위해 쌓아 두었는데 그걸 꿰뚫어 보는 게 작가들 아니겠어. 그런 뜻에서 오늘날의 작가들처럼 사명이 무거웠던 시대도 별로 없었을 걸."

미국과 국가보안법의 얼어붙은 바다에 도끼를 휘두를 작가

남정현 작가는 자신의 초소에서 시대가 부여한 사명을 다하고 분단 세상
을 떠났다. 78세의 나이에 《편지 한 통》을 쓸 때는 펜으로 글자를 쓸
힘조차 없어서 고등학교에 다니는 손자에게 불러주고 타자를 치게 했다.
풍자하려면 비틀고 비틀어서 써야 하는데 건강 때문에 집중하기 힘들었다
고 한다.

"1971년 중앙정보부에 끌려가서 고문받고 나온 뒤로 신경안정제 바륨을
매일 복용하니까 늘 비몽사몽 상태야. 금방 죽을지도 모를 것 같은 현기증이
한 달에도 몇 번씩 찾아오는데, 공황장애랑 비슷한 증상이야. 작품을 쓰려면
태양의 빛을 확대경으로 모아 종이를 불사르는 것 같은 고도의 집중력이
필요한데 몸이 안 받쳐주네."

고문 후유증으로 하루하루 힘들게 버티던 작가가 미국과 국가보안법을
상대로 몸을 불사르며 소설 《편지 한 통》을 썼다. 이 소설의 출간기념회에
참석했던 문영심 작가는 이런 감상평을 남겼다.

프란츠 카프카는 '우리는 우리를 물어뜯거나 찌르는 책만 읽어야 한다.
책은 우리 안의 얼어붙은 바다를 깨뜨리는 도끼가 되어야만 한다.'라고
말했습니다. 저는 당신의 책이야말로 그런 책이라고 믿습니다. 풍자와 비
판이라는 날 선 도끼로 우리의 내면에 얼어붙어 있는 '반미'와 '자주'라는

금기를 깨뜨리는 책이라고요.

　건강을 잘 유지해서 썩은 분지, 분단 세상이 침몰하고 통일 나라가 오고 "문명의 축이 바뀌는 것"을 보고 싶어 했던 남정현 작가는 이제 후배들에게 초소를 넘겨주고 떠났다. 그가 떠난 초소에서 역사의 굉음을 들으며, 미국과 국가보안법의 얼어붙은 바다에 도끼를 휘두를 작가의 출현을 기대한다.

　＊ '분지', '똥 나라'의 작가 남정현 선생이 돌아가셨다. 남정현 선생(1933년, 충남 당진 태생)은 1965년 《현대문학》에 발표한 단편소설 《분지》로 혹독한 필화를 겪었다. 그가 말하는 똥의 나라는 실제로는 '헌법 1조가 국가보안법'인 나라이자, '국가보안법 창조주'인 미국이 좌지우지하는 나라이다. 한국의 대표적 반미, 풍자소설 《분지》의 작가인 그는 "미국 시대, 분단시대가 아닌 우리 시대, 통일시대를 살아보고 싶은 간절한 소망"을 안고 소설을 썼으나, 그 비원을 이루지 못하고 87세의 나이로 이 세상을 떠나고 말았다. 이 글은 2020년 12월 21일 남정현 선생이 작고했을 때 〈민중의 소리〉에 기고한 추모사이다.

　저술가로 유명한 정희진은 이화여대 박사학위논문 〈반미문학을 통해 본 식민지 남성성의 형성〉(2019년)에서 주로 남정현의 〈분지〉를 비판했는데, 〈분지〉를 반미소설의 정전이라고 말하면서 그 상징성에 대하여 "사실, 이 작품은 처음부터 끝까지 '섹스(폭력) 스토리'다. 〈분지〉는 반미가 아니라 섹스에 대한 작품인데, 음란물과 폭력물의 요소를 모두 갖추고 있다."라며 터무니없이 폄훼했다. 이런 모욕적인 비판에 대해 어느 고명한 평론가가 따끔하게 일침을 가했다는 얘기를 들어본 적이 없다.

달마와 곤충, 그리고 《법구경》

인생 영화 몇 편을 고르라고 하면 그중의 하나로 인도 영화 〈블랙〉을 꼽을 수 있다. 2009년 8월, 우리나라에서 개봉한 이 영화의 여주인공은 앞을 보지 못한다. 미셸에게 워터가 물이라는 것을 알려 준 사하이 선생은 "어둠이 필사적으로 널 집어삼키려 할 거야. 하지만 넌 항상 빛을 향해 걸어가야 해."라고 충고한다. 어둠 속에서 빛을 찾기 위해 발버둥 치는 미셸을 보며 생각했다. 앞을 보는 사람의 인생도 결국은 빛을 찾아가는 여행 아닐까?

이 영화를 보고 얼마 지나지 않아 강화도 전등사의 교양 경전강좌에 참가했다. 《법화경》을 강독한 스님은 두어 달 과정의 강좌가 끝날 때쯤 수강생에게 계를 받으라고 권유했다. 오계, 특히 "술을 마시지 마라."는 계를 지킬 자신이 없다는 나에게 강사 스님은 계를 받으면 술을 적게 마신다며 계속 권했다. 결국 불기 2554년(서기 2010년) 6월 19일 수계식에 참석해 중봉(中峰)이라는 법명을 받았다. 이날 받은 수계증에는 "이 도리는 하늘이

덮지 못하고 땅이 싣지 못하며 항상 자비광명을 놓아 일체를 윤택하게 한다."라는 법어가 적혀 있었다.

거미, 빛을 찾는 수행자

영화 〈블랙〉에서 받은 빛과 어둠의 영감이 사라지지 않은 상태에서 의도하지는 않았으나 수계를 하는 인연이 생겼을 때 속으로 다짐했다. 눈먼 미셸이 어둠 속에서 빛을 찾는 심정으로 백일 동안 달마 어록을 읽으며 내 안의 빛을 찾아보기로.

당시는 강화도 전등사에서 승용차로 10분 거리에 있는 직장에 다닐 때라 일주일에 두어 번씩 전등사에 들러 명부전 앞 우물가에 있는 달마 목각상을 찾아갔다. 비바람에 꺼칠해지고 주름진 달마의 얼굴에 비추는 아침 햇살을 바라보며 상상했다. 동굴 속같이 어두운 내 마음에도 빛이 깃들기를. 비가 오거나 흐린 날에도 보이지 않는 빛을 찾아 나섰다. 그러나 가을이 와서 온 산에 단풍이 물들어도 마음의 동굴은 혼돈의 흑빛이었다. 겨울이 오고 흰 눈이 머리에 수북이 쌓여도 달마는 말이 없었다. 검은 침묵, 황금빛 침묵, 하얀 침묵, 오로지 묵언 수행을 할 뿐이었다. 《달마》 혈맥론1-무심론에는 "부처나 깨달음을 찾으려고 애쓰는 것은 허공을 움켜쥐려고 하는 것과 같다……. 왜 이 마음을 벗어나서 찾으려고 하는가?"라는 말이 나온다. 어려운 말은 아닌데, 이 말을 머리로 이해해야 소용없는 일이었다.

세상을 뒤집어 보면 뭔가 보이려나. 마음이 답답하여 아침마다 거꾸로 물구나무를 서서 100일 넘게 270자의 반야심경을 외웠다. "무안이비설신의, 무색성향미촉법……." 눈, 귀, 코, 혀, 몸이 없단 말이 무슨 말인가? 단어는 쉽지만 그 깊은 뜻을 알기 어려웠다.*

목석같은 달마를 뒤로하고 그해 겨우내 수시로 전등사를 둘러싸고 있는 삼랑산성을 한 바퀴씩 돌았다. 그러던 어느 날 일출을 감상하며 산성 북문 쪽으로 내려오다가 거미줄에 걸린 햇빛이 춤추는 것을 보았다. 그 안에 왕거미 한 마리가 미동도 없이 정좌하고 있었다. 문득 거미가 온몸으로 금빛을 뿜어내는 수행자로 보였다.

엄숙한 자태의 거미를 보며 천상천하유아독존이라는 말이 떠올랐다. 천상천하에 너도 존귀하고 나도 존귀하니 우리 모두 존귀하다는 인간해방 선언이다. 한데 부처가 말하는 '우리'는 인간만을 가리키는 것이 아니다. 하늘을 나는 새와 땅을 기어 다니는 벌레 모두에게 천상천하유아독존이라 설한 것 아닐까.

《법구경》을 몸으로 설하는 곤충 거사

빛을 발하며 가부좌를 틀고 앉아서 아침 명상에 잠긴 거미 선사를 똑딱이 사진기에 담았다. 어둠 속에서 빛을 담는 느낌이었고, 순간과 영원의 일치를 맛보았다. 이날 이후 주말이면 산사의 곤충을 만나러 다녔다. 배낭에는

---

* 불교학자 이중표 교수도 이 말의 뜻을 이해하는 데 몇십 년이 걸렸다 한다. 그가 이를 설명할 때 자주 인용하는 말은 초기 경전 〈잡아함 335경〉에 나오는 "어떤 것이 '제일의공경第一義空經'인가? 비구들이여, '보는 것'은 생길 때 온 곳이 없고, 사라질 때 가는 곳이 없다. 이와 같이 '보는 것'은 부실하게 생겨서 생기면 곧 남김없이 사라지나니 업보는 있으나 작자는 없나니라."라는 부처님 말씀이다. 업보는 있으나 작자는 없다.

전국의 70여 개 산사를 방문해서 곤충 거사를 만났다.
사진 찍으려는 대상이 곤충이어서 그랬겠지만
절에 가면 대웅전의 불상이나 스님보다 곤충이 반가웠다.
구석구석 소독을 해서 곤충이 없는 큰 절보다는
곳곳에 벌레가 기어 다니는 허름한 암자가 맘에 들었다.
사진은 전남 화순 운주사 와불과 섬서구메뚜기.

《달마 어록》 대신에 손바닥 크기의 《법구경》을 넣고 다니며 읽었다. 누구라도 이해할 수 있게 쉽게 쓰인 《법구경》은 초기불교의 경전이다. 쉬운 말로 쓰였지만 인간의 근원적인 질문은 다 담고 있다.

사람은 살면서 의식적이든 무의식적이든 '인간이란 무엇인가? 나는 누구인가? 생과 사는?' 등과 같은 본질적인 질문을 던지며 산다. 인간의 삶이란 게 복잡한 것 다 빼고 압축해서 보면 결국 생, 노, 병, 사일뿐이다. 이는 곤충 역시 마찬가지이다. 사진기의 렌즈를 통해서 곤충을 들여다보면, 눈빛에서 두려움이 느껴지고, 어떤 경우라도 살기 위해 발버둥 치는 걸 목격하게 된다. 새끼손가락보다 작은 미물도 인간과 마찬가지로 생의 의지로 충만한 존재다. 어느 선사가 "모기도 알아차린다. 그래서 살려고 도망간다."라는 말에 무릎을 친 적이 있다.

전국의 70여 개 산사를 방문해서 곤충 거사를 만났다. 사진 찍으려는 대상이 곤충이어서 그랬겠지만 절에 가면 대웅전의 불상이나 스님보다 곤충이 반가웠다. 구석구석 소독을 해서 곤충이 없는 큰절보다는 곳곳에 벌레가 기어 다니는 허름한 암자가 맘에 들었다.

선운사 도솔암 거미, 송광사 불타는 빛깔로 붉게 핀 꽃 위의 거미, 신륵사 무아 탑 앞에서 용맹정진 자세로 마주 선 사마귀, 대구 갓바위에서 본 풍뎅이 한 쌍, 성철 스님 사리탑에 앉은 방금 환생한 듯한 나비, 양평 용문사 은행나무 근처의 방아깨비, 강화 선원사 팔정도 탑과 노린재, 동학사 천상천하유아독존 글자 위의 노린재, 운주사 와불 위의 섬서구메뚜기, 지리산 약수암 부근에서 짝짓기하는 메뚜기, 용천사 베짱이의 주검……. 이들 곤충의 존재 자체가 《법구경》의 살아 있는 구절로 느껴지기도 했다.

살아 있는 곤충과 함께 죽어서 말라비틀어진 곤충, 혹은 죽은 지 얼마 되지 않은 몸을 개미가 파먹은 곤충의 몸을 볼 때도 많다. 이럴 때면 사람의 몸도 이와 다르지 않음을 살펴보게 된다. 그래도 '맹구우목'(盲龜遇木) 법문을 들으면 조금은 위안이 된다. 사람 몸 받아 난 것은 망망대해에서 눈먼 거북이가 구멍 뚫린 나무를 만난 것처럼 희귀한 일이니, 게으름 피우지 말고 열심히 정진하라는 부처님 말씀이다.

해인사 가는 길 부도탑 위에 누운 자세로 죽어있는 풍뎅이를 본 날, 차 안에서 펼쳐 본 《법구경》에선 아래 구절이 눈에 들어왔다. 결국 흙으로 돌아가는 사람도 크게 다르지 않으리.

머지않아 이 육체는 흙으로 돌아간다
이젠 아무도 돌봐주는 이 없이
마치 나무토막처럼
그렇게 버려지고야 만다.

3장 아침책 저녁에 읽다

《레닌의 회상(추억)》과 30년 만의 엠티

10여 년 전, 본가 옥탑방에 보관 중이던 오래된 책 2~3백
권을 내다 버렸다. 1980년대의 책 중에 다시는 볼 일이 없으리라 여겨지는
책만 골라서 버렸다. 사회과학 분야, 혁명이 주제인 도서가 대부분이었다.
그런데 요상하게도 내다 버린 책이 꼭 필요한 때가 가끔 생긴다. 그럴
때면 할 수 없이 인터넷 중고서점에서 구하거나, 시간 여유가 있을 때는
눈요기도 할 겸 헌책방에 들러서 찾아보곤 했다.

2016~2017년 초에도 그런 이유로 헌책방을 가끔 다녔다. 1917년 러시아
혁명 100주년을 맞이해서 단행본을 한 권 기획해 볼 요량이었다. 그러다
인천의 헌책방 아벨서점에서 《레닌》(녹두, 1986), 《레닌의 추억》(1986), 《레닌
이즘》(1985)을 샀다. 세월의 먼지가 겹겹이 쌓인 서가에서 만난 《레닌이즘》
의 표지는 수염을 기른 레닌의 얼굴이었다. 1986년 녹두출판사에서 펴낸
《레닌》의 첫 페이지엔 너무도 낯익은 글귀가 적혀 있었다.

모든 이론은 회색이며 오직 영원한 것은 저 푸른 생명의 나무이다.

1980년대 민주화 격동기에 유행한 이 격언은 괴테의 《파우스트》에 나오는 말이다. 실천 없이 이론을 앞세우는 자는 기회주의자, 개량주의자, 회색분자, 나약한 지식인으로 매도당하기에 십상인 실천 제일주의 시대였다.

그런데 괴테에겐 개인적인 편견이 있었다. 오래전에 로맹 롤랑의 《베토벤의 생애》를 읽은 적이 있는데, 여기엔 베토벤이 고관대작의 행렬을 보고 "모자를 벗어들고 머리가 땅에 닿도록 허리를 굽히고" 있는 괴테를 나무라는 장면이 나온다. 괴테도 이날 이후 "베토벤은 불행히도 완악하기 짝이 없는 품격을 지닌 사람"이라 비판하면서 멀리했다고 한다. 베토벤을 좋아했고, 권위주의 정권에 거부감을 느끼던 나는 이 책을 읽은 뒤부터 괴테에게 비호감이었다.

헌책방 아벨서점에서 산 《레닌의 추억》

헌책방 아벨서점에서 산 책 중에 《레닌의 추억》('레닌의 회상'으로 번역되기도 한다.)은 소설책처럼 흥미롭게 읽었다. 1980년대 학생운동 활동가들 대부분은 레닌의 저작물을 최고의 텍스트로 여겼다. 1980년대 중반부터 팸플릿이나 단행본 출판물로 쏟아져 나온 레닌의 《무엇을 할 것인가?》, 《일보전진 이보후퇴》, 《제국주의론》 등은 읽든 안 읽든 의무감으로 구매하는 도서였다. 이런 저작물이 딱딱한 이론서라면 《레닌의 추억》은 대중소설처럼 흥미로운 내용이 많았다. 이는 아마도 레닌의 곁에서 혁명 활동과 사생활을 함께 한 여자 크루프스카야의 기록을 통해 이론서에 안 나오는 레닌의 사적인 취향, 습관, 언행을 실감 나게 엿볼 수 있기 때문이 아닐까 싶다.

《레닌의 추억》에는 백여 년 전 러시아의 시대상을 보여주는 장면이 몇 군데 나온다. 그 시절 특히 종교와 관련된 흥미로운 에피소드도 있다.

레닌의 동지들은 아이들에게 마르크스와 다윈의 사진을 보여주며 "다윈 아저씨에게 인사해야지, 마르크스 아저씨께도."라고 일러주었다고 한다. 혁명가들에게 진화론을 창시한 다윈은 마르크스와 함께 숭배의 대상이었다. 러시아 혁명가들은 '사회주의 찬송가'를 부르기도 했다. "주여 우리를 인도하소서, 자본주의 사회에서 사회주의 사회로!"라고.

크루프스카야는 "레닌은 종교의 해악성을 이미 15세 소년 시절에 깨달았다. 그는 십자가를 거는 것과 교회에 나가는 것을 중단" 했으며, 그 당시만 해도 이런 일이 현재(레닌의 추억을 쓸 당시)와 같이 단순한 일이 아니라고 말했다.

1980년대에 한국의 학생운동가들은 감탄사로 "오 맑스여"를 외치기도 했다. 심지어 기독교 학생운동을 하던 일부 활동가들도 "오, 주여!" 대신에 "오, 맑스여!"를 외치는 분위기였다. 대부분은 졸업과 동시에 다시 "오, 주여!"를 찾았다.

30년 만의 엠티와 《레닌》

2016년 여름 어느 날, 1980년대에 서클 활동을 같이한 회원들이 1박 모임을 한 적이 있다. 졸업한 지 30년쯤 되는 동문 모임으로, 수십 년 만에 마련한 추억의 엠티였다. 이날 인천고속버스터미널에서 모임 장소인 경북 영주의 후배 집으로 가는 버스 안에서 《레닌》을 읽었다. 과거로의 여행에 가장 잘 어울리는 책이라 여겼고, 마침 러시아혁명 100주기가 다가오기도 해서 그 책을 골랐다. 《레닌》에는 루카치와 알튀세르의 글이 실려 있는데, 루카치는 1967년에 덧붙인 후기에 이런 말을 남겼다.

실로 포이에르바하에 대한 맑스의 최종적이고 결정적인 명제-"철학자들은 세계를 다양하게 '해석'만 해왔다. 그러나 중요한 것은 세계를 변혁하는 것이다."-는 레닌에게서 그리고 그의 업적에서 가장 완전하게 구현되었다고 하여도 과언이 아닐 것이다.

"이제까지 철학자들은 세계를 다양하게 '해석'만 해왔다. 그러나 중요한 것은 세계를 변혁하는 것이다."라는 말은 마르크스의 《포이에르바하에 관한 테제》 중의 11번째 테제(1844년)이다. 이 테제는 1980년대 청년 학생이 강의실에서 벗어나, 해석이 아닌 변혁을 위해 시위에 나서게 한 제1의 신조라 할 수 있다. 이는 앞서 인용한 괴테의 "모든 이론은 회색이며 오직 영원한 것은 저 푸른 생명의 나무이다."라는 말과 유사한 뜻을 담은 테제라 하겠다.

레닌은 《유물론과 경험비판론》에서 학위 가진 강단철학자에 대해 독일의 철학자 디츠겐의 말을 인용해 "학위를 가진 하인배들은 정신적 축복을 떠들면서 그들의 왜곡된 관념론으로 사람들을 무력하게 만든다."라고 비판했다. 기본적으로 강단철학자들은 "지배계급의 이데올로기적 독단을 많은 학생들에게 주입하는 관념론자들"이며, "부르주아 교육제도 내에서 기능하는 쁘띠부르조아 지식인들"이라고 주장했다. 그리고 1908년 2월 7일 고리키에게 보낸 편지에서 이렇게 말한다.

> 나는 결코 그들과 같이 '철학적으로 사색하지는' 않는다. 철학자들의 '철학하는' 방식은 그들의 뛰어난 지력과 예민성을 단지 철학 속에서의 반추적 사색에 사용하는 것에 불과하다. 나는 철학을 이들과 다르게 취급하는 까닭에 맑스가 의도하였던 바와 같이 철학에 충실하여 그것을 '실천한다'. 이러한 이유로 나는 나 자신이 '변증법적 유물론자' 라고 믿는다.

"모든 이론은 회색이며 오직 영원한 것은……."

영주 가는 버스 안에서 간만에 혁명적 언사에 빠져들며 독서를 하다가 잠시 눈을 붙였다. 그러다 잠결에 영주터미널이라는 안내방송을 듣고 부리나케 짐을 챙겨 내렸다. 급히 하차한 뒤 버스 뒤꽁무니를 바라보다 뭔가 허전해 생각해보니 《레닌》을 놓고 내렸다. 헌책방에서 몇천 원 주고 산 책이지만 애착을 갖고 읽던 귀중품이라 포기할 수 없었다. 버스 회사에 전화해서 분실물 신고했다. 다행히도 몇 시간 후에 ○○시 영주터미널을 경유하는 서울행 버스 기사에게 받아가라는 연락이 왔다. 오, 레닌 동지, 나는 아직 당신을 떠나보낼 때가 아닌 모양이요! 책을 되찾았을 때의 반가움을 잊을 수가 없다. 분실했다 다시 찾은 《레닌》에는 버스 승차권이 꽂혀 있었다. "영주⇒인천 직통버스, 요금 18,800원, 출발일 8월 21일, 시간

12:45, 좌석 26 "

《레닌》의 첫 페이지에 출판사 편집자가 적어넣은 《파우스트》의 구절을 다시 읽어본다. 레닌의 부인 크루프스카야도 《레닌의 회상》에서 이 구절을 인용하면서 레닌이 좋아한 말이었음을 강조했다.

모든 이론은 회색이며 오직 영원한 것은 저 푸르른 생명의 나무이다. 그런데 어찌된 일인지 서울-영주를 오간 1박2일 동안, 하늘빛은 오직 회색으로 보였다.

마르케스 《내 슬픈 창녀들의 추억》 과 《Play Boy》

세상에 읽어야 할 명작, 고전은 많다. 명작의 기준이 여러 가지겠으나, 마크 트웨인이 내린 "누구나 한번은 읽었다고 생각하지만 제대로 읽은 사람이 별로 없는 책"이란 정의가 널리 퍼져있다. 그러니까 명작을 읽지 않았다고 기죽을 필요는 없어 보인다. 그래도 자주 거론되는 책 중에 손을 대지 않은 책이 있으면 왠지 모를 결핍감을 느낀다. 내게 그런 감정을 느끼게 하는 세 권의 소설이 있다. 마르케스의 《백 년 동안의 고독》과 밀란 쿤데라의 《참을 수 없는 존재의 가벼움》, 그리고 박상륭의 소설 《죽음의 한 연구》가 그 세 권이다.

사실 이 세 권의 책은 완독해보고 싶은 마음에 두세 차례씩 책장을 넘겨 봤지만 소설에 빨려들지 않아서 번번이 앞부분을 읽다 포기하고 말았다. 평론가들이 극찬하는 《죽음의 한 연구》는 이미 오래전에 기권한 책인데, 책방 개업 직후에 한 후배가 갖고 온 수십 권의 장서에 포함되어 있었다. 한때 문학을 꿈꿨다는 이 후배는 《죽음의 한 연구》를 무려 대여섯 번 완독했다고 했다. 평소 사고방식이 비슷한 친구라 여겼는데, 나의 착각이었다. 20세기에 태어난 같은 포유류지만 뇌 구조가 전혀 다른 영장류였다.

《참을 수 없는 존재의 가벼움》을 꼭 읽어야 할 도서 목록에 포함했던 건 서른 살 무렵부터다. 제목에서 끌리는 느낌은 일단 참신했다. 책을 사서 읽어봤지만 도무지 감정이입이 되지 않았다. 포스트모더니즘, 실존주의 철학을 배경으로 한 작품이라는데 도무지 취향에 맞지 않았다. 체코 작가 밀란 쿤데라는 1968년 '프라하의 봄'을 겪으면서 생긴 트라우마 때문인지 이데올로기에 비판적인데 "정치와 이데올로기는 실존의 문제를 은폐한다.", "소설가가 할 일은 이데올로기의 무게를 벗겨내고 생의 가벼움을 발견하는 것이다."라는 말을 남겼다. (민음사 TV) 당시 이 소설은 나오자마자 폭풍적인 인기를 끌었는데, 소련 사회주의가 무너지고 이념 대립에 싫증 난 젊은 세대의 기호에 맞아떨어졌기 때문이라 한다. 초판만 30만 부가 넘게 팔릴 만큼 유명한 책이지만 완독한 사람이 드문 책으로도 소문이 자자하다. 나도 그런 독자의 한 명이었다.

헌책 중에 《백 년 동안의 고독》이 많은 이유

노벨상 수상작품인 마르케스의 《백 년 동안의 고독》도 읽기 어렵기로 정평이 난 책이다. 평화책방에 유입된 외국 소설 중에 제일 많은 것도 이 책이다. 독자들이 많이 사서 헌책도 많은 거겠지만, 나처럼 읽다가 결국은 포기하고 방출한 독자가 많아서 그리된 것이라 해석할 수도 있다.

마술적 사실주의의 대표작이라는 이 책은 마술처럼 재미있게 빨려드는 책은 아니었다. 이 소설은 "서구 제국주의 식민지 수탈 행위를 폭로하는 사회주의 리얼리즘에 입각한 고발 소설"(문학평론가 김욱동)이라고도 하는데, 우리에게 익숙한 민중소설과는 달리 이야기 전개가 난해하다. 특히나 이름 외우는 재주가 없는 사람은 진도 나가기 힘든 책이다. 호세 아르카디오 부엔디아, 아우렐리아노 부엔디아 대령처럼 외우기 어려운 등장인물 이름이 너무 많은 데다, 문장도 길고, 시간을 넘나드는 구성 때문에 잠시라도 딴생각하며 읽으면 내용을 제대로 파악하기 어려운 책이라는 평이 많다.

소설의 마력에 심취하지 못하는 게 결코 마르케스의 문제가 아니고 인내심 부족한 나의 문제라는 걸 부인하진 않겠다. 《참을 수 없는 존재의 가벼움》을 쓴 밀란 쿤데라는 이 소설을 극찬했다.

소설의 종말을 말하는 것은 서구 작가들, 특히 프랑스인들의 기우에 지나지 않을 뿐이다. 책꽂이에 마르케스의 《백 년 동안의 고독》을 꽂아 놓고 소설의 죽음에 대해 말할 수 있단 말인가?

이 정도의 극찬을 받는 책에 빠져들지 못한 책임은 전적으로 독자에게 있는 것이 아니겠는가. 하여간 한참 동안 다시 읽을 시도를 하지 못하던 참에 마르케스(1927~2014)와의 인연이 생겼다. 서울 봉천동의 헌책방에서 책을 고르다 마르케스의 《내 슬픈 창녀들의 추억》이란 책을 발견했다. 통속적인 느낌을 물씬 풍기는 제목의 이 소설은 환상적이고 정치적인 소설 《백 년 동안의 고독》의 저자 마르케스와는 어울리지 않는 제목이었다. 마르케스가 이런 밑바닥 문화를 소재로 무슨 말을 하려는 걸까? 책의 표지와 옮긴이의 말을 살펴보다 보니 역자가 고등학교 때 짝꿍도 했던 동창생이었다. 콜롬비아로 유학을 다녀온 이 친구에게 부탁해 《빛은 물과 같단다》라는 마르케스의 그림 동화책을 번역 출판했던 인연도 있다. 4권으로 이어진 연작이었으나 모두 주인공 아이들의 죽음으로 끝나는 내용이라 나머지 세 권의 번역, 출판을 포기했다. 한국의 엄마들은 아이들이 죽는 동화책을 사주지 않을 거라는 판단이 지배적이었다. 역자 송병선 교수는 옮긴이의 말에서 《내 슬픈 창녀들의 추억》이라는 제목에 대해 다음과 같이 언급한다.

그런데 이 책의 제목에는 입에 올리기 거북한 '창녀'란 단어가 있다. 인류의 역사와 함께했을 정도로 매춘은 그 역사가 깊기에, 그것을 소재로 한 소설들은 중세 이후부터 많이 있었다. 그러나 '창녀'란 말을 작품의 제목으로 과감하게 사용한 경우는 그리 흔치 않다.

마르케스는 왜 입에 올리기 거북한 창녀란 단어를 제목에 넣었을까? 독자들은 서평에서 마르케스가 아니면 창녀라는 말 때문에 사보지 않았을 거라 말하기도 한다.

《내 슬픈 창녀들의 추억》의 주인공은 신문에 시평을 쓰는 저널리스트다. 주인공의 본명은 한 번도 나오지 않는데(영화에서는 엘 사비오), 고교 졸업 직후 교사 시절 별명이 '서글픈 언덕 선생'이었다. 그는 평생 독신으로 살았는데 창녀들 때문에 결혼할 시간이 없었다. 이십 대부터 아직은 한창때였던 오십 줄에 들어설 때까지 잠자리를 한 번 이상 같이한 여자는 총 514명이었다. 그는 어떤 여자와 잠을 자든 그 대가로 돈을 준다. 그는 같이 잔 여자의 이름과 장소를 다 기록하는 습관이 있었다. 이런 그가 90세 생일을 앞두고 비밀의 집 포주인 로사 카바르카스에게 특별한 선물을 부탁했다. 소설은 이렇게 시작한다. "아혼 살이 되던 날, 나는 풋풋한 처녀와 함께 하는 뜨거운 사랑의 밤을 나 자신에게 선사하고 싶었다." 현실과는 동떨어진 환상소설로 착각하게 만드는 첫 문장이었다. 노인은 동침은 하지만 고단함을 못 이겨 잠이든 어린 소녀의 귓가에 "천사들은 델가디나의 침대를 둘러싸고 있었네."라는 노래만 불러주고 나온다,

77세에 쓴 사랑과 고독, 늙음과 성에 관한 이야기

옮긴이는 이 소설을 한마디로 "사랑과 고독, 늙음과 성에 관한 이야기"라고 정리했다. 인생의 황혼기인 77세에 집필한 이 작품에서 가르시아 마르케스는 "우리에게 진정한 사랑이란 그 어떤 대가도 요구하지 않는다는 것을 가르쳐" 줬으며, 또한 "늙음 앞에 굴복하기를 거부하고, 생애 처음으로 '사랑'이란 단어의 진정한 의미를 발견"했다는 것이다.

이 소설이 2004년 10월 26일 발표됐을 때 남미의 독자들은 뜨거운 반응을 보였다. 마르케스가 1994년에 《사랑과 다른 악마들》을 발표한 지 10년 만에 나온 작품이기 때문이다. 이 책은 나오자마자 부동의 1위를 차지하던 《다빈치 코드》를 밀어내고 베스트셀러 1위에 올랐다.

《100년 동안의 고독》과 달리 이 책은 가볍게 읽히는 책이다. 《내 슬픈 창녀들의 고독》을 읽고 나서 든 생각은 마르케스가 77세에 왜 이 작품을 썼을까 하는 것이다. 자신의 인생 전반부를 다룬 자서전 《이야기하기 위해

소설 《내 슬픈 창녀들의 추억》이
2004년 10월 26일 발표됐을 때 남미의 독자들은 뜨거운 반응을 보였다.
마르케스가 1994년에 《사랑과 다른 악마들》을 발표한 지
10년 만에 나온 작품이기 때문이다.
이 책은 나오자마자 부동의 1위를 차지하던
《다빈치 코드》를 밀어내고 베스트셀러 1위에 올랐다.
사진은 2012년 상영된 영화
'내 슬픈 창녀들의 추억'의 한 장면.

살다》는 2002년에 발표했고, 《내 슬픈 창녀들의 고독》을 2004년에 썼는데, 그 뒤로 인생 후반기를 다룬 자서전을 쓰지도 못했고, 새로운 작품을 발표하지도 못했다. 그의 마지막 소설인 셈이다.

마르케스는 우리나라에 '노벨문학상 수상 작가'로 널리 알려졌는데, 그는 동시에 매우 정치적인 작가였다. 마르케스의 노벨문학상 수상작 《백 년 동안의 고독》의 초고를 제일 먼저 읽고 평해준 사람은 놀랍게도 카스트로였다. 쿠바혁명의 주역 피델 카스트로와 마르케스는 둘도 없는 절친이라 할 정도로 친한 사이였고, 마르케스가 원고를 완성하면 출판사에 보내기 전에 피델에게 보내 읽게 하고 의견을 구했다고 한다. 그는 학교를 졸업할 무렵부터 "좋은 소설은 현실을 시적으로 접목시켜야 한다는 것과 인류의 미래는 사회주의에 있다는 것"을 머리에 새겼고, 진보적인 저널리스트로 맹활약했다. 그런데 77세 나이, 인생을 정리할 무렵에 '창녀'를 소재로 소설을 쓴 이유는 무엇이고, 무엇을 말하려고 한 것일까.

90세 노인과 첫 경험조차 하지 않은 14세 소녀와의 잠자리와 순애보는 현실 속에서는 비현실적인 발상이다. 그러나 현실 속에서 일반적이지는 않으나 실현 가능한 일이기도 하다. 《내 슬픈 창녀들의 추억》 속 주인공 노인이 첫 경험을 12살이 되기 직전에 여자 포주에게 강요당했던 현실과 비교한다면 오십보백보일 수 있다. 74세의 괴테(1749~1832)가 19살의 울리케에게 집요하게 청혼했다가 거절당하고 《마리엔바트》의 비가를 썼다는 200년 전의 얘기는 전설이 아닌 실화이기도 하다.

마르케스가 77세에 이 소설을 쓴 것은 소설 속 노인이 90세에 "평생토록 고수해 왔던 전통적인 만평 형식 대신에 연애편지 형식의 칼럼을 써서"와 비슷한 일일지도 모른다. 마르케스 자신의 이야기가 아니라, 그가 소설을 구성하기 위해 오랜 기간 인터뷰를 하면서 느낀 바를 사람들에게 하고 싶은 이야기일 수 있으나, 그는 소설 속에서 노인의 입을 빌려 이렇게 말한다.

나는 사랑 때문에 죽는 것은 시적 방종에 불과하다고 늘 생각해 왔다. 그런데 그날 오후, 그녀도 고양이도 없이 집으로 돌아오면서, 사랑 때문에 죽는 것은 가능한 일일 뿐 아니라, 늙고 외로운 나 자신이 사랑 때문에 죽어가고 있음을 깨달았다.

이는 나이를 초월한 감정이었다. 노인이 열 살 때 사춘기 비슷한 감정인 행복한 혼란스러움을 느꼈을 때, 여선생님이 '산들바람' 때문이라고 말한 것처럼, 80년 뒤 노인은 소녀의 침대에서 눈을 뜨면서 '산들바람'이 불어옴을 느꼈다. 12세 소년은 90세 노인과 같은 인물이면서 또한 다른 사람이다.

소설에서는 상상과 현실을 수시로 넘나드는 장면이 나온다. 노인은 소녀에게 옷을 입혀주고 탱고를 함께 부르는 상상의 세계를 넘나들다 문득 "이제 나는 그것이 환상이 아니라 아흔 해를 살아온 내 인생의 첫사랑이 보여준 또 다른 기적이라는 것을 알고 있다."라고 생각한다.

사후에 유산을 소녀에게 다 물려줄 생각을 한 노인이 자신의 감정에 소녀가 어찌 반응할지 걱정하자 포주 로사 카바르카스는 "그 불쌍한 아이는 당신을 미칠 정도로 사랑하고 있어요."라고 말한다. 아무리 소설이라 하지만 쉽게 공감하기 어려운 대사다. 마르케스는 소설의 마지막 문장을 이렇게 적었다.

마침내 현실이 되었다. 그러니까 나는 건강한 심장으로 백 살을 산 다음, 어느 날이건 행복한 고통 속에서 훌륭한 사랑을 느끼며 죽도록 선고받았던 것이다.

마르케스는 백 살까지 살지 못하고 87세에 사망했다. 그가 마지막 날에 '훌륭한 사랑'을 느끼며 죽었는지 궁금하다. 그의 소설에서 노인의 나이, 소녀의 나이와 직업을 90세, 미성년자, 창녀로 설정한 것은 극적인 효과를 위한 것이면서 동시에 사랑엔 한계가 없음을 표현하려 했던 것이 아닐까. 이는 또한 역으로 이루어질 수 없는 사랑을 더 갈망하고 심지어는 미화한다는 것을 보여준다.

514명의 창녀, 622명의 여성과 사랑을 나누었지만

어쩌면 우리가 누군가를 사랑한다고 하지만 실제로는 특정인을 사랑하는 게 아니라 끊임없이 자신의 내면적 욕망을 탐닉하는 것인지 모른다. 문제는 저절로 샘솟는 욕망은 12세나 61세나 90세나 다름이 없다는 것이며, 이성에 의해서 결코 충족되지 않는다는 사실이다. 주인공은 514명의 창녀와 잠을 잤지만 순수한 사랑을 만나지 못했다. 한데 그 이유가 대상이 '창녀'이어서 그럴까? 514명이 모두 돈을 주지 않고 만난 이성이라 해도 그의 욕망을 잠재울 수 없었을 것이고, 또다시 순수하고 절대적인 사랑을 갈구했을 것이다. 그것은 외부의 이성으로 채울 수 있는 욕망이 아니고, 100세가 되도 초연할 수 없는 본능적이고 무의식적인 갈애다. 어느 심리학자는 이런 무의식적 갈망은 인간이 남성과 여성의 양성으로 갈라지기 전의 원형으로 복귀하고자 하는 원초적 본능 때문이라고 해석했다.

마르케스의 《콜레라 시대의 사랑》도 노인의 사랑을 주제로 한 소설이다. 아리사는 라사를 53년 동안 기다리다 사랑을 이루는데, 아리사는 그 사이 무려 622명의 여성과 사랑을 나눈다. 이들은 창녀가 아니었다. 아리사의 622와 노인의 514가 특별히 무엇을 뜻하는지는 모르겠으나 흔히 떠올리는 순정과는 무관해 보이는 숫자다. 그럼에도 이들은 목숨을 다할 때까지" 영원한 사랑을 추구하고, 순수한 사랑, 첫사랑을 신성하게 여긴다.*

성에 대한 욕망은 의지의 산물이 아니다. 그것은 어쩌면 우리 몸과 하나의 기운으로 연결된 해와 달의 밀고 땡김이고, 음양의 순환이며, 우주의 숨쉬기와도 같은 것이기 때문이다.

나의 독서 목록 중 빼놓을 수 없는 책 중의 하나는 초등학교 졸업하고 중학교 입학할 즈음에 읽은 빨간책이다. 서울 용산으로 이사와 세 들어 살던 단칸방에는 다락방이 있었는데 어른들이 외출하면 혼자 올라가서 낮잠 자거나 놀기에 딱 좋은 공간이었다. 그러던 어느 날 야한 표지의

---

* 실제 마르케스의 결혼 생활은 조강지처와 백년해로했다. 다음은 《가르시아 마르케스》(권리, 2021)에 나온 내용이다. "가보는 열네 살 때 아버지와 친한 친구의 딸인 메르세데스 라켈 바르차 파르도를 동네에서 처음 보고 훗날 결혼할 것이라고 막연히 예감했다. 둘은 오랫동안 알고 지냈지만 별 진전이 없다가 무려 16년이 지나고 나서야 부부의 연을 맺어 슬하에 두 아들을 두었다. 56년을 이어간 두 사람의 결혼 생활은 가보의 죽음과 함께 끝났다. 가보는 자신의 작품 어디에서든 메르세데스의 흔적을 찾을 수 있다고 했다."

이상한 책이 눈에 들어왔다. 《Play Boy》였다. 그리고 미군용으로 제작된 월남판 플레이보이도 있었다. 미군 부대 다니던 아버지가 구해와서 아이들 손에 안 닿는 곳에 깊숙이 보관한 것을 발견한 것이었다. 야릇한 사진 감상과 함께 본문 내용도 무척 궁금했으나 영어를 못 읽어 답답했던 기억이 떠오른다.

이제 본론으로 돌아가, 언제고 《백 년 동안의 고독》을 읽기 위한 마음의 준비로 소설의 마지막 부분인 '20장'을 살펴봤다. 등나무 흔들의자에 앉아 숨을 거둔 필라르 테르네라의 장례식 장면이 나오는데 그녀의 소원대로 흔들의자에 앉힌 채로 관에 담아 매장했다. "찬송가와 창녀들의 값싼 보석에 둘러싸인 필라르 테르네라의 무덤 속에서 과거의 찌꺼기는 썩을 것이고" 남은 찌꺼기도 썩을 것이라 한다.

평화책방에 꽂혀 있는 《백 년 동안의 고독》 중에 안정효 번역으로 문학사상에서 나온 책의 앞표지에는 "끝까지 책을 놓을 수 없게 만드는 이 소설에는 중남미 대륙에 얽힌 백 년 동안의 생과 투쟁의 역사가 있다!"라고 적혀 있다. 끝까지 책을 놓을 수 없을 때 이 책을 읽고 싶은데 언제가 그때이려나.

"제 갈 길을 가라, 남이야 뭐라든!"
-헤겔의 《대논리학》과 마르크스의 《자본론》

추석 연휴 끝날에 철학자 이병창 교수가 독서모임 회원 여러 명과 함께 책방을 찾았다. 동아대 철학과 교수였던 이 교수는 2011년에 명예퇴직을 했는데, 그 이유는 매년 한 권의 책을 쓰면서, 하고 싶은 대중 강의를 자유롭게 하기 위해서라고 한다.

정년 퇴임하기 직전에 출간한 《영혼의 길을 모순에게 묻다-헤겔 정신현상학 서문 주해》(2010)를 포함하여 그동안 이병창 교수가 쓴 책은 《반가워요 베리만 감독님》(2011), 《불행한 의식을 넘어(헤겔 정신현상학 자기의식 장 주해)》(2012), 《지젝 라캉 영화》(2013), 《굿바이, 아메리카노 자유주의》(2014), 《청년이 묻고 철학자가 답하다》(2015), 《현대철학 아는 척하기》(2016), 《자주성의 공동체》(2017), 《우리가 몰랐던 마르크스》(2018) 등이 있다. 거의 한 해에 한 권꼴로 저술 작업을 한 셈이다.

《청년이 묻고 철학자가 답하다》(2015)는 도서출판 말에서 나온 책이다. 청년들과 함께 진행한 철학 세미나의 문답을 정리한 이 책에서 저자는 경험주의 대신 변증법적 인식을, 개인주의 대신 공동체주의를, 민주주의 대신 자치의 사회를, 욕망의 자유 대신에 진정한 자유, 자주성의 길을 내세운다.

마르크스도 읽기 어려울 거라 말한 《자본론》 1장

이병창 교수는 명퇴 후에 이런 저술 작업과 함께 '이름 없는 독서회'라는 이름의 독서 모임을 운영했다. 특이하게도 독서회 참가자의 반 정도는 20대 청년이고, 반 수는 중장년층이다. 코로나 때문에 줌으로 모임을 진행하기 전까지는 나도 수년간 이 모임에 참석해서 함께 책을 보고 영화를 감상했다.

이 독서회에서는 마르크스, 헤겔의 원전 읽기를 수년째 하고 있고, 이와 함께 회원들이 원하는 문학작품을 읽거나 영화를 감상한 뒤 토론하는 시간을 갖고 있다. 2021년 상반기에는 마르크스의 《자본론》을 읽고 있다. 금서였던 도서가 이제는 공개적으로 판매되고 토론하는 게 가능하다. 국가보안법이 폐지된 것도 아닌데 왜 《자본론》은 법적으로 허용되는지 알 수 없는 노릇이다. 이 또한 누가 읽느냐에 따라 처벌이 가능할 수도 있다.

수년 전 이 모임에서 《원숭이도 이해하는 자본론》을 읽을 때는 함께 참여했으나, 진짜 《자본론》 강좌는 따라갈 엄두가 나지 않아 불참했다. 외형이 아닌 정신의 차원에서 원숭이로부터 인간으로 진화했음을 증명하려면 《자본론》 원본을 읽어야 하는 거 아닐까, 라는 생각을 잠시 하기도 했다. 그러나 30여 전에 그러했듯 또다시 좌절을 맛보고 싶지는 않았다.

《고전 톡톡》(그린비)의 '칼 맑스의 자본' 편에서 고병권은 "시간의 이빨로도 씹을 수 없고 역사의 위장으로도 소화시킬 수 없는 책" 중의 하나로《자본》을 꼽았다. 시간이 흘러 나이가 들었다고 편히 읽을 수 있는 고전이 아니었다.

올해 초부터 월 2회씩 줌으로 하는 강의에는 참여하지 못하지만 뭔가 아쉬운 마음이 들어서《자본론》1권의 '제1편 상품과 화폐'라도 짬 내서 읽어야지 하고 마음을 먹었다. 그러나 책장을 펼치면 마치 고등학교 수포자 시절《수학의 정석》을 보는 기분이 들어 진도가 나가지 않았다.

마르크스도 1판 서문에서 "첫 부분이 항상 어렵다는 것은 어느 과학에서나 마찬가지다. 그러므로 여기에서도 제1장, 특히 상품분석이 들어있는 절을 이해하기가 가장 힘들 것이다."라고 말하고 있으니 약간 위안이 되기도 했다. 하지만 마르크스는 서문에 "새로운 것을 배우려고 하며 따라서 또 독자적으로 사색하려고 하는 독자들"에게는 이 책이 가치형태에 관한 절을 제외하면, 이해하기 어렵다고 비난할 수 없다는 말을 덧붙이기도 했다.

'독자적으로 사색하려는 독자'에 들고 싶은 마음은 있어서 올해가 가기 전에 '제1편 상품과 화폐' 편이라도 정독하리라 결심했다. 완독하겠다는 욕심을 버리고 책장을 뒤에서부터 넘기다 보니 쉬운 내용도 눈에 들어왔다. 제1편 3절 화폐 편에 나오는 본문 인용구와 각주도 그렇다. 본문의 문체와는 다른 문학적 표현으로 이뤄진 문장이었다. 그리고 이 말은 동서고금을 뛰어넘어 돈, 황금, 화폐의 본성이 무엇인지 알려주었다.

황금, 돈에 관한 문학적 표현들

황금은 놀라운 물건이다! 그것을 가진 자는 자기가 원하는 모든 물건을
지배할 수 있다. 그 위에 황금은 영혼을 천국에 가게 할 수도 있다.(콜럼버스
의 《자메이카로부터의 편지》, 1903)

　　-《자본론》1권(비봉출판사)

금! 황색의 휘황찬란한, 귀중한 황금이여!
이것만 있으면 검은 것도 희게, 추한 것도 아름답게,
악한 것도 착하게, 천한 것도 귀하게, 늙은 것도 젊게
겁쟁이도 용감하게 만들 수 있구나.
……
이 황색의 노예,
이놈은 신앙을 만들었다 부수며, 저주받은 자에게 축복을 주며,
문둥병자 앞에서 절하게 한다.
도적에게도 원로와 같은 지위나 작위나 명예를 준다.
늙어빠진 피부를 시집가게 하는 자도 이것.
…… 에이, 이 망할 놈의 물건,
……인류의 공동의 매음부야(셰익스피어, 《아테네인 타이몬》, 제4막,
제3장)

　　-《자본론》1권(비봉출판사)

위 인용문에 공감을 표하지 않을 독자는 거의 없을 것이다. 《자본론》을 본격적으로 읽기 전에 각주와 본문의 이런 문학적 구절을 찾아 읽으면 뇌의 긴장을 푸는데 도움이 되지 않을까 싶다.

《자본론》을 통해 이해한 헤겔의 《대논리학》

이병창 교수는 헤겔 전공자다. 철학박사 학위 논문도 《헤겔의 정신현상에서 정신 개념에 대한 연구》였다. 헤겔을 전공한 그가 《자본론》의 가치를 높게 본 계기는 헤겔의 《대논리학》을 공부하던 1980년대 초반부터였다. 이병창 교수는 《우리가 몰랐던 마르크스》(2018)에서 《자본론》과의 인연에 관해 이렇게 말한다.

헤겔의 저서 《(대)논리학》을 펴놓고, 한 줄 읽고 잠에 빠지고 한 줄 읽고 술 한 잔 먹고 했던 것이 기억난다. 그러고도 오리무중이었다. 수많은 해설서도 무의미했다.

그러던 나의 눈을 번쩍 뜨게 만든 저서가 있다. 그것은 마르크의 《자본론》이었다. 《자본론》 1권의 상품 화폐론은 헤겔의 《대논리학》의 1권과 너무나도 닮았다. 나는 마르크스의 상품-화폐 관계를 통해 거꾸로 헤겔의 논리학을 읽을 수 있었다.

독서회 모임 회원과 평화책방을 방문한 날 이병창 교수는 석모도에 사는 이시우 작가와 함께 저녁을 하자는 제안을 했다. 전화를 해보니 마침 충남

예산의 고향 집에서 돌아와 석모도 집에 막 도착했다고 한다. 같은 강화도지만 책방에서 석모도 이시우 작가의 집까지는 승용차로 거의 1시간 거리였다. 석모도를 방문한 독서 모임 회원들은 방대한 장서의 규모에 입을 딱 벌렸다. 오래전에 발행한 사회과학, 철학 관련 도서로 꽉 차 있는 집은 도서관 분위기였다. 이병창 교수가 이 작가 석모도 집을 방문할 때 몇 차례 동행한 적이 있는데, 두 사람이 헤겔-마르크스를 주제로 두어 시간 차담을 나누는 자리에 끼어 있는 것은 정신적 고문에 가까웠다.

이 작가는 최근에 작업 중인 권리론, 권력론 저술을 기획하는 과정에서 헤겔의 논리학에 대해 이병창 교수에게 자문을 구해 큰 도움을 받았다 한다. 이 작가는 이병창 교수와는 거꾸로 《자본론》을 공부하면서 풀리지 않는 부분을 헤겔의 대논리학을 제대로 이해하고 난 뒤에 해결했다고 한다.

헤겔의 《대논리학》은 철학 전공자 중에도 완독한 사람이 드문 책으로 정평이 나 있다. 이 책을 공부하기 위해 이시우 작가는 아침마다 석모도 민머루 해변을 산책하면서 헤겔 논리학의 중요 개념을 암기했다고 한다. 지금도 화장실 출입문의 안쪽에는 《대논리학》의 목차가 빽빽하게 적혀 있었다.

헤겔의 논리학과 《자본론》이 상호 밀접하게 연관되어 있음은 이미 레닌이 강조한 사항이기도 하다. 1894년 당시 24세이던 레닌은 헤겔에 관해 이렇게 썼다.

150년이 지난 지금까지 아무도 헤겔을 이해하지 못하였다. 왜냐하면 《자본론》을 철저히 연구하여 이해하지 않고는 헤겔을 이해할 수 없기 때문

이다.(알튀세, 《레닌》)

마르크스의 좌우명

마르크스의 《자본론》과 헤겔 《대논리학》의 상호연관성에 관해 레닌은 1915년 헤겔의 《대논리학》에 관한 노트에서 다시 한번 강조했다.

금언 : 헤겔의 《대논리학》의 전 체계를 철저히 공부하여 이해하지 못하고서 맑스의 《자본론》, 특히 제1권 제1장을 이해한다는 것은 불가능하다. 따라서 이미 반세기가 지났지만 맑시스트 중 누구도 맑스를 이해하지 못하였다!!(Collected Works, Vol. 38, p.180-느낌표는 레닌), (알튀세, 《레닌》, 녹두, 162p)

대학강단을 떠나서 거리와 민중 속에서 철학하는 이병창 교수, 사진 작업을 위해 《자본론》 공부에 공을 들이는 이시우 작가에게 어울리는 말이 떠올랐다. 마르크스가 《자본론》 서문의 마지막 부분에 "저 위대한 플로렌스인(단테)의 다음과 같은 말이 항상 변함없이 나의 좌우명"이라 하면서 인용한 말이다.

"제 갈 길을 가라, 남이야 뭐라든!"

니체가 자비출판 한
《짜라투스트라는 이렇게 말했다》

"모든 이를 위한 책, 그러나 그 누구의 것도 아닌 책." 니체가 《짜라투스트라는 이렇게 말했다》에 붙인 부제이다. 1844년 프로이센의 뢰켄에서 태어난 그는 이 책의 1부를 1883년에, 그리고 1885년에 4부를 출간했다. 그의 나이 마흔 살쯤 됐을 때였다.

수년 전 독서모임에서 《짜라투스트라는 이렇게 말했다》를 함께 읽은 적이 있는데, 그즈음 재미있는 사실을 하나 알게 됐다. 니체가 이 책의 원고를 완성한 뒤 겉면에 '다섯 번째의 복음서'(마태, 마가, 누가, 요한복음서에 이은)라고 써서 출판업자 슈마이츠너에게 보냈다. 그러나 출판업자는 이 원고를 받았을 때 '다섯 번째의 복음서'라고 반기기는커녕 책을 낼 기미도 보이지 않았다. 상심한 니체는 사이가 좋지 않았던 여동생 엘리자베스에게 부탁했고, 그녀의 도움으로 간신히 출판할 수 있었다.

《짜라투스트라는 이렇게 말했다》 1부는 출판업자 슈마이츠너가 낸 니체의 아홉 번째 책이었다. 이 중에 돈이 된 건 없었다. 위장병, 불면증, 약물

부작용, 시력 저하를 견디며 쓴 2, 3부에 대해서도 출판업자의 반응은 차가웠다. 출판업자가 인기 없는 책의 출판을 꺼린 건 당연한 일이었다. 출판업자가 등 떠밀려 2, 3부를 내긴 했으나 결과는 마찬가지였다. 각 권을 1천 권씩 찍었으나, 권마다 100부도 팔리지 않았다. 1885년에 인쇄한 《짜라투스트라는 이렇게 말했다》 4부는 결국 니체가 가까스로 돈을 구해 자비출판 했다. 지금은 세계적 베스트셀러인 《짜라투스트라는 이렇게 말했다》의 판매는 미미하기 짝이 없었다. 그야말로 "모든 이를 위한 책"으로 썼지만, "그 누구의 것도 아닌 책"으로 외면받았다. 이 책만 그런 것도 아니었다. 1886년에 나온 《선악의 저편》 역시 출판업자를 구하지 못해 자비출판 했으며, 판매 부수도 고작 114부밖에 되지 않았다.

판매가 저조해 4부는 자비출판으로 인쇄

1인 출판사지만 가끔 출판을 문의하며 원고를 첨부한 전자 메일을 받는다. 혹시라도 니체와 같은 숨은 천재의 원고일 수도 있으니 허투루 보지 말 일이다. 1~3권은 출판업자의 무시를 받고, 4권째는 니체가 자비출판을 한 《짜라투스트라는 이렇게 말했다》는 어떤 책인가. 철학전집 뿐만 아니라 세계문학전집에도 들어가는 이 책에 대한 서평은 사방에 널려 있다. 그중에 압권은 니체 자신의 평가이다.

니체는 1889년에 펴낸 《이 사람을 보라》에서 자신과 자신의 저서를 자화자찬식으로 소개했다. 부제로 단 '사람은 어떻게 본래의 자기가 되는가' 가 뜻이 심오하다. 이 책에 실린 글의 소제목은 '나는 왜 이렇게 현명한가',

'나는 왜 이렇게 좋은 책을 쓰는가', '왜 나는 하나의 운명인가' 등과 같다. 동서고금의 어떤 철학자도 이렇게 자신을 대놓고 추켜세우는 경우는 보지 못했다.

《이 사람을 보라》 머리말에서 니체는 자신의 글 가운데 《짜라투스트라는 이렇게 말했다》는 독자적인 자리를 차지하고 있다고 자평하면서, "이 책으로 나는 여태껏 인류가 받은 선물들 가운데 가장 큰 선물을 준 것이다. 수천 년을 넘어 울려 퍼질 목소리를 지닌 이 책은 이 세상에 존재하는 최고의 책일 뿐만 아니라" 아무리 퍼내도 마르지 않는 셈이라 극찬한다.

니체는 "이 작품은 철저하게 홀로 서 있다."라고 말하면서, 괴테나 세익스피어, 단테와 같은 작가도 자신과 같은 정열과 경지에는 오르지 못했다고 평한다. 니체는 쇼펜하우어와 스피노자의 영향을 받았다는 고백을 하기는 했다.

그는 자기 사상의 근원을 디오니소스에 연결시키고 "디오니소스적이라는 나의 개념은 이 작품에서 최고 행위가 되었다."라고 말한다. 니체를 이해하기 위해서는 디오니소스 개념을 알아야만 한다. 그는 《짜라투스트라는 이렇게 말했다》에 나오는 구절 중에 "가장 긴 사다리를 갖고 있으며 가장 깊은 곳까지 내려갈 수 있는 영혼", "생성 속으로 들어가려는 존재하는 영혼", "의지와 욕망 속으로 들어가려는 소유하는 영혼"이야말로 디오니소스의 개념 그 자체라고 썼다. 《이 사람을 보라》의 마지막 문장은 경악스럽기까지 하다.

나를 이해했는가? 디오니소스 대 십자가에 못 박힌 자……

니체는 자신을 예수의 대척점에 서 있는 존재, 디오니소스로 규정했다. "신은 죽었다."라고 선언한 철학자다운 발상이다. 그리스신화에 나오는 디오니소스는 축제의 신, 술의 신이다. 니체에게 디오니소스는 감정, 직관, 예술로, 그 반대편의 아폴로는 이성, 합리, 객관, 과학으로 연결됐다. 니체는 그리스 비극의 시대가 지나고, 이성을 중시하는 "아폴론적인 것이 지배하게 되면서 인간은 약한 존재가 되어버렸다."라고 여겼다. 그러면서 "디오니소스적 황홀경과 아폴론적 균형이 결합된 삶"을 원했다. (동서문화사 《선악을 넘어서》 작품해설 중에서)

문득 니체의 글을 아폴론 방식으로만 접근해서는 제대로 이해하기 어렵고, 디오니소스적으로 읽어야 잘 읽히지 않을까 하는 생각이 들었다. 디오니소스적 읽기의 기본은 포도주 한 잔을 곁들인 감성적 독서일까? 거기에 하나 더 추가한다면 니체가 한때 숭배했던 바그너의 음악을 배경으로 까는 것이다.

디오니소스적 글 읽기

니체가 권하는 독서법이 있는데, 이것이 디오니소스적 독서법이 아닐까 생각해본다. 《짜라투스트라는 이렇게 말했다》 민음사 판 뒷부분에 실린 '작품해설'의 마지막 부분에 니체의 《즐거운 학문》의 한 구절이 실려 있는데, 니체는 《짜라투스트라는 이렇게 말했다》의 텍스트를 이런 식으로 펼치라고 권한다.

책 사이에서, 책으로부터 자극을 받아 사상을 더듬어가는 자들은 아니다. …… 종이 사이에 머리를 처박고 있지 말고, 책 사이로 걷고 뛰고 오르고 춤추며 문밖에서 생각하는 자.

이러한 독자가 니체의 친구가 될 수 있다는 것이다. 체계를 갖춘 기존의 철학서와 다르게 아포리즘, 잠언 형식의 니체 저서는 인쇄 직후엔 잘 팔리지 않았다. 그러나 현대의 수많은 사상가와 예술가들이 이 책의 영향을 받았다. 철학자들은 이 책을 새로운 사상의 샘물이라 칭송한다.

1889년 1월 3일, 니체는 토리노 카를로 알베르토 광장에서 광기를 발산한다. 마부가 채찍질을 가하는 것을 보고 달려가 말을 끌어안고 울며 몸부림친다. 얼마 후 니체는 정신병원에 입원하고, 그의 철학적 사유는 멈춘다. 그런데 이때부터 니체는 "삶의 비밀을 엿본 정신의 순교자"로 소문이 난다. 그가 말한 생, 삶은 신비로운 색채를 띠게 되고 "1890년부터, 니체의 사상은 '생철학'이라는 이름으로 광범위하게 퍼져나갔다."《니체×이진우》라고 한다.

생철학만이 아니다. 심리학과 현상학, 실존주의, 포스트모더니즘 등에도 지대한 영향을 미친다. 니체가 좋아한 철학자는 쇼펜하우어와 스피노자였다. 철학계에선 "니체는 쇼펜하우어는 일찌감치 포기했지만, 스피노자의 사유를 잃을 순 없었다.", "가장 일관된 스피노자주의자 중의 한 사람"《스피노자의 귀환》이라는 평가를 내리기도 한다.

니체는 철학자뿐만 아니라 화가, 작가 같은 예술가에게도 큰 영향을 끼쳤다. 헤르만 헤세도 대표적인 인물이다. 헤세는 니체가 43세 되던 1877년에 태어났고, 니체가 사망한 1900년에는 고서점에서 일했다. 서평가로쟈 이현우는 "싱클레어에게 도덕의 전복과 재평가를 가르친 데미안의 모델이 바로 니체다."라고 썼다. 그는 《도덕의 계보》에서 니체는 기독교의 도덕이 '좋음'과 '나쁨'을 '악'과 '선'으로 뒤집어놓았다고 신랄히 공격하는데, 헤세는 《데미안》에서 이를 재현한다고 해석했다. 데미안은 싱클레어에게 동생 아벨을 죽인 '강한 자' 카인을 '악한 자'로 낙인찍은 것이라 말하고, 예수가 십자가에 못 박힐 때 옆에 함께 매달렸던 두 강도 중 이제껏 자신을 도와준 악마에 대한 신의를 끝까지 지킨 도둑이 더 사나이답고 개성적인 인간이라고. 그 역시 카인의 후예일 거라고 말한다.*

헤세가 익명으로(에밀 싱클레어라는 이름으로) 《데미안》을 발표한 1919년에 역시 익명으로 〈짜라투스트라의 귀환〉이라는 작은 책자를 발표했다. 헤세가 니체의 영향을 크게 받았음을 보여주는 책이라 할 수 있다. 정치적 팸플릿이라 할 수 있는 이 책의 부제는 '어느 독일인이 젊은 독일인에게 보내는 한마디 말'이었다. 헤세가 데미안이나 짜라투스트라의 귀환을 익명으로 발표한 이유는 잘 알려진 자신의 이름 때문에 젊은이들이 선입견을 갖고 읽는 것을 우려한 것이다. 1차 세계대전의 여파로 방황하던 독일 젊은이들은 《데미안》의 저자가 자신들과 같은 젊은이라 여겼다. 그러나 폭발적인 인기를 얻은 이 책의 저자는 평론가들의 추적 끝에 그 정체가 드러났고, 4쇄부터는 싱클레어 대신 헤세라는 이름을 넣고 출판했다.**

---

* 로쟈 이현우, 〈중앙선데이〉(2013. 12. 01). 싱클레어와 비슷한 나이에 헤세는 고서점의 점원으로 일한 적이 있는데, 하숙집 벽에 니체의 사진을 두 장이나 붙여 놓고 니체의 책들을 탐독했다. 《선악의 저편》과 《도덕의 계보》, 《차라투스트라는 이렇게 말했다》 등은 그가 깊은 감화를 받은 책들이다. 헤세가 니체의 어법을 빌린 에세이 《차라투스트라의 귀환》을 익명으로 발표한 것도 《데미안》을 발표한 1919년의 일이다.

나치에 이용당한 니체의 '권력의지'

많은 철학자에게 니체가 마르지 않는 샘물이었던 반면에 마르크스주의 계열의 철학자들은 그의 철학에 매우 부정적이다.***

중원문화에서 발간한 《철학사전》에서는 니체를 "사회주의를 '노예도덕'으로 간주하고 지배계급의 독재지배를 '군주도덕'으로 높이 내걸어 '권력에의 의지'를 강조하는 입장에 선 사람"이라고 설명했다. 또 북한의 《철학사전》을 보면 "니체의 철학은 파쇼적 폭압을 부르짖는 '권력의지'설과 제국주의의 세계제패 야망을 반영한 세계주의 및 인종론"으로 일관하고 있다고 비판했다.****

서구에서도 니체의 사상이 "사회주의에 대한 중산층의 공포에 기생하던 파시즘과 나치즘 선전에 악용"되었다는 비판이 오랫동안 통용됐다. 근래는 반유대주의자였던 니체의 동생 엘리자베스가 히틀러 찬양자였는데, 니체의 미완성 원고 〈권력의지〉를 본인의 입맛대로 가공하여 오빠의 사상을 왜곡

** 《우리가 사랑한 헤세, 헤세가 사랑한 책들》, 김영사, 193p.

*** 철학자 강영계는 《마르크스, 니체, 프로이트 - 철학의 끌림》에서 "철학의 과제가 세계를 해석하는 데 있지 않고 세계를 개혁하는 데 있다는 점에서 니체와 마르크스는 생각을 같이 한다. 다만, 마르크스의 사회개혁은 인간해방과 인간평등을 목적으로 삼고 있음에 비해 니체의 세계개혁 내지 문명가치의 전도는 인간해방과 초인(위버멘쉬)을 목적으로 삼고 있다. "라는 평을 하기도 했다.

**** 니체의 철학은 쇼펜하우어의 맹목적인 '생존 의지'를 '권력의지'로 개작하고 쇼펜하우어의 염세주의와 '생의 부정'을 '비극적 염세주의'와 '생의 긍정'으로 전환했다. 쇼펜하우어가 1848년 (프랑스)혁명에 질겁한 독일 부르조아지의 비굴성과 취약성, 그로부터 오는 비판을 반영하였다면, 니체는 제국주의 시기 독일 부르조아지의 포악한 탐욕과 야심을 대변하였다. (북한사회과학원 철학연구소, 《철학사전》)

해서 생긴 일이라는 해석이 많다.

"위험하게 살아라!"

《이 사람을 보라》에는 '짜라투스트라는 이렇게 말했다' 장이 따로 있다. 여기서 니체는 "이 작품의 기본 개념, 다다를 수 있는 긍정의 최고 형식인 영겁회귀 사상이 성립된 것은 1881년 8월의 일이다."라고 썼다. 스위스의 질바플라나 호수를 따라 숲속을 거닐다 피라미드 모양으로 솟아 있는 수를레이의 바위 옆에 멈췄을 때 떠올린 생각이라고 고백했다.

니체는 《짜라투스트라는 이렇게 말했다》 원고를 제네바에서 멀지 않은 라팔로 만에서 보내면서 썼다. 당시 그는 춥고 비가 많이 오는 바닷가의 작은 여관에서 지냈는데, 건강은 좋지 않은 상태였으며, 거친 파도 소리 때문에 불면에 시달렸다. 이런 악조건 속에서 《짜라투스트라는 이렇게 말했다》를 쓸 때도 건강이 허락하는 한 산타 마게리타에서 포르트 피노의 뒤쪽에 이르기까지 만 전체를 산책했다.

니체는 《이 사람을 보라》에서 야외에서 산보하면서 생겨나지 않은 생각에 대해서는 의심을 품어야 한다고 말했다. 덧붙여 "모든 편견은 내장에서 나온다."라며 앉아 있는 끈기를 비판했다. 《즐거운 학문》에서도 "우리는 책 사이에서만, 책을 읽어야만 비로소 사상으로 나아가는 그런 인간들이 아니다."라고 말하면서 길 자체가 사색을 열어주는 고독한 산과 바닷가에서 걷고, 뛰고, 춤추라고 역설한다.

그렇다면 니체의 사상도 야외 산책하면서 사유해 볼 일이다.

《짜라투스트라는 이렇게 말했다》 1부 앞부분만 봐도 유명한 잠언이 많다. "인간은 짐승과 초인 사이에 놓인 밧줄이다. 심연 위에 걸쳐진 밧줄이다.", "인간의 위대함은 그가 다리(橋)일뿐 목적이 아니라는 데 있다.", "신은 죽었다." 그의 사상에 의심을 품어 볼 만한 잠언을 하나 골라 산책에 나섰다. "위험하게 살아라!" 《즐거운 학문》에 나오는 말이다. 니체는 "너의 배를 미지의 바다를 향해 띄워라."라고 설교한다.

1844년~1900년, 니체는 위험하게 살았다. 목사 집안에서 태어났지만 반그리스도교적이었다. 그는 짜라투스트라의 입을 빌려 이렇게 전한다. 신은 죽었으니 말종인간, 잡놈이 아닌 초인(위버멘쉬)으로 살라고 외친다. 인간은 극복되어야 할 그 무엇인데, 그대들은 자신을 극복하기 위해 무엇을 했냐고 묻는다. 낙타에서 자유를 쟁취한 사자로 변하라고 말한다. 망치로 가장 뛰어난 형상이 잠들고 있는 돌로 된 감옥을 두들겨 부수라고 명한다. 지금까지 모든 지식은 사악한 양심과 더불어 성장했으니 낡은 서판(書板)을 부숴버리라고 가르친다. 지금껏 가장 저주받아 온 육욕, 지배욕, 이기심을 인간적으로 제대로 보라고 명령한다. 착한 자들은 바리새인이 될 수밖에 없고, 독자적인 덕을 만들어낸 자를 십자가에 못 박아 버리고, 창조하는 자를 미워할 수밖에 없으니 카인처럼 살라 한다.

2022년, 한국 사회에서 위험하게 산다는 것은 무엇일까? 망치를 들고 십자가와 불상을 두들겨 부숴라. 자본주의 맘몬 신을 다이너마이트로 폭파하라. 이보다 더 위 위험한 행위는 '철책은, 휴전선은 죽었다'라고 외치는 것이다.

이런저런 상상을 하다 도착한 산책로의 끝은 철조망이다. 육욕, 지배욕,

이기심의 철사로 촘촘히 짜인 분단의 철조망. 형이상학적 철조망이 아닌 쇠붙이로 된 철조망이지만, 그 쇠붙이는 모든 형이상학의 뿌리, 양심과 사상의 줄기도 다 잘라버린다. 남북의 철조망은 어쩌면 니체, 헤세가 타파하려던 이원론의 결정체다. 이곳에선 선악이 분명하다.

악 속으로, 철조망 아래로, 분단 속으로

철책을 망치로 부수지도 못하고, 다이너마이트로도 날려버리지도 못한 채 돌아왔다. 책방 앞에는 2006년에 서울 양재동 나무 시장에서 사다 심은 보리수나무 묘목이 제법 높게 자랐다. 싯다르타가 저 나무 아래서 깨달음을 얻었다고 전해진다. 지난여름엔 보리수 열매로 술을 여러 병 담갔고, 올겨울 고적한 저녁마다 반주로 즐기고 있다. 보리수나무를 보자 《짜라투스트라는 이렇게 말했다》의 '산비탈 나무에 대하여'에 나오는 말이 생각났다.

인간은 나무와 같은 존재가 아닌가.

인간은 높은 곳으로 그리고 밝은 곳으로 올라가려고 하면 할수록 그 뿌리는 더욱더 강인하게 땅속으로 파고 들어가야 한다네. 아래쪽으로, 어둠 속으로, 심연 속으로. 악 속으로 뻗어 나가려 하는 거지.

짜라투스트라가 말한 이 구절을 다시 읽으며, 산책길의 끝을 가로막은 철조망을 떠올렸다. 망치로도, 다이너마이트로도 부수지 못하는 저 철책을 넘어가려면 "땅속으로 파고 들어가야" 하는 것인가. 분단의 어둠 속으로,

분단의 악 속으로, 분단의 심연 속으로 파고 들어야, 그곳에서 통일의 열쇠를 찾을 수 있는 건가.

《조선상고사》 끼고 고구려 옛 수도 답사하고파

'위드코로나'가 정착되고 해외여행이 활성화되면 한군데 꼭 가 보고 싶은 데가 있다. 고구려 유적지다. 광개토대왕비와 고구려 성터를 답사하고 싶다. 우리 역사, 특히 고대사에 대해 관심을 갖게 된 계기는 2016년 청주에 있는 신채호 선생 묘비를 직접 본 뒤부터다.

2016년 가을, 풀뿌리 통일운동을 하는 분의 요청으로 미국에서 온 영화감독 김대실 선생을 서울에서 청주까지 승용차로 모시고 간 적이 있다. 2016년 10월 16일 청주 시민단체의 사랑방인 하늘북에서 김대실 감독이 만든 〈사람이 하늘이다〉 영화상영을 한 뒤 관객과 대화를 하는 행사였다. 하늘북은 신채호 선생이 베이징에서 펴낸 잡지 《천고》에서 이름을 따왔다고 한다.

이날 밤늦게 행사가 끝난 뒤 청주시 상당구 낭성면에 있는 한 시민운동가의 집에서 김대실 감독과 일박을 했다. 다음 날 아침, 그 집에서 걸어서 5분 거리에 신채호 선생의 묘비가 있다 해서 구경하러 갔다. 낭성면 귀래리 (속칭 고두미 마을)에는 신채호 묘소와 사당, 그리고 단재기념관과 부부 동상이 자리 잡고 있었다.

2016년 단재 선생 묘비를 보고

하늘북 회원에게 선물 받은 《단재기행》에는 고두미 마을은 "신채호가 대전광역시 어남동에서 이주하여 성균관에 입학하기 위해 상경할 때까지 청소년 시절의 대부분을 보낸 곳"이며 "신채호가 살았던 귀래리의 집은 현재 묘소가 있는 자리에 있었다."라고 나온다.

이날 신채호 유적지를 둘러보고 나서 그동안 신채호와 같은 위대한 독립운동가에 대해 단편적으로만 알고 있을 뿐 그가 심혈을 기울여 쓴 책을 읽은 게 없음에 자책감을 느꼈다. 곧바로 《조선상고사》(김종성 옮김)와 《단재 신채호 평전》(김삼웅)을 구해서 읽었다.

평전에 나오는 신채호의 연보를 보면 그가 한학자이자 언론인, 역사가, 의열단원으로 한평생 독립운동에 헌신했음을 알 수 있다. 1880년 충남 대덕군 생, 1905년 성균관 박사, 1906년 《대한매일신보》 주필, 1907년 신민회 활동, 1910년 중국으로 망명, 1914년 《조선사》 저술 착수하고 고구려 고적지 답사, 1915년 《조선상고사》 연구를 위해 북경 도서관 출입, 1923년 의열단 요청으로 《조선혁명선언(일명 의열단 선언문)》 작성, 1924년 북경에서 '다물단' 조직, 1928년 무정부주의 비밀결사 사건과 관련 10년 형 선고받아 여순 형무소 복역, 1936년 여순 감옥에서 뇌내출혈로 사망.

신채호 하면 역사가로 기억하는 사람도 많지만 당대 최고의 언론인이기도 했다. 언론인 천관우는 '언론인으로서의 단재'에서 "독립운동가로서,

사가로서, 또 언론인으로서 단재는 다방면으로 우리 근대사에 거보를 남겼
지마는, '단재의 일념은 첫째 조국의 씩씩한 재건이었고'(안재홍《조선상고사》
서문) 사학도, 신문도 말하자면 그 독립운동을 위한 방법이고 수단이었다."
라고 썼다.

단재의《독사신론》, 존화사관·사대주의·왕조중심사관 비판

당시 지식인들은 독립운동을 위해서는 조직 활동(무장투쟁)과 함께 언론과
역사가 중요하다고 봤다. 신채호가 독립운동을 위해 역사를 연구했지만
그가 역사계에 남긴 업적은 가히 독보적이었다.《독사신론》을 연구한 신용
하 교수는《증보 신채호의 사회사상 연구》에서 "우리나라에서 근대민족주
의 사학의 성립 범주에 드는 획기적인 첫 작품은 근대민족주의 사관에
따라 다수의 신학설을 제시한 신채호의《독사신론》인 것이다."라고 썼다.
신채호가 제시한 '다수의 신학설'에는 단군-추장시대론, 기자조선설 부정,
만주영토설, 임나일본부설 부정, 삼국 문화의 일본 유입설, 삼국통일 및
김춘추 비판론, 발해·신라 양국시대론, 김부식 비판 등이 포함된다.

신 교수는 단재의《독사신론》은 당시 사학계뿐 아니라 전 문화계에 큰
충격을 안겨준 가히 '혁명적'인 저술이라 평한다. 이 글은 기존의 존화사관,
사대주의, 왕조 중심의 중세 사학, 일본의 역사 왜곡을 비판한 점에서
높이 평가할 수 있다고 했다.

신채호를 통해 우리 역사에 관심을 두게 되면서 뒤늦게 알게 된 충격적인
사실이 있다. 그것은 일제총독부에 의해 주입된 식민사관이 해방 이후

70여 년이 지난 지금까지 그 뼈대가 크게 바뀌지 않았다는 점이다. 일제 조선사편수회를 통해 주도면밀하게 조선의 역사를 왜곡했는데, 단군과 고조선사 부정, 한사군 평양설, 임나일본부설이 그 핵심 내용이다. 놀랍게도 한국의 대다수 강단사학자는 이 주제에 관해 일제총독부가 세운 관점에서 벗어나지 못했다. 이념적으로 보수거나 진보거나 간에 별다른 차이가 없기도 하다.

발해의 역사도 배제한 사대주의자 김부식 비판

신채호 선생의 주요 저술에는 《조선상고문화사》, 《조선사연구초》, 《조선사론》, 《이탈리아 건국삼걸전》, 《을지문덕전》, 《이순신전)》, 《동국거걸최도통전》 등이 있는데, 대표작은 《조선상고사》라 할 수 있다.

중고등학교 시절에도 《조선상고사》를 접했으나, 맨 첫 구절에 나오는 '역사는 아와 비아의 투쟁'이란 대목에서부터 걸려서 진도가 잘 나가지 않았던 기억이 난다. 아와 비아, 투쟁과 같은 말이 낯설어서 그러지 않았나 싶다.

마르크스주의 역사관인 사적 유물론을 접한 뒤《조선상고사》를 읽었다면, '아, 비아, 투쟁'이 그리 생소한 개념도 아니었을 것이다. 마르크스가 1848년에 쓴 《공산당선언》의 1. 부르주아와 프롤레타리아는 이렇게 시작한다. "지금까지의 모든 사회의 역사는 계급투쟁의 역사다." 1923년에 《조선혁명선언》을 쓴 신채호는 《공산당선언》이나 사적 유물론을 접했을 테고, 《조선상고사》에 그런 역사관이 반영되지 않았을까 추측해본다. 이런 가정

아래 《조선상고사》 첫 문장을 다시 읽어 본다.

역사란 무엇인가? 역사는 아와 비아의 투쟁이 시간적으로 전개되고 공간적으로 펼쳐지는 정신적 활동상태에 관한 기록이다.

바로 아래 단락에서 신채호는 아와 비아를 설명하면서 "무산계급은 무산계급을 '아'라 하고 지주나 자본가 등을 비아라 하지만, 지주나 자본가 등은 각기 자기 식구를 '아'라고 하고 무산계급을 '비아'라 한다."라는 예를 든다.

"역사는 아와 비아의 투쟁에 관한 기록"이라 말하는 신채호는 사대주의를 신랄하게 비판한다. 《조선상고사》에서 신채호는 "사대주의에 기초해 《삼국사기》를 지었다."며 김부식을 비판했다. 신채호는 《조선사 연구초》에 실린 논문 〈조선 역사상 1천 년 이래 최대 사건〉에서도 김부식이 자주파 세력인 승려 묘청을 제압하고 《삼국사기》를 편찬한 이래 이 땅의 역사학계는 기본적으로 사대적이고 퇴보적으로 되었다고 말했다.

신채호는 《조선상고사》에서 김부식과 같은 사대주의 유교도들은 "발해의 역사까지도 배제함으로써 삼국 이래 결실을 본 문명을 지푸라기 더미에 던져버렸다."라고 한탄했다. 또한, 신채호는 "김부식은 김춘추와 최치원 이래로 모화주의의 결정체였다."라고 질타하면서, 민족의 뿌리를 잘라버린 사대주의 사관을 비판했다.

그의 《삼국사기》에서는 고주몽을 고신씨의 후예라고 했고, 김수로를 김천(金天)씨의 후예라고 했으며, 진한을 중국 진나라 이민들의 나라라고 했다. 피나 뼈나 언어나 종교나 풍속이나 어느 것 하나도 같은 게 없는 중국을 우리의 동족으로 보고 말고기에 쇠고기를 섞는 식으로 엉터리없는 붓놀림을 놀렸다. 그 뒤로 그의 오류를 갈파한 이가 없었다. 이로 인해 오랫동안 부여의 계통이 불분명해지고 조선사가 암흑에 처하게 되었다.

신채호는 《조선상고사》를 요순 감옥에서 집필했으며, 1931년 6월부터 10월까지 〈조선일보〉에 '조선사', '조선상고문화사'라는 제목으로 연재했다. 신채호가 옥사한 지 12년이 지난 1948년에 책으로 출간되었다. 감옥에서 자료 없이 저술하면서 생긴 일부 오류도 있다. 출소하면 이를 보완하고, 역사 저술에 집중할 계획이었으나 옥사하고 말았다. 그런 악조건에서 쓴 책이지만 《조선상고사》는 여타 사학자의 중화주의, 유교사대주의, 식민주의 사관과 뚜렷이 구별되는 독보적인 민족주의 사관을 보여주는 명저라 하겠다.

"고구려 고토부터 답사하리라"

신채호는 역사 공부할 때 "해외로 나가면 고구려와 발해의 고토부터 답사하리라 각오했다."라고 한다. 그 후 너덧 명의 벗들과 압록강 위쪽의 집안현 즉 제2 환도성을 둘러본 적이 있는데, 이를 두고 "내 일생을 두고 기념할 만한 멋진 구경"이었다고 하면서 답사의 중요성을 강조했다.

비록 하루 동안 겉모습만 대략 관찰했지만 고구려의 종교·예술·경제 등이 어떠했는지 눈으로 생생하게 그려 볼 수 있었다. 그래서 '집안현을 한 번 보는 것이 김부식의《삼국사기》고구려 본기를 만 번 읽는 것보다 낫다.'라는 판단을 내리게 되었다.(《조선상고사》, 김종성 옮김)

《조선상고사》를 끼고, 신채호가 답사했던 고구려 옛 수도를 밟아 볼 날을 손꼽아 기다려 본다.

칼 융의 《티벳 사자의 서》해설과
61세의 의도적 환생

죽음과 사후세계를 소재로 한 책 중에 최고의 명저로《티벳 사자의 서》를 손꼽는다. 프로이트와 함께 쌍벽을 이루는 심리학자 칼 융이 죽을 때까지 가까이 한 책은 놀랍게도《티벳 사자의 서》라고 한다. 인도 다르질링에 있는 부티아 바스타 사원에서 발견한 필사본《티벳사자의 서》를 1927년 영국 옥스퍼드 대학 출판부에서 영어본으로 번역 출간한 인류학자 에반스 웬츠 교수는 칼 융의 지인이었다. 칼 융은 1938년 스위스 초판본에 자청해서 서평을 썼다는데, "1927년에 초판이 나온 이래 수년 동안 나는 이 책을 손에 쥐고 있었다. 이 책에서 새로운 생각과 발견을 위한 많은 영감을 얻었고 근본적 통찰력을 얻었음을 고백한다."라고 밝혔다.

칼 융은《티벳사자의 서》해설에서 "《티벳사자의 서》는 가장 차원 높은 심리학이라고 할 수 있다. 반면 우리의 철학과 신학이란 아직도 중세시대적인, 심리학 이전의 단계에 머물러 있다. 단지 주장하고, 설명하고, 방어하고, 비평하고, 논쟁하는 게 고작일 뿐 그것들을 가능케 하는 그 '마음' 자체에 관해서는 토론의 대상에서 제외한다. 그것이 모두의 은밀한 합의 사항인 것이다."라고 말했다.

《티벳사자의 서》서문을 쓴 칼 융에 보다 많은 관심을 갖게 된 것은 헤르만 헤세가 칼 융에게 정신 치료를 상담했다는 사실을 알고 난 뒤부터다. 칼 융에 관한 자료를 유튜브에서 찾아보다가 1959년 BBC에서 방영한 38분짜리 영상을 봤다. 스위스의 칼 융 자택에서 촬영한 이 인터뷰에서 융 박사는 파이프 담배를 멋지게 피웠다. 그의 나이 84세였다. 《헤세와 융》에도 1960년 퀴스나흐트에서 파이프 담배를 물고 있는 융의 사진이 실려 있다. 이 두 장면을 보면서 한동안 참았던 끽연의 욕구가 생겼고, 결국 유혹에 넘어갔다.

융과 헤세의 아브락사스

정신질환을 앓던 헤세는 1917년 융을 직접 만나기도 했으며, 융의 제자 요제프 베른하르트 랑(1881~1945)에게 60여 회의 심리 치료를 받았다. 헤세와 융은 단지 심리 치료를 받는 관계를 뛰어넘어 서로의 정신세계에 공감하는 사이였던 것으로 보인다. 미구엘 세라노가 헤세와 융을 여러 차례 인터뷰하고 쓴 《헤세와 융》에서도 이런 점을 엿볼 수 있다. 인터뷰 내용 중 흥미로웠던 점 하나는 헤세가 우파니샤드나 베단타보다 중국의 지혜, 특히 《주역》이야말로 삶을 변화시킬 수 있는 책이라고 말했다는 점이다. 1951년 미구엘 세라노가 스위스 몬타뇰라에서 헤세를 처음 만났을 때 그의 자택 현관에 맹자의 글이 적혀 있었다고 한다. 그 명문(銘文)은 "사람이 나이가 들어

할 일을 다 한 뒤에는 조용히 죽음과 친해져야 한다.……"로 시작하는
글이었다.

헤세는 《데미안》에서 아브락사스에 관해 언급한다. 데미안은 싱클레어
에게 "우리의 신은 아브락사스야. 그는 신이면서 사탄이지. 그는 안에 밝은
세계와 어두운 세계를 가지고 있어…… 만약 자네가 언젠가 나무랄 데
없는 정상인이 되면 그때는 아브락사스가 자네를 떠나."라고 말한다. 《헤세
와 융》을 보면 융도 1925년에 출판한 책에서 아브락사스에 관해 언급한다.

한 신이 있다. 인류가 그를 잊었기 때문에 그대들은 그를 알지 못한다.
우리는 그를 아브락사스라는 이름으로 부른다. 그는 신이나 악마보다 더
모호하다. …… 아브락사스는 태양 위에, 그리고 악마 위에 있다. 그것은
가능하지 않은 가능한 것이며, 비실재적인 실재이다.

데미안의 첫 문장에서 헤세는 "내 속에서 솟아 나오려는 것, 바로 그것을
나는 살아보려 했다. 왜 그것이 그토록 어려웠을까."라고 썼다. 《데미안》을
다시 읽을 계획이 있는 독자라면, 이 첫 문장을 세 번쯤 반복해서 읽을
것을 권유하고 싶다. 데미안은 싱클레어에게 '너 자신 속에서 너를 찾도록
해'라고 조언한다. 이때 나는 누구인가? 자기란 무엇인가? 이 물음에 명확히
답변할 수 있는 사람은 많지 않다. 미구엘 세라노가 융에게 '자기' 개념을
정의할 수 있냐고 묻자 "자기란 그 중심은 어디에나 있지만, 그 둘레는
아무 곳에도 없는 원입니다."라고 답했다.*

헤세와 융의 긴밀한 연관성에 대해 다른 흥미로운 논문이 있다. 충남대

박광자 교수는 〈헤세의 소설과 융(Jung) 심리학〉이라는 글에서 "《데미안》을 위시한 대다수 헤세(Hermann Hesse, 1877~1962)의 소설은 인간의 자기구현 과정을 서술하고 있는데 자기(Selbst) 또는 자기구현(Selbstverwirklichung)이라는 개념은 융(Carl Gustav Jung, 1875~1961)의 분석심리학에서 많은 영향을 받은 것이며, 헤세의 소설에 등장하는 인물들 역시 융 심리학의 원형(Archetypus)이론으로 접근이 가능한 것이다."라고 썼다. 헤세는 인간에게 있어 가장 중요한 과업은 자기를 찾아 구현하는 것이라고 말했는데 예를 들면 《차라투스트라의 귀환 Zarathustras Wiederkehr》(1919)에서 그는 "너희들이 존재하는 것은 너희들 자신이 되기 위해서이다."라고 말하고 있으며, 《데미안》의 서문에도 "나는 나의 내면으로부터 스스로 우러나오려는 것만으로 살고자 했다. 그것은 왜 그렇게 어려웠던가?"라고 탄식한다. (박광자 교수, 〈헤세의 소설과 융(Jung) 심리학〉)

고정불변의 자아가 없는데 무엇이 윤회하나?

칼 융이 가장 높은 수준의 심리학이라** 평한 《티벳사자의 서》에선 윤회,

---

* 분석심리학, 특히 융 학파에서 말하는 자기(self)란 의식과 무의식을 포괄하는 정신의 정체성, 전체인격을 말한다. 자아(ego)란 생각, 감정 등을 통해 외부와 접촉하는 행동의 주체로서의 '나 자신'을 말한다. (《헤세와 융》, 각주 4에서, p23)
** 일반인이 아는 심리학의 대가는 프로이트와 융 정도이다. 예전에 심리학 독서 모임에 참여한 적이 있는데, 그때 사회심리학자 에릭 프롬을 알게 됐다. 우리가 접하는 대부분의 심리학 책은 개인의 심리를 다루는 데 반해 에릭 프롬은 인간이 생물학적 존재를 넘어선 사회적 존재임을 강조하면서 자본주의 체제를 극복하고 인본주의적 사회주의를 이뤄야 정신적으로 건강해질 수 있다고 주장한다. 이런 에릭 프롬의 사회심리학을 본격적으로 소개한 책으

환생을 말한다. 현재 티벳불교도 윤회를 중시하며, 티벳 최고 경전인《보리도차제론》은 윤회를 전제로 한다. 윤회는 한국의 불교 신자에게도 최대의 관심사이자 논쟁거리다. 초기불교 연구자로 유명한 전현수 박사(정신과 의사)는 달라이 라마를 직접 만나 윤회에 관한 질문을 하기도 했다. 첫 번째 만남은 2006년 달라이 라마가 일본에서 법회를 할 때였는데, 한국인들만 별도로 친전한 자리에서 윤회에 관해 물었고 "사람이 죽으면 업이 남는데, 업을 운반하는 주체는 따로 없이 스스로 움직이며, 이는 수행을 하면 알게 된다."라는 답을 얻었다.

　단체로 만난 자리에서 더는 깊이 있는 질문을 던지기 어려워 전 박사는 병원을 휴원하고 달라이 라마를 만나기 위해 2009년 8월에 티베트 망명정부가 있는 인도의 다람살라를 방문했다. 어렵게 달라이 라마를 단독으로 만난 전 박사는 불교의 전생-현생-내세가 연결되는 윤회가 있다는 걸 어떻게 알 수 있는지 물었다. 이에 대해 달라이 라마는 통역 시간을 포함해 1시간 1분 동안 답을 줬다. 첫째, 자신은 어릴 때 전생이 다 기억났다. 나이 든 후에는 잠 깰 때만 얼핏얼핏 기억났다. 둘째, 선정을 통해서 경험할 수 있다. 셋째, 인명학(因明學 : 불교인식논리학)을 통해서 알 수 있다는 세 가지 근거를 제시했다. 전현수 박사는 이와 함께 자신은 부처님의 말씀을 기록한 니까야 경전을 보면서 윤회가 있음을 알게 됐다고 한다. 그리고 티베트의 린포체(전생을 기억하는 스님)를 몇 분 만나서 대화하면서 육도윤회에 대한 확신을 지니게 됐다고 한다.

로《싸우는 심리학》(김태형)이 있다. 저자는 최근의 심리학이 단순히 개인의 '힐링'이나 '자기계발'의 도구로 전락해버린 점을 비판하면서 심리학자들의 사회적 책무를 강조한다.

초기불교 가르침을 전하는 제따와나 선원장인 일묵 스님도 윤회는 불교의 핵심적 가르침이라 말한다. 《일묵 스님이 들려주는 초기불교 윤회 이야기》를 쓴 그는 "윤회는 부처님의 가르침이 아니라고까지 말하는 불교학자나 스님들"은 그릇된 견해에 빠진 것이라고 비판했다. 그런데 윤회 문제는 여전히 논쟁적이다. 초기불교 연구자로 유명한 이중표 교수(전남대 철학과)는 한국 불교에서 흔히 말하는 육도윤회와 같은 윤회는 실재하지 않는다고 말하며, 부처는 이런 법문을 설한 적이 없다고 주장한다. 이중표 교수는 소승불교에서 수행의 목표로 설정하는 수다원(일곱 번 다시 태어남), 사다함(한 번 더 태어남), 아나함(인간 세계에 다시 태어나지 않음), 아라한(더는 윤회하지 않고 해탈한 성자)은 부처가 한 말이 아니라 후세에 지어낸 논리라고 말한다. 윤회설과 동시에 다시는 육도윤회 하지 않는 아라한을 설정하는 것은 논리적 모순이라는 것이다. 최고의 이론가도 서로 다르게 말하니 일반 신자는 갈피를 잡기 어려운 일이다.

인간이 61세에 다시 환생한다면

《티벳사자의 서》에 써진 대로 인간이 죽어서 환생한다면 그 장소가 어딘지가 문제다. 육도윤회를 인정한다면 인간은 살아서 지은 업에 따라 천상, 인간, 아수라, 축생, 아귀, 지옥 중의 한 곳에 다시 태어난다고 한다. 그중에 사람으로 태어나는 게 쉬운 일이 아닌데, 운이 좋아 사람으로 태어나도 자궁을 거쳐서 다시 고통스럽게 태어나야 한다. 칼 융은 "인간의 가장 큰 정신적 외상은 출생 경험 그 자체"라고 말한다.

"부모가 나를 낳기 전의 나의 본래 면목은 무엇이냐(부모미생전 본래면목)"라는 화두를 들고 고민하는 사람도 있겠지만, 대부분은 탄생 이전보다는 죽음 이후의 세계에 대해 관심이 많다. 헤르만 헤세도 사십에 접어든 나이에 쓴 에세이 '자기로부터 자기 찾기'에서 "필연적인 죽음'에 대한 고통은 무시무시하다. 나는 그 고통을 내 등 뒤에서 본다."라고 썼다.

예수, 노자, 괴테를 좋아했던 헤세는 다른 글에서 신의 목소리는"그리스도교에도, 괴테에게도, 톨스토이에게도 없다. 그것은 당신과 나의 가슴 속에 있는 것이다."라고 말했다. "하늘나라는 너희 마음속에 있나니"라는 말이 이 세상의 유일한 가르침이며, 예수나 석가, 헤겔이 각각의 신학에서 그리 말했다고 해석했다. 그리고 헤세가 세상을 뜨기 3년 전인 1959년 3월 1일 《헤세와 융》 저자 미구엘 세라노가 "삶의 저 너머에 무언가 존재하는지 아닌지 아는 것이 중요할까요?"라고 물었을 때, 아니라고 답했다.

> 아닙니다. 그건 중요하지 않습니다. 죽는다는 것은 집단무의식으로 들어가는 것으로, 거기에서 우리는 형상form으로, 순수한 형상으로 되돌아갑니다.

융이 85세로 운명하기 27일 전인 1961년 5월 10일, 미구엘 세라노는 융에게 헤세를 만나서 위와 같은 대화를 나눈 것을 알려줬다. 그러자 융은 질문이 잘못됐다며 "이렇게 물어야 했습니다. '죽음 다음에 삶이 있을 거라고 믿을 만한 어떤 근거가 있을까요?'라고 말입니다."라고 말했다.

늘 무엇이든 물어보라고 한 붓다가 답을 하지 않은 질문이 있다. 그것은

"이 세상은 영원한가? 이 세상은 끝이 있는가? 목숨이 곧 몸인가? 여래는 끝이 있는가?"와 같은 형이상학적 질문이었다.

부처에게 "죽음 다음에 삶이 있습니까?"라고 다시 물으면 무어라 답할까. 무(無)자 화두가 그래서 나온 모양이다.

시몬느 보부아르의 《노년》과 마지막 한마디

책방에는 그림과 서예 작품이 담긴 액자가 몇 개 있는데, 저마다 하나씩의 사연이 담겨있다.

'선암사 달마전 석정'을 판화로 새긴 홍선웅 작가의 그림은 2003년(癸未年이라 적혀 있음) 인사동의 한 갤러리에서 샀다. 민가협, 유가협의 공연 표를 열심히 팔러 다니던 어느 시인의 권유를 받고 기꺼이 산 작품이다. 오른쪽에 일곱 마리, 왼쪽에 한 마리의 물고기가 마주 보며 서로 다른 방향으로 헤엄치는 장면을 그린 작은 액자 그림도 인사동에서 구했다. "모두 들 바로 가고 있을 때 나는 거꾸로 간다."라는 글자가 쓰여 있는 이 그림은 월간 《좋은엄마》에 연재하던 작가의 첫 개인전에 갔다가 구매했다. 그 옆에는 갑오년 가을 한 서예가에게 선물받은 "무소의 뿔처럼 혼자서 가라"는 글자가 써진 표구가 걸려 있다. 가장 오래된 것은 1995년에 진관 스님에게 서 선물 받은 '조국통일 학' 그림이다. 이 학 그림은 진관 스님이 통일희년이라 불리던 그해 겨울 감옥에 있는 양심수 모두에게 선물한 작품이다. 2005

년 북에서 열린 평양-남포 마라손대회에 참석했다가 기념품으로 사 온 손바닥 크기의 조각품도 한 점 걸려 있다. 검은 돌에 자개로 새와 나뭇가지, 꽃을 형상화한 이 그림에 나오는 부리가 긴 새의 이름이 궁금하다.

그림은 아니지만 자주 들여다보면서 그 뜻을 음미하는 액자가 하나 있다. 2021년 돌아가신 백기완 선생이 쓴 글자가 담긴 이 액자는 20여 년 전쯤 한 시민단체에서 기금마련을 위해 판매한 작품이다. 한 편의 짧은 시라 할 수 있는, '인생'이란 제목이 달린 글귀는 이렇다.

보일락 할 때가
눈이 어두워질 때라
온몸으로 보거라
눈을 감아도
보일 때까지

아마도 이 글씨를 쓸 때 칠순의 나이였을 백기완 선생도 눈이 어둑어둑한 상태였을 것이다. 그리고 이때의 보일락말락 하는 것은 단지 객관적 사물, 대상이 아니라 세상의 진리, 이치, 진실과 같은 것을 말한다. 얼마나 답답한 일이겠나. 이제 겨우 세상을 보는 눈, 지혜, 안목이 생겨 뭔가 보일 듯한데, 나이가 들어 눈이 어두워지고 몸은 병들기 시작한 것이다. 백기완 선생의 시 '인생'을 40대 초반에 들여다 볼 때와 50대가 다르고, 이제 환갑에 다다른 나이에 읽어보니 또 다르다. 이 액자를 보고 있노라면, 언젠가 백기완 선생이 젊은이에게 '인생 시시하게 살지 말라!'고 당부하던 말이 함께 생각난다.

시몬느 보부아르의 《노년》

얼마전부터 나이 듦에 대해 찬찬히 생각해보는 시간이 늘었다. '환갑'이라는 단어에 방점을 찍고 지내다 보니 자연스럽게 눈에 들어오는 책도 달랐다. 전에는 굳이 읽어야 할 책이라 여겨지지 않았던 '죽음' '나이 듦' '치매'와 같은 주제의 책에 부쩍 관심이 생겼다. 시몬느 드 보부아르의 《노년》도 그런 책의 하나다.

사르트르와의 계약 결혼으로도 유명한 프랑스 작가 시몬느의 《노년》을 탐독하게 되리라곤 생각지도 못한 일이었다. 이 책을 10년, 혹은 20년 전에 봤다면 잘해야 목차 정도나 살펴보는 정도였을 텐데, 이번에는 그 자리에서 백여 페이지를 꼼꼼하게 읽었다. 보부아르가 60대 초반에 출간한 《노년》은 "노인에 대한 사회의 무관심을 통렬하게 비판한 책"이라는 평을 받았다.

책방에서 본 《노년》은 1994년에 전체 1, 2권으로 번역된 책이다. 2권의 맨 앞 5장 제목은 '노년의 발견과 수락-육체의 산 경험'이다. 이 장의 앞부분에는 많은 사람이 노화를 있는 그대로 받아들이지 못하는 현실에 대해 적고 있다. 사람들은 보부아르가 늙어감에 대해 당혹스러워할 때 "그건 문제가 아니에요. 당신이 젊다고 느끼는 한 당신은 젊은 거예요."라고 말한다. 그러나 보부아르는 이런 충고에 대해 그것은 노년의 복잡한 진실을 몰라서 하는 말이며 "나에게 있어 나이를 먹어가는 사람은 타자, 즉 타인들에게 보이는 나다. 그 타자가 바로 나인 것이다."라고 반박한다.

내가 어떻게 생각하던 노인은 노인이라는 것이다. 보부아르가 인용한 설문 조사에 따르면 "대체로 고령자들은 건강한 상태가 아니며, 호흡 장애, 거동 장애, 정신 장애 등이 있으나 본인들은 그것을 의식하지 못하고 있다는 결론을 내렸다."고 한다.

타인을 통해서 자신의 나이를 알게 되는 우리는 자신의 나이에 기꺼이 동의하지 못하며 "처음으로 노인이라는 말을 들은 사람은 누구나 소스라쳐 놀라기 마련"(홈즈, O.W.Holmes)이라 한다. 보부아르 자신도 나이 50세 되던 때 어느 미국 여학생이 "그렇다면 시몬느 드 보부아르는 늙은 동지 중 하나군요!"라고 하는 말을 듣고 소스라치게 놀랐다고 한다.

보부아르는 노년은 사르트르가 《존재와 무》에서 말한 '실현 불가능한 것들이라고 부른 범주에 속하기 때문'에 노쇠, 노년이라는 현실을 잘 받아들이지 못한다고 말한다. 남의 눈에 비치는 우리 존재, 즉 대자(對者)를 우리는 즉자의 존재 양식으로 체험할 수 없기에 실현 불가능한 것이다. 노년이라는 현실은 "바깥에서부터 우리에게 오는 것이므로, 우리 자신에게는 여전히 포착 불가능한 것"이고, 안팎에 모순이 자리 잡고 있기에 우리는 "그 둘 사이에서 갈피를 못 잡고 우왕좌왕할 뿐"이라는 것이다.

보부아르는 1954년 미국에서 1,032명을 대상으로 연구한 결과를 인용했는데, "매우 적은 숫자만이 60세가량이 늙었다고 여겨지는 나이라고 대답"했다고 한다. 그리고 80세 이후의 나이에 관해서는 "늙었다고 여기는 사람이 53%, 보통이라고 생각하는 사람이 36%, 젊다고 생각하는 사람이 11%"였다. 이는 1954년의 조사다. 평균 수명이 훨씬 길어진 지금의 노인은 어떤 생각을 하고 있을까.

사람들은 몇 살쯤 되면 자신이 늙었다는 걸 인정하게 될까? 사회적으로도 정년퇴임 나이를 늦추려는 움직임이 있고, 지하철 경로우대증을 제공하는 나이를 65세에서 더 늦추자는 의견이 설득력 있게 들린다. 얼마 전부터 백세시대라는 말이 나오고, 구구팔팔이라는 말이 노인들 사이에 유행한다. 이젠 50대에 손자, 손녀를 본 뒤에도 할아버지, 할머니 소리 듣는 걸 낯설게 느낀다.

환갑쯤에 해야 할 일

사람마다 자신이 늙었고, 노년이란 걸 인정하는 나이는 다 다르겠지만 내 경우엔 환갑을 맞이하는 올해부터 노년기에 접어들었음을 스스로 환기하려 노력했다. 급격히 체력이 떨어지거나 정신적으로 갱년기를 거친 건 아니지만 환갑이라는 통과의례가 의미하는 바가 크기에 그런 게 아닌가 싶다. 요즘은 환갑잔치를 안 하고 칠순에 고희잔치를 하는 분위기이지만, 건강하게 육체노동을 하며 직장을 다니시던 나의 부친과 작은아버지는 환갑이 지나고 몇 해 지나지 않아 두 분 모두 암 투병을 하시다 돌아가셨다.

옛날식으로 따지면 인생살이 한 바퀴를 돌았다고 하는 환갑을 지나면서 무엇을 준비해야 할까? 그동안 생각했던 몇 가지가 있다. 남에게 알게 모르게 지은 죄를 참회하고, 젊어서 속 많이 썩인 어머니 살아계실 때 효도하기, 강제연명치료 반대(사전연명의료의향서 작성) 등을 떠올려 봤는데, 뭔가 체계적으로 정리해야겠다 싶어 서가에서 노년을 주제로 한 책을 찾아봤다. 《나이 들어가는 것의 아름다움》(씨앗을 뿌리는 사람, 2002), 《노년의 미학》(한네로레 슐라퍼, 2005), 《남자의 후반생》(모리야 히로시, 2003), 《아름다운 마무리》(법정, 2008) 등의 책이 눈에 띈다.

《노년의 미학》에는 로마의 정치가이자 철학가인 키케로(B.C. 106 ~ B.C. 43)에 관한 언급이 자주 등장한다. 키케로의 《노년에 관하여》라는 저서는 노년에 관한 제법 긴 첫 번째 독자적 텍스트라 한다. 이 책에서 키케로는 노인은 모든 실질적인 것에 자유로워져 세계를 하나의 축제로써 관조한다고 말했다. 그는 죽음은 노년을 영원한 행복의 미래로 인도해주는 문이라고 보았으며 "사후에 행복하거나 심지어는 기쁘다는 것이 정해진다면, 내가 무엇을 두려워해야 할 것인가?"라고 적었다.

묘비명, "우물쭈물하다가 내 이럴 줄 알았다"

법정 스님(1932~2010)의 《아름다운 마무리》에도 죽음에 대해 다룬 글이 있다. '삶의 기술'이란 글에는 "죽고 나면 어떤 일이 벌어집니까?"라는 제자의 질문에 스승이 답하는 장면이 나온다.

시간 낭비하지 말라. 네가 숨이 멎어 무덤 속에 들어가거든 그때 가서 실컷 죽음에 대해서 생각해 보거라. 왜 지금 삶을 제쳐 두고 죽음에 신경을 쓰는가. 일어날 것은 어차피 일어나게 마련이다.

법정 스님은 '우물쭈물하다가는'이란 글에서는 "노인복지법 제26조(경로 우대)에 의거 만 65세 이상의 노인에게는 일정액의 교통수단을 정기적으로 지급하고 있습니다. 귀하도 주민등록상 만 65세가 되어……."라는 우편물을 받았을 때의 기분에 대해 적고 있다. 스님은 이 우편물을 받고 새삼스레 "어느덧 세월의 뒷모습이 저만치 빠져나간 것"에 움찔 놀랐다. 그리고는 문득 영국 극작가 버나드 쇼의 묘비명을 떠올린다.

'우물쭈물하다가 내 이럴 줄 알았다.'

법정 스님은 탄식이 섞인 이 묘비명이 "하루하루, 순간순간을 우물쭈물하면서 세월을 헛되이 보내고 있는 우리에게 경종을 울려주는 묘비명"이라 말한다. 《무소유》라는 수필집으로 유명한 법정 스님이 '무소유'라는 글을 《현대문학》(1971. 3.)에 발표한 게 40세에 들어서던 나이였다. 이미 그 나이에 "우리는 언젠가 한 번은 빈손으로 돌아갈 것이다. 내 이 육신마저 버리고 홀홀 떠날 것이다."라며 무소유의 삶을 세상에 설파해왔지만, 노년에 들어서는 나이에 본인도 "어느덧 세월의 뒷모습이 저만치 빠져나간 것"에 움찔 놀란 것이다.

지난 인생 돌이켜 보면 후회할 일 투성이다. 마음 아프게 한 사람들의 얼굴이 하루에도 몇 번씩 떠올라 자책감에 고개를 가로저을 때도 많다. 이미 엎질러진 물이고 주워 담을 수 없는데도 과거의 잘못에 연연해 한다. 그런데 어느 불교심리학자인 전현수 박사의 강연을 듣다가 후회라는 게 탐진치(욕심, 성냄, 어리석음)의 하나이며, 그중에서도 성냄에 속하는 것이라는 대목에서 귀가 솔깃한 적이 있다. 그 전날 너무 큰 실수를 해서 후회막심한 심리 상태라서 더 귀담아들었다. 성냄에는 인색함, 질투, 후회의 마음도 포함되는데, 이는 모두 해로운 마음이라 했다. 과거의 잘못한 일도 모두 그럴만한 조건, 상황에서 생긴 것이니 후회의 마음보다는 자기의 마음 상태를 아는 기회로 삼으라고 조언한다. 후회는 인과의 법칙에 대한 지혜가 없어서 생기는 해로운 마음이라는 전 박사의 강연을 들으며, 느낀 바가 많아 묘비명을 '후회해도 소용없네'라고 지을 생각도 해봤다.

아예 생각난 김에, 더 눈이 어두워지기 전에 묘비명을 하나 준비해야겠다. 1999년 6월, 65세의 나이로 돌아가신 아버지는 지금은 세종시가 된 공주의 한 공원묘지에 묻히셨다. 그때 아들은 묘비에 "성실과 정직의 지팡이로 한평생을 살다."라는 글자를 새겼다. 아버지에 비해 그다지 성실하거나 정직하지 않게 한평생을 살아온 나는 묘비명을 무어라 정할까?

수년 전부터 지금 카톡 프로필에 적은 글자는 "인생은 시시해 사랑은 거짓말"이다. 냉소적인 느낌의 이 글에 전적으로 공감하는 바는 아니지만, 먼저 세상을 뜬 서클 선배가 술자리에서 즐겨 읊조리던 시 구절이 우연히 떠올라 사용한 거였다. 그런데 최근에 본문 종이가 진한 흙빛으로 색이 바랜 《反詩(반시)선집》(실천문학사, 신경림 편, 1981)을 뒤적이다 우연히 마지막 순서로 실린 시의 원문을 확인하게 됐다. 알고 보니 얼마 전 강화로 이사 온 하종오 시인의 시 〈매춘〉에 나오는 "사랑은 시시해 인생은 거짓말/ 담뱃불 안쓰러운 맹세를 해도/ 달이 저문다. 이팔청춘에 한세상"에서 잘못 인용한 시구다.

허무주의자의 시니컬한 묘비명으로 보이려나?

"인생은 시시해 사랑은 거짓말", 아니 "사랑은 시시해 인생은 거짓말".

《주역》택화혁과 계유일주 사주

첫째 딸내미는 강화도의 한 대안학교를 나왔다. 동기 남학생 중의 한 명이 전남 장흥에서 올라왔는데, 그 아버지를 학부모 모임에서 몇 차례 만났고, 장흥에 내려가 일박 모임을 한 적도 있다. 장흥에서 목축과 쌀농사를 지으면서 농민회 활동도 하는데 최근 페이스북에 《주역》을 필사 중이라며 이런 글을 올렸다.

혁명의 마음을 가진 사람들은/ 경솔하게 행동해선 안 된다./ 혁명의 그 날 나아가 정벌하면 길하고 허물이 없다./ 아름다운 일이기 때문이다./ 연못 속에서 불길이 타오르듯/ 혁명의 군자는/ 자기 안에서 타오르는 불길로/ 역사를 치유하고/ 새 시대를 밝힌다./ 밖으로 드러나진 않지만/ 세상을 밝히고/ 따뜻하게 품어 안는/ 마음의 불질

무슨 혁명인지는 모르겠으나 요즘 혁명을 발설하는 사람이 드문지라

궁금증이 생겼다. 문자로 주역의 어디에 나오는 내용인지 알고 싶다고 물어봤더니, 바로 49괘 '택화혁'이라고 답을 보내왔다.

택화혁 괘상, 밝음이 어떤 그릇 속에 갇혀 있는 형상

택화혁을 찾아보려고 《공자의 마지막 공부》라는 책을 꺼내 봤다. '마지막 공부'라는 제목에 끌려서 산 책이다. 아무래도 서점에 직접 가지 않고 책을 살 때는 제목에 끌려 고르는 경우가 많다. 공자는 뒤늦게 주역을 만난 뒤에 수명이 짧아 오랫동안 공부할 수 없음을 한탄했다고 한다. 역술인의 점괘 정도로 이해하고 있는 주역에 뭐가 담겼기에 세계의 4대 성인으로 추앙받는 분이 말년에 이를 붙들고 씨름했을까?

《공자의 마지막 공부》에는 "밝음이 어떤 그릇 속에 갇혀 있는 형상"이 택화혁 괘상이라 적혀 있다. 자동설을 주장한 중세 유럽의 갈릴레이, 군부독재 아래 감옥살이한 남아프리카공화국의 정치지도자 만델라, 이런 사람들의 상황을 그려 놓은 것이 택화혁 괘상이라는 것이다. 이런 일이 오래 계속되면 무슨 일이 일어날까?

사회는 혁명을 일으킬 수밖에 없을 것이다. 밝음이란 가두어 놓아서는 안 되는 것이다. 소위 말하는 양심수라는 것도 이런 상황에 해당된다. 밝음이 갇혀 있기 때문에 사회는 이를 고치기 위해서 혁명을 일으킬 수밖에 없는 것이다. 그래서 괘상의 이름이 혁(革)이 되었다. 이는 머지않아 폭발되어 나올 것을 암시하고 있다. 때가 되면 반드시 그렇게 된다는 것이다.

공자는 "군자는 택화혁 괘상을 보고 달력을 만들어 때의 흐름을 밝힌다." 라고 했다. 《공자의 마지막 공부》 저자 김승호는 "공자는 때의 중요성을 가르쳤고, 사람은 때가 도래할 때까지 자중해야 하는 것"이라고 적었다.

맞는 말이다. 무슨 일이든 때가 중요하다. 봄에 모심고 가을에 추수해야 지 때를 어기고 거꾸로 할 수는 없는 일이다. 그런데 규칙적이고 반복적으로 벌어지는 자연의 일과 달리 사회현상은 그때를 가늠하기 어렵다. 거짓 예언자들이 수시로 때가 왔다, 말세가 왔다, 종말이 다가왔다고 외치지만 혹세무민 현상으로 끝난다.

《공자의 마지막 공부》를 살펴보다가 불현듯 한 생각이 떠올랐다. 육십갑 자로 셈을 하면 2021년 신축년 올해가 한 바퀴 돌아서 61세가 된다. 환갑이 지난 이달(10월)부터 출산의 고통 없이 환생한 것으로 생각하자.

지난 60년을 돌아본다. 내가 태어난 1961년 신축년에는 2월에 〈민족일보 가〉 창간했고, 5월에 박정희가 군사쿠데타를 일으켰다. 그리고 1961년 10월 17일, 프랑스 경찰은 파리에서 가두 행진하는 알제리인 수백 명을 학살했다. 그 후로 60년 동안 국내외엔 수많은 사건이 벌어졌고, 그물망같 이 연결된 세상에서 영향을 받으며 살아왔다. 60년을 지구에서 살다 인간으 로 다시 한번 태어났다 생각하니 일단 안도의 마음이 생긴다. 어느 정도 시간을 번 셈이다.

책방을 방문한 지인 중에 직장 생활 하면서 디지털대학에서 개설한 주역, 명리학 강좌를 4년째 듣고 있는 후배가 있다. 은퇴하면 부업으로 돗자리 깔 거라고 농담 반 진담 반으로 얘기하는 초보 명리학자가 심심풀이 삼아 사주팔자를 봐줬다.

어머니, 동생과 함께 동네 점집에 간 뒤로 30년 만에 떼어 본 운세였다. 30년 전 점쟁이는 사업을 계획하고 있던 동생에게 사업을 절대 하지 말라며 충고했고, 나에겐 관재수가 있으니 조심하라고 말했다. 어머니는 "아들이 대학 때 관재수 두 번이나 치렀고, 지금은 직장 잘 다니는데 무슨 관재수가 또 있냐"고 재차 묻자, 점쟁이는 더 큰 게 남았다며 진짜 조심해야 한다고 말했다. 놀랍게도 그로부터 채 1년이 지나지 않아 점쟁이 말이 현실이 됐다.

사주팔자와 옹달샘

이제 인생 육십갑자 한 바퀴를 돌았으니 미래에 대해 크게 궁금한 것도 없다. 앞날에 대한 기대가 커야 불안 심리도 생기는 거 아닌가 싶다. 육칠십 대가 넘으면 살 만큼 살았으니 사주 주역에 크게 신경 쓸 필요가 없다는 말도 있다. 그래도 은근히 말년 운이 살짝 궁금하기도 했다.

후배에게 출생 연도와 월, 일, 시를 알려줬더니 30분 넘게 자세히 풀이를 해줬다. 나이 들어서도 책을 가까이할 운세이니 책방이나 출판을 하는 게 나쁘지는 않다고 말했다. 속으로 이미 책방과 출판을 하고 있는데, 하나 마나 한 소리 아냐, 라는 생각도 했다. 자녀운, 금전운 등등에 대해 이런저런 얘기를 들었는데, 머릿속에 각인되는 한 단어가 있었다. 나의 사주는 계유일주(癸酉日柱)인데, 돌 틈에서 흘러나온 옹달샘과 같다고 했다.

옹달샘은 맑지만 깊지 않은 특징이 있다. 그래서 맑은 물로 사람의 목을 축여주는 역할을 하면 좋으며, 대신 재물이 깊이 쌓이는 걸 원하지는 말라고 한다. 지금까지 그랬듯 재물운과는 거리가 먼 팔자인 모양이다.

그러잖아도 올봄에 몇십 년간 안 쓰던 우물을 살렸고 손 펌프도 달았는데, 매일 아침 이를 옹담샘이라 여기고 열심히 펌프질해야겠다. 49괘 택화혁처럼 자기 안에서 솟아나는 샘물로 "역사를 치유하고, 밖으로 드러나진 않지만 세상을 밝히고 따뜻하게 품어 안는" 운세를 만들어나갈 수 있다면 더 바랄 게 없는 말년 운이다.

《딱정벌레》, 나는 누구인가?

강화에는 평화책방 이전에 생긴 작은 책방이 일곱 개 있다. 남쪽 온수리부터 책방시점, 국자와 주걱, 바람숲책방, 강화읍 내의 소금빛 서점, 딸기책방, 낙비의 책수다, 고려산 적석사 가는 길에 우공책방이 있다. 10여 년 전만 해도 읍내에 교과서와 일반도서를 함께 파는 서점 한두 개밖에 없었고 나머지는 그 뒤에 생긴 책방이다.

책을 파는 서점은 아니지만 양도면에는 지역주민이 협동조합으로 운영하는 자람도서관이 있다. 2012년에 세워진 이 도서관은 지역주민의 문화, 교육공동체의 중심적 역할을 하고 있는데, 1년에 한두 차례씩 강화지역 책방과 함께하는 문화사업을 벌이기도 한다. 얼마 전 자람도서관 행사에 참석하러 간 김에 몇 권의 책을 대출했는데, 《작은책방 우리 책 좀 팝니다!》, 《오래된 미래》와 함께 《딱정벌레》를 골랐다. '살아 있는 모든 것들에 대한 사색'이란 부제가 붙은 《딱정벌레》는 류시화 산문집인데 1993년에 나온 꽤 오래된 책이었다.

《딱정벌레》 뒷부분에는 〈딱정벌레에 대한 별난 사색〉이란 제목의 꽤 긴 산문이 한 편 실려 있다. 이 글은 필자가 도시를 떠나 섬으로 이사한 직후인 어느 따뜻한 봄밤에 방 안으로 날아든 금빛의 등딱지를 가진 작은 딱정벌레에 관한 이야기다. 류시화는 섬에 와서 최초로 "보는 것이 곧 도의 길이다!"라는 사실을 깨닫게 된다. 딱정벌레와 같은 작은 곤충과 벌레들이 우리에게 요구하는 것은 "관찰이며, 진정한 '바라봄'이다."라고 말한다.

류시화, 딱정벌레에 대한 별난 사색

이는 내가 10여 년 전 주말마다 산사의 곤충을 찍으러 다닐 때 절감한 바이다. 렌즈를 통해 곤충의 눈을 바라보면서 생명체 간의 교감을 느꼈다. 물론 그건 소통이 아니라 강자의 일방적 관찰이었고, 곤충에겐 두려움과 절망감에 사로잡힌 순간이었을 것이다. 그래도 촬영 순간에는 최대한 살아 있는 생명으로 존중하며 교감하려 애썼다.

2011년 10월 5일 스티브 잡스가 사망한 직후엔 특히 딱정벌레에 관심을 기울였다. 스티브 잡스와 딱정벌레 사이에 무슨 연관이 있을까? 직접적인 관련성은 없다. 스티브 잡스가 살아생전에 비틀스를 좋아했다는 얘기를 들었을 때, 나는 영국 록밴드 〈Beatles〉뿐만 아니라 딱정벌레 'beetles'를 떠올렸다. 학창 시절 '비틀즈'의 〈예스터데이〉나 〈렛 잇 비〉를 눈물 나게 좋아했지만 지금은 딱정벌레 비틀스를 더 좋아한다. 〈Beatles〉란 이름을 짓게 된 것은 존 레넌이 딱정벌레'beetles'라는 이름이 떠올랐을 때, 그 철자를 'BEAT-les'로 바꾸어 써본 데서 유래했다고 한다. 비트 음악을 연상시키는 말장난이었다.

이렇게 얼핏 보면 아무 연관이 없는 스티브 잡스와 음악가 비틀스, 그리고 딱정벌레를 묶어서 한꺼번에 좋아하는 리스트에 올렸다. 잡스의 전기 《스티브 잡스》(2011)를 구매하고, 절판된 비틀스 관련 책 《비틀즈 시집》을 파주출판단지에 있는 출판사까지 찾아가서 구해 읽었던 것은 딱정벌레에 대한 애정에서 연유했다. 자람도서관 서가에서 류시화의 《딱정벌레》를 꺼내서 대출받은 것도 10년 전의 애정 어린 관심이 남아있었기 때문이었다.

작가 류시화는 딱정벌레를 관찰하면서 "딱정벌레를 보는 것, 그것은 나 자신을 보는 일"임을 알게 된다. 어느 날 딱정벌레는 작가에게 "세계는 나를 위해 존재하고 있어요. 내가 없으면 세계도 존재하지 않아요."라고 속삭인다. 그리고 매일 아침 딱정벌레는 "너는 왜 류시화의 삶을 살지 못하는가? 왜 늘 타인의 삶을 살고 있는가?"라고 물었다. 작가는 딱정벌레에게, 자기 자신에게 묻는다. 너 자신으로 살아가고 있는가? 생이 시작되는 곳은 어디인가? 그리고 생의 끝은 어디인가?

10년 전 주말마다 산사를 찾아다니며 딱정벌레와 다른 곤충 사진을 찍으며 물었다. 나는 누구인가? 삶과 죽음은 무엇인가? 근원을 알 수 없는 욕망은 어디서 시작되는가? 이런 물음은 자의식이 성장하기 시작한 10대 시절부터 생긴 것이고, 어쩌면 거의 모든 인간이 살아생전에 풀지 못하는 숙제가 아닌가 싶다. 나 역시 10년 전이나 지금이나 정답이 무엇인지 알지 못하고, 그것은 앞으로 10년 후에도 마찬가지일 가능성이 크다. 각자의 방식대로 그때그때 자신에게 던져진 숙제를 풀기 위해 애쓰는 과정이 인생일지 모른다.

인생의 근원적 물음에 대한 답을 구하는 것은 어쩌면 언어도단과 불립문자(不立文字)의 세계에 속하는 일이라 언어와 문자는 무용지물일 수 있다. 하지만 인간이란 존재가 문자의 늪, 언어의 감옥에서 벗어날 수 없는 것 또한 엄연한 현실이다. 그 때문에 인생의 미로에서 벗어나는 데 도움이 되는 책을 만나는 것은 행운이 아닐 수 없다. 곤충과 대면하면서 생사, 불살생의 의미를 되새길 때 만난 책이 대만의 인광 대사가 쓴 《단박에 윤회를 끊는 가르침》(2000)이다.

이 책은 우리나라의 청화 큰스님이 서문을 쓴 책인데, 염불수행, 염불삼매를 강조하는 청화 스님과 인광 대사는 동시에 채식이 지계와 자비 수행의 밑바탕임을 강조한다. 그런데 한가지 짚고 넘어가야 할 사실은 우리나라의 스님과 신자들은 대부분 절 안에서만 채식하는 데 반해 대만의 불자들은 절 밖에서도 채식을 생활화한다. 대만은 전 세계에서 인도 다음으로 채식 인구가 많은데 전체 인구의 10% 이상이 채식한다. 같은 대승불교에 속하는 데도 이런 차이가 생긴 이유가 무엇인지 모르겠다.

거미의 덫에서 벗어난 무당벌레

인광 대사는 맹자는 "짐승이 도살당하면서 지르는 비명만 들어도 그 고기를 차마 먹지 못한다는 측은지심을, 인정(仁政)과 왕도정치의 출발점으로 강조"하였다고 말한다. 유가에서 직접 도살하는 것을 보거나 듣지 않으면 된다고 하는 건 세속의 풍습에 따라 할 수 없이 내세운 임시방편의 교화일 따름이라고 썼다.

단지 푸줏간(도살장)만 멀리하면서, 도살의 모습과 비명을 듣지 않으면, 고기를 먹어도 좋다고, 적당히 자신과 타협하지 않기를 바라오. 진실로 비린내와 매운맛을 영원히 끊어야, 바야흐로 부처의 가르침과 진리에 부합한다고 일컬을 수 있겠소.

TV에서 동물의 세계 다큐멘터리를 보다 보면, 먹고 살기 위한 약육강식은 어쩔 수 없음을 확인하게 된다. 갈라파고스제도의 흡혈새(뱀파이어핀치)는 자기보다 덩치가 몇 배 큰 나스카부비새의 알을 빼앗아 먹기 위해 잔인한 공격을 한다. 알을 품고 있는 나스카부비새의 꽁지 윗부분을 쪼아서 피를 빨아먹는다. 이를 참다 참다 견디지 못한 어미 새가 자리를 뜨면 알을 깨 먹는다. 또 매는 알을 바닷가 모래밭에 파묻느라 탈진한 이구아나를 노리고 있다 쫓아가 잡아먹는다. 여기엔 어떤 선악 논리가 개입될 수 없다.

이런 무자비한 자연의 법칙을 보고 진화론의 창시자 다윈은 창조론에 회의했다. 1860년에 다윈은 미국인 동료 아사 그레이에게 쓴 편지에서 "나는 자애롭고 전능하신 신께서 살아 있는 애벌레의 몸에서 먹이를 구하는 맵시벌을 계획적으로 창조했다는 사실을 도저히 받아들일 수가 없네."(《세상에 나쁜 곤충은 없다》)라고 썼다.

설령 약육강식이 자연의 법칙이라 해도 '걸음아 날 살려라' 하며 죽기 살기로 도망가는 이구아나를 보면서 측은지심이 드는 것 또한 인지상정이다. 인광 대사는 "뭍이나 허공, 물속에서 기고 날고 헤엄치는" 모든 생명이 살고 싶어 하는 본능을 지녔다고 말한다.

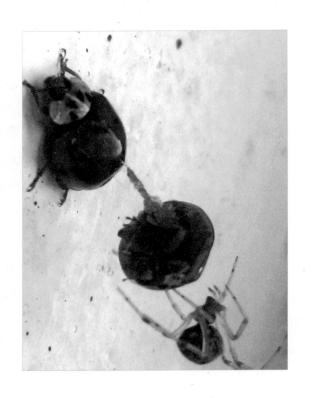

2009년 10월 23일,
강회 숭뢰리 집에서 찍은 딱정벌레(무당벌레)와 거미.
어쩌다 거미에게 붙잡힌 무당벌레는 그야말로 죽을힘을 다해
저승사자에게서 벗어나려 안간힘을 썼고, 결국은
거미의 손아귀에서 벗어나 목숨을 구했다

모든 중생들이, 똑같이 영명한 지각과 의식을 갖추었으나, 단지 숙세의 업장이 몹시도 깊고 무거워 우리와 다른 모습의 몸을 받은 걸 우리는 알아야 하오. 비록 그들이 입으로는 말할 수 없지만, 먹을 것을 찾고 죽기 싫어 피하는 꼴을 보면, 그들 역시 우리 인간과 다를 바 없음을 깨달을 수 있지 않소.

소나 돼지처럼 덩치 큰 동물 아니라 메뚜기나 노린재 같은 작은 곤충도 살기 위해 몸부림치는 건 마찬가지다. 2009년 10월 23일, 강화도 숭뢰리 집에서 찍은 딱정벌레(무당벌레)와 거미 사진이 몇 장 있다. 어쩌다 거미에게 걸린 무당벌레는 그야말로 죽을힘을 다해 저승사자에게서 벗어나려 안간힘을 썼다. 생사가 경각에 달린 이 장면을 10분 가까이 지켜봤는데 결국은 거미의 손아귀에서 벗어나 목숨을 구했다. 이때 느낀 바가 많았다. 인광 대사 말처럼 "죽기 싫어 피하는 꼴을 보면, 그들 역시 우리 인간과 다를 바 없음을" 목격했다. 그래서 싯다르타는 말했다.

살아 있는 생명을 함부로 해치며
살아 있는 생명체에 대하여 연민의 마음이 없는 사람
이런 사람을 일컬어 비천한 사람이라 한다.(《숫타니파타》)

류시화는 〈딱정벌레에 대한 별난 사색〉에서 인도 여행에서 겪은 이야기를 들려준다. 그는 인도여행에서 체험한 것 중에 가장 인상에 남는 것은 "인도인들의 강렬한 시선"이었다고 한다. 인도인들은 사람의 얼굴을 보는 게 아니라 그 영혼을 본다는 말도 소개하면서, 한국에서는 "아무도 서로를 바라보지 않는다. 진정으로 보고 관찰하지 않는다. 모두가 일회용품으로 스쳐 지나갈 뿐이다."라고 적었다.

비틀스의 마지막 곡 〈The end〉

〈딱정벌레에 대한 별난 사색〉에서 이 문장을 읽으며 나 역시 수십 년간 사람의 눈 속을 들여다보지 않았음을 떠올렸다. 강원도 미시령 계곡에서 군대 생활할 때, "항상 기뻐하라 쉬지 말고 기도하라 범사에 감사하라."는 성경 구절에 순간적으로 감화 감동을 받은 직후, 그리고 제대 후 성당 다니며 레지오 마리아 단원으로 활동하던 몇 달 정도 '형제자매'의 눈동자를 깊숙히 들여다본 적이 있다. 그리고 벼 이삭에 매달린 메뚜기의 눈을 향해 렌즈를 들이대고 '강렬한 시선'을 날린 적은 몇 번 있다.

너무도 쉽게 인용되는 구절이라 진부하지만, 바울이 고린도전서 13장에서 말한 게 모든 진리의 알파요 오메가가 아닌가 싶다. 바울은 내가 예언하는 능력을 갖추고 있을지라도, 또 모든 비밀과 모든 지식을 가지고 있을지라도, 내 모든 소유를 나누어줄지라도, 내가 자랑삼아 내 몸을 넘겨줄지라도 사랑이 없으면 아무것도 아니라고 단언한다. 그저 울리는 징이나 꽹과리가 될 뿐이라고 말한다. 우연인지 비틀스의 마지막 곡 〈The end(디 엔드)〉의 가사도 이렇다.

And in the end, the love you take is equal to the love you make.
(그리고 결국, 당신이 받게 되는 사랑은 당신이 베푼 사랑과 같답니다.)

라즈니쉬와 크리슈나무르티, 그리고
비노바 바베의 발바닥

겨울을 꼬박 세 번이나 나야 했던 군대 생활 30개월 동안 읽은 책 중에 기억나는 책은 서너 권밖에 없다. 중대 막사에 있는 진중문고 서가에서 골라 읽은 작은 문고판 책(제목에 공산주의 비판이 들어갔다)과 《종교 박람회》, 《라즈니쉬 명상록》, 크리슈나무르티의 《자기로부터의 혁명》이 그것이다.

라즈니쉬 명상록은 정확히 말하면 두툼한 여성지 중간에 붙어있는 몇십 쪽 분량의 부록이었다. 이 책을 보게 된 상황은 지금도 눈에 선하다. 1984년 5월 초 오대산 부근에서 3~4일 일정으로 야외 훈련을 할 때였다. 산악행군을 하다가 잠시 휴식한 곳이 산 중턱쯤에 있는 허름한 농가였다. 폐가처럼 보이는 이 집은 화전민이 살던 농가였는데, 겨울에는 비어 있지만 농사철이 되면 집주인이 머무는 곳이었다. 따뜻한 봄 햇살이 내리쬐는 툇마루 위에 낡은 책 너덧 권이 쌓여있었다. 그중 하나가 여성지였는데 책 장을 넘기다

보니 그 안에 라즈니쉬 명상록이 부록으로 붙어있었다. 수십 쪽 분량의 명상록만 뜯어내 배낭에 넣고 이동했다. 그날 밤 야영은 오대산 중턱에서 했는데 텐트를 치지 않고 비트를 팠다. 비트는 야전삽으로 깊이 1미터 정도에 누울 정도 길이의 호를 판 다음 멀리 떨어진 곳에서 나무를 잘라와 덮개를 만들고, 그 위에 나뭇잎과 흙을 덮어 위장하는 군사용 숙소이자 대피소였다. 비트 하나에 3명의 병사가 누워서 잠을 잤다.

비트 안에 들어가 침랑 속에 누운 뒤 손전등 불빛을 이용해 라즈니쉬의 명상록을 읽었다. 전체적으로 쉽게 읽히는 내용 중에 한 구절이 눈에 쏙 들어왔다. 대략 사람이 진리를 만나기 위해, 나는 누구인가, 인생이란 무엇인가를 알기 위해 꼭 멀리 가야 하는 것은 아니고 자기가 있는 곳에서 깊이 들어가는 게 중요하다는 말이었다. 철조망 안에서 지내야 하는 군인 처지에 딱 맞는 글귀라 그런지 매우 인상적이었다. 순간적으로 영적인 각성을 한 숟가락 정도 얻은 느낌을 받았다.

외적 혁명보다 내적 혁명 중시한 크리슈나무르티

크리슈나무르티의 《자기로부터의 혁명》은 휴가 나갔을 때 종로서적에서 산 책이다. 이 책이 뇌리에 꽂힌 이유는 책 내용이 아니라 제목 때문에 그렇다. 군에서는 정기적으로 보안대에서 보안 검열을 하는데, 부대 지휘관들이 어떤 훈련보다 신경 쓰는 게 이 검열이다. 보안 검열 전날 부임한 지 얼마 안 된 ROTC 소대장은 병사들의 사물함 검사를 샅샅이 하다가 내가 보관 중이던 책 《자기로부터의 혁명》에 시선이 꽂혔다. 책 제목이 불온하니까 없애자는 소대장에게 한번 읽어보라며 절대 문제 될 소지가 없는 책이라 항변했다. 신임 소위라 에프엠대로 처리하려는 소대장은 소각장 옆에 파묻었다가 검열 끝난 뒤 갖다 주겠다며 기필코 책을 수거해갔다. 어찌 보면 '혁명'이 대우받던 시절이었다. 요즘은 군대 내무반에《성경》과 함께《자본론》부류의 책도 흔하게 돌아다니지 않을까 싶다.

크리슈나무르티가 말한 혁명은 '영혼의 완벽한 혁명'이었다. 그가 말한 혁명은 "우리가 우리의 일상생활을 영위해나가고 있는 이 부패한 사회를 세워놓은 우리 본성의 표현인 잔혹함, 격렬한 경쟁, 근심, 공포, 탐욕, 시기심 그리고 그 밖의 모든 것"을 떨쳐버리는 것을 말한다. 크리슈나무르티는 "영혼에 완벽한 혁명을 일으키는 것이 가능한가?"라고 묻고, 대부분 사람은 이에 대해 "나는 혁명이 싫어요"라고 반응할 거라 본다.

내적인 정신혁명을 강조하면 외부의 물리적인 혁명은 소홀히 하는 경우가 많다. 크리슈나무르티에게 청강생이 물었다. "당신은 그 모든 것을 변화시키기 위해서는 아무래도 물리적인 혁명이 필요하다고 생각하지 않습니까?" 이에 대해 크리슈나무르티는 정신적, 물리적 혁명은 분리할 수 있는 관계가 아니라고 답한다.

정신적인 혁명과 물질적인 혁명은 동시에 존재합니다. 결코 한쪽이 먼저이고 다른 한쪽은 다음이랄 수 없습니다. 이것은 동시적인 것입니다. 어느 한 편만을 강조하지 않는 즉각적인 내적 물리적 혁명입니다. 이것은 어떻게 일어날 수 있을까요? '정신적 혁명은 물리적 혁명이다'라는 완전한 진리를 깨달을 때 일어납니다. 그러나 지적 이론적 이상적으로는 일어나지 않습니다. 당신은 완전한 정신적 혁명을 이루어 놓고 있습니까? 그것이 없으면서 외적인 혁명을 바라는 사람은 세계에 혼란을 가져올 것입니다. 그리고 그 때문에 세계는 혼란해 있는 것입니다.

또 한 명의 질문자는 "우리는 수가 작은 집단입니다. 인도와 아시아의 대부분, 그리고 유럽과 아메리카의 일부 사람들은 정말로 굶주리고 있습니다. 우리가 지금 여기서 이야기한 것이 어떻게 하면 그들에게 영향을 줄 수 있을까요?"라고 묻는다. 이에 대해 크리슈나무르티는 파괴를 수반하는 '외적인 혁명'의 부정적 측면을 강조한다.

인원이 적다고 해도 그것은 당신, 즉 당신이 무엇을 하느냐에 달려 있습니다. 세계적인 위대한 혁명은 변화된 소수의 사람들에 의하여 창조됩니다. 당신은 빈곤, 타락, 기아 등의 이 세상의 고통에 관심을 갖고 있으면서 '내가 무엇을 할 수 있을까?'하고 말하고 있습니다. 당신은 무분별하게 외적인 혁명에 참가해서 그 모두를 파괴하고 새로운 사회구조를 만들던가, 그리고 그 과정에서 당신은 똑같은 고통을 또다시 만들어낼 것입니다. 그렇지 않으면 단순히 부분적이고 물리적인 혁명이 아닌 지금까지와는 전혀 다른 사회와의 관계 속에서 행동하는 혼의 구조가 가져오는 '총체적 혁명'을 생각하든가 두 가지 중의 한 가지일 것입니다.

이처럼 사회혁명을 부정적 시각으로 바라보며 '자기로부터의 정신적 혁명'을 추구하는 크리슈나무르티는 보안사가 불온시할 대상이 아니라 권장

할 도서에 속한다. 병영 막사마다 설치했던 진중문고에 꽂아 놓고 정훈 자료로 쓰면 잘 어울릴 건전도서였다. 이런 건전도서를 소대장은 '혁명' 자가 들어간다고 두려워하며 부대 소각장 옆에 파묻었으니 씁쓸한 현실이 었다.

비노바 바베의 발바닥

물리적 혁명에 대한 부정적인 시각은 인도의 대표적인 정신적 지도자인 마하트마 간디에게서도 나타난다. 그런데 간디의 제자들과 라즈니쉬, 크리슈나무르티와 같은 명상가들은 비폭력노선이라는 점에서는 공통점이 있지만 현실 개혁을 몸으로 추구한다는 점에서 차이가 크다.

제주 4·3항쟁에 관한 여러 권의 시집과 저서를 남긴 김명식 시인의 아들인 김일목 사진작가가 2021년 10월에 '나를 품은 살갗' 사진전을 열었다. 한 일간지에 이 전시회에 관한 인터뷰 기사가 실렸는데, 김명식 시인은 사진을 하겠다는 아들에게 "사진을 한다면 비노바 바베를 평생 곁에서 찍었던 구탐 바자이처럼 하면 좋겠다."라고 하면서, 책을 한 권 보여주는 대목이 나온다. 김명식 시인이 아들에게 권한 책은 간디의 제자이자 정신적 계승자로 불리는 비노바 바베의 글과 구탐 바자이의 사진으로 엮은 명상 화보집 《홀로 걸으라, 그대 가장 행복한 이여》였다.

이 사진 화보집은 친하게 지내는 출판사 사장이 책방에 기증한 책인데, 바로 판매하기가 아까워서 따로 빼놓은 책이었다. 이 책을 넘겨보다가 비노바 바베의 왼쪽 발바닥을 찍은 사진을 발견하고는 인물에 호감이 생겼다. 오래전부터 발바닥에 대해 특별한 감정을 품었는데, 문익환 목사의 발바닥에 관한 글을 읽은 뒤부터다. 문익환의 시에는 '발바닥'이 자주 등장하는데, 이는 민중의 표상이었다. '발바닥 얼굴'이라는 시에서는 "눈도 코도 귀도 없는 그 얼굴이 그 얼굴인/ 온몸으로 땅에 꾹꾹 찍힌 백성의 마음이구나."라고 썼다.

얼마 전에는 소설가 한승원의 《사람의 맨발》(2014) 표지에 실린 발바닥 사진을 보는 순간 다시 한번 발바닥에 대한 묵직한 감정이 올라왔다. 이 소설은 부처의 일생을 소설화한 작품인데, 부처는 열반을 슬퍼하는 제자를 위해 관 밖으로 발바닥을 보여줬다는 설화도 있다. 비노바 바베의 발바닥 사진 밑에는 이런 글이 적혀 있었다.

이제 내 발은 튼튼하지 않다. 요즘엔 자주 현기증마저 느낀다. 나는 이 두 발로 약 7만 킬로미터를 걸었다. 언덕과 물속, 사막과 빗속을 걸었고, 햇빛과 추위, 그리고 모든 계절을 겪으며 걸었다. 내 발은 참으로 많이 걸었다. 지금 이 발은 이렇게 말하는 듯하다. '참 많이 걸었습니다. 당신은 무엇을 더 원하십니까?' 내 발은 지금 쉼을 원한다.

《홀로 걸으라, 그대 가장 행복한 이여》에서 비노바 바베는 정신적 활동과 사회 활동의 관계를 거론하면서 "만일 삶 속에서 두 측면 사이에 연결 고리가 끊어진다면 그 삶은 조각조각으로 분열될 것이다."라고 정리했다.

사회와 괴리된 진아 탐구는 그 가치를 상실한다. 하지만 사회 활동을

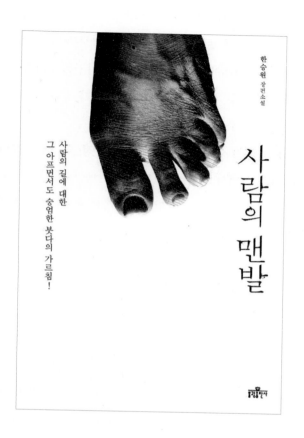

싯다르타의 맨발은 슬프면서도 장엄한 출가 정신의 표상이다.
우리가 싯다르타에게 배워야 하는 것은 맨발,
혹은 출가 정신이다. -소설가 한승원

아무리 정열적으로 하더라도 진아에 대한 탐구가 동반되지 않는다면 그것 역시 결함을 갖게 된다. 또한 자아에 대한 탐구 없는 사회 활동이 온전하게 이루어지지 못하듯이, 사회 활동이 없는 진아 탐구는 무기력할 수밖에 없다. 그 둘을 분리하는 것은 그 둘에게 모두 해가 된다.

비노바 바베는 젊은 시절에 뱅골의 사회혁명 정신과 히말라야의 평화에 심취했다. 양자 사이에서 고민하던 그는 결국 뱅골이나 히말라야가 아닌 간디에게 갔고 그에게서 평화와 혁명적인 정신 둘 다 발견했다. 비노바 바베가 생각할 때 간디는 정치적 자유와 영적인 발전 둘 다 추구했다고 본다.

"걷는 자가 가장 빠른 순례자이다"

걷기는 비노바 바베에게 "지식, 창조성, 에너지, 그리고 기쁨의 원천"이었다. 그는 20여 년 동안 인도 전역을 맨발로 걸으면서 토지헌납운동(부단운동)을 주도했고, 지주들에게 땅이 없는 이들을 위해 6분의 1의 토지를 공유하자고 호소했다. 그는 항상 '공기와 물과 햇빛처럼 땅 또한 신의 선물이네. 그리고 모든 사람이 그 땅에 대한 공평한 권리를 갖는다네.'라는 만트라(진언)를 반복했다고 한다. 비노바 바베는 "도둑질은 범죄지만 많은 돈을 쌓아 놓는 것은 도둑을 만들어내는 더 큰 도둑질입니다."라고 말했다.

젊은 시절에 라즈니쉬나 크리슈나무르티도 좋아했지만 지금은 비노바 바베에게 훨씬 끌림이 생긴다. 그 이유는 내 몸 중에 유일하게 발바닥은 덜 관념적이고 현실적이며, 그나마 눈곱만큼의 민중성이라도 담고 있기 때문이라 여겨진다. 말투나 머리 쓰는 방식은 영락없는 책상물림이고, 두 손 역시 연장이 아닌 펜대 노동에 익숙하지만 그나마 발바닥은 젊은 시절에 자발적 마라톤과 강제적 행군으로 단련될 기회가 있었다. 몇 년을 그리하다 보면 자기도 모르게 발바닥의 눈과 귀가 조금씩 열리고, 발바닥을 통해 세상과 대화하는 느낌이 든다. 어느날인가는 대형 한국지도를 바라보다 지도가 발바닥으로 보인 적도 있다. 할배 발바닥, 며느리 발바닥, 곰 발바닥, 닭 발바닥, 동학군 발바닥과 빨치산 발바닥이 합쳐진 거대한 발바닥.《홀로 걸으라 그대 가장 행복한 이여》에는 이런 구절이 나온다.

걷는 자가 가장 빠른 순례자이다.

중고서점에서 다시 산
히틀러의 《나의 투쟁》과 옛날 책 몇 권

책방에 꽂힌 헌책 중에는 내가 수십 년 전에 산 책도 있다. 10대, 20대에 구한 책은 낡기도 하고, 이제는 필요 없다고 생각해서 이사할 때마다 수시로 버렸는데, 왠지 버리기가 아까워 잘 보이지 않는 한쪽 구석에 꽂아 놓은 책들이다. 근래 회고 풍으로 이런 책을 즐겨 읽으며, 루쉰(노신)의 《아침 꽃을 저녁에 줍다》(1927년)라는 책 제목을 떠올렸다.

루쉰은 이 책의 머리말에서 "나는 '옛일을 다시 들추기'라는 제목을 '아침 꽃 저녁에 줍다'(朝花夕拾)로 고쳤다. 물론 아침이슬을 함초롬히 머금은 꽃을 꺾는다면 색깔도 향기도 훨씬 더 좋을 터이나, 나는 그렇게 할 수도 없다."라고 썼다. 루쉰이 제목을 바꾼 의도가 무엇이든 간에 오래전에 읽었던 오래된 책을 다시 보는 게 '아침 꽃 저녁에 줍다'라는 제목에서 연상되는 행위와 비슷하다는 생각이 든다. 인생을 시기별로 나눈다면, 춘하추동으로 또는 아침, 점심, 저녁으로 구분할 수 있다. 그래서 '아침 책을 저녁에 읽다.'라는 말이 성립된다. 예전에 읽었던 책을 다시 음미하는 일은 손님 구경하기 힘든 한가한 시골 책방주인에겐 딱 어울리는 일이기도 하다.

오래전에 사서 탐독했던 책 중에 지금도 보관 중인 책은 장준하《돌베개》, 사르트르의《지식인을 위한 변명》, 그리고 삼중당 문고판《청록집》등이다. 애독서였으나 분실한 책도 적지 않다. 그중에 몇 권을 다시 읽어보려고 인터넷 중고서적에서 주문했다. 10대 시절에 읽었던 히틀러의《나의 투쟁》, 루소의《참회록》, 볼테르의《캉디드》, 대학생 때 읽었던 루이제 린저의 북한 방문기《또 하나의 조국》등이 포함된다. 북한방문기 사면서 루이제 린저 에세이 선집《고뇌하는 삶에는 향기가 있다》를 샀다. 헌책을 사서 살펴본 다음에 다시 서가에 진열해 임자를 만나면 되팔 생각이었다.

수십 년 전에 읽은 책을 다시 뒤적거리다 '61세까지 살아 있어서 너무 행복하구나'라는 생각이 들었다. 10대나 20대 초반에는 헤세나 루소를 높이 우러러볼 수밖에 없었고, 책에 써진 활자를 이해하기에 급급했다. 교과서, 세계위인전에 나오거나 노벨문학상을 탄 그들은 범인과는 다른 존재였다. 그러나 이제는 그들도 인간과 짐승 사이에서 수시로 공포와 좌절감에 휩싸이며 줄타기하는, 삶과 죽음 사이에서 고뇌하던 불안한 존재였음을 알게 됐다. 이제는 활자에 녹아 있는 그들의 희열과 번민을 느끼며 독서 할 수 있게 됐다.

1. 히틀러의《나의 투쟁》

장정판 표지에 책 상자까지 있는 아돌프 히틀러의《나의 투쟁》은 인터넷 중고서점에서 5천 원에 샀다. 중고서적은 택배비를 별도로 내야 한다.

포장을 뜯고, 책의 표지를 보는 순간 회심의 미소를 지었다. 혹시나 했는데, 중학교 때 샀던 바로 그 《나의 투쟁》과 같은 판형이었다. 40여 년 전 태어나 한국이라는 같은 공간을 떠돌다 내 앞에 나타난 이 책의 판권을 살펴보니, 발행일이 1971년 9월 20일이었고, 값은 800원이라 적혀 있었다. 당시 버스 요금이 10원 정도 할 때이니 할인 판매했다 해도 꽤 값이 나가는 책이었다. 책등에는 《완역 나의 투쟁》이라는 제목 아래 나치의 문양이 선명하게 새겨져 있었다. 그리고 뒤쪽에는 콧수염을 기른 히틀러의 얼굴 사진 아래 이런 광고 문안이 쓰여 있었다.

왜? 그리고 어떻게?
세기의 독재자 히틀러는 유대인을 증오하고 공산주의를 싫어했는가?
인간 역사상 최대의 야수적인 사나이의 적나라한 정치철학 및 행동강령!

도대체 중학생이 무슨 맘 먹고 이런 책을 샀는지 아무 기억도 나지 않는다. 아마도 《나의 투쟁》이라는 강렬한 제목 때문에 산 것 같다. 432쪽에 달하는 이 책의 앞부분에 나오는 히틀러의 어린 시절만 좀 읽다가 말지 않았나 싶다. 히틀러는 이 책을 1924년 4월 1일 레허 강기슭 란쓰베르크 요새 구치소에 수감 중에 썼다.*

---

* 432쪽에 달하는 이 책의 목차는 제1권) 1장. 태어난 집에서, 2장. 빈에서의 수업과 고난의 시대, 3장. 빈 시대의 일반적 정치적 관찰, 4장. 뮌헨 5장. 세계대전 6장. 전시선전 7장. 혁명 8장. 내 정치 활동의 시작 9장. 독일 노동자당 10장. 붕괴의 원인 11장. 민족과 인종 12장. 국가사회주의 독일 노동자당의 첫 발전시대 제2권) 1장. 세계관과 당 2장. 국가 3장. 국가소유자와 국가의 시민 4장. 인격과 민족주의 국가의 사상 5장. 세계관과 조직 6장. 조기

1945년 4월 30일 히틀러가 사망할 때까지 《나의 투쟁》은 독일에서 1,200만 부 팔린 초베스트셀러였다. 70년 만에 저작권이 해제된 이 책은 2016년 초에 비판적 주석을 달은 《나의 투쟁 비판본》으로 독일에서 출간되자마자 수만 부가 팔리며 베스트셀러에 등극했다.

감동적으로 읽은 책도 아닌데 이 책을 헌책방에서 산 이유는 루이제 린저의 《생의 한가운데》를 다시 읽다가 《나의 투쟁》 책 제목을 봐서 그렇다. 주인공 니나는 언니에게 자기가 섭렵한 여러 권의 심리학 서적과 여러 종류의 책을 보여주었는데, 거기에는 "지드, 콘렌드, 스탕달의 소설들, 파스칼 책 한 권, 히틀러의 나의 투쟁"이 포함됐다. 니나는 언니에게 《나의 투쟁》이 "많은 것을 느끼게 해준 책"이라고 말했디. 니나가 《나의 투쟁》에서 무엇을 느꼈는지 유추할 수 있는 특별한 언급이 소설 속에는 없다. 루이제 린저는 1944년 반나치 활동을 한 혐의로 체포되어 트라운슈타인 여성교도소에 수감되기도 했다. 그리고 소설 속에서 남자 주인공 슈타인은 일기장에 "1944년 5월 3일-니나가 구속되었다. 판결은 내란방조죄로 징역 15년 징역이었다. 그녀는 아이하흐 형무소에 있다······ 1945년 5월 10일 -전쟁은 끝났다. 니나는 감옥에서 방면되었다."라고 썼으니, 린저의 분신 니나도 반나치 활동가였다.

2. 루이제 린저의 《또 하나의 조국》과 《전쟁장남감》

의 투쟁, 연설의 중요성 7장. 적색선전과의 격투 8장. 돌격대의 의미와 조직 9장. 선전과 조직 10장. 노동조합의 문제로 구성되었다.

루이저 린저가 젊은 여성들에게 인기를 누렸던 이유를 《삶의 한가운데》 (민음사) 뒤표지에 실린 루이제 린저의 글을 보고 짐작해볼 수 있었다. 여자뿐 아니라 20대 청춘이라면 한 번쯤 새겨들을 말이다.

사람들은 나이 삼십에 늙기를 시작해야 한다. 그것은 멋진 일이다. 사람들은 실제 일이 어떻게 돌아가는 것인가를 알게 된다. 지성과 철학적 혜안을 통해 큰 자유에 도달한다. 삼십 이전에는 고통과 격정에 완전히 자신을 맡겨야 한다. 모험을 감행해야 한다. 그렇다! 털 뽑힌 호랑이가 되어야 한다. 안 그럴 경우 맥없는 고양이일 뿐이다. 고통과 격정에 헌신하지 못하는 사람은 죽을 수도 없다. 죽는다는 것은 마지막 헌신이기 때문이다.

10대에는 《생의 한가운데》 소설을 통해서 루이제 린저(1911~2002)를 알게 됐다면, 20대에는 다른 저서를 통해 루이제 린저의 새로운 면모를 접하게 되었다. 1980년대 중후반에는 북한바로알기운동이 벌어지면서 다양한 북한 관련 책자와 소설을 원본으로 읽을 수 있었다. 북한 원전과 함께 북한기행문도 봇물 터지듯 쏟아져 나왔다. 대다수 기행문의 필자가 재외 교포인데, 그렇지 않은 외국인 필자가 있었으니 바로 루이제 린저였다.

루이제 린저의 에세이집 《고뇌하는 삶에는 향기가 있다》에는 '현실 정치의 참여에 대하여'라는 글이 실려 있다. 여기서 그녀는 《나의 투쟁》을 언급하면서 "그 책자를 읽은 자는 누구이고 동조한 자는 누구였습니까?"라며, 정치참여를 문제 삼는 사람에게 반박한다.

히틀러가 전쟁을 일으키게 된 것은 유럽과 미합중국 및 반공산세력의 방조와 국제적인 군수공업의 덕이었다고 말하지 마십시오. 그 당시의 인간들이 그토록 아둔하게 동의를 해서 1923년-심지어《나의 투쟁》이라는 책자를 통해 히틀러가 명백한 공언까지 하면서-수백만의 죽음을 초래한 정치가 열리지만 않았다면, 그중 누구라도 전쟁을 일으킬 수 없었을 것입니다.

《고뇌하는 삶에는 향기가 있다》를 읽은 뒤 루이제 린저에 대해 더 알고 싶은 마음이 생겨서 인터넷 헌책방에서 루이제 린저의 사회비평적 일기 (1972~1978)《전쟁장난감》을 샀다. 도서출판 한울에서 1988년 6월 15일에 펴낸 책이었다. 《전쟁장난감》에는 독일과 유럽의 사회문제뿐만 아니라 칠레, 아르헨티나, 브룬디 등 세계 곳곳의 정치 문제에 관한 비평이 나온다. 1972~1978년은 박정희 군사파시즘 정권이 통치하던 시기였고, 한국의 정치 현실에 관해서도 여러 차례 언급한다. 루이제 린저는 독일에 망명한 음악가 윤이상과도 친했으며, 1975년에는 한국을 직접 방문해 함석헌, 안병무 등을 만났고, 민주화운동 구속자 가족 석방운동에 힘을 싣기도 했다. 이로 인해 독일에서까지 KCIA가 자신을 감시했다는 얘기도 적고 있다.

루이제 린저는 이 책에서 "독일의 좋지 못한 정치소식들, 그리고 인도차이나, 소말리아의 새로운 전쟁에 대한, 또 남한과 소비에트 연방에서의 새로운 구금에 대한 분노 때문에" 힘들어 할 때, "악마와 헛된 싸움을 하는 것"에 회의를 느낄 때, 수년 전 한국의 불국사에서 들은 서른세 번의 종소리를 떠올리고, 주지 스님이 마지막에 들려준 "모든 것은 무이다."라는 말을 떠올리며 위안을 받았다고 썼다.

이 일기장에는 열여덟 살 되던 1929년에 처음 본 플라톤의 《향연》을 다시 읽은 얘기도 나온다. 그녀는 "읽을 때마다 각기 다른 구절에 매료되는데, 이번에는 소크라테스에 대한 알키비아드의 찬사" 중의 한 문장이 마음을 사로잡았다고 적었다. 50년 만에 다시 읽은 책에서 매료된 문장은 "그는 종종 나로 하여금, 내가 지금 이 상태로 계속 나가다간 나의 삶이 참을 수 없는 것이 될 것만 같은 기분에 빠져들게 한다."라는 말이었다. 이를 읽으며 루이제 린저는 "나는 퇴보했다는 사실을 경험하는 것이 가장 큰 고통이며 '정지해 있다'는 사실이 가장 큰 두려움이라는 것을 알고 있다."라고 감회를 적었다.

변화, 움직임, 새로움, 진보는 루이제 린저의 기질이었다. 열여덟 살 난 여학생이 루이제 린저에게 편지를 보내 젊은 시절에만 이상을 가질 수 있다는 식으로 말하는 친구들을 비판하며 이렇게 묻는다.

"린저 씨, 당신은 늘 젊습니다. 의문을 갖고, 추구하고, 타협하지 않고, 따라서 이런 의미에서 혁명적입니다. 그러니까, 사람은 꺾이지 않을 수도 있는 거지요?"

이런 질문에 린저는 "그렇다."라고 답하면서, 자신은 늘 불편하고, '정신적 불안'이 있더라도 하나의 이념을 따르며 청년의 편에 선다고 말했다. 린저는 청년이 진정 젊다면 변화와 움직임의 편에 속한다고 보고, 따라서 "나는 언제나 역사를 앞으로 끌어나가는 청년들의 편이다."라고 말한다.

3. 사르트르의 《지식인을 위한 변명》

독일의 루이제 린저처럼 프랑스 철학자 사르트르(1905~1980)도 반나치 레지스탕스 운동을 했다. 사르트르의 책을 한 권도 읽지 않은 사람이라도 사르트르가 남긴 어록 중에 하나쯤은 들어봤을 것이다. "타인은 지옥이다.", "실존은 본질에 앞선다", "체 게바라는 우리 시대의 가장 완벽한 인간이다." 와 같은 말을 남겼다. 프랑스 공산당을 지지한 그는 "반공주의는 개다. 나는 절대로 이 생각을 바꾸지 않을 것이다."라고 말했으나, 공산당에는 가입하지 않았다. 사르트르는 그 이유를 "첫째, 내가 부르주아 출신이기 때문에 둘째, 비판의 자유를 잃고 싶지 않아서인데, 왜냐하면 공산주의는 비판을 허용하지 않기 때문"이라고 말했다. 이런 정치적 입장 때문에 한국 전쟁과 베트남전쟁에서 미군의 참전을 비판했다.

사르트르는 철학, 문학 활동과 관계없이 평생 연인 보부아르(1908~ 1986) 사이의 계약결혼으로도 유명하다. 이들은 1931년, 2년 약정의 계약결혼을 했는데, 직후에 사르트르는 군에 입대해서 18개월 동안 복무했다. 이들의 계약결혼은 2년마다 재연장하는 방식이었는데, 죽을 때까지 이런 관계가 이어졌다.

보부아르는 아예 《계약결혼》(1963)이라는 책을 쓰기도 했다. 보부아르는 이 책에서 "사르트르에 의하면 역사의 서술자인 작가는 어디에도 또 어떤 사람한테도 안주해서는 안 된다고 한다. 사르트르는 일부일처제도엔 적합하지 않았다. 23세의 그는 각양각색 여자의 매력을 단념할 생각은 없었다."라고 적었다. 사르트르는 보부아르에게 "우리의 사랑은 필연적인 것이다. 그러나 우연의 사랑도 알 필요가 있다."라고 입버릇처럼 말했다고 한다. 보통 남자가 이렇게 말했다면, 뺨 한 대 얻어맞고 걷어차이기 십상일 것이다.

한국 사회에서는 지난 60~70년대에 실존주의자가 유행했다. 사르트르와 함께 대표적인 실존주의 작가로 카뮈를 꼽는다. 그의 소설 〈이방인〉의 주인공 뫼르소가 대표적인 실존주의자의 캐릭터였다. 반면 휴전선 위쪽 북한에서는 실존주의를 "인간의 사회적 집단적 성격을 부정하고 세계와 동떨어진 고독한 개인과 내면적인 정신생활을 절대화하는 인간철학"이라며 신랄하게 비판했다.**

반항, 저항, 자유를 꿈꾼 한국의 젊은이들은 마르크스레닌주의 서적이 봇물 터지듯 출간되기 전인 1980년대 초반까지는 실존주의 경향의 책을 즐겨 읽었다. 사르트르의 《실존주의는 휴머니즘이다》도 그에 속한다.

이십 대 초반에 산 《지식인을 위한 변명》(한마당, 1979)은 아직도 보관 중인데, 책 맨 뒷장에는 도장을 찍고 그 옆에 한자로 '開拓者'라고 썼다. 무슨 뜻으로 그 시절 유행했던 말과 노래인 '선구자'도 아니고 '개척자'라고 썼을까? 이 책을 읽으면서 '대학생이 지식인인가?'라는 고민을 했던 생각이 난다. 사르트르는 《지식인을 위한 변명》에서 지식인은 대부분 지식전문가 중에서 나온다고 설명하면서, 지식전문가와 지식인을 구별한다.

** 실존주의에 의하면 사회와 떨어져 고독을 체험하는 인간, 종교적 명상에 사로잡혀 있는 인간만이 참된 인간이며 구체적인 사회관계 속에서 생산 노동에 종사하는 대중은 '비본래적 인간' 일종의 허위와 같은 것이다. 또한 '개별자', '단독자'만이 자유와 개성을 실현할 수 있으며 대중은 '수평인'으로서 아무런 개성적 특이성도 자유도 가질 수 없다. 실존주의는 또한 극단적 비판과 절망을 고취하는 불안과 죽음의 철학이다. (북한 《철학사전》, 사회과학원 철학연구소)

1980년대 '운동권' 대학생은 지식전문가이거나 지식인이거나 모두 선망의 대상은 아니었다. 그들의 꿈은 노동자, 노동운동가가 되는 것이었다. 1988년, 노동운동을 하겠다며 성수 지역 공장에 취업한 적이 있다. 기본이 12시간 노동이었다. 학생 때 노학연대 집회 나가서 따라 외쳤던 "8시간 노동으로 생활임금 쟁취하자!"가 무슨 의미인지 온몸으로 실감했다. 6시간 노동 이후부터는 20대의 근력으로도 버티기 어려웠다. 짧은 현장 활동을 통해 두 가지를 배웠다. 첫째, 나처럼 기댈 언덕, 도망칠 곳이 있는 사람이 평생 일할 곳이 아니다. 둘째, 이 세상의 주인이 망치를 든 노동자라는 사실을 잊지 말자. 그렇지만 여전히 한국 사회는 미국과 부르주아가 지배하는 사회이고, 노동자가 주인되는 세상은 멀어만 보인다. 나는 그런 사회에 더부살이하는 소시민으로 만족하며 살아왔다.

4. 루소의 《참회록》

학창시절 교과서에 나오는 수준의 유명 인물 중에 인간적으로 친근감을 느낀 사람은 루소(1712~1778)다. 《인간 불평등 기원론》, 《사회계약론》, 《에밀》의 저자이고, 프랑스혁명에 지대한 영향을 끼쳤다는 계몽주의 철학자 루소에게 친밀감을 느낀 건 열예닐곱 살 때 그의 참회록을 읽은 뒤부터다. 그 친밀감은 루소의 사상을 이해하고 공감해서 생긴 게 아니다. 자신의 과오를 있는 그대로 고백하는 철학자의 솔직함과 용기에 인간적인 매력을 느낀 게 아닐까 싶다. 루소의 인간미를 다시 맛보고 싶어서 《참회록》을 주문했다. 값은 3천 원이었다. 인터넷 헌책방에서 새로 산 《참회록》(정음사)

은 발행 날짜가 1968년 12월 30일이다. 이 판본을 읽었는지는 기억이 나지 않는다.

루소는 참회록에서 무덤까지 갖고 갈 얘기를 만천하에 다 털어놓는다. 거기엔 낭만적인 애정행각도 있지만 성도착증 수준의 행위도 포함된다. 10대 때 읽어도 자신의 치부를 드러내놓는 철학자의 모습이 인상적이었지만, 나이 들어 생각하니 나 같은 범인은 감히 엄두도 내기 어려운 일이라 여겨진다. 대부분의 사람은 자신이 저지른 중대 과실은 무덤까지 갖고 간다. 심지어는 회고록이나 자서전에서 자신의 과오를 은폐하거나 조작한다.

루소는 참회록 첫 문장을 "내가 지금 계획하는 일은 일찍이 예가 없는 일이고, 앞으로도 아마 그런 흉내를 낼 사람이 없으리라. 나는 한 인간을 세상 사람들 앞에 내보일 작정이다."라고 쓴다. '한 인간'은 바로 루소 자신이다. 루소는 이어서 "언제든 최후심판의 나팔이 울릴 테면 울려라. 나는 이 책을 손에 들고 심판자인 신 앞에 나아가, 소리높이 외치련다.-나는 이렇게 행동하고 생각하고 존재하였노라."라고 썼다. 그는 선과 악을 함께 기탄없이 말했고, 악한 일을 조금도 빼지 않았고, 착한 일을 보태지도 아니하였다고 말했다.

루소는 29~35세를 다룬 7장의 앞부분에서도 《참회록》의 목적은 "여태까지 모든 경우에 있어서의 나의 내부를 정확히 알리는 일이다. 내가 약속한 것은 내 영혼의 역사이니, 충실하게 쓰는 데는 다른 각서가 필요치 않다. 지금껏 그렇게 해온 것처럼 자아의 내부로 돌아가는 것으로도 충분하다."라고 밝힌다.

루소가 도덕적으로 비판받는 대표적인 행위는 33세에 만난 하숙집 하녀 떼레즈가 낳은 아이 다섯을 모두 고아원에 보낸 일이다. 이 일에 대해 루소는 잘못을 뉘우치지만 이성은 그 가르침을 받아들이지 않았다며, 이렇게 변명했다.

나는 그 잘못의 골자만 말하겠다. 나는 내 아이들을 내 힘으로 기를 수 없기 때문에 고아원에 위탁하여, 부랑배나 사기꾼보다는 노동자나 농민이 되도록 하면, 공민으로서의, 부친으로서의 행위에 어긋나지 않는다고 믿고, 나는 플라톤의 공화국의 일원이라 생각했다.

그는 이 사실을 주변의 절친인 디드로, 그림 등에게 미리 말했고, 숨길 생각은 없었다고 말한다. 루소는 56세 나이에 하녀 떼레즈와 정식으로 결혼했다. 《참회록》의 뒷부분에는 《에밀》 출판 후 체포령을 피해 해외로 도피한 이야기가 나온다. 1762년 6월 9일, 프랑스 고등법원은 루소 체포령을 내렸고, 며칠 후 《에밀》은 예수회 교육내용 비판, 종교 비판 내용 때문에 분서 처분을 받는다.

자유분방해 보이는 루소와는 어울려 보이지 않는 철학자 칸트는 방에 루소의 사진을 걸어놓았으며, 《에밀》을 읽다가 칼 같이 지키던 산책 시간을 놓치기도 했다. 그는 루소를 통해 "인간의 참다운 가치를 깨달았다."라고 말했다. 칸트와 루소의 닮은 점이 있는데, 둘 다 산책을 좋아한다는 점이다. 루소는 《참회록》에 "앞서도 말했거니와 걸어야만 사색할 수 있는 성미여서, 걸음을 멈추면 사색도 멈춘다. 즉 두뇌가 발과 더불어 움직인다."라고 썼다.

5. 잉겔 숄의 《아무도 미워하지 않은 자의 죽음》

이 책은 1980년대 한국의 청년 학생의 애독서였으며, 노래도 만들어져 널리 불렸다. 일본 젊은이의 사랑을 받기도 했다. 재일교포 형제 장기수 서준식, 서승 형제의 동색인 서경식 교수가 쓴 《내 서재 속 고전》(서경식, 2015)에 실린 18편의 글 중에도 잉겔 숄의 《아무도 미워하지 않는 자의 죽음》(원제 백장미)이 있다.

전혜린도 유학했던 뮌헨 대학의 학생이었던 숄 오누이와 프롭스트는 "우리 총통(히틀러)을 험하게 욕하고, 국가의 적을 이롭게 하는 짓을" 했다는 이유로 사형선고를 받고 참수당했다.

널리 알려진 이 이야기보다 서경식 교수 글에서 관심을 끈 내용이 있었다. 처형을 앞두고 조피 숄은 같은 방 여성에게 "나는 죽는 것 따위는 아무렇지도 않아. 우리의 행동이 몇천 명의 사람들 마음을 흔들고 깨우칠 거야. 틀림없이 학생들 반란이 일어날 거야."라고 말했다. 같은 방에서 투옥됐다 풀려난 여성은 이렇게 회상했다. "오, 조피. 너는 아직 몰라. 인간이 얼마나 나약한 짐승인지를." 실제로 학생반란은 일어나지 않았고, 처형 사흘 뒤 강당에 모인 학생 중대는 숄 오누이를 게슈타포에 넘긴 직원을 찬양했다.

이 사례를 들면서 서 교수는 '나치의 수법'을 배워 헌법개정을 추진한 자민당에 대해 침묵하는 일본 사회의 공기(분위기)에 대해 이렇게 비판한다.

"일찍이 이 책을 애독한 그 많은 일본인은 어디로 사라져버린 걸까?"

1953년에 일본의 독문학자 우치가키 게이이치가 번역해 출간한 《아무도 미워하지 않는 자의 죽음》은 전후 일본에서 평화와 민주주의를 지향하는 젊은이들에겐 필독서였다. 젊어서 이 책을 읽은 그들은 다 어디로 사라져 버린 걸까? 아마도 지금의 일본 젊은이들은 이제 이 책을 즐겨 읽지 않을 것이다. 그건 한국 또한 비슷한 상황이다. 어느 사회고 시대정신의 계승이 쉬운 일이 아니다. 동구 사회주의가 망한 여러 가지 이유 중의 하나는 순수했던 혁명 초기의 전통을 제대로 후대에 계승하지 못했기 때문이라 한다.

조피 숄을 기리는 흉상이 세워져 있는 뮌헨대 학생들은 이 책을 즐겨 읽을까?

6. 쇼펜하우어의 《의지와 표상으로서의 세계》

니체는 《의지와 표상으로서의 세계》를 헌책방에서 구했다. 그는 라이프 치히의 헌책방에서 한 번도 이름을 들어본 적이 없는 이 책을 집어 몇 쪽을 넘겨봤는데, 어느 악령인지가 '이 책을 집으로 가지고 가'라고 속삭였는지 모르겠다고 고백했다. 그는 평소에는 책을 살 때 망설이는 버릇이 있었는데, 이때는 정반대였다고 한다. 니체는 이 책을 끼니도 걸러 가며 2주일 동안 읽었고, 훗날 이 책을 통해 "세계와 인생과 나 자신을 비추어 볼 수 있는 큰 거울을 발견했다."라고 고백했다.

니체를 매혹시킨 《의지와 표상으로서의 세계》의 내용이 궁금해 인터넷 헌책방에 바로 주문했다. 1995년 집문당에서 나온 이 책 맨 뒷장에는 "1999년 5월 4일에 삼, 5월 19일 마침. 별로 대단한 느낌이 아니다. 쇼펜하우어의 이름에 비하면."이라는 메모가 적혀 있었다. 곳곳에 밑줄이 쳐진 거로 봤을 때, 독자는 아마도 니체처럼 '2주'에 걸쳐 이 책을 꼼꼼히 읽은 것으로 보인다.

니체가 찬탄해 마지않았던 《의지와 표상으로서의 세계》를 하찮게 여긴 이 독자가 뭐 하는 사람이었는지 궁금하다. 이 책의 앞표지에는 우측에 쇼펜하우어가 얼굴 사진, 좌측에 그가 말하고자 하는 핵심 요지가 적혀 있다.

인식되는 모든 것, 즉 세계는 단지 주관에 대한 객관이며 따라서 세계는 나의 표상이며 현상이다. 세계의 가장 내적인 본질, 모든 현상의 유일한 핵심은 의지이다. 여기서 말하는 의지는 맹목적인 의지요, 힘이요, 끊임없는 노력이다. 우리는 의지를 인식할 수는 없으나 의지야말로 모든 생명체에 있어서 가장 확실한 사실이며, 우리 자신 속에 직접 직관할 수 있다.

쇼펜하우어는 자신을 칸트 철학의 계승자로 자부하고, 헤겔을 정면 비판했다. 심지어 그가 키우던 개의 이름을 헤겔이라 지었다 한다. 칼 융은 헤겔을 "마치 자신의 언어구조 속에 갇혀 그 감옥에서 거드름을 피우는 몸짓으로 돌아다니고 있는 사람"이라고 비판한 반면 쇼펜하우어를 좋아했다. 쇼펜하우어는 철학은 예술이나 시와 마찬가지로 세계를 직관적으로 파악하는데 근본을 두어야 한다는 의견을 지녔고, 다른 학자들의 추상적 개념을 가지고 재해석하는 학자를 싫어했다. 《의지와 표상으로서의 세계》 앞부분에 실린 '나의 반생'에서 그는 드레스덴에서 수년간 "타인의 견해를 해석하고 그것을 재탕하여 제공해 준 사람들이 아니라 자기 자신의 생각을 짜낸 사람들의 서적을 읽는 것"에 몰두했다고 말했다.

의지와 표상으로서의 세계를 인터넷 헌책방에 주문하면서 《쇼펜하우어의 독설》이란 책도 함께 샀다. 이 책에서도 쇼펜하우어는 책을 섬기는 학자들은 다른 사람의 권위 있는 학설을 기초로 삼아 하나의 체계를 만드는데 그렇게 되면 그 사람은 "자동인형처럼 생명 없는 허수아비"가 될 뿐이라고 경고했다. 그는 개념보다는 경험과 직관, 책보다는 세상, 머리보다는 심장을 강조했다. 독서보다는 사색을 강조했다. 무턱대고 아무 책이나 읽는 것은 "자기 자신만의 사상을 갖지 못하게 하는 지름길"이라 말했고, 독서가 자칫하면 정신의 탄력성을 잃게 하는 독소라 비판하기도 했다.

독창성을 중시한 쇼펜하우어 철학은 니체에게 직접적인 영향을 줬고, 현대 포스트모던 철학의 원조라 불리기도 한다. 그런데 그의 여성에 관한 글은 요즘 시각으로 봤을 때 문제적 발언이 많다. 《쇼펜하우어의 독설》 2장은 연애와 여성에 대한 글로 채워졌는데, '여자들은 타고난 거짓말쟁이다', '여자들은 근시안적이다', '일부다처제로 돌아가자' 등의 제목이 매우 자극적이다.

쇼펜하우어가 태어난 해가 프랑스혁명 바로 전 해인 1788년이라는 점을 감안하면, 그의 여성관이 매우 고리타분한 것임은 분명하다. 반면 비슷한 시기를 살았던 동학 교주 최제우는 집안에 있던 두 여자 몸종을 자신의 수양딸과 며느리로 삼았고, 2대 교주 해월 최시형은 동학 신도의 집에서 '베를 짜는 며느리가 하늘님'이라고 말하기도 했다. 이들 동학 교주들의 여성평등주의는 쇼펜하우어에 비할 바가 아니었다. 별의별 서양 철학자, 종교 창시자의 어록은 쉽게 볼 수 있지만 이들 동학 교주들의 일대기가 널리 읽히지 않는 현실이 안타까울 뿐이다.

알을 깨고 나온 새는 어디로 날아갔을까?

강화도 고려산 적석사 가는 길목에 있는 우공책방을 찾았다. 고려산 적석사 바로 위 낙조대 해수관음상을 보러 자주 가서 익숙한 길이었다. 관음상이 앉아 있는 낙조대에서 바라보는 바다 풍경과 일몰이 강화 10경으로도 손꼽힌다. 우공이산을 꿈꾸는 K 책방장은 《도끼발》이라는 시집을 펴낸 시인이다. 책방의 2층엔 방이 두 개 있는데 북스테이 이용객에게 대여하는 공간이라 한다. 공방장이라 불리는 시인의 남편은 부업으로 목공일을 하는데, 책방 옆에 별도의 작업실을 지어 공방으로 사용했다.

우공책방도 새 책과 헌책을 함께 판매했는데, 서너 권의 책을 골랐다. 그중에 한 권은 책 받침대에 올려놔서 눈에 잘 띄게 진열한 이산하 시인의 신작시집 《악의 평범성》(창비, 2021)이었다. 시집을 매개로 얘기를 풀어나가다 보니 공방장은 이산하 시인의 고등학교 문예반 1년 선배였다. 이 시집이 나왔을 때는 우공책방에서 작가와의 만남 행사를 열었다고 한다.

"이 세 악령의 맨발을 오늘부로 내 발 아래 묻는다"

그날 밤, 《악의 평범성》을 읽어보다 〈맨발〉이라는 시에 눈길이 꽂혔다.

> 죽은 지 일주일째 되는 날 관짝 모서리가 부서지면서
> 부처의 돌 같은 맨발이 관 바깥으로 빠져나왔고
> 로마의 바티칸 사제들이 면죄부를 야매로 팔자
> 크게 충격받은 루터는 독일 작센의 비텐베르크까지
> 가시밭길을 맨발로 걸어서 돌아갔다.
> 사형집행을 기다리는 도스토예프스키는 숨 쉴 때마다
> 성서 시편 51장만 골라 맨발로 책장을 넘기며 읽었는데
> 사형수가 읽으면 석방된다는 넥버스(neck-verse, 면죄시)였다.
> ……

전부터 발바닥에 관심이 많아서 찬찬히 읽어내렸다. 만약에 세 명의 발바닥 사연만 들어갔다면 참신한 발상이네 하며 넘어갔을 텐데, 마지막 구절을 보고 한동안 눈을 떼지 못했다. 시인이 던진 의외의 끝내기 승부수였다.

> 이 세 악령의 맨발을 오늘부로 내 발아래 묻는다.

이는 마치 부처를 만나 부처를 죽인 자의 호기를 느끼게 하는 구절이었다.

1960년생인 이산하 시인은 환갑의 나이도 지났으니 이젠 누구의 뒤를 따르기엔 면이 안 서는 나이가 아닐까 싶다. 이 시를 읽으며 헤세의 데미안이나 루이제 린저의 니나, 전혜린에 빠져들었던 청춘들은 그 뒤 어떤 인생을 살았을까 하는 궁금증이 떠올랐다. 그들도 헤세나 린저, 혹은 데미안과 니나를 자신의 발아래 묻었을까.

고통, 쾌락, 선과 악이 뒤엉켜 흐르는 싯다르타의 강물

데미안은 싱클레어에게 '새는 알을 깨고 나오려고 투쟁한다. 알은 세계다. 태어나려는 자는 한 세계를 파괴해야만 한다. 새는 신에게로 날아간다. 그 신의 이름은 아프락사스다.'라는 편지를 보냈다. 고뇌하고 방황하던 청춘들은 자신을 둘러싼 알을, 세계를 파괴했는지, 그리고 그들의 새는 어디로 날아갔는지?

헤세는 39세 되던 해인 1916년에 《데미안》을 썼는데, 그는 이 시기에 우울증과 불면증에 시달렸다. 이런 증상은 《싯다르타》를 구상하던 1919년까지 지속됐다. 그는 이로 인해 두 번의 자살을 시도했고, 칼 융의 동료에게 여러 차례 심리 치료를 받았다. 헤세의 작품에 나오는 선과 악의 통일성의 개념은 칼 융의 사상이 반영된 것이라 한다.

데미안의 새는 아프락사스에게로 날아갔다. 그렇다면 헤세의 새는 어디로 날아갔을까? 《싯다르타》에는 새 이야기가 몇 번 나온다.

2부 '윤회' 편에는 의미 없는 일상을 반복하던 싯다르타가 꿈을 꾸는 장면이 나온다. 꿈속에서 자신이 사랑하는 창부 카말라의 얼굴에 슬픔이 쓰여 있는 걸 본다. 그것은 "나이 앞에서의 두려움, 가을을 앞에 둔 두려움, 죽을 수밖에 없다는 사실에 대한 두려움"이었다.

싯다르타는 연이어 꿈을 하나 더 꾼다. 이번엔 작은 앵무새가 등장한다. 환속한 싯다르타에게 사랑의 기교를 알려준 카말라가 기르던 작은 앵무새가 있는데, 이 새가 어느 날 죽어서 뻣뻣하게 굳어버렸다. 싯다르타는 새를 꺼내 잠깐 흔들어보다가 골목으로 내던졌다. 죽은 새를 내버리는 순간 그는 "자신의 모든 가치와 재물을 다 버린 듯한 느낌"을 받았다. 꿈에서 깨어난 싯다르타는 자신이 삶을 무가치하게 보내버렸으며 "그의 손에는 살아 있는 것, 뭔가 소중한 것, 혹은 간직할 만한 가치가 있는 것들이 하나도 남아있지 않았다."라는 점을 깨닫는다.

소설 《싯다르타》에서 싯다르타는 수행자로 살다가 환속을 했고, 또다시 도시를 떠난다. 도시를 떠난 싯다르타는 뱃사공이 되어 강물을 바라보며 살았다. 강물은 모든 고통, 쾌락, 선과 악이 뒤엉켜 흘렀다. 강물을 보며 싯다르타는 자신의 운명에 맞서 싸우며, 고통스러워하기를 끝냈다. 사건들의 흐름과 삶의 강물에 동의하는, 흐름에 맡긴 채 통일성에 귀속되는 깨달음을 얻었다. 싯다르타에게 깨달음을 안겨준 스승은 숲속의 수도자들, 아름다운 창녀 카말라, 부유한 상인, 노름꾼이었으며, 그 무엇보다 강물과 선배 뱃사공이었다. 소설의 마지막 부분에서 깨달음을 얻은 싯다르타는 노인이 되어 만난 옛 도반 고빈다에게 고백한다. 완전함을 향해 나아가는 긴 인생의 긴 여정에서 죄와 욕정, 탐욕, 절망도 필요했음을 몸과 영혼으로 깨달았다고. 이 장면에선 《화엄경》에서 말하는 4법계 중에서 사사무애법계가 떠오른다.*

10대 때 《데미안》을 읽은 뒤 《싯다르타》도 읽어봤으나, 재미도 없고,

의미도 파악할 수 없었다. 이런 책을 10대나, 20대에 감명 깊게 읽었다는 사람도 많던데, 이들은 아마도 전생에 강가에 사는 새로 한 번쯤은 날개짓 하다 환생한 게 아닌가 싶다.

《싯다르타》를 보면, 헤세의 새는 강물로 날아갔다. 이후 헤세의 삶은 강물에만 머문 것이 아니고 또 다른 탐색을 계속 벌였다. 《싯다르타》의 부제는 '인도에 관한 문학'(인도의 시)이다. 이 작품을 발표할 때 헤세는 서양 문명에 절망스러워하며 인도에서 위안을 찾으려 했다. 그러나 헤세는 이후 인도에 실망하고 중국, 동양사상에 빠졌다. 선, 주역, 노장철학에 심취했던 그는 말년에 《유리알 유희》(1942) 같은 작품을 썼다. 이 소설은 히피족의 성경이라 불렸다.

헤세 자신이 한 마리의 새였다

《데미안》에서 싱클레어가 그린 새는 "날카롭고 대담한 매의 머리를 가진 맹금"이었으며, "반신은 검은색의 지구에 박혀 있었으며 마치 크나큰 알에 서 빠져나오려는 듯 발버둥 치고" 있는 그림이었다.**

---

* 온갖 욕망에 젖어 사는 현상계인 사법계, 산속에서 홀로 고고하게 살지만 새장 안의 새와 같은 이법계, 색즉시공 공즉시색이고 현상과 본질이 하나이며 중생과 부처가 하나인 이사무애법계 즉, 불이의 세계, 그리고 현상 세계의 차별에서 자유로워진 사사무애세계(事事無碍法界). 이는 '천백억 화신(千百億 化身)한다', '자유자재(自由自在)하다'라는 경지이다. 지장보살이 자원해서 지옥에 간 것과 같고, 현실에서 비유하자면 남이 감옥에 갇히니 같이 가서 감옥에 갇혀도 주지만 본인은 괴롭지 않은 사람이라 하겠다. (법륜 스님, 정토경전대학 반야심경 8강 참조, 2022. 12. 4.)
** 칼 오이겐 노이만이 1896~1902년에 걸쳐 번역한 독일어판 《맛지마니까야》(중아함경)의

헤세는 실제로 《데미안》에 나오는 이 새 그림을 좋아했다. 1962년 몬타뇰라에서 헤세가 숨을 거뒀을 때, 《헤세와 융》의 작가 미구엘 세라노가 헤세의 집을 찾았다. 서가에는 헤세가 세상을 떠나기 몇 주 전에 생일 선물로 받았다는 그림이 걸려 있었다. 하늘을 향해 비상하는 새 그림이었다. 헤세의 부인은 미구엘 세라노에게 이 그림을 헤세가 매우 좋아했고, "남편 자신이 한 마리의 새였습니다."라고 말했다.

열 예닐곱 살 때쯤 나는 《데미안》을 읽고, 알을 깨고 나오는 새를 형상화한 사인을 만들어 보고 연습하던 기억이 난다. 오랫동안 그 새가 어디로 날아갔는지 생각해보지 않았다. 그리스신화에 나오는 이카로스처럼 깃털과 밀랍으로 만든 날개를 달고 하늘 높이 비행하다 추락했는지도 모른다.

"인간은, 지향(指向)이 있는 한, 방황하느니라"

헤세와 싱클레어, 싯다르타, 린저와 니나, 《데미안》과 《생의 한가운데》를 번역한 전혜린의 공통점 중의 하나는 이들 모두 자살의 유혹에 빠지거나

황무지의 경(M16)에는 병아리 부화 비유 이야기가 나오는데, 헤세는 이를 모티브로 하여 《데미안》을 썼다는 주장도 있다. 이에 대하여 4부 니까야 완역자 전재성 박사는 다음과 같이 말한다.
"특히 이 '맛지마니까야'가 '칼 오이겐 노이만'에 의해서 독일에서 완역되어 출간된 것이 1902년이었습니다. 독일의 대문호 '헤르만 헤세'가 이 '맛지마니까야'의 영감을 받아 병아리가 알을 깨고 나오는 비유를 주요 모티브로 사용한 데미안을 출간한 것이 1916년이었고, 부처님의 가르침을 비교적 정확히 묘사하고 불멸의 작품 '싯다르타'를 출간한 것이 1922년이었습니다."(전재성 박사, 맛지마니까야 개정판 해제에서, 동국대 정각원 토요법회 2012. 3. 3.) https://blog.daum.net/bolee591/16155240-새의 새끼와 어미가 안 팎에서 함께 쪼다.

실행한다는 사실이다.

전혜린이 독일 유학 중에 동생 채린에게 보낸 편지 중에 '극장(진짜)'에 가서 〈파우스트〉를 네 시간에 걸쳐 보고 감상을 적은 게 있다. 이 글에 파우스트의 명대사 두 개를 소개했는데 하나는 악마 메피스트가 학생을 타이르는 달콤한 말 "온갖 이론은 회색이고 생명의 황금빛 나무는 녹색이다."였다. 이는 1980년대 사회과학 전문출판사 녹두가 책의 맨 앞장에 '실천'을 강조하기 위해 넣은 구절이기도 하다. 또 하나 역시 《파우스트》에서 가장 유명한 말이다.

또 천사와 악마의 투쟁에서 천사의 말(아마 인류의 구제가 될 유일의 말) '인간은 노력하는 한은 잘못하는 것이다', 감격이었다.

1960년 독일에서 전혜린이 보고 감동했다며 인용한 《파우스트》의 두 구절이 아직도 한국에서 가장 유명한 《파우스트》의 두 문장이다. 그런데 전혜린이 '인간은 노력하는 한은 잘못하는 것이다.'라고 옮긴 대목은 근래 출간된 《파우스트》 번역본을 찾아보면 "인간은, 지향(指向)이 있는 한, 방황하느니라."(도서출판 길, 전영애 역)로 나온다. 《파우스트》의 첫머리 '천상의 서곡'에 나오는 이 말은 이 책의 핵심적인 구절이라 한다. 역자는 비문(非文)이라 할 수 있는 이 구절이 "지금 방황해도 괜찮아. 가고 싶은 마음이 있으니 어디인가에 닿아."라는 뜻이라 볼 수 있지만 "말이 될 듯 말 듯한 이 위로가 주는 여운이 크다."라며, '정교한 비문'이라 말한다.

자살 충동에서 벗어난 싯다르타와 헤세

전혜린은《파우스트》의 이 말에서 위로를 찾지 못했던 것일까?
《생의 한가운데》의 주인공 니나도 자살을 실행한다. 자기가 싫어하는
남자의 아이를 낳을 수 없다며, 니나 주변을 맴돌던 의사 슈타인에게 임신중
절 수술을 요청했으나 거절당하자 자살을 선택했다가 슈타인의 도움으로
깨어난다. 자살 시도 10분 전에 니나는 슈타인에게 편지를 썼는데 "나는
더는 살고 싶지 않아요. 나는 자유 없이 살 수 없어요."(1937년 1월 10일)라고
했다.

앵무새가 죽는 꿈을 꾼 싯다르타는 자기 마음속의 새가 죽었다고 생각했
다. 삶의 목적을 잃고 숲속을 포행하던 그는 푸르른 강물을 바라보다가
강물에 투신하고 싶은 충동에 휩싸였다. 끔찍한 공허감 속에서 "죽음,
그가 증오했던 형상을 파괴하는 것" 이것이야말로 그가 바라던 돌파구라
생각했다.

싯다르타가 물속으로, 죽음을 향해 떨어지려고 한 그때 "그의 영혼 안,
멀리 떨어진 어떤 지점에서, 지쳐버린 그의 과거 삶의 어떤 지점에서"
어떤 소리가 들려왔다 …… '완성' 혹은 '완전한 것'을 의미하는 '옴'이라는
단어가 들려왔다. 순간 잠들었던 정신이 갑자기 깨어났고, 그는 '옴' 하고
내뱉었다. 그러면서 삶의 불멸성과 신성을 다시 깨닫게 되었다.

세상의 '통일성'을 망각하고 지내던 싯다르타는 "천천히 멀고 먼 우회로를
돌아 어른이었던 내가 다시 어린아이가 된 것은 아닐까?"라는 생각을 했다.

그러자 자신의 내면에서 죽었다고 생각한 새의 울음소리가 들려왔다. 그동안 그를 괴롭히던 '자아'가 죽었고, 새로운 싯다르타가 잠에서 깨어났다.

키스의 힘

인간은 천상과 지옥, 신과 짐승의 중간에서 줄타기하며 산다. 또 한편으로는 헤세의 싯다르타가 깨달은 바에 따르면 "삶은 죽음과 같은 것이고, 죄는 성스러움과 같은 것"이기도 하다. 선과 악을 함께 안고 인생의 강에서 흘러가야 하는 인간이 생을 이어갈 힘을 어디서 찾아야 할까? 잠에서 깨어나 새롭게 태어나는 동력은 무엇일까?

《데미안》의 마지막 장면은 전쟁터에 나간 싱클레어가 포탄을 맞아 부상했고, 꿈결인지 무의식 중에선지 데미안을 만난다. 이때 데미안은 "에바 부인이 말하길 …… 내게 주어 보낸 그분의 키스를 자네한테 전해주라고 하셨네."라며, 에바 부인의 키스를 전한다. 이 키스로 싱클레어는 '신'과 하나 됨을 느낀다.

"생각하고, 기다리고, 단식 정진하는" 세 가지를 잘하던 《싯다르타》도 키스를 통해 변모하는 장면이 몇 차례 나온다. 환속한 싯다르타는 창녀 카말라를 만난 자리에서 "저는 시를 쓸 수 있습니다. 시를 써드리면 키스를 한번 해주시겠습니까?"라고 말한 뒤 "신들에게 경배하는 것보다 아름다운 카말라에게 경배하는 것이 더 좋아라."라고 시를 읊는다. 막 피어난 무화과 같은 카말라의 입술을 맛본 싯다르타는 이후 오랫동안 세속적인 삶을 살며 부와 욕정과 권력을 즐기며 산다. 카말라는 싯다르타의 스승이었다.

환속 후 어느 사공의 오두막집에서 자다가 도반 고빈다와 꿈속에서 키스하는 장면도 나온다.

입을 맞추자, 그 사람은 더 이상 고빈다가 아니라 한 여인이었다 ……
싯다르타는 여인의 가슴에 안겨 젖을 빨았다. 여인의 가슴에서 나오는 젖에선 달콤하고 강렬한 맛이 났다. 여자와 남자의 맛, 태양과 숲, 짐승과 꽃, 온갖 과일과 온갖 쾌락의 맛이 났다. 젖을 빨아 먹다 보니 취해서 정신을 차릴 수가 없었다.

노인이 되어 도반 고빈다를 다시 만난 싯다르타는 지혜, 강물, 열반, 사랑에 관해 얘기하다가 "내 이마에 입을 맞춰봐, 고빈다야!"라고 말한다. 고빈다가 입맞춤을 하자 싯다르타의 얼굴은 수천 개의 얼굴-잉어, 살인자, 사형집행관, 악어, 크리슈나 등으로 보이더니, 고타마 즉 붓다의 웃음이 되었다.

여자와 남자가 구별되지 않는 대상과의 키스, 도반의 입맞춤을 통해 헤세가 보여주려는 것은 무엇이었을까? 영과 육의 합일을 이룬 듯한 싯다르타의 키스에서 한용운의 시 〈님의 침묵〉에 나오는 '날카로운 첫 키스'가 연상됐다.

《데미안》에서 알을 깨고 날아간 헤세의 새는 《싯다르타》에서 새롭게 태어난다. '막 피어난 무화과 같은 카말라의 입술'도 생명의 힘을 주었다. 강가에서 자살을 시도하려다 멈춘 뒤 삶의 불멸성과 신성을 깨달은 싯다르타는 그의 내면에서 새소리를 듣는다. 죽은 줄 알았던 새가 기뻐서 우는 소리였다. 이게 끝이 아니다. 45세의 나이에 《싯다르타》를 발표한 헤세는 싯다르타 또한 죽었다 다시 태어날 거라 말한다.

"우리는 모두 다 그렇고 그런 원숭이들이다"

실제로 헤세는 그랬다.

머릿속에서 신성, 삶의 불멸성을 깨우쳤다고 헤세가 영원한 안식을 얻은 것은 아니다. 그가 《싯다르타》를 쓴 후 5년 후에 발표한 《황야의 이리》(1927년)를 봐도 그렇다. 헤세가 50세 나이에 쓴 이 소설에서 50세 주인공 하리할리는 "보아라 우리는 모두 다 그렇고 그런 원숭이들이다. 이것이 인간의 본질이다."라고 말한다. 소설 속 〈하리 할리에 관한 소논문〉에서는 "인간은 자연과 정신 사이에 놓인 좁고 위험한 다리에 불과"하다고 밝혔다. 이는 헤세 자신의 생각일 텐데, 헤세가 좋아한 니체의 《짜라투스트라는 이렇게 말했다》에 비슷한 구절이 나온다. "인간은 초인과 짐승 사이에 놓인 밧줄이다. 저 건너편으로 건너가기도 어렵고 되돌아보기도 어렵고 멈춰서는 것도 어렵다. 인간이 위대한 것은 그 자체가 목적이기보다 다리이기 때문이다……."

니체와 헤세는 인생을 다리에 비유했다. 두 사람은 정신과 물질의 결합물인 책으로 다리를 만들었고, 우리는 어느 한 시기엔가는 그들이 놓은 다리를 통해 '쾌락과 고통, 선과 악이 뒤엉켜 흐르는' 삶의 강을 건넜다.

소설 속에서 할리는 "니체 같은 사람은 오늘날의 비참성을 이미 한세대 이전에 느껴 괴로워했지요. 그가 아무한테도 이해받지 못하고 홀로서 맛보

왔던 것을 오늘날엔 수많은 사람들이 괴로워하고 있는 것입니다."라고 말한
다. 할리는 50세 되던 해에 자살을 기도한다. 헤세가 보기에 자살은 해결책
이 아니다. 《황야의 이리》에는 환상의 무대가 나오는데, 여기에 입장하기
위한 방법이 적혀 있다. "자살이 아니라 웃음과 유머로 자신의 자의식을
없애라."

유언이 된 "새는 힘겹게 투쟁하며 알에서 나온다"

헤세, 데미안, 싯다르타, 할리의 새는 알을 깨고 날았다. 때로는 알에서
벗어나려고 자살을 시도했지만, 그것은 쓸모없는 행위였다. 그리고 알은
하나가 아니었다. 깨뜨려야 할 알 껍질의 성분도 저마다 달랐다. 생의
다리에서 만나는 사연은 저마다 다르다.

헤세, 린저, 전혜린, 싯다르타, 조르바가 깨야 할 알은 그 색깔부터 달랐을
것이다. 박정희가 군사쿠데타로 집권한 해에 태어난 나를 둘러싼 알은
권위주의, 파시즘, 친일매국노, 분단주의, 사대주의 그리고 자신의 게으름,
비겁, 위선, 허위, 욕망, 이기심이 주성분이었다. 새의 둥지는 낮은 포복으로
도 높은 포복으로도 넘을 수 없는 철조망, 날개 달린 새만이 넘어갈 수
있는 가시철조망에 둘러싸여 있었다.

21세기를 사는 청춘들이 깨야 할 알도 다른 색깔이다. 올해 초 어느
신문에 '청년 자살'을 주제로 한 기획기사가 실렸는데, 자살한 청년들이
자신이 거주하던 방에 붙여 놓은 메모를 보고 가슴이 저렸다. 절망 속의
청년들은 죽기 직전에 "괜찮아, 잘 될 거야", "아프지 않은 인생은 없다"라는

메모를 벽에 붙여 놓고 자신을 위로했다. 기사에는 이런 메모도 나왔다. 30대 여성의 유언이 된 글 "새는 힘겹게 투쟁하며 알에서 나온다."였다.

전혜린이 글을 쓰던 1960년대 한국의 많은 젊은이는 실존주의로 알을 깨려 했다면, 1980년대 청년의 다수는 마르크스의 붉은 망치가 필요한 시대였다. 신자유주의와 포스트모더니즘의 열풍이 휩쓸고 간 2022년, 지금의 젊은이를 옥죄는 껍질의 주성분과 이를 깨야 할 무기는 과거와는 또 다를 수밖에 없다.

"이 세 악령의 맨발을 오늘부로 내 발아래 묻는다."라고 선언한 시인은 부처, 루터, 도스토옙스키를 묻은 다음 또 무엇을 매장할지 궁금한 일이다. 그 누구라도 마지막 알을 깨고 날기 위해서는 자신을, 세계의 전부라 여기는 자아를 묻어야만 한다.

책방 뒤편의 산길을 따라서 걷다 보면, 바다 건너 이북을 향해 누워 있는 무덤 여러 기가 나온다. 수구초심의 마음으로 묻혀 있는 실향민의 묘라 한다. 이 무덤을 보며, 나는 또 무엇을 묻을지 생각해본다. 고개 들어보니, 겨울 철새 떼가 끼르륵 거리며 하늘을 난다. 한 마리 한 마리의 새는 저마다 자기의 날개로 혼자 날지만, 동시에 무리 지어 일사불란하게 비행한다. 남쪽 자본주의의 하늘을 날든 북쪽의 붉은 하늘을 날든, 그야말로 '하나는 전체를 위하여, 전체는 하나를 위하여'를 실현한 자유로운 몸짓으로 비행한다.

평화책방에서 걸어서 20분 거리에 있는 해안철책과 해병대 초소.
추수 끝난 남쪽의 들판에서 낟알을 먹던 쇠기러기 수천 마리가
해질녘이면 철책을 넘어 자유롭게 월북한다.
철책 너머 보이는 것은 북녘의 산이다.

길은 최대한 직선을 지향하지만

2008년부터 수년간 강화 불은면의 시민기자학교에서 일할때 틈나는 대로 전등사와 절을 둘러싼 삼랑성을 걸으며, 심심풀이로 사진을 찍었다. 그러다 보니 전등사의 구석구석 눈길을 두지 않은 데가 없었다. 대웅보전 앞에서 해바라기를 하던 견공 해탈이와 명부전 앞 여치도 사진에 담았다. 그러던 어느 날 우연히 강화에 사는 함민복 시인이 쓴 에세이를 다음 포탈에서 읽고 눈이 번쩍 뜨였다. 전등사 길에 관한 시인의 단상이었다. 그 글을 찬찬히 읽고 난 뒤, 백 번 이상 그 전등사 길을 걸었지만 나는 죽었다 깨어나도 그런 에세이를 쓸 재주가 없음을 절감했다.

지난여름 평화책방에 들른 함민복 시인에게 이 경험을 얘기했더니, 다음에 올랐던 전등사 글이 《길은 다 일가친척이다》(2009)라는 에세이집에 실려 있다고 알려줬다. 《모든 경계에는 꽃이 핀다》, 《말랑말랑한 힘》과 같은 시집으로 사랑받는 함 시인의 수필집을 구해 읽어 봤다. 《길은 다 일가친척이다》에 실린 에세이 '전등사에서 길을 생각한다'는 이렇게 시작한다.

길은 최대한 직선을 지향한다. 그러나 굽을 수밖에 없는 것이 길의 운명이다.

이 글을 읽으며, '길'에다 '인간'을 넣어도 좋겠다는 생각이 들었다. "인간은 최대한 직선을 지향한다. 그러나 굽을 수밖에 없는 것이 인간의 운명이다."

인간은 최대한 직선을 지향하지만

삶의 길을 걷다 보면, 직선이 아닌 곡선으로 생긴 길을 더 자주 걷게 된다. 우여곡절 없는 인생은 없다. 곡선이라도 앞으로 나아가면 다행인데, 함정에 빠지거나 역주행할 때도 있다. 울창한 나무 때문에 길이 보이지 않아서 망막할 때도 많다. 그리고 직선으로 평평한 길을 걷노라면 어김없이 이정표도 없는 양 갈래 길이 등장한다. 이런 양자택일의 순간에는 어린 시절의 유치한 장난처럼 손바닥에 침을 튀겨서 갈 방향을 결정해야 하나?

중학교 때 일기장이나 다이어리에서 쉽게 볼 수 있던 시 중에 로버트 프로스트의 〈가지 않은 길〉이 있다. "노랗게 물든 숲속에 두 갈래 길이 있었네."로 시작하는 이 시를 읽으며 앞으로 펼쳐질 인생길을 떠올려본 학생들이 많을 것이다. 시인은 두 갈래 길 중에 "똑같이 아름다웠지만 풀이 우거지고 인적이 없어/ 더 나아 보이는 길을" 선택했다고 썼다. 그런데 무슨 이유에선가 시인은 먼 훗날 "나는 사람들이 덜 지나간 길을 택했고,/ 그로 인해 모든 것이 달라졌다고" 후회랄 거라 예상한다.

어떤 길이든, 직선이거나 곡선이거나 끝까지 걸어보기 전에는 무엇이 어떻게 달라질지는 알 수 없는 일이다. 어느 길을 걸어도 후회는 피할 수 없겠지만 자기가 선택한 인생길을 걷지 못했을 때 후회가 막심할 것이다.

공자가 《논어》 위정편에서 말하길 60에 이순(耳順)이라 했는데, 60이 넘었건만 그 뜻도 제대로 모르겠다. 귀가 순해진다는 말이 남이 하는 말에 화가 안 난다는 말인지, 듣기만 해도 그 이치를 알아먹는다는 말인지 모르겠으나 둘 다 어려운 일이다. 공자는 자기 나이 40에 불혹하고 50에 지천명을 이뤘다 했다. 이순의 고갯길에 서서 나 자신을 돌아보니 지천명은커녕 불혹과도 거리가 멀다. 안타깝게도 하루종일 반복운동하는 괘종시계의 시계부랄처럼 좌우, 흑백, 비겁과 오만, 단견과 상견을 기웃거리며 동요하고 살아온 인생이다. 60년을 자란 나무는 뿌리 깊은 거목일 텐데, 우리네 인생은 영화 〈레옹〉의 주인공이 들고 다니던 화분에서 자라는 화초처럼 뿌리가 얕다.

자유를 위해 날개짓하다 추방당한 갈매기 조나단

학창 시절 국어나 도덕 시간에 공자가 나이 15에 지학(志學)하고, 30에 이립(而立)했다는 것을 배울 땐 그래도 느긋하게 받아들였다. 남아도는 게 시간이라 여유만만한 때였다. 그런데 어느새 이립을 지나 쏜살같이 이순이 됐다.

10대에는 자기만의 동굴에서 홀로 키우던 불씨가 하나씩 있었다. 그 불씨가 꺼지지 않고 타오르게 하던 연료는 저마다 달랐다. 인생이 무엇인지,

어디로 가야 할지 막막해하던 사춘기 시절, 불씨를 살려주는 대표적인 연료는 책이기도 하다. 우리나라 청춘들이 선택한 책 중엔 《꽃들에게 희망을》, 《갈매기의 꿈》, 《어린왕자》 같은 게 유명하다. 지금 다시 읽어봐도 뛰어난 명작이다.

조종사 출신의 미국 작가 리처드 바크가 쓴 《갈매기의 꿈》(1970)의 주인공 조나단 리빙스턴은 다른 갈매기와 달리 단지 먹이를 구하는 게 아니라 하늘을 나는 비행 그 자체를 즐겼다. 오랜 관습에 저항하며, 진정한 자유와 자아실현을 위해 높이 날아오르는 모험을 감행하던 조나단은 무리의 갈매기들로부터 따돌림받고, 추방당하게 된다. 하지만 꿋꿋하게 자신의 꿈에 도전한 조나단은 "난다는 것은 갈매기들의 정당한 권리라는 것, 자유는 그의 존재의 본질이라는 것"을 깨닫게 된다.

어린 시절엔 조나단을 꿈꿨지만 살다 보면 먹이를 구하기 위해 고단한 날갯짓을 반복하는 갈매기로 살아가는 게 대부분의 인간이다. 지학의 나이가 아니라 지천명, 불혹 혹은 이순의 나이에라도 다시금 자유로운 비상의 날갯짓 한다 해도 문제 될 일은 아니다. 일찌감치 비상을 꿈꾸며 하늘 높이 날아올랐지만, 거센 비바람에 포기하고 먹이를 구걸하러 다니는 갈매기보다는 나이 들어 자유를 향해 날갯짓하는 노장 갈매기가 더 아름다운 법 아니겠는가. 인생은 단 한 번뿐이며, 오직 내가 선택한 길을 내 발로 걷는다는 점을 좀 더 일찍 알았다면 더 좋았겠지만 후회해야 소용없는 일이다.

《갈매기의 꿈》이나 《어린 왕자》처럼 세계적으로 이름난 책이 아니더라도 큰 울림을 주는 글을 의외의 장소에서 만날 때가 있다. BTS 노래 〈소우주〉(Microcosmos) 중에 이런 가사가 나온다. 음악평론가들이 평하길 BTS

노랫말엔 흔해 빠진 사랑, 이별을 소재로 한 노래가 거의 없고, 청춘의 메시지를 담았다더니 맞는 말이었다.

밤이 깊을수록 더 빛나는 별빛, 한 사람에 하나의 역사, 한 사람에 하나의 별, 70억 개의 빛으로 빛나는, 70억 가지의 world, 70억 가지의 삶

'하늘과 바람과 별과 시'를 노래한 윤동주가 그랬고, 잠자는 하늘님 부른 한영애가 그랬고, 오늘 돌아가신 배은심 어머니와 아들 이한열이 그렇게 살았다. 그리고 김 대리, 비정규직 이 씨, 취준생 박 군이 하나의 역사, 별, 빛인 것이다.

"100억 년을 사는 태양이나, 100년을 사는 나나 결국"

코로나가 기승을 부려 모든 송년회가 취소된 2021년 12월의 마지막 날, 홀로 맥주 한 잔 기울이며 기분을 냈다. 일기예보에서 1월 1일, 영하 10도 아래로 추워진다 해서 퇴근을 하지 못하고 홀로 책방을 지키며 동파 방지 신경을 써야 했다. 지난겨울 세 차례의 동파를 경험해서 영하 10도 아래로 떨어지면 자청해서 비상 대기조가 된다. TV에서 자정에 보여주는 제야의 종소리를 기다리며 페북에 올라온 글을 봤다. 그러다 〈강화뉴스〉(12. 31.)에 실린 '벽난로 속 불을 보며' 라는 제목의 수필에서 '제야의 명구'를 발견했다.

100억 년을 사는 태양이나, 100년을 사는 나나 결국 영원의 한 조각이다.

강화도 내가면에 거주하는 이광식 천문학 작가는 활활 타오르는 벽난로 장작불을 보며, "100억 년도 10년도 우주도 돌아보면 다 가뭇없는 봄날의 아지랑이"라고 썼다. 그리고 내 몸의 마지막도 "저렇게 따뜻한 불 속에서 끝나겠지. 온몸이 평안할 것이다. 다행이다."라고 끝을 맺는다. 우주 속의 인간을 떠올리면 허무와 낙관이 함께 교차하는데, 그 순간 비극적인 느낌보다는 아름다운 감정이 생성했다 사라진다. 코로나로 서울 보신각에서 해마다 하던 제야의 종소리 행사도 생략했다. 하지만 '벽난로 속 불을 보며'의 글귀가 냉기 가득한 책방 가득 울려 퍼졌다. '인생도처유상수'(人生到處有上手)라더니 곳곳에 대가들이 포진하고 있었다.

변방의 작은 섬 강화에도 이렇게 상수가 많다. 강화 사는 함민복 시인 역시 내가 만난 상수 중의 한 명이다. 그는 《길들은 다 일가친척이다》에 실린 '전등사에서 길을 생각하다'에서 이렇게 썼다.

그렇다면 지금 막 꿩이 낸 길은 길의 새싹인가. 길들은 진화와 퇴화를 반복하며 서로 만난다. 길끼리 만나지 않는 길은 존재할 수 없다. 길 중에 섬(島)인 길은 없다. 길들은 다 일가친척이다.

길들은 일가친척이란 의인법이 가슴에 쏙 와 닿는다. 그런데 정작 한겨레, 한핏줄이라는 남과 북의 길은 섬과 같이 끊긴 길이다. 남북의 길은 퇴화를 거듭해 길의 기능을 거의 상실했다. 길 아닌 길엔 침묵과 두려움이 퇴적해 수십 겹의 담이 됐다. 철책 앞 겨울 벌판엔 길 잃은 두루미가 찾아와 한 다리로 선 채 홀로 사방을 경계한다.

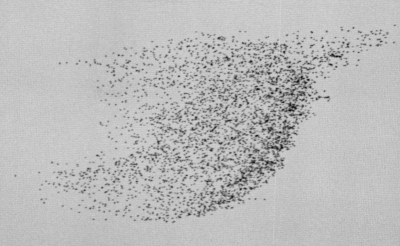

4장 통일희년, 통일회귀

송두율, "나는 지금도 그들을 응시하고 있어요"

2012년 8월, 《진보의 블랙박스를 열다》라는 책을 기획해서 공저로 냈다. 2012년 5월에 벌어진 통합진보당 국회의원 후보 당내 경선 사태를 둘러싼 진실 공방을 다룬 이 책은 들녘출판사에서 나왔다. 출판사 이름을 강조한 것은 여러 군데의 출판사를 알아보다 우여곡절 끝에 간신히 냈다는 점을 말하기 위해서다. 처음에 편집을 진행했던 출판사는 초교지가 나온 상태에서 본문 내용 중 《자본론》 인용문 해석이 잘못됐다는 얼토당토 않은 이유를 들어 출판을 거부했다. 통합진보당과 이정희를 지지하거나 변호하는 편에 줄을 서기 꺼리는 사회적 분위기의 영향이었다. 그 묘한 정서의 바닥엔 혐오와 배제 외에도 두려움과 공포가 섞여 있었다.

당시 이정희 대표를 둘러싼 당권파의 부정선거 의혹을 제기한 온갖 보도가 난무했다. 대한민국 헌정사에서 특정 정당, 그것도 소수 정당의 당내 경선에 이런 관심이 집중된 일은 전무후무한 일이다. 마녀사냥의 표본이었다. 진보파 지식인 다수도 이 대열에 합류했다.

진보파 지식인과 언론은 2003년 재독철학자 송두율 교사 사건 때도 이와 비슷한 태도를 보였다. 민주화운동기념사업회가 주관하는 해외 민주 인사 초청 행사의 목적으로 37년 만에 방한한 송두율 교수는 입국하자마자 구속됐다. 국가보안법상 반국가단체 가입, 특수탈출 및 회합통신 위반 등 혐의로 구속되어 재판을 받았다. 2004년 3월 1심에서 징역 7년의 실형을 선고받았으나, 2004년 6월 2심에서 집행유예로 풀려났고, 2008년 대법원 상고심에서 무죄로 확정됐다.

"나는 지금도 그들을 응시하고 있어요."

이후 송두율 교수는 《미완의 귀향과 그 이후》(후마니타스, 2007) 머리말에서 "2003년과 2004년의 가을, 겨울, 봄 그리고 여름 동안 그 시끄러운 굿판을 벌여 온 네 마리의 원숭이-국정원, 공안검찰, 썩은 내 나는 신문, 그리고 위선적인 지식인-의 벌거벗은 모습들을 새삼 떠올리게 된다."라고 쓴 것처럼 '위선적인 지식인'에 대해 회의하게 된다.

송두율 교수는 《미완의 귀향과 그 이후》에서 "당시 언론이 만들어내는 논리나 담론에 동원되어 요설을 설파한 이들에 대해서는 누가 무어라 해도 나는 그들을 지식인이라고 생각하지 않아요. 지식인은 먼저 진실에 대한 열정이 있어야 하지요."라고 말하면서 '국가보안법 체제'에 갇혀 사는 지식인을 비판했다.

한국 사회에서 분단과 통일을 말하고, 진보적으로 알려진 대표적인 지식인 중에도 진실을 보지 못하고, 내 사건의 본질을 의심의 시각으로 외면하고 회피한 사람이 많았어요. 심지어 독일의 내 집에 왔다 갔던 사람 중에 나를 안다는 사실조차 부정한 사람들도 있었어요. 진실을 보기 두려워하면서 어떻게 지식인으로 행세할 수 있는지, 나는 지금도 그들을 응시하고 있어요. 점점 참된 지식인을 만나 보기 어려운 현실이 안타까워요.

2012년 5월에 벌어진 통합진보당 국회의원 후보 당내 경선 사태를 둘러싼 진실 공방을 다룬 책《진보의 블랙박스를 열다》를 기획하고 편집 진행하는 동안, 송두율 선생의 글 중 '나는 지금도 그들을 응시하고 있어요.'라는 표현을 여러 차례 떠올렸다. 이 문장에서 한편으로 실망감과 분노, 또 한편으론 써늘하면서 섬뜩한 느낌이 묻어났다.《진보의 블랙박스를 열다》도 진실을 외면한 지식인들을 '응시'하기 위하여 만든 책이라 할 수 있다. 이름 없는 필자들의 응시에 겁먹을 기자, 명망 높은 지식인은 없겠지만 이는 어쨌든 주머니 속의 송곳과도 같은 '역사의 응시'임엔 분명하다.

《진보의 블랙박스를 열다》를 기획하기 위해 여러 사람과 이야기해 보니 이정희, 이석기에 돌을 던지거나 침묵하는 이들의 속내는 부정선거 여부보다는 통합진보당의 친북성향이 마땅치 않았다. 한마디로 '주사파'가 진보의 대표 선수로 설치는 게 눈에 거슬렸는데, 부정선거 논란과 이에 대한 서투른 대응을 빌미 삼아 통합진보당을 무력화시켜야 한다고 여겼다. '종북 주사파'는 대한민국 정치의 '링 위에 올라오면 안 되는 선수들'이었고, '헌법 안 진보'가 아니기에 성 밖으로 추방하려 했다. 당내 경선 부정선거의 팩트는 사실 핑곗거리에 불과한 문제였다. 이정희 마녀사냥에 동참한 진보, 보수

진영의 기자, 지식인들은 대체로 반북 이데올로기를 공유한다는 점에서 같은 편이었다. 그들은 혐오와 차별에 반대한다고 말하지만 종북파 딱지가 붙은 자에겐 예외였다.

의도적 오보를 토해내는 신문의 활자를 바라보며, 새로운 지질시대인 인류세(人類世)에는 플라스틱만이 아니라 썩은 활자도 퇴적되어 있을 것이라 추정하기도 했다.

나는 고발한다!

《진보의 블랙박스를 열다》를 만드는 동안 긴장감을 유지하기 위해 옆에 두고 읽은 책이 드레퓌스 사건을 다룬 《나는 고발한다》(에밀 졸라, 1898)이다. 통합진보당 경선 사건과 그후의 해산과정에서 한국의 언론-제도권 보수정당(민주당 포함)-지식인, 예술가가 종북 마녀사냥에 합작하거나 침묵, 방관했다면, 드레퓌스 사건 때는 프랑스의 군부, 지식인, 언론이 진실을 땅속에 파묻으려 했다. 드레퓌스를 변론하는 에밀 졸라는 반드레퓌스 진영을 비판하는 다수의 글을 기고했는데, 언론을 비판하는 내용이 많은 비중을 차지했다.

우선, 언론을 돌아보자.
우리는 독자의 타락한 호기심을 자극해서 돈을 버는 언론, 더러운 신문을 팔기 위해 대중을 탈선시키는 언론, 국가가 조용해지고, 건강해지고, 강력해지자마자 독자가 끊기는 언론, 한마디로 발정한 듯 날뛰는 저열한 언론을 보았다. 방탕을 암시하는 제목을 대문자로 넣어 오가는 사람들의 시선을 끄는 저속한 신문들은 어둠 속에서 호객 행위를 하는 매춘부와 다를 바 없다. 방탕의 암시야말로 그들이 흔히 쓰는 파렴치한 상술이다……

생각해보라! 그들의 목소리 중에서 인류를 지지하고, 모욕받은 정의를 지지하는 고고한 목소리가 단 하나라도 있었던가?

에밀 졸라의 글을 읽다 보면 당시 프랑스에도 황색 언론이 활개 쳤음을 알 수 있다. 《진보의 블랙박스를 열다》의 필자를 알아보기 위해 진보로 분류되는 제도권 언론사 여러 곳을 알아봤으나 단 한 명의 기자도 섭외하지 못했다. 글을 쓸 만한 성향의 현직 기자는 조직의 눈치를 봐야 했고, 신문사에서 막 퇴사한 기자는 "다른 곳에 취업하려고 알아보는 중이라 어렵다."라며 청탁을 거절했다. 한마디로 '마녀'로 낙인찍힌 이정희 변론하는 글을 써서 같이 찍히기 싫다는 말이었다. 누군들 블랙리스트에 오르고 싶겠는가.

이름이 널리 알려진 시인이나 소설가 역시 단 한 명도 섭외하지 못했다. 지금은 돌아가신 남정현 선생만이 한 인터넷 신문과의 공개적인 인터뷰를 통해 마녀사냥의 부당성을 지적했다.[*]

아무리 평소 정치적 견해가 달라서 외면하고 싶다 해도, 북을 바라보는 관점이 달라도, 진정 자유주의와 민주주의를 신봉하는 시민이라면, 사상의

---

[*] 2012년 통합진보당 사건 다음 해, 《한라산》을 쓴 이산하 시인이 〈경향신문〉 칼럼(시인의 죽비, 황교안 장관 후보와의 '악연', 2013. 2. 22.)의 결말에 이런 구절을 남겼다. "김수영 시인이 '김일성 만세'란 시를 쓴 게 53년 전이다. 우리는 그 '빨갱이' 이데올로기의 덫에서 한 발짝도 더 나아가지 못했다. "우리는 적들의 말보다 친구들의 침묵을 더 오래 기억한다." (루터 킹 목사) 나를 가장 슬프게 하는 말이다.

자유를 말할 때 즐겨 인용하는 마르틴 니묄러 목사(1892~1984)의 〈그들이 처음 왔을 때〉(나치가 그들을 덮쳤을 때)라는 시를 한 번쯤 곱씹어 봐야 한다. "나치는 우선 공산주의자를 잡으러 왔다./ 나는 아무 말도 하지 않았다./ 공산주의자가 아니었으므로."로 시작해서 "그들은 나를 잡으러 왔다./ 그런데 아무도 나서 줄 사람이 남아있지 않았다."로 끝나는 이 시는 연대와 사상의 자유를 강조할 때 자주 인용된다. 하지만 여전히 현실에 적용하기 어려운 시임이 수시로 증명되고 있다. 자유주의 수호를 위해 이 글을 인용하는 사람도 사회주의자, 특히 '종북주의자'로 낙인 찍힌 사람이 잡혀갈 땐 대체로 침묵한다.

1차 세계대전(1914~1918)을 반대했던 독일 작가 헤르만 헤세도 '배신자' 소리를 들었다. 주변의 시인들이 전쟁의 정당성을 노래할 때 헤세는 절망적으로 저항했고, 친구 대부분은 그의 옆을 떠났다. 헤세는 《그래도 꿈꾸어야 하리》에 실린 에세이 '자전소묘'에서 "이제까지 화합하여 평화롭게 지내고 있던 세상과 나 자신이 또다시 충돌하고 있는 것을 발견했다. 나는 외톨이가 되었고 비참해졌다."라고 썼다. 1919년에 발표한 《데미안》에는 이런 그의 반전사상이 담겨있기도 하다. 《데미안》이 단순히 개인에 초점을 맞춘 성장소설이 아니었음을 10대 성장기에는 몰랐다.

통합진보당과 이정희, 송두율 마녀사냥의 바탕에는 좌우 정당과 좌우 언론 카르텔에 의한 종북주의자 배제 욕구, 그 심층엔 반북의식이 깔려 있다. 이 종북몰이 마녀사냥에는 우습게도 '헌법 안 진보'라 불리는 '진보파 언론과 지식인'이 노골적으로 앞장서거나 팔짱 끼고 방관자 자세를 취했다. 유대교에서 스피노자를 추방한 문서에는 "이름이 이 세상에서 영원히 지워졌다."고 명시했다고 한다. 이처럼 헌법 안 진보세력은 이정희라는 이름을 영원히 지우고 싶어했다.

22미터 11센티미터의 머리카락

마녀사냥 하면 떠오르는 대중소설 중의 하나가 《주홍(분홍)글씨》이다. 이는 개신교에 의한 종교재판이었다. 남미의 《주홍글씨》로 불리는 소설이 있는데, 가브리엘 가르시아 마르케스가 스페인 정복지인 남미의 가르떼하나 데 인디아스를 배경으로 쓴 《사랑과 다른 악마》(1994)이다. 이 소설의 주인공은 12살 먹은 소녀 마리아인데, "이마에 하얀 반점이 있는 잿빛 개 한 마리"에게 물린 뒤 광견병 환자로 몰리고, 이로 인해 귀신들린 자로 판명된 뒤 수도원에 감금되고, 악마퇴치 의식을 받는 과정에서 사망한다. 가톨릭의 종교재판을 통해 당시 사회의 광기를 보여주는 작품이다.

한국 사회에선 보수기독교-언론-수구세력이 합작한 마녀사냥이 종종 발생한다. 아직 이를 주제로 한 제대로 된 소설이 한 편도 나오지 않았다. 마르케스가 《사랑과 다른 악마》를 쓰게 된 계기는 1949년 10월 26일 일간지의 초년병 리포터로 일할 때, 수녀원의 납골당 해체 현장에서 목격한 머리카락 때문이었다. 납골당의 유골함에서 발견된 어린 소녀의 두개골에는 구릿빛 머리카락이 붙어있었는데, 그 길이가 무려 22미터 11센티미터였다. 비석에는 성도 없이 '모든 천사의 시에르바 마리아'라는 이름만 적혀 있었다. 마르케스는 이 소녀가 할머니가 들려주던 열두 살짜리 후작 소녀의 전설에 나오는 주인공이라 여겼고, 그래서 소설을 쓰게 됐다는 얘기를 소설의 도입부 앞에 적었다.

한국에서 작가들이 사회정치적 광기를 주제로 한 소설을 쓰려면, 어느 무덤에선가 22미터 22센티미터쯤 되는 붉은색 머리카락이 발견돼야 할지도 모를 일이다.

마녀사냥과 분홍글씨

-이덕일, 이석기, 윤미향

2014년 초부터 말 그대로 홀로 1인 출판사 《말》을 운영하면서 지금까지 30여 권의 책을 냈는데, 이 중에 손이 가장 많이 간 책은 2016년 5월에 출간한 《제국의 변호인 박유하에게 묻다》이다. 이 책을 만드는 데 힘이 들었던 첫째 이유는 필자가 무려 스무 명이나 되기 때문이다. 미국과 일본에서 '일본군위안부' 문제로 발언을 해온 다섯 명의 교수, 언론인, 인권 운동가에게도 청탁했다.

이 책을 기획하기 전까지는 부끄러운 고백이지만 수요집회에 단 한 번도 참석하지 않았다. 정대협도 단체 이름만 아는 정도였으며, 일본군'위안부' 문제는 여성이 앞장서서 하는 일이라 여겼다. 그랬던 문외한이 혼자 힘으로 위안부 논쟁을 주제로 기획해서 19명에게 청탁을 하고, 직접 글도 쓰면서 어렵사리 책을 낸 이유가 있다.

2016년 초 광화문 교보문고에 들러 책 구경을 하다가 《제국의 위안부》 표지를 보고 경악을 금치 못했다. 2015년 법원에서 박유하가 쓴 《제국의 위안부》의 34곳을 지적하고 이를 "삭제하지 아니하고서는 위 도서를 출판, 발행, 인쇄, 복제, 배포 및 광고를 하여서는 아니 된다."라는 판결을 내린 뒤, 법원이 지적한 부분을 수정해서 새로 찍어낸 제2판 도서였다.

박유하 지지하며, 한국 지식인 190여 명도 항의 성명 발표!

이 책에는 '제2판 34곳 삭제판'이라는 글자가 훈장처럼 박혀 있었다. 그리고 표지를 감싼 붉은색 띠지에는 "《제국의 위안부》를 법정에서 광장으로, 2015년 11월 18일 '허위사실 적시에 의한 명예훼손 혐의로 형사 기소'라는 광고 문구를 크게 적어놓았다. 이는 마치도 승리자가 뿌린 호외와도 같아 보였다. 법원이 삭제하라고 지시한 문장은 ○○○(숨김표) 표시로 대체했다.

이 표지를 서점 매대에서 처음 보는 순간 가해자가 피해자 흉내를 낸다는 생각이 들어 어이가 없었다. 명예회복 하나 바라보며 지내는 할머니들의 명예를 훼손한 '피고인'이 마치 사상의 자유를 억압받은 양심수, 사상범처럼 순교자 행세를 하는 것에 말문이 막혔다. 《제국의 위안부》 필자 박유하와 출판사는 '34곳 삭제'를 영광의 상처로 여기는 듯했고, 삭제 명령받은 내용이 피해자인 일본군 '위안부' 할머니에게 어떤 상처를 입혔는지에 관해서는 아무런 성찰과 반성이 없었다. 나눔의 집 할머니들은 《제국의 위안부》 삭제판 소식을 듣고 "억울하고 원통한 마음에 겨우 생명을 부지하고 있는 할머니들을 두 번 죽이는 일"이라며 격노했다.

《제국의 위안부》 2판의 띠지 내용 중에 특히 눈에 거슬리는 대목이 있었다. 띠지에는 "일본 지식인 54인의 항의 성명!"이라는 문구 아래 "김규항, 장정일, 김철, 홍세화, 고종석, 유시민, 김원우, 금태섭 등 한국 지식인 190여 명도 항의 성명 발표!"라고 적혀 있었다.

교보에서 《제국의 위안부》 2판의 표지와 띠지에 실린 글을 보는 순간 《제국의 위안부》를 해부하는 책, 자발적으로 '제국의 동지' '제국의 변호인' 이 된 자칭 '신친일파' 박유하의 실체를 드러내는 책을 기획하기로 마음먹었다.

그리고 2016년 4월 18일에는 서울동부지법에서 열린 박유하의 재판도 참관했다. 검찰은 박 교수가 위안부 모집의 강제성을 부인했고, 자발적 매춘부라 주장했으며, 일본군과 동지적 관계였다는 세 가지 거짓말을 한 혐의로 기소했다. 이날 재판정에서 피고인 박유하는 이 세 가지 혐의에 대해 다 부정을 하고 반론을 했는데, 이에 관해 검사는 피고가 '의도적'으로 역사 사실을 왜곡하고, '교묘하게' 역접과 비약을 섞어서 허위사실을 적시했다며 비판했다.

박유하가 교묘하게 역접과 비약을 섞어가며 《제국의 위안부》에 실은 세 가지 거짓말은 일본 우익의 강령이다. 이 거짓말은 얼마 전부터 이영훈 전 서울대 교수 등이 쓴 《반일 종족주의》(2019)를 통해, 그리고 소녀상 앞에서 일본 우익의 강령을 대신 외치는 한국의 매국노들에 의해 재생산되고 있다.

일본 우익이 위안부는 강제동원하지 않은 매춘부라며 거짓 주장하는 것과 관련하여 꼭 알아야 할 사실이 하나 있다. 이는 단지 한일 간의 문제만이 아니라는 점이다. 《제국의 변호인 박유하에게 묻다》에는 서승 교수의 글이 실려 있는데, 그는 여기서 일본 사회의 평화헌법 9조 개악을 반대하는 평화운동 세력도 "키쿠(천황제), 야스쿠니신사, 난징학살, 일본군'위안부' 문제 등 이른바 '4개 터부'에 대해서는 언급을 피하고 있다."라며 비판을 가했다.

일본의 4대 터부, 난징학살과 일본군 '위안부'

이중 난징학살은 일본군이 1937년 12월 13일 중국의 난징을 함락한 뒤 최소 26만 명에서 35만 명의 민간인을 상상을 초월하는 방법으로 살해한 사건이다. 역사상 전무후무한 일본군의 야만적 행위에 관해 미국의 교과서도 거의 다루지 않고 있으며, 일본은 아예 역사적 사실 자체를 부정하고 있다. 이 사건은 아이리스 장이라는 미국계 중국인 작가가 쓴 《난징대학살》이란 책이 1997년에 발표되면서 세계적인 주목을 받았다. 버클리대학 동아시아 연구소장이었던 프레데릭 웨이크먼은 이 책에 대해 "많은 일본인은 자신들의 죄의식을 기억상실로 대체하며 대학살이 일어났다는 사실 자체를 부정하지만, 아이리스 장의 가슴 저리는 서술은 앞으로 일본 극우주의자들의 책임 회피를 불가능하게 만들 것"이라고 평했다.

이 책에는 《천황의 이름으로》라는 다큐멘터리에서 일본 학자가 "만약 20~30명만 살해되었다고 해도 일본엔 엄청난 충격이었었을 것이다. 그때까지 일본 군대는 아주 모범적이었다."라며 학살을 부정하는 장면도 보여주고 있다. 일본이 간도 대지진 때 조선인이 우물에 독을 탔다는 유언비어를 퍼뜨리며 수만 명을 학살한 사실을 부끄러워하지 않는 것을 보면 익숙한 수법인 셈이다.

아이리스 장은 《난징대학살》의 서문 마지막에 "이 책을 쓰는 동안 늘 조지 산타야나의 경고를 마음속 깊이 새겨두었다."라며 아래 문장을 적었다.

과거를 기억하지 못하는 사람들은 그 과거를 되풀이한다.

일본군'위안부' 문제와 난징대학살이라는 역사적 사건에 대해 누가 거짓말을 하고 있는지, 이는 사실 진위 논쟁이 아닌 책임과 반성의 문제일 뿐이다.

역사학자 이덕일이 실형 받을 때는 침묵한 지식인 집단

박유하 교수의 《제국의 위안부》가 법정에서 심리를 받은 비슷한 시기에 또 다른 책 한 권이 명예훼손 혐의로 법의 판결을 받았다. 역사학자 이덕일의 《우리 안의 식민사관》(만권당)이다. 이 책에서 이덕일은 고려대 김현구 교수가 쓴 《임나일본부설은 허구인가》(2010)는 식민사관을 벗어나지 못했다고 비판했다. 2014년 9월 4일 《우리 안의 식민사관》 초판이 나온 직후, 고려대 김현구 교수는 이 책에 대해 '출판금지 등 가처분 신청서'를 제청하고 이덕일을 명예훼손 혐의로 형사 고발했다.

2016년 2월, 1심 재판부(나상훈 판사)는 역사학자의 학문적 주장에 대해 징역 6개월에 집행유예 2년의 실형을 선고했다. 학문적 논쟁에 대해 보기 드물게 실형이 선고됐음에도 대다수 한국의 지식인 사회와 언론은 침묵으로 일관했다. 특히 일본 우익의 논리를 대변한 박유하 교수가 법원의 판결을 받을 때는 적극적으로 나서서 방어, 변론하던 진보적 지식인들은 모두 눈을 감고 모른 척했다. 그들이 중시하던 학문의 자유, 표현의 자유의 잣대로 본다면 《제국의 위안부》 사건보다 더 엄중한 사건이라 할 수 있음에도 철저히 외면했다. 강단사학자 김현구 교수가 재야사학자로 분류되는 이덕일 박사를 고소했기 때문일까? 친일파로 비판받는 박유하는 집단으로 변론하던 자유주의파 지식인들이 역사학자 이덕일에 대해서 냉담한 이유는 무엇이었을까? 그가 친일 식민사학을 앞장서서 비판했기 때문인가? 도무지 알 수 없는 노릇이었다.

이덕일 교수에게 실형을 선고한 1심과 달리 2심 재판부는 무죄를 선고했다. 항소심 판결문을 읽어보면 지극히 상식적인 판단이었다.

국가권력 특히 사법권이 신중한 고려 없이 학자들 사이의 학문적 비판과 논쟁에 과도하게 개입하여 그 중 어느 일방을 무분별하게 형사 처벌할 경우, 비판적 소수자들의 적극적 문제 제기를 위축시키고 주류의 지배적인 논리만을 보호함으로써 자유로운 토론을 통해 학문과 사상이 발전할 수 있는 기회를 봉쇄하는 결과를 초래할 수 있다. 이러한 관점에서 학문과 사상의 영역에 대한 국가형벌권의 행사는 가급적 자제되어야 하고, 출판물에 대한 명예훼손죄의 비방의 목적 또한 최대한 제한적으로 해석함이 마땅하다.

학문과 표현의 자유를 존중해야 한다며 박유하를 변론하는 기사, 인터뷰를 내보냈던 언론사 기자들 대부분이 이덕일에 대해선 다른 잣대를 들이대고 모르쇠로 일관했다. 진보, 보수 언론의 구별도 없었다. 《제국의 위안부》는 학문의 자유, 표현의 자유의 대상이지만 《우리 안의 식민사관》은 그렇지 않다는 것인가? 1심의 유죄판결과 달리 2심에서 무죄 판결을 내려도, 대법원에서 무죄 확정판결이 나도, 언론은 잠잠했다. 글 꽤나 쓴다는 대한민국의 지식인, 기자 사회에는 일반인이 이해하기 힘든 일이 수시로 벌어진다.

90분 강연에 9년 형 선고 수수방관한 자유민주주의자들

지식인과 기자 집단의 외면을 받는 또 한 명의 인물이 있다. 소위 내란음모 사건으로 구속된 이석기 전 통합진보당 국회의원이다. 2013년 구속된 이 의원은 법원에서 형법상 내란선동죄, 국가보안법상 고무 찬양죄 등으로 9년 8개월의 실형을 선고받았다. 기억이 없거나 고의로 망각하려는 사람들도 있겠지만 이석기 의원이 포함된 RO 사건 관련자들은 처음엔 내란음모죄로 기소됐다. 그러다 은근슬쩍 내란선동죄로 바뀐 것이다.

박근혜 정권에 의해 이런 무리한 재판과 과도한 실형 선고, 정당 해산이 자행됐을 때 박유하를 변론하던 명망 높은 자유주의파 지식인들이 무엇을 했는지 아는 바가 전혀 없다. 그들에게 양심의 자유, 표현의 자유는 오직 자유주의자, 민주주의자, 그것도 구미에 맞는 일부에게만 허용되는 특권이었나보다. 배제와 혐오의 대상인 정치적 '유대인'에게는 허용할 수 없는 자유였다. 비주류 문학평론가 장정일과 노르웨이 오슬로대 박노자 교수가 몇몇 칼럼을 통해서 '유대인에게도 자유를 허하라'고 외친 목소리가 기억에 남는다.

정치 모임에서 90분 강연하고 9년 형을 선고받은 이석기 의원이 징역 생활 8년만인 작년 12월 《새로운 백 년의 문턱에 서서》라는 책을 펴냈다. 이 책의 파란색 띠지에는 큰 글자로 '박근혜 정권이 만든 최장기 양심수 이석기'라는 문구가, 그 아래 작은 글자로 이런 말이 적혀 있다.

한 사람에게 국가가 가하는 고통에 대한 이 무감각함은 도대체 어디에서 나오는 것일까?
—박노자

정치적 호불호가 있다 하더라도 감옥에 갇힌 한 사람의 고통에 무감각한 사람에는 법을 빙자한 국가폭력의 만행을 목격하고도 침묵을 지키거나 방조한 모든 국민이 포함된다. 내란선동사건 재판의 변론에 참여했던 김칠준 변호사는 한 신문의 칼럼에(한겨레, 2021. 7. 29., 왜냐면-이석기의 억울한 옥살이에 대한 목격자들) 쓴 기고문에서 이렇게 말했다. '왜냐면' 난은 독자 기고문을 싣는 지면이다.

지난 8년 동안 우리는 모두 '이석기 내란음모 조작 사건'에서는 같은 시대의 목격자들이다. 아니 이러한 불의한 상황을 방치하고 있는 방관자들이다. 같은 법조인으로서, 무엇보다 같은 목격자로서 문재인 대통령에게 "이석기 의원은 왜 아직도 감옥에 있어야 하는지" 묻고 싶은 마음 간절하다.

이런 호소가 통한 것인지, 아니면 박근혜 사면에 끼워 넣기로 활용한

것인지는 알 수 없으나, 문재인 대통령은 2021년 12월 24일, 만기석방이
얼마 남지 않은 이석기 의원을 전자발찌를 채워 가석방했다.

윤미향, 마녀사냥의 배후엔 누가?

마녀사냥이 빈번하게 일어나는 광경을 목격하면서, 이 일이 우연이나
자연발생적 사건이 아니라 계획적이고 배후가 있는 일이 아닐까 하는 의심
을 품기도 했다. 이정희, 이석기, 조국, 이덕일, 윤미향의 공통점은 무엇일
까? 얼핏 보면 유사한 점이 별로 없지만, 이른바 '토착 왜구', 사대주의
수구세력이 싫어하는 인물이 아닌가 싶다. 이정희, 이석기는 민족해방계열
의 대표적인 정치인이고, 조국은 '죽창가'를 강조한 것으로, 이덕일은 친일
사학자 비판으로, 윤미향은 일본군'위안부' 문제를 다룬다는 점에서 친일(친
미)세력들에게 눈엣가시 같은 존재인 것이다. 그러나 이는 어디까지나 추정
일뿐 근거를 제시하긴 어렵다. 조국 장관 사태가 일어났을 때 김영종 작가의
《쉬었다 가요, 려군》(도서출판 말)이란 소설책을 펴냈는데, 작가는 이 책에서
조국 죽이기의 배후로 미, 일 정보기관을 지목했다. 심증은 가지만 물증은
없는 사안이었다.

이 글의 결론을 고민하다 쉽게 마무리를 하지 못한 상태에서 인천의
배다리 헌책방 골목을 오랜만에 찾았다. 전통의 아벨서점, TV 드라마 도깨
비 촬영지로 유명해진 한미서점에서 몇 권의 헌책을 골랐다. 그중의 한
권이 《분홍글씨》였다. (보통은 '주홍글씨'라고 제목을 붙인다.) 목사와 몰래 정을
나누고 아이를 낳은 죄로 주홍빛 헝겊에 'A'자를 수 놓아 가슴에 달고

평생을 살아야 했던 젊은 여자 헤스터 프린이 주인공인 소설 《분홍글씨》. 이 책을 보는 순간 '현대판 주홍글씨'가 떠올랐고, 이글의 결말을 쓸 소재로 안성맞춤이라 생각했다.

그런데 다음날 페이스북에 김민웅 목사가 《주홍글씨》 책 소개와 함께 윤미향 의원 이야기를 다뤘다. 우연의 일치이자 이심전심이었다. 그는 "자신의 젊음을 몽땅 바쳐 위안부 할머니들을 지켜내고 우리의 민족사적 위엄을 수호하는 일에 전력을 다한 '윤미향'이라는 이름을 추악하게 만드는 것"이 수구 보수 정치세력의 목표라며, 이런 농간에서 윤 의원을 지켜야 함을 강조했다. 뭐 달리 덧붙일 말이 없었다. 김민웅 교수는 "우리는 이 소설의 무대인 17세기가 아니라 21세기를 살고 있다."라며 이렇게 글을 끝맺었다. 이는 윤미향뿐만 아니라 이정희, 이석기, 이덕일, 조국, 그리고 터무니없는 여론몰이로 마녀사냥을 당한 모든 '주홍글씨'에게 해당하는 말이다.

나다니엘 호돈의 소설 《주홍글씨》는 세상의 도덕적 위선과 그것이 가한 참혹한 '낙인'을 고발한다. 그러나 그 낙인을 온몸에 새긴 이가 겪는 고통의 끝은 수치와 비난을 정면으로 마주하는 불굴의 용기로 바뀌어 간다.

첫 손님 강성호-국보법에 흘러간 꽃다운 이 내 청춘

딱 한나절 불교에서 말하는 화두라는 것을 들어본 적이 있다. 2006년 여름, 조계사에서 열린 간화선 입문프로그램에 참여한 적이 있는데, 10회 모임 중 한 번을 경상북도 봉화의 한 절에서 1박2일 템플스테이를 했다. 이날 2시간 정도 맛보기로 참선이란 걸 했는데, 그 절의 큰스님이 모두에게 화두를 던져주었다.

"모든 것은 하나로 돌아간다. 그런데 그 하나는 어디로 돌아가는가(萬法歸 一處 一歸何處)"

어디로 돌아가는가? 앉으나 서나 누우나 잠이 드나, 꿈속에서라도 오직 일념으로 의심하면서 집중해야 화두를 타파할 수 있다고 한다. 화두를 들 때는 은산철벽 앞에 선 것처럼 하라는 말도 있다. 은산철벽은 화두 참선하는 수행자들이 앞으로도 뒤로도 물러설 수 없는 정신 상태에 머문 경지를 일컫는다. 그 경지까지 밀고 나가면 "바로 이러할 때는 은산과 철벽을 마주한 것과 같아서 앞으로 나아가자니 문이 없고 물러서면 길을 잃어버리게 된다."(고봉 스님, 《선요》)라고 했다.

은산철벽 앞에 선 피고인과 《법정콘서트 무죄》

그 무렵 이 시대의 진정한 자유인이 되려면 국가보안법이라는 화두를 잡아야 한다는 생각을 한 적이 있다. 은산철벽에 갇힌 선승처럼 절박하게 오매불망 국가보안법을 생각해야, 이 시대의 은산철벽인 분단의 철벽을 뚫고 나갈 수 있다.

근래 강화에서 지내면서 접한 인물 중에는 이시우 사진작가가 그런 구도 자로 보인다. 2008년 구속된 이시우 작가는 28개 공소조항에 대해 완전 무죄 선고를 받고 석방되는데, 국가보안법 사건으로는 희귀한 사례에 속한 다. 무죄 판결을 받은 것은 처음부터 묵비권을 행사하고 단호하게 맞서던 피고인의 역할도 컸지만 이정희 변호사(전 통합진보당 대표)의 치밀한 변론이 큰 도움이 됐다.

2012년 가을, 국가보안법과 맞서 무죄를 쟁취한 두 사람의 이야기를 기록해야겠다고 마음을 먹었다. 대통령 선거운동 준비로 바쁜 이정희 대표 와 이시우 작가의 대담을 세 차례 진행한 뒤에 이를 정리해서 《법정콘서트 무죄-이정희와 이시우의 국가보안법 대담》(창해, 2012)라는 책을 펴냈다. 국가보안법이라는 장벽을 깨는데 송곳만 한 구멍, 바늘 자욱이라도 하나 내기 위한 시도였다.

국보법이 있는 사회에서 거의 모든 시민은 '국가보안법형 인간'으로 살아 간다. 그게 도덕적인 삶이기에 바늘구멍 하나 낼 생각도 안 한다. 니체가 기독교 노예도덕을 타파하듯 국가보안법 노예도덕을 부숴야 한다. 그래야 노예나 짐승이 아닌 초인의 길이 열린다.

국가보안법 체제에서 진보의 길을 가려면 감옥과 어깨동무할 각오를 해야 한다. 쉽지 않은 일이다. 국가보안법을 화두로 붙잡고 투쟁하면서, 은산철벽을 마주한 분들도 있다. 수십 년 감옥살이를 버틴 비전향장기수와 수시로 감옥을 들락거리는 진보, 인권단체의 활동가들, 그리고 민변의 몇몇 변호사가 그렇게 보인다. 《통일만세》를 쓰기 위해 만났던 기세문 선생도 그런 분이다. 통혁당(통일혁명당) 사건으로 구속됐다 20여 년간 옥살이하고 풀려난 선생님은 "징역을 10년, 20년 사는 건 그렇게 어려운 일이 아니야. 전향 공작한다며 죽도록 고문하고 괴롭히는 거 견디는 게 힘들어."라고 말했다. 이런 분들은 조국통일과 국가보안법 철폐를 위해서라면, 무문관이란 선방에서 10년, 20년 면벽수도 하는 것도 기꺼이 감내할 의지가 있어 보였다.

국가보안법 타파는 화두 타파보다 어렵다. 선승들이 화두를 타파하는 것은 혼자 하는 일이지만 국가보안법은 집단의 공력이 아니면 은산철벽을 넘어설 수가 없다. 국가보안법 화두를 타파하기 위해서는 산중 수행자보다 더 많은 투사가 거리와 직장에서, 법원과 감옥 안에서 고행을 감수해야 가능하다. 얼마 전 국가보안법 재심 사건에서 승소해 무죄 판결을 받은 강상호 교사도 그런 사람 중의 한 명이다.

정식으로 평화책방 문을 열기 보름 전인 2021년 6월 15일에 개점 소식을 페이스북에 올렸다. 그다음 날 뜻밖의 첫 방문객이 책방을 찾았는데, 강화도를 여행 중이던 강성호 교사였다. 강성호 교사는 직접 만난 적은 없지만 페이스북 친구라 근황은 알고 있었다. 1989년 부임 첫해에 교단에서 한 발언이 문제가 돼 국가보안법으로 실형을 받았는데, 재심을 청구했고 현재 선고 공판만 남겨둔 상태였다. 32년 만에 다시금 국가보안법의 심판을 받게 된 것이다.

32년 만에 다시 법정에 선 북침설 교사

강화도와 다리로 연결된 교동도에서 출발해 책방으로 바로 온다는 전화를 받고 인터넷에서 '강성호' 관련 기사 검색을 해봤다. 6월 10일 청주지법 재판정에서 '강성호 피고인'이 한 최후진술이 떴다.

강산이 세 번이나 바뀌는 세월이 흘렀지만, 그 스승은 '북침설 교사'라는 낙인이 찍힌 채 인권과 교권을 회복하지 못하고 있습니다. 제자 역시 스승을 고발했다는 멍에를 안고 고통스럽게 살고 있습니다. 32년 만에 다시 대한민국 법정에 선 저는 간곡히 호소합니다. 야만과 광기가 지배하던 군부독재 시절, 체제 유지를 위한 희생양으로 짓밟혔던 저와 제자에게, 따뜻한 손길을 내밀어주십시오. 그리하여 이 나라가 아직 양심이 살아 있고, 아직도 정의가 다 죽지 않았으며, 아직도 진실이 있다고 믿는 사람들이 모여 사는 민주주의 국가라고 말할 수 있도록 해주십시오.

세월이 흐르면 변하는 게 많다. 강산도 변하고, 사람 관계도 변하고, 얼굴도 변한다. 옛말에도 10년이면 강산이 변한다 했으니 요즘이야 말해 무엇하랴. 내비게이션을 1년에 한 번 업그레이드 해도 새로 생긴 길 때문에 잘못 안내하는 경우가 많다. 그런데 국가보안법은 강성호 교사 앞에 30년이 넘는 세월 동안 변치 않고 제자리에 버티고 있다. 고등학교에 갓 부임한 20대의 총각 선생님이 어느덧 정년퇴임을 앞둔 교사가 되어 다시 재판정에 섰다.

책방에 도착한 강성호 교사는 교동도에서 있었던 일을 들려줬다. 국가보안법의 피해자인 그는 분단과 통일, 평화의 기운을 생생하게 느낄 수 있는 강화도에 며칠 머물며 재판 준비하려 했고, 교동도에서는 차에서 잘 계획이었다. 북녘 산하가 바라다보이는 곳에 자리 잡고 차박 할 준비를 하자 해병대 장교가 찾아와서 수상하게 여기는 눈초리로 살피며 이것저것 물어보았다. 그러잖아도 '북침설'로 재판 중인 강 교사는 자칫 엉뚱한 상황에 빠질 것을 우려해 이동의 자유, 거주의 자유를 포기했다고 한다. 그러면서 물었다.

"오늘 책방 뒷마당에서 차박 좀 해도 될까요?"

생활력이 강한 분이었다. 분단의 끝자락까지 와서 하룻밤 머물게 해달라는 청을 어찌 마다할 수 있겠는가. 북스테이로 운영하는 방은 아니지만 빈방이 하나 있어 그곳을 숙소로 제공했다. 뜻하지 않게 숙박까지 하는 1호 손님을 받게 됐다.

빨갱이 교사란 낙인 속에 교단에서 추방

나이도 같고, 시대적 경험도 비슷해서 그런지 공통의 화젯거리도 많았다.

강 교사가 사 온 만 원에 4캔 수제 맥주를 마시며 밤늦도록 이야기를 나눴다. 32년을 끌어온 강성호 교사 국가보안법 사건을 재구성하면 이렇다.

1989년 제천 제원고(현 제천디지털전자고)에 발령을 받고 부임한다. 수업 중의 발언이 문제가 돼 5월 24일 학교에서 연행된다. 수업 때 학생들에게 "6·25는 미군에 의한 북침이었다."라고 말하고, 틈틈이 북한을 찬양·고무하는 등 국가보안법을 위반했다는 혐의였다.

당시 학생 6명이 이런 말을 들었다는 진술을 했지만 진술한 학생 중 2명은 당일 결석한 것으로 드러났다. 강 교사가 구속된 뒤 제원고 학생 6백여 명이 집회를 열어 "강 선생님을 좌경용공으로 모는 것은 완전히 조작된 것"이라고 주장했다.

하지만 1심 재판부는 1989년 10월 강 교사에게 징역 1년에 자격정지 1년을 선고했고, 이듬해 대법원도 형을 확정했다. 이후 강 교사는 북침설을 주장한 빨갱이 교사란 낙인 속에 교단에서도 추방됐다. 1999년 9월 해직 10년 4개월 만에 복직했고, 2006년 7월 민주화 보상심의위원회는 "북한바로알기운동의 하나로 북한 실상을 보여준 것은 북한을 찬양·고무한 게 아니다."라며 민주화운동 관련자로 인정했다. 강 교사는 지난 2019년 5월 국가보안법 위반죄 재심을 청구했다.

그는 이번에 대법원 재심 선고가 어떤 식으로 결론 나든 인생의 전환점으로 삼을 생각이다. 그런데 설령 무죄를 받는다고 해도 국가보안법의 철조망에서 벗어날 수 없을 것 같다고 한다. 국가보안법 피고인은 무죄를 선고받아

도 한번 찍힌 '빨갱이' 낙인을 지우기 어렵기 때문이다. 아마도 국가보안법
이 철폐되는 날까지 악법과 씨름하는 일을 멈출 수는 없을 것이다.

강 교사는 강화에 오기 한 달 전쯤엔 광주 망월동묘역을 찾아갔다. 여기서
한 80대 노인을 만났는데 서울에서 일부러 내려왔다고 한다. 택시기사로도
오랫동안 일했다는 노인은 강상호 교사에게 이런 말을 들려주었다. "곱게
늙어가는 삶은 구차하고, 곧게 늙어가는 삶은 당당하다."

국가보안법이 90세, 100세까지 장수할까 걱정

이 말을 듣고, 그 노인처럼 80이 됐을 때까지 바르고 곧게 늙어서 누구
앞에서라도 당당한 삶을 살아야겠다는 마음을 먹었다고 한다. 문제는 국가
보안법 안에서 진정 당당하게 사는 게 쉬운 일이 아니라는 것이다. 분단
직후 만들어져 73세가 된 국가보안법은 도대체 몇 살까지 살까? 1948년
국가보안법이 태어날 때 제헌국회 노일환 의원은 본회의에서 "이 법률이야
말로 히틀러의 유태인 학살을 위한 법률이나 진시황의 분서 사건이나 일제
의 치안유지법과 무엇이 다르겠습니까?"라며 반대했다. 이러다가 국보법이
80, 90, 100세까지 장수할까 걱정이다. 국가보안법이 있는 체제 아래에선
평화와 통일조차 수시로 증오와 분단의 가시를 드러낸다. 그런 심정을
강성호 교사는 책방을 방문하기 전날 페이스북에 이렇게 적었다.

6·15 남북공동선언 21년을 맞는 날, 강화도에 왔습니다. 개성 연백평야
가 아스라이 바라보이는 평화전망대를 둘러보는 내내 마음이 착잡했습니

다. 평화통일 기원하는 평화전망대에 평화는 없습니다. 평화를 내세우며 증오를 키웁니다. 통일을 내세우며 분단을 굳힙니다. "어찌하여 네 형제의 눈에 티끌은 보면서 제 눈의 대들보는 보지 못하는가?"(누가복음 6장 39~45절) 언제쯤 우리는 같은 핏줄끼리 함께 아파하고 함께 손잡으며 뜨거운 가슴으로 안을 수 있을까요?

다행히도 2021년 9월 2일에 열린 재심 공판에서 무죄선고를 받았다. 32년 만에 뒤집힌 판결이었다. 강성호 씨가 무죄를 받았지만 그렇다고 국가보안법이 패배한 것은 결코 아니다. 국가보안법은 조문 하나 바뀌지 않은 채 제 자리에 버티고 서 있다. 이 국가보안법은 경기도 파주시 임진강 하구에서 강원도 고성군 명호리 동해안까지 총 248킬로미터에 쳐진 이중 삼중의 휴전선 철책보다 촘촘하게 쳐진 분단의 장벽이다. 휴전선이나 해안 철책엔 그래도 빈틈이 있어 가끔 귀순이나 공작원 침투가 이루어지지만 국가보안법엔 그런 구멍이 없다.

"모든 것은 하나로 돌아간다. 그런데 그 하나는 어디로 돌아가는가(萬法歸 一處 一歸何處)"라는 질문을 살짝 변형하면 이렇다.

"모든 법은 국가보안법으로 돌아간다. 그 국가보안법은 언제쯤 돌아가실 까?"

풍자나 웃음도 강화도와 황해도 사이의 한강하구 조강도 국가보안법 앞에선 꽁꽁 얼어붙었다.

강원도 고성에서 출발한 '2022년 DMZ 국제평화대행진'
참가자들이 마지막 코스인 교동의 해안 철책선을 따라 걷고 있다.
이들은 배낭에 '민족자주', '조국통일', '남북평화' 등의
구호가 적힌 손수건을 매달았다.

김대중, 나의 소원은······

오래된 책의 기준이 뭘까? 요즘 기준으로는 한자가 많다 가로쓰기가 아닌 세로쓰기다, 왼쪽이 아닌 오른쪽부터 시작한다, 저자 도장 직접 찍은 인지를 붙였다 등이 아닐까 싶다. 1980년 4월 1일에 발행된 《金大中 祖國과 함께 民族과 함께》는 그런 책이다. 이 책의 뒷장 판권 페이지에는 가로2×세로2cm 크기의 하늘색 종이에 '金大中'이라는 도장이 찍힌 인지도 붙어있다. 책의 맨 앞장에 7년 만의 복권 후 기자회견을 하는 김대중의 사진이 실린 《김대중-조국과 함께 민족과 함께》를 살펴보다가 DJ를 다시 보게 됐다.

김대중, 통일은 내 평생의 정치적 소원

《김대중-조국과 함께 민족과 함께》는 1979년 12월 12일 독재자 박정희가 심복 김재규 중앙정보부장에게 암살당하고, 서울의 봄이 열린 직후에 나왔다. 이 책에 실린 '김대중 어록'의 첫 번째 항목의 주제어는 '통일'이었다.

　　나는 정치인으로서 소원이 있습니다. 정치인으로서 나에겐 나의 비원이 있습니다.

　　내 소원은 돈이 아닙니다. 2억도 싫고 20억도 싫고 2백억도 싫습니다.

　　내 소원은 이런 것입니다.

　　나는 신라 삼국통일 이래 1천5백 년 동안 처음으로 이렇게 국토가 갈라져 있는 사실을 그대로 둘 수가 없습니다.

　　해방 후 국토가 20여 년이나 분단된 이 사실, 나는 통일이 없으면 우리에게 절대로 영원한 자유가 없고, 절대로 영원한 평화가 없고, 절대로 영원한 건설이 없다고 확신하고 있는 것입니다.

　　이런 정치인이었기에 남쪽의 대통령으로서는 처음으로 2000년 6월 13~15일 평양을 방문해 정상회담을 할 수 있었다. 그 길은 김구와 문익환이 앞서간 길이기도 했다. 평양을 방문한 김대중 대통령은 김정일 국방위원장과 역사적인 6·15선언을 하는데 제1항은 "남과 북은 나라의 통일문제를 그 주인인 우리 민족끼리 서로 힘을 합쳐 자주적으로 해결해 나가기로 하였다."이다. 그리고 다음과 같이 제2항에서 통일방도도 합의하였다.

　　나라의 통일을 위한 남측의 연합제 안과 북측의 낮은 단계의 연방제 안이 서로 공통점이 있다고 인정하고, 앞으로 이 방향에서 통일을 지향시켜 나가기로 하였다.

그로부터 7년 뒤인 2007년, 노무현-김정일 두 남북 정상은 남북 관계 발전과 평화번영을 위한 10·4 선언을 했는데, 1항에서 "남과 북은 6·15 공동선언을 고수하고 적극적으로 구현해 나간다."라고 합의하였다. 남북은 6·15선언만 제대로 실천하면 되는 일이었다. 그러나 이명박, 박근혜 시기를 거치면서 보수화된 남쪽에서는 통일에 대해 거리 두기를 했고, 그 사이에 진보적인 언론인과 지식인들도 통일보다는 현 상태를 유지하는 평화, 즉 현상 유지를 선호하는 경향이 심화됐다. 심지어는 통일부를 평화부로 교체 하려는 움직임도 있다고 한다.

통일이 아닌 평화가 절대선으로

노무현 정부 시절부터 통일이 아닌 평화를 강조하더니, 문재인 정권 주변 인사들은 '좋은이웃국가론'이라는 말을 들고 나왔다. 미국과 캐나다가 사이좋게 지내듯, 한국과 일본이 사이좋은 이웃국가가 되어야 하듯이, 남과 북도 상호존중하는 이웃국가로 사는 걸 목표로 삼아야 한다는 것이다. 영구분단을 획책하는 것 아니냐는 비판 때문에 이들은 늘 통일을 이루기 위한 과정이라는 전제를 깔지만 통일보다는 현상 유지에 방점이 찍힌 건 분명해 보인다.

문재인 대통령의 속마음이 반영된 것이라는 추측도 많다. 2020년 6·25 기념 연설에서 문 대통령은 "통일을 말하기 이전에 먼저 사이좋은 이웃이 되길 바랍니다. 통일을 말하려면 먼저 평화를 이뤄야 하고 평화가 오래 이어진 후에야 비로소 통일의 문을 볼 수 있을 것입니다."라고 말했다.

방점을 통일이 아닌 평화에 찍는 이런 분위기는 곳곳에서 감지된다.

문학평론가 김명인은 《평화가 절대선이다》라는 칼럼(한겨레, 2021. 6. 3.)에서 "이와 더불어 현 상황에서 남북 관계의 가장 바람직한 미래상은 더는 '통일'이 아니라 상호 국가적 독자성을 지닌 상태에서의 항구적 평화체제의 구축이라는 인식이 중요하다. 통일이라면 더 바람직하겠지만 우파건 좌파건 간에 통일이 절대 선이라는 인식은 이제 낡았다."라고 말한다. 여기서 '항구적 평화체제의 구축'이라는 말은 '영구 분단체제의 구축'의 동의어이자 미화법에 해당한다.

이렇게 통일을 먼 훗날의 일로 미루거나, 포기하려는 이들의 속마음에는 반북의식이 깔린 경우가 많다. 민중문학가로 명성이 높았고, 지금도 문단의 지도적 인사로 활동하는 문학평론가 염무웅은 진보적 문예지(2013년 4월 16일, 《리얼리스트》 대담)에서 "나는 현재의 북한체제에 대해 상당히 비판적이에요. 이런 소리 해선 안 될지 모르지만, 솔직히 말해서 지금의 북한체제는 해체돼야 한다고 생각합니다. 이론적으로는 그런데 현실적으로 북한을 해체하려면 전쟁밖에 없어요. 이게 딜레마예요."라고 공개적으로 북 체제의 해체를 주장한다. 김대중 대통령의 6·15선언과 같은 통일노선에 대해서도 "이런 말 하면 안 되겠지만, 김대중 전 대통령은 북한 유일 체제를 10년, 20년 걸리더라도 천천히 해체시키는 원대한 목표를 가졌던 게 아니었던가 싶어요."라고 평한다. 북을 '해체'의 대상으로 여기니 통일보다는 평화를 선호할 수밖에 없는 것이다

염무웅 평론가와 함께 대담한 황규관 시인도 "지금 북한 체제는 우리에게도 엄청난 재앙의 씨앗"이라는 입장을 보인다. 그는 염무웅에게 "통일이라

는 개념보다 평화라는 개념으로 젊은 세대들의 생각이 바뀌지는 않았을까요?"라고 묻는데, 그렇게 됐으면 좋겠다는 희망 사항도 담겨있는 질문이다. 공개적인 의견 표명을 조심할 뿐 대다수 지식인이 이런 대북관을 지닌 게 사실이다. 명망 있는 교수, 언론인, 예술가들의 지속적인 '의식화' 영향 탓일까, 안타깝게도 지금 젊은 세대는 통일은 삭제하고 평화만 말하는 게 현실이 됐다.

지금의 북한체제는 해체돼야 한다는 문학평론가

2021년 가을, 책방 부근의 고려천도공원에 갔다가 20대 젊은 연극인들의 이동연극을 보게 됐다. 그런데 연극의 몇몇 부분에 나오는 대사를 들으며 깜짝 놀랐다. 6·25 때 월남한 강화도에 사는 실향민 할머니와 그 손녀를 주인공으로 한 연극이었는데, 배우들은 한강하구 너머 북한의 산하를 향해 여러 차례 "평화야, 어서 오라!"고 외쳤다. 논리적으로 정서적으로 평화가 아닌 통일이 들어가야 자연스러운 대목에서도 평화로 고쳐 불렀다. 이들에게 통일은 기피 대상이 된 건가, 라는 의구심마저 들었다.

"평화여, 어서 오라!"는 외침은 이들 젊은 연극인만의 생각이 아니었다. 《한겨레》에 고정적으로 칼럼을 쓰는 가수 전범선(밴드 양반들 리더)의 글 '비혼주의와 통일'(2021. 11. 22.)에는 요즘 MZ 세대의 통일관이 압축적으로 담겨있다.

엠제트 세대는 통일도 부담스럽다. 왜 굳이 남북이 하나 돼야 하나? 더 이상 "우리의 소원은 통일"이 아니다. 결혼이 사랑의 필수가 아닌 것처럼 통일도 평화의 필수가 아니다.

노래도 "우리의 소원은 평화"라고 바꿔 부르자는 전범선 씨는 "나는 한반도에 한 나라보다 두 나라가 있는 것이 좋다."라고까지 말한다. 역동적이고 세계적인 한반도를 '우리민족끼리'나 '한겨레' 같은 민족주의 그릇에 담는 것은 바람직하지 않다고 주장한다.

과거 전쟁세대의 극우 반공 논리와는 접근방식이 다르고, 지금과 같은 경제 격차에서 통일은 남한에 의한 북한의 식민지화가 될 거라는 우려도 깔린, 개성과 다양성을 중시하는 사고에 기반한 논리지만 결국 분단 고착화의 논리로 귀결된다. 평화를 지향하는 '비통일주의'라고 말하지만 안타깝게도 그들이 멸시하는 '토착 왜구'의 반통일주의와 만나게 된다. 역사는 간혹 저수지에 머물거나 심지어는 역류한다는 생각이 들었다.

3단계 통일방안론

1980년대 학생들은 김대중 대통령 같은 정치인을 '보수 야당 정치인'이라며 비판했다. 통일을 지우고 평화를 내세우는 진보적 지식인이나 정치인보다 김대중같이 통일 지향적인 보수정치인이 있으면 지지하고 싶다. 지금 돌이켜보니 국시가 반공이었고, 통일을 말하면 빨갱이 취급하던 박정희 정권 시기부터 자신의 독자적인 통일방안을 제시했던 김대중 대통령은 선구자적인 면모를 지닌 정치인이었다.

그는 《김대중 자서전》에서 "(1972년) 나의 3단계 통일론은 오랜 구상 끝에 나왔다. 박 정권이 반공과 멸공을 내세우던 상황에서 나의 3단계 통일론은 지금 생각해도 혁신적인 방안이었다. 이로 인해 숱한 탄압과 음해를 받았지만 가장 합리적인, 가장 평화적인 통일방안"이라고 자평했다.

김대중의 3단계 통일론은 정세변화 속에서 연구를 거듭하면서 계속 진화했다. 1980년대 중반에는 3단계 통일안을 보완하여 '공화국 연방제 통일방안'을 제시했다. 이 방안 역시 '평화공존 교류→연방→완전 통일'이라는 3단계로 이뤄졌다. 1995년 8월에 펴낸 《김대중의 3단계 통일론》에는 수십 년간 발전시킨 통일방안이 실려있다. 그것은 자주·평화·민주의 3대 원칙에 따라, 1단계는 남북 연합, 2단계는 남북 연방, 3단계 완전 통일로 설계된 3단계 통일방안이었다. 이처럼 수십 년간 협박, 테러, 납치, 옥고의 탄압에 굴하지 않고 민족의 통일을 도모할 수 있었던 것은 목숨을 건 결의가 있기에 가능한 일이었다.

국토가 양단되고 독재와 불의가 천지를 지배하는 이 가운데서 자기의 양심을 관철하겠다는 정치인이라면 어떻게 마른자리에서만 죽을 생각을 할 수 있겠는가. (김대중)

〈거대한 뿌리〉와 〈김일성 만세〉

1.

《거대한 뿌리 그리고 김일성 만세》는 도서출판 말에서 펴낸 김영종 작가의 소설책이다. 거한 제목에 비해 삽화가 많고 작은 판형에다 두께가 얇은 이 책은 남북, 북미 정상회담을 맞이해서 2018년에 펴냈다. 일상 속에, 진보와 보수의 곳곳에 분단이 뱀처럼 똬리 틀고 앉아 있음을 고발하는 내용이다. 그런데 이 책을 들고 대형서점, 도매점의 구매 담당 여직원을 만났을 때의 반응을 잊을 수 없다.

"제목이 무서워요."

"빨간 표지에 김일성이라고 쓰니까 섬뜩한 느낌이 들어요."

"……"

김대중-김정일, 노무현-김정일, 문재인-김정은, 세 차례의 남북정상회담을 했지만, 여전히 북한 특히 김일성이라는 이름은 두려움과 공포의 대상이

390

다.

이 공포심은 상상이 아닌 현실 속에서 감지한 것이고 생존을 위해 정치적 DNA에 저장된 본능이다. 역사박물관에 화석으로 전시된 것 같은 국가보안법은 수시로 살아나 육식공룡 티라노사우루스가 되어 살인적인 이빨을 드러낸다. 2021년에는 《87년 6월 세대의 주체사상 에세이》(사람과 사상, 2018) 저자인 이정훈 4.17시대연구원 연구위원을 구속했고, 2022년 11월에는 주체사상 연구자인 정대일 박사를 김일성 회고록 《세기와 더불어》 등의 이적 표현물 소지 혐의로 체포해 조사했다. 정 박사는 〈국가 종교로서의 북한 주체사상〉(2011)이란 논문으로 박사학위를 딴 연구자이다. 2022년 1월 대법원은 도서출판 민족사랑방(김승균 대표)가 출간한 《세기와 더불어》의 판매, 배포를 허용하는 판결을 내리기도 했다. 국가보안법이 연구자, 출판인을 향해서도 이렇게 칼날을 겨누니 일반 독자가 막연한 두려움을 느끼는 건 당연한 일이라 하겠다.

2.

1981년 대학에 들어간 뒤엔 김수영 시인과 달리 직설적으로 독재를 비판한 시집을 접할 수 있었다. 김지하의 《황토》, 김남주의 옥중 시는 복사본으로 먼저 읽었다. 《황토》의 발행연도(1970)를 확인하기 위해 인터넷 중고서점에서 검색해 봤더니 초판본 거래가가 무려 24만 원이었다. 《반시》 동인지처럼 반정부 반체제 정서가 물씬 풍기는 시집이 많았다. 직설법으로 세상을 비판하기 어려운 시절 시적 자유를 빌려, 비유와 은유를 통해 독재

권력을 비판하는 시집이 널리 읽혔다. 1980년대는 시인의 전성기라 할 수 있다. 똑같이 4월 혁명을 노래했어도 김수영보다는 신동엽의 "껍데기는 가라. 사월도 알맹이만 남고 껍데기는 가라."는 시에 맘이 끌렸다. 창백한 인텔리나 독해가 가능한 난해시에 속하는 김수영 시집은 서가의 구석으로 밀려났다.

김수영 시에 다시 주목하게 된 것은 2008년 5월에 김수영의 미발표작 《김일성 만세》가 발굴, 공개된 뒤였다. 김수영 생전에 두 차례나 게재 거부당한 시였다. 이 시를 1960년에 썼다는 게 믿기지 않았다. 이런 시는 내로라하는 시인이 넘쳐났던 1980년대에도, 김대중 정권이 들어선 이후에도 볼 수 없었다. 국가보안법 체제에선 시적 자유를 누리기 힘든 아슬아슬한 시였다.

김일성 만세

'김일성 만세'/ 한국의 언론 자유의 출발은 이것을/ 인정하는 데 있는데/ 이것만 인정하면 되는데//

이것을 인정하지 않는 것이 한국/ 언론의 자유라고 조지훈(趙芝薰)이란/ 시인이 우겨대니

나는 잠이 올 수밖에//

'김일성 만세'/ 한국의 언론 자유의 출발은 이것을/ 인정하는 데 있는데/ 이것만 인정하면 되는데//

이것을 인정하지 않는 것이 한국/ 정치의 자유라고 장면(張勉)이란/

관리가 우겨대니/ 나는 잠이 깰 수밖에.

[김수영, 1960년 10월(미 발표 시),《창작과 비평》2008년 여름호에
최초 수록]

김수영 시인이《김일성 만세》게재를 거부당한 지 60년이 지났다. 그
사이 쿠데타로 집권한 박정희 군사정권 18년, 전두환 군사정권 7년을 겪었
고, 선거로 집권한 5년 임기의 7명의 대통령(노태우, 김영삼, 김대중, 노무현,
이명박, 박근혜, 문재인)을 거쳤지만 김수영이 살아 있었다 하더라도《김일성
만세》를 발표할 문예지나 신문사를 찾기 어려웠을 것이다. 어쩌면 이런
시를 상상하는 시인도 사라졌을지 모른다. 정부의 성격은 변했더라도 국가
보안법 체제 안의 정부라는 데는 변함이 없기 때문이다. 이는 아마도 국가보
안법을 폐기하거나 최소한 7조 찬양고무죄를 없애지 않는 한 달라지지
않을 것이다.

김수영은 술을 마신 뒤에야 '언론자유'를 실천했는데, 운이 좋아서 훈방이
었지 만약에 재수가 없었더라면 막걸리 보안법으로 징역을 살았을지도
모른다.

'김일성 만세'를 거절당했을 무렵, 김수영은 만취 상태로 눈 위에 쓰러져
있다 지나가던 학생에게 업혀 파출소로 옮겨진다. 순경을 보자 그는 절을
하며 "내가 바로 공산주의자올시다"라고 주정을 한다. 하지만 아침에 깨서
는 간밤의 일에 겁을 집어먹은 자신이, 또 "술을 마시고 '언론 자유'를 실천한
나 자신이 한량없이 미"워진다('시의 뉴프런티어').

(진은영, 한겨레, 거대한 100년 김수영 14-자유, 2021. 8. 23.)

시와 산문집에서 읽히는 김수영의 인상은 매우 치밀하고 논리적인 인텔리의 이미지였다. 그러나 위의 "내가 바로 공산주의자올시다" 발언이나, 아래의 "술에 취하면 이북 노래를 부르는 습관"이 있었다는 글에 비추어보면 매우 다혈질의 감성을 지니고 있었음이 분명하다.

김수영은 술에 취하면 이북 노래를 부르는 습관이 있었다. 질겁해서 훈계를 하는 동료의 얼굴을 보며, 그는 이렇게 겁먹은 이를 자유인이라고 할 수는 없다고 생각한다. 시민으로서는 자유롭지 않으면서 시인으로는 자유로운 상태가 가능한가.(진은영)

이렇게 취해서는 호기 있게 행동하는 김수영이었지만 글을 쓸 때는 자기검열을 할 수밖에 없었다. 1964년에 쓴 히프레스문학론에서 "'적당히' 쓸 줄 아는, 때가 묻은 게 아닌가 하는 자책감이 든다."라며 이렇게 자책한다.

나는 아직도 글을 쓸 때면 무슨 38선 같은 선이 눈앞을 알찐거린다. 이 선을 넘어서야만 순결을 이행할 것 같은 강박관념. 우리는 무슨 소리를 해도 반 토막 소리밖에는 못 하고 있다는 강박관념.(히프레스문학론, 1964)

3.

한때는 나도 선을 넘어보기 위해, 그러나 우습게도 38선처럼 생긴 국가보
안법이 허용하는 한도 내에서 몸부림쳐봤다. 부산교도소에서 답답한 마음
에 시 〈퇴고의 변〉(1995)을 끄적거리다 몇 차례 고쳐 쓰면서 결국 "○○○
장군 만세"라고 썼다.

> 그대는 얼마나 자유로운가/ 그대의 경제는 자유인데 정치는 부자유인가/
> 그대의 개량은 자유인데 혁명은 부자유인가//…….
> 그 누가 자유하다 말하는가/ 이름 앞에 수식어 하나 제대로 못 달면서/
> 이름 석 자 뒤에 감탄사 하나 맘 놓고 못 쓰면서/ 아! 위대한 장군 이순신
> 장군이여!

어쨌거나 대한민국은 김수영이 〈김일성 만세〉를 기고하려다 못한 지
60년도 더 지났건만, 여전히 자유대한민국은 누군가의 이름을 자유롭게
부르거나 찬양하지 못하는 세상이고, 원고지 위에서도 시적 자유를 누리지
못한다. 여전히 죽은 김수영 시인의 만세는 허락되지만, 산 김수영 시인의
만세는 불허한다. 2008년 《창비》에 〈김일성 만세〉가 발표됐다는 것은 여러
모로 놀라운 일이지만, 죽은 김수영 시인의 시라 가능했던 것이다. 이산하
시인은 시집 《악의 평범성》에 실은 〈항소이유서〉라는 시에서 이렇게 50년
이 지나서 공개되는 현실을 비판했다.

유통기한이 지난 약처럼 공개되어도 안전할 때 공개되었다.

허용된 무기는 이미 무기가 아니다.

모두 김수영 신화만 덧칠할 뿐 썩은 사과라고 말하지 않는다.

김수영 시인은 북한 노래에 겁먹은 자유주의자에게 "시민으로서는 자유롭지 않으면서 시인으로는 자유로운 상태가 가능한가."라고 물었다. 그로부터 60여 년이 지난 한국사회에서 그의 질문은 "국가보안법으로부터 자유롭지 않으면서 시인으로서는 자유로운 상태가 가능한가?"라고 읽힌다.

북한학자 조희승의 《임나일본부 해부》 탄생 비사

- 평양 ⇒ LA ⇒ 서울, 2만km를 날아오다

'임나일본부'라는 말은 낯익으면서도 어려운 말이다. 국사 시간에 들어본 것도 같지만 제대로 배운 적도 없는 게 현실이다. 가끔 TV 뉴스 시간에 일본의 역사 왜곡 문제를 다룰 때 단골 메뉴로 등장하지만 일반인이 주요 쟁점을 파악하는 게 쉽지만은 않다.

그러다가 2018년 북한 역사학자 리지린의 《고조선 연구》라는 책을 펴내면서 이 문제가 일제식민사관의 핵심사항이라는 것을 알게 됐다. 일제는 조선 침략 후 식민사학자들을 통해 주요하게 세 가지 역사 왜곡 작업을 하는데, 첫 번째는 단군의 신화화, 두 번째는 한사군=평양설, 그리고 세 번째가 임나=가야라는 사이비 학설이 그것이다.

중국 북경대로 유학을 간 리지린이 1961년경에 《고조선 연구》로 박사학위를 딴다. 리지린 박사는 이 학위 논문을 보완해서 1963년 북에서 단행본을 출간한다. 이 책이 발간되면서 북한 역사학계에서는 낙랑군=평양설(한사군=한반도설)은 거의 사라지고, 대륙고조선설과 낙랑군=요동설이 자리 잡게 된다. 그리고 1966년 북한 역사학자 김석형이 《조일 관계사연구》를 통해 임나는 가야가 일본 땅에 세운 소국이라는 '분국설'을 발표하면서, 한사군 한반도설과 함께 식민사관의 양대 축인 일제의 임나일본부설을 뿌리째 흔들어 놓게 되었다.

조희승은 김석형의 제자로 김석형의 분국설(임나는 가야가 일본에 세운 소국, 분국이다)을 계승, 발전시켰고, 2012년에 펴낸 《임나일본부 해부》는 연구자가 아닌 일반인과 학생들도 쉽게 이해할 수 있게 쓴 책이다.

여행안내원에게 선물 받은 임나일본부 해부

《임나일본부 해부》 책의 제목을 알게 된 것은 2019년 4월 재미교포 아줌마 신은미의 북한여행기 《우리가 아는 북한은 없다》를 펴내면서다. 이 책에는 2013년 신은미 씨가 평양에 갔을 때 안내를 담당했던 '조선국제려행사'의 리정 선생이 조희승 교수의 《임나일본부 해부》라는 책을 신은미 씨 부부에게 선물하는 장면이 나온다. 리지린의 《고조선 연구》를 읽은 뒤 고조선 문제와 함께 임나일본부 문제가 한일 '역사전쟁'의 핵심임을 알게 됐는데, 북한 역사학자가 최근에 쓴 '임나일본부' 관련 책 제목을 알게 된 것이다.

반가운 마음에 곧바로 서울 서초구의 국립중앙도서관 특수자료실을 방문해서 '임나일본부 해부'를 검색해보았다. 놀랍게도 《임나일본부 해부》는 개가식 서가에 꽂혀 있었다. 그런데 문제는 복사 및 대여가 금지된 자료였다. 순수 역사물이 무슨 불온서적이라고 복사도 못 하게 하는 건지 이해할 수 없었다. 일단 그날은 다음에 필사라도 해가리라 마음먹고 도서관에서 나왔다. 미국의 신은미 선생에게 북한 여행기에 소개된 조희승 선생의 역사책을 출간하고 싶다는 뜻도 밝혔다.

그로부터 며칠 후 서울 인사동에서 역사 문제에 관심이 많은 J 선생과 차 한잔 마실 기회가 있었다. 그 자리에서 이런저런 얘기 끝에 '임나일본부'를 주제로 책을 내고 싶고, 북한에서 나온 《임나일본부 해부》라는 책이 있는데, 내용을 살펴보니 대중 역사서로 남쪽에서 출판해도 괜찮을 것 같다는 말을 했다. 그랬더니 그분이 놀라운 얘기를 했다.

"어, 그 책 나한테 있어요. 빌려드릴까요?."

"아니 그 책을 어디서 구하셨나요?"

"미국에 갔을 때요."

"미국에서 《임나일본부 해부》를 샀나요?"

"아니요. 사실 미국 LA 갔을 때 신은미 선생 집에 방문했는데, 그때 받았어요. 그분들이 방북했을 때 선물 받은 책인데, 고대사 문제에 관심 많은 내가 보는 게 더 좋겠다면서 주셨어요."

"세상에, 이런 일이……."

세상은 넓고도 좁았다. 얼마 뒤 J 선생을 다시 만난 자리에서 지구를 한 바퀴 돌아온 《임나일본부 해부》를 받아볼 수 있었다. 약간은 흥분된 마음으로 광개토왕릉비 사진이 들어간 표지를 넘기자 손글씨가 눈에 들어왔다.

신은미, 정태일 선생님.
이 책은 저의 스승이신 조희승 선생님의 저서인데 제가 애호하는 책입니다. 비행장 통과의 여유 시간에 좋은 길동무 되기 기대합니다. 이번 방문에서 여러모로 편의를 잘 보장해드리지 못하였지만 좋은 추억을 간직해주시기 바랍니다.
2013년 8월 6일 평양에서 리정 올림

평양 순안공항-LA-서울, 약 20,000km의 거리를 돌아서 손에 들어온 책이었다. 단지 한 권의 책이 아니라 천 년 동안 비밀스럽게 전승된 보검을 손에 쥔 기분이었다. 더구나 일본의 우익정권이 다시 전쟁할 수 있는 나라를 꿈꾸며 재무장을 추진하고, 경제침략을 노골화하는 시기가 아닌가. 임나일본부설(남선경영론, 남부조선지배론)은 일본 우익이 꿈꾸는 정한론, 대륙 진출의 이론적 기반이기도 하다. 일본과의 '역사전쟁'에 꼭 필요한 책이라는 생각이 들었다.

《조희승의 임나일본부 해부》는 LA를 거쳐 평양으로 가려나

2019년 7월 26일, 인쇄소에서 갓 나온 책을 들고 우체국으로 갔다. 우체국 국제특송으로 미국의 신은미 선생에게 《북한학자 조희승의 임나일본부 해부》를 발송했다. 신은미 씨는 미국 시민권자의 방북 금지 조치가 해제되면, 이 책을 들고 평양을 방문해 조희승 교수에게 전달할 것이라 한다.
책이 살아 있는 생명체임을 느낀다.

북의 역사학자 조희승 선생은 《임나일본부 해부》를 왜 쓰게 되었는지를
'후기'에서 밝혔는데, 이를 소개하며 '임나일본부 해부'의 재탄생 뒷얘기를
마무리하고자 한다.

일제가 왜곡 조작하여 조선침략과 조선민족말살의 리론적 근거로 악용
하였던 임나일본부설은 그 허황성, 비과학성이 낱낱이 까밝혀 졌음에도
불구하고 아직까지도 일본사회에 유령처럼 배회하고 있다. 각급 력사교과
서들에서는 계속 종전대로의 반동적 임나설을 고집하고 있으며 자라나는
청소년들은 과거 임나일본부설이 왜 나오게 되었는지 또 그 위험한 독소가
어떤 것인지도 잘 모르고 있다.

이러한 실정은 필자 조희승으로 하여금 통칭 임나설이라고 부르는 이
사이비학설이 어떠한 사회력사적 배경하에서 나오게 되었고 그것이 디디
고 선 학술적 근거란 것이 얼마나 허황한 것인가에 대하여, 기비 가야국의
실체에 대하여 력사전문가가 아니더라도 알기 쉽게 이야기할 수 있는 글이
있어야 한다는 마음속 충동을 느끼고 이 글을 쓰게 되었던 것이다.

* 2019년 7월 31일 〈오마이뉴스〉에 실은 글이다.

박순경, 강희남, 이유립과의 인연과 환단고기

-역사서 《환단고기에서 희망의 빛을 보다-단군, 환단고기 그리고 주체사관》 후기

《환단고기에서 희망의 빛을 보다》(2022) 출간 직후 책 소개 글을 한 진보적 인터넷 신문에 기고했는데, 기사로 올라온 뒤 하루 만에 사라졌다. 내부 편집부와 일부 독자의 거센 반발이 원인이었다고 한다. 서평 기사를 내린 단 하나의 이유는 책의 제목에 '환단고기'가 들어갔기 때문이었다. 얼마 전 김일성 회고록 《세기와 더불어》의 출판으로 소란스러운 사태가 벌어진 적이 있다. 국가보안법이 야기한 사건이었다. 그런데 환단고기는 국가보안법과 무관하게 언론과 학계에서 음으로 양으로 배제와 혐오, 차별의 대상이 된다.

언론자유, 사상의 자유가 민주주의의 핵심 가치라 여기며 살아왔다고 생각한 나 역시 환단고기를 주제로 한 도서를 출판하기 전에 자기 검열을 했던 게 사실이다. 국가보안법과는 다른 차원의 사회적 압박, '환빠'라는 눈먼 낙인이 존재함을 알기 때문이었다. 이런 압박감을 떨쳐버릴 수 있었던

것은 통일신학자 박순경 교수의 말과 글에서 힘입은 바가 크다. 《환단고기에서 희망의 빛을 보다》를 기획하게 된 결정적 계기도 박순경(1923~2020) 교수와의 인연이라 할 수 있다.

이 책에 실린 '구약성서 창세기와 환단고기로 읽는 우주론'을 쓴 원초 박순경 교수를 처음 만난 것은 1991년 9월 8일 서울구치소 접견실이다. 당시 월간 《말》 기자로 일하던 나는 '분단과 사람들'의 주인공으로 선정된 박순경 교수를 인터뷰하기 위해 서울구치소를 방문했다. 박 교수는 1991년 7월 일본에서 열린 평화통일과 선교에 관한 기독자 도쿄회의 주제 강연과 범민련 활동이 문제가 돼 국가보안법 위반 혐의로 구속, 수감 중이었다. 그 시절 시국사범, 양심수는 흔한 뉴스였지만, 칠순을 바라보는 나이, 그리고 여교수라는 점 때문에 기획안이 채택됐던 것으로 기억한다. 접견실에서 수번 72번을 단 박 교수와의 짧은 만남 후 월간 《말》 10월호에 '기독교와 공산주의 잇는 여신학자 박순경'이란 기사를 실었다. 박순경 교수가 '열애' 한 신학자 칼 바르트, 헨델의 '메시아' 들으며 울던 유학 시절, 민족신학과 여성신학에 대한 탐구, 주체사상의 성서적 해석 등을 소개한 글이었다.

민족신학, 통일신학을 연구하다 만난 《환단고기》

그 뒤 필자는 단행본 《분단시대의 지식인-통일 만세》(2013)에 들어갈 인터뷰 기사를 쓰기 위해 박순경 교수를 다시 만났다. 이때 한 번은 서울 자택에서 또 한 번은 강화도 전등사의 찻집 죽림다원에서 인터뷰했다. 단군 유적지가 있는 마니산 참성단에 오르고 싶어 하셨지만 90세의 노구를 이끌고 가파른 계단을 오를 수 없기에 대신 전등사를 찾은 것이었다.

박 교수님은 예전과 변함없이 민족과 통일을 강조했고, 민족이 이념과 체제보다 우선하며, 연방제 통일로 제3의 민족사회 건설해야 함을 역설했다. 이분의 발언 중에 새로운 내용이 추가됐다면 《환단고기》에 관한 언급이었다. 90을 맞이한 나이에 칼 바르트의 '삼위일체 하나님과 시간' 저술 작업에 몰입하면서도 틈틈이 상생방송을 보면서 독학으로 《환단고기》를 공부했다고 한다. 이런 내용을 담아 《통일 만세》에 '《환단고기》와 《삼위일체 하나님과 시간》'이란 제목의 글을 실었다.

"신학자가 《환단고기》를 공부하게 된 배경이 무엇인가?"라는 질문에 박 교수는 "민족신학, 통일신학 연구하면서 우리 민족사에 관심을 갖게 됐고, 우리 민족사의 시원을 밝히는 작업을 하다 보니 《환단고기》를 읽지 않을 수가 없었다."라고 답변했다. 민족신학, 통일신학을 추구한 박 교수는 한국의 역사학자 책 속에서 이에 관한 도움을 얻으려고 했으나 실패했다는 말을 여러 차례 밝혔다.

통일신학에 주력하기로 마음먹은 1970년대부터 한국 역사책을 찾아봤는데 민족문제를 제대로 밝힌 역사학자를 찾지 못했어. 우리나라의 진보적인 식자들은 역사를 잘 모르는 경우가 많아. 서구에서 공부를 잘못해서 그럴 거야. 근현대사 연구하는 학자들이 안타깝게도 제국주의 국가들의 민족주의와 피억압 국가의 민족주의를 구별하지 못해. 한국 사학자들도 민족시원을 잘 몰라. 진보진영이 걱정할 것은 제대로 된 민족주의가 없다는 것이야. 민족의 과잉이 아니라 민족의 결핍이지.

대학교수 중에 《환단고기》를 언급하거나 인용하는 사람은 거의 없다. 강단사학계에서 '위서'라는 낙인을 찍었기 때문이다. 박 교수는 《환단고기》 '위서론'에 관해 매우 비판적이었다. 그는 "기존 학자들은 자기 이론에 갇혀서 다른 학설이 나오면 배제해. 그 사람들은 그게 무슨 역사냐 그러는데, 일제 식민사관에 젖어서, 타성에 빠져서 그런 거야. 시대, 인물, 상황이 구체적으로 나오는 걸 보면 《환단고기》는 결코 위서가 아녜요. 무슨 재주를 부려서 역사적 상상력으로 꾸며낸 책이 아니야."라면서 필자에게 꼭 한번 읽어보라고 권했다.

박순경 교수는 필자에게 인터뷰할 때뿐만 아니라 그 후에도 전화통화할 때마다 여러 차례 《환단고기》를 구해서 읽으라고 강권했다. 학식과 덕망이 높은 분이 추천하는 책이라 일단 《환단고기》를 샀으나, 1420쪽에 달하는 방대한 분량이고 내용도 낯설어서 제대로 읽지 못했다. 그러다 몇 년의 시간이 지나고, 2020년 10월 24일 박순경 교수의 부고를 접하게 됐다. 97세의 나이였다.

나의 인생길에서 큰 가르침을 안겨 주신 몇 안 되는 어른 중의 한 분이기에 한 인터넷 신문에 추모의 글을 기고했는데, 마지막 문장을 이렇게 썼다.

98세의 나이로 돌아가신 박순경 교수님 영전에, 교수님이 마지막까지 붙들고 공부했던 '민족개념', '민족시원'을 주제로 한 책을 발간할 것을 출판인으로서 약속드린다.

이번에 펴낸 《단군, 환단고기 그리고 주체사관》은 그 약속을 지키기 위한 노력의 일환이라 말 할 수 있다.

강희남, 《환단고기》는 어두운 밤길에 만난 작은 반디불

《환단고기에서 희망의 빛을 보다》 필자들과 얽힌 인연 중에 더 소개할 이야기가 있다. 1999년 필자가 《한총련을 위한 변명》을 저술한 적이 있는데, 《단군, 환단고기 그리고 주체사관》의 저자 두 분이 이 책의 추천사를 썼다. 박순경 교수와 강희남 목사이다.

흰돌 강희남(1920~2009) 목사는 내가 10년 동안 일했던 월간 《말》지를 그만두면서 마지막 인터뷰 기사를 썼던 분이다. 전라북도 전주 자택과 서울 종로 6가의 범민련 사무실을 찾아가 두 차례 인터뷰했고, 1999년 1월호에 '산 역사 물려주려 감옥 간다'라는 제목의 기사를 실었다.

그는 박정희 군사정권 시절에 반독재 민주화운동을 하다 끌려간 이후 모두 다섯 차례 감옥살이했다. 전두환 정권은 물론 김영삼, 김대중, 노무현 정권에서도 국가보안법 위반으로 감옥에 갔다. 그는 자신을 '하나님의 집을 지키는 개'라 여겼다. 하나님의 정의를 침범하는 도적, 외적이 잊으면 짖고 무는 게 자신의 임무라는 것이다. 강 목사는 "환갑, 칠순이 넘은 연로한 나이에 계속 감옥에 가는 게 두렵지 않은가?"라는 질문에 "내게 두려운 것이 있다면 '사가의 펜 끝'과 '나 자신의 그림자'일 뿐"이라고 답했다.

당시까지만 해도 스스로 기독교인이라 여기던 내 눈으로 볼 때 강 목사님은 참된 기독인이고, 목사였다. 그는 성서를 읽고 기독교인이 되었다고 하는 찰나에 성서를 놓아버려야 참 기독교인이 될 수 있다고 말했다. 그는 입으로 주여 주여 하지 않지만 자신의 신앙은 해이하지 않으며 늘 기도한다고 했다. 인터뷰를 위해 서울 종로 6가 범민련 사무실에 함께 갔을 때도 먼저 두 손 모아 기도부터 했다. 무어라 기도했는지 묻자 "나는 항상 이 땅에 하느님의 나라가 구현되게 해달라고 기도하지. 그러기 위해서는 이 민족의 통일이 어서 이뤄져야 하고"라고 답변했다.

그때 만난 팔순의 흰돌 강희남은 고독한 목자였고, 강인한 투사였으며, 고결한 선비였다. 그런데 그 당시 인터뷰를 통해서 알지 못했던 사실을 최근에야 알게 됐다. 2009년 돌아가신 강희남 목사는 바로 한 해 전인 2008년, 88세 나이에 《우리민족 정리된 상고사》(2008), 《새번역 환단고기》(2008)를 발간했다. 흰돌 목사님은 인생의 말년기에 상고사 연구에 혼신의 힘을 기울였다. 그는 《우리 민족 정리된 상고사》후기에 이런 글을 남겼다.

내가 (젊은이를 생각하며) 이 원고를 쓰면서 행여나 중간에 병이라도 나서 죽으면 어쩔까 하는 조바심에서 평생의 사명으로 알고 탈고하던 날 나는 원고 뭉치를 붙들고 울었다. 죽지 않고 마친 감격이었다.-강희남 목사

그가 인생의 마지막 순간에 우리 민족의 상고사 연구에 얼마나 공을 들였는지 알 수 있는 말이다. 흰돌은 《환단고기》에 관해 "어둔 밤길에 작은 반디불을 만난 것처럼 한 가닥 희망의 빛을 본 것"이라고 밝혔다. 진보진영, 통일운동 진영에서 활동한 주요 인사인 두 분이 인생의 막판에 《환단고기》 연구에 몰입했다는 사실은 시사하는 바가 크다.

남과 북을 통합하는 구심점 역할을 주체사상이나 기독교, 불교와 같은

이념과 종교가 할 수는 없다. 남북통일 이후 민족을 통합하는 이념으로 단군이념을 대치할 것이 그 무엇인가? 통일을 지향하는 사람이라면 남북의 그 누구라도 고민할 사안이 아닌가 싶다.

《환단고기》 전수자 이유립의 '주체사관'

흰돌 강희남 목사는 89세, 박순경 교수는 97세의 나이에 돌아가셨다. 《환단고기에서 희망의 빛을 보다》에 소개한 한암당 이유립(1907~1986) 선생은 79세에 작고하셨다. 내가 《환단고기》를 현대에 전수한 이유립 선생에 관해 알게 된 것은 불과 몇 달 전의 일이다.

2021년 여름 헌책도 함께 취급하는 평화책방을 강화도에 연 뒤에 지인들이 다양한 중고서적을 기증했다. 그중에 《寒闇堂 李裕岦 史學叢書》(天)이라는 책이 있었다. 제목이 한자이고 본문의 주요 단어도 거의 한자로 쓰인 책인 데다 일반 단행본보다 큰 판형의 833쪽에 달하는 두툼한 책이어서 살펴볼 생각도 하지 않았다. 솔직히 말하면 곰팡이 선 오래된 책을 버릴 때 함께 버리지 않은 것만도 다행이었다.

책을 기증받은 지 거의 1년쯤 된 어느 날 우연히 《한암당 이유립 사학총서》의 앞장을 살펴보다가 깜짝 놀랐다. 1983년에 펴낸 이 책의 발간사 첫 단락에는 "민족의 주체사관과 가치의 정립을 위해 노력해온 한암당 이유립 선생님의 사학총서가 발간된 것은 큰 의의를 지닌다."라고 쓰여 있었고, 이유립 선생의 첫 번째 글 '권두언'에는 사대주의를 비판하면서 "명예스러운 평화적 자주통일을 지향하는 단결된 주체세력을 형성해야 된다."라고 적혀 있었다. '주체사관', '평화적 자주통일' 같은 말에서 《환단고기》하면 떠오르는 복고주의, 보수주의의 느낌이 아니라 '진보적 민족주의'의 감성이 느껴졌다. 본문의 곳곳에는 이를 확인할 수 있는 내용이 많았고, 그다음 날까지 손을 떼지 못하고 밑줄 쳐가며 읽었다.

지금은 모두 돌아가신 강희남, 박순경, 이유립 세 분 선생의 공통점은 민족주의자이고 통일을 갈망했으며, 사대주의를 반대하고 '주체사관'에 관심이 많았다는 것이다. 이 세 분이 생전에 만나서 민족주의와 자주적 통일, 그리고 《환단고기》에 관해 대담할 기회가 있었다면 얼마나 좋았을까 하는 생각도 해보았다. 《환단고기에서 희망의 빛을 보다》의 뒤표지에는 강희남, 박순경 두 분이 남긴 글귀와 함께 한암당 이유립의 글을 적었다.

지난날에는 사문난적이라는 사대주의의 부월(斧鉞, 작은 도끼와 큰 도끼)로써 민족의 주체사관을 억누르더니 오늘은 또 침략사관이라는 혼합사대주의의 죽침으로 신사대 노예의 사관을 재건하려는 움직임도 그저 팔짱만 끼고 방관할 수는 없다.

북의 학자가 쓴 환단고기 평가

《환단고기에서 희망의 빛을 보다》에는 강희남, 박순경 등 9명의 글이 실렸는데, 그 중에는 북한 학자 림광철의 논문도 있다. 북의 학자가 쓴 환단고기 관련 글은 매우 희귀한데 이 책에 실린 '단군관계 비사 환단고기에 반영된 력사관'(력사과학, 2021년 4호)은 그런 점에서 매우 중요한 텍스트이기도 하다.

림광철은 이 글에서 "이처럼 《환단고기》는 내용서술에서 비록 주관적이고 과장 확대해놓은 부분 그리고 근대에 만들어낸 부분도 있지만 한편으로는 일정한 력사사료에 근거하여 우리 민족사관을 옳게 정립 전개하려고 한 긍정적인 측면도 찾아볼 수 있는 것이다."라고 밝혔다. 그는 이에 덧붙여 "앞으로 이 문제에 관한 연구를 더욱 심화시켜 단군 및 고조선력사와 고구려 력사를 사료적으로 풍부히 하는 데 이바지해나가야 할 것이다."라고 썼는데, 이런 연구는 남북의 역사학자들이 함께 머리를 맞댄다면 기대 이상의 성과를 끌어낼 수도 있을 것이다.

통일희년, 통일회귀

통일하면 무엇이 떠오를까? 백두산, 평양냉면, 남북 이산가족, 독일통일, 남남북녀 결혼, 한반도 단일기, 시베리아철도······. 사람마다 생각나는 게 다를 것이다. 나는 〈우리의 소원은 통일〉이 떠오른다. 이 노래는 한때는 초등학교 음악 교과서에 실린 노래였으나, 전두환 정권 시절엔 금지곡이기도 했다. 1987년 6월항쟁, 그 후 수년간의 통일운동 고양기에는 많은 사람이 눈물 흘리며 이 노래를 불렀다.

1992년 남산 안기부 지하실에서 취조하던 젊은 수사관과의 대화가 잊히지 않는다.

"야, 너희 운동권 집회할 때 〈우리의 소원은 통일〉 부르면서 눈물 흘리던데, 그거 진짜 눈물이냐?"

질문이 너무 충격적이었다. 안기부 수사관은 '통일'을 떠올리며 눈물을 흘려본 적이 없을 뿐 아니라 그런 사람을 도무지 이해할 수 없었다. 연극이고 위장 눈물이라 여겼다. 그런데 30년이 지난 지금 20, 30세대가 〈우리의 소원은 통일〉을 부르며 눈물 흘리면, 희귀종, 별종으로 취급할 수 있다. 언제부터인가 청년 학생뿐만 아니라 대다수 시민이 통일에 무덤덤하거나 비현실적인 일로 여긴다.

니체의 영원회귀에서 떠오른 통일회귀

통일에 대한 부정적 사고, 회의주의가 널리 퍼져있는 요즘 니체를 읽다가 '영원회귀'라는 말에서 문득 '통일회귀'를 떠올렸다. 니체는 《짜라투스트라는 이렇게 말했다》 3부 '치유되는 자'에서 영원회귀에 대해 이렇게 말한다.

> 만물은 가고 만물은 되돌아온다, 존재의 바퀴는 영원히 돈다. 만물은 죽으며 다시 꽃피우고 존재의 해는 영원히 달린다. 만물은 파괴되고 다시 생긴다.

《존재의 끌림-마르크스, 니체, 프로이트》에서 철학자 강영계는 이 구절이 보여주는 영원회귀의 필연성은 "인간존재의 운명이며, 운명에 대한 긍정(운명애)은 수동적 허무주의를 극복한다."라고 썼다. 이와 함께 니체가 말하는 초인(위버멘쉬)은 "삶과 세계의 영원회귀를 긍정하고 염세주의를 극복한 실존적 인간"이라고 정리했다.

우리의 소원인 통일도 필연적으로 회귀하는 역사적 사건 아닐까? 어떤 이는 이 역사적 사건을 니체가 말한 노예, 인간말종, 종말인, 군중처럼 창조를 알지 못하고 조심조심 걸으며 자신의 환락을 즐기다 맞이하지만,

초인은 "인간은 극복되어야 할 그 무엇"이기에 극복할 일에 기꺼이 참여하는 자세로, 용감하게 건너가다 몰락하는 존재로서 대지에 충실하며 이 사건에 임한다. 어쩌면 이 시대의 초인은 사대노예의 굴종적인 인간말종들과 대결하면서 분단의 작두날 위에 서서 통일굿을 하는 사람일지도 모른다.

1995년을 통일희년이라 부르던 시절이 있었다. 희년은 구약성서 〈레위기〉에 나오는 말로 50년마다 돌아오는 희년에는 노예를 풀어주고, 빚을 탕감해주는 관습이다. 통일운동가들은 분단 50년을 맞이하는 1995년을 통일의 희년이라 정하고, 1990년대 초부터 대대적인 통일희년 운동을 벌였다.

나도 이 물결에 합류했는데, 1990년대 초반에 가입했던 정치조직 이름이 1995년위원회였다. 이 조직은 1995년을 상징적인 통일이 아닌 실제적인 연방제 통일의 초석을 다지는 원년으로 삼겠다는 강령적 목표를 내세웠다. 주변에서는 무모하고 이상적인 통일론자들이라고 비판했다. 그러나 1994년 7월 8일 김일성 주석이 갑작스레 사망하지 않았더라면, 1995년 남북 간에 어떤 역사적 합의가 이뤄졌을지도 모른다. 1994년 6월 평양을 방문한 카터 전 미국 대통령의 주선으로 그해 7월 25~27일 남북정상회담을 하기로 확정했었고, 만약 김 주석이 회담 10여 일을 앞두고 죽지만 않았다면 무슨 일이 벌어졌을지 누가 알 수 있을까. 정치군인 사조직 하나회를 단칼에 해체하고, 금융실명제를 전광석화처럼 실행한 김영삼 대통령이 그 특유의 뚝심으로 뭔 '역사적 사고'를 쳤을지도 모를 일이다.

안타깝게도 남북정상회담이 무산되면서 1995년위원회의 1995년 통일희년 운동은 공상적이고 관념적인 전략이 돼버렸다. 뜻은 원대했으나 결과는 초라했던 그때 일을 돌이키면 《금강경》 4구게의 하나인 세상일은 "꿈, 환상, 물거품, 그림자, 이슬, 번개와도 같으니"라는 말이 떠올랐다. 세상만사가 다 허망하다는 뜻이다. 그런데 설령 세상이 "꿈, 환상, 물거품, 그림자, 이슬, 번개"와 같다 하더라도 무가치하게 여길 일은 아니다. 어찌 보면 세상의 아름다운 것들, 음악이나 문학, 이상주의는 모두 "꿈, 환상, 물거품, 그림자, 이슬, 번개"와 같은 비현실적 이미지일 수도 있고, 이런 비현실적인 것들 또한 세상 속에서 영원히 존재한다는 생각도 들었다. 영원회귀 마차는 한쪽은 현실적 또 한쪽은 비현실적 바퀴로 굴러가고 있을지도 모른다.

그리고 영원회귀는 과거 사건의 단순 반복은 아닐 것이다. 윤회라는 사건도 과거의 몸으로 똑같이 태어나는 것이 아니라 자기가 지은 업에 따라 다른 몸으로 태어나듯이 영원회귀도 사건의 조건이 바뀌어 영원히 반복하는 것이라 여겨진다.

1961년 10월호 《사상계》, 61년 만의 감상법

책방에 꽂혀 있는 책 중에 《사상계》(1958년 1월호~1961년 12월호) 영인본 전집이 있다. 과거 어지간한 헌책방에서 볼 수 있던 대표적인 전집이 《사상계》, 《씨알의 소리》가 아닐까 싶다. 1985년에 발간된 이 영인본 중에 1961년 10월호를 살펴봤다. 61년 전, 내가 경기도 파주에서 태어난 달에 나온 잡지다.

놀랍게도 《사상계》 10월호의 판권이 소개된 장의 여백에는 다섯 가지의 '혁명공약'이 적혀 있었다. 박정희가 쿠데타로 집권한 뒤 권력을 완전히 장악했음을 보여주는 장면이었다. 혁명공약 1번은 "반공을 국시의 제일의로 삼고 지금까지 형식적이고 구호에만 그친 반공 태세를 재정비 강화한다."였고, 5번은 "민족적 숙원인 국토통일을 위하여 공산주의와 대결할 수 있는 실력배양에 전력을 집중한다."였다. 이때의 통일은 이승만이 말한 반공 북진통일이라 할 수 있다.

5·16쿠데타 직전인 1961년 5월 초까지만 해도 대학가에서는 학생들이 "이 땅이 뉘 땅인데 오도 가도 못 하느냐", "가자 북으로 오라 남으로 만나자 판문점에서"와 같은 플래카드를 내걸고 활발하게 통일운동을 벌였다. 4·19 혁명 후 5·16까지는 중립화 통일방안과 남북협상 방안을 제시한 혁신계가 통일논의를 주도했다.

10월호《사상계》에는 흥미로운 소설이 한 편 실려 있었다.《사상계》가 제정한 제6회 동인문학상 수상작품이 지면에 소개됐는데, 당선작은 없고 후보작으로 선정한 남정현 소설가의 〈너는 뭐냐〉였다. 남 작가는 1965년 《현대문학》 3월호에 발표한 소설 〈분지〉로 고초를 겪기도 했다. 검찰이 반공법 4조 '찬양 고무죄'로 기소해서 구속재판을 받았다. 재판부는 분지가 "반미, 반정부, 계급의식 고취"하는 문제작이라며 유죄판결을 내렸다.

〈너는 뭐냐〉도 분지처럼 시대 풍자 소설이다. 이 소설의 마지막에는 주인공 관수가 자신을 우습게 보던 아내에게 대들며 멱살을 잡고 외치는 장면이 나온다.

"너는 뭐냐!"

또 한 번 소리를 치며 "하하하하" 관수는 통쾌하게 웃었다. 처음으로 아내 앞에서 웃어보는 유쾌한 웃음소리였다.

　아내의 멱살을 쥔 관수의 시야엔 활활 타오르는 불꽃이 국민을 학대하던 일체의 건물과 일체의 제복이 무너져 버리는 저 빛나는 색채가 노을처럼 예쁘게 번지고 있었다.

　1961년 10월, 관수의 시야에 들어온 "국민을 학대하던 일체의 건물과 일체의 제복"은 무엇이었을까? 불태우고 싶었던 체제, 제도, 논리는 무엇이었을까.

　그로부터 61년이 지났고, 박·전 군사정권이 물러나고, 1987년 이후 8개의 정부가 선거 때문에 들어섰다 교체됐다. 남정현 작가가 불태우려던 "일체의 건물과 일체의 제복"은 사라졌을까. 지금은 "가자 북으로 오라 남으로 만나자 판문점에서"라고 외쳐도 반공법(국보법)에 의해 처벌받지 않는다. 그걸 막는 군사정권도 없다. 그러나 아무도 그 구호를 외치지 않는다.

함석헌이 쓴 '민족통일의 종교'와 니체의 초인

　박정희 정권에 의해 1975년 타살된 장준하가 발행인이었던 《사상계》는 혁신계보다는 주로 자유민주주의 성향의 인사들이 필진으로 참여한 잡지였다. 5·16 직전에 발간된 《사상계》 중에 통일논의를 다룬 글을 찾아봤더니, 1961년 1월호에는 신석초 편집위원이 쓴 '통일을 갈망하며', 3월호에는 함석헌의 '민족통일의 종교'가 실려 있었다.

　10월 유신 후에는 박정희 편으로 전향을 하고 한국반공연맹 이사장을 지난 신상초는 '통일을 갈망하며'라는 제목과는 달리 "통일의 가능성은 매우 희박하다."라는 결론을 내렸다. 그가 쓴 내용 중 이승만의 반공 북진 통일론이 민주당 장면 정부의 "평화적 방법에 의한 반공 통일"보다는 논리적으로 타당하다고 평가한 대목에는 공감이 갔다. 같은 반공통일론이 분명한데 '평화통일론'이라 이름 붙이는 게 난센스라는 것이다.

함석헌의 글은 사회과학적이거나 정치경제학적 글은 아니었지만 통일에 대한 열정이 느껴졌다. 민족통일은 종교의 문제라고 보는 함석헌은 "38선이 생기기는 정치적으로 생기었어도 해결은 종교로 해야 한다."라고 말했다. 함석헌이 말하는 종교는 일반적인 종교와는 다르다. 그는 '민족통일의 종교' 에서 "종교는 나(一, 元, 同一我, 大我)를 믿음이다. 만물이 다 한 바탈, 곧 한 생명으로 됐고, 만물이 곧 한 몸임을 믿는 것이 종교다."라고 썼다. 그는 또 다른 글에서(《사상계》, 1958년 8월호, '생각하는 백성이라야 산다') 독립정신은 종교에서 나오는데, 종교란 "뜻을 찾음이다. 현상의 세계를 뚫음이다. 절대에 대듦이다. 하나님과 맞섬이다. 하나님이 되잠이다. 하나를 함이다." 라고 말하기도 했다.

함석헌은 통일문제가 종교적 문제이기에 "무엇보다 먼저 할 일은 회개다."라고 했다. 그리고 나라가 갈라진 것을 불행이라 말들 하는데, '불행이 아니고 죄악이다.'라고 말했다.

나라가 갈라진 것은 죄악이오 …… 사람의 허리를 자르면 살인자라 하겠지, 왜 한 나라의 허리를 자른 것, 삼천리 허리를 자른 것은 살인이 아닌가? 38선의 갈라짐은 불행이 아니고 죄악이다. 세계적 인류적 큰 죄악이다.

불교의 화엄사상을 남북통일의 이념으로 활용하려는 시도도 있다. 화엄 사상은 대립과 분쟁을 지양하고 조화, 상호의존성을 중시한다. 《화엄경》의 유명한 구절인 "하나 속에 일체가 있고 일체 속에 하나가 있으며, 하나가 곧 일체요 일체가 곧 하나(一中一切多中一 一即一切多即一)"라는 말도 그런 상호 의존성을 함축하고 있다. 통일신라 시기의 의상 대사(625~702)가 신라 화엄 종을 열었는데, 삼국 전쟁 직후의 분열된 사회를 통합하기 위해 이처럼 조화를 강조하는 화엄의 정신이 필요했을 것이다.

이 시대의 초인은 새로 난 민중

함석헌은 통일문제를 "외치고 부르짖으려거든, 악을 쓰고 기를 써 하늘 땅에 호소를 하려거든, 우선 미소를 대가리로 두 편에 갈라서서 이 불쌍한 파리한 갈보 같은 이 민족을 벌거벗겨 두 다리를 맞잡아 당겨 가래를 찢어놓 은 저 열강이라는 나라들을 책망부터 해야 한다."라고 외친다. 책망도 그냥 부드럽게 하는 게 아니라 "듣는 놈이 제가 죄가 무서워서 치가 떨리고 뼈가 저려 하도록 무섭게 책망을 해야 한다."라고 호통쳤다.

함석헌은 이 글에서 '통일의 주체'를 강조한다. 민이 통일의 주체가 되려 면 "나 속에 전체를 보고, 전체 속에 나를 보아서만, 즉 다시 말하면 전체의식 으로 꿰뚫린 개인들이 모인데서만" 가능하다고 말한다. 이런 민은 "새로 난, 변화된, 초월한" 인간에게서만 볼 수 있다고 했다. 그런데 그동안 고유한 생각, 말, 글, 풍속, 종교 다 내버리고 중국문화의 한 갈래로 끌려 내려오는데 만족하고 살아와서 굳센 민족정신이 없었고, 그 때문에 힘 있는 독립국가가 되지 못했다고 비판한다. 주체가 제대로 서지 못해서 민족통일도 못 했다는 말이다.

이와 함께 함석헌은 "아무 때에 가서도 통일이 되려면, 민중의 가슴이 뜨거워지고 민중이 움직여야 될 것만은 분명한 사실이다. 통일은 정치가가 할 일이 아니요, 민중 전체가 할 일이다."라고 말한다.

함석헌의 글에 나오는 '주체', '민', '민중'이라는 말에서, 니체의 초인(위버멘쉬)이 연상됐다. 니체는 "나는 너희들에게 초인을 가르친다. 너희들은 극복되어야 할 그 무엇이다. 너희들은 너희 자신을 극복하기 위하여 무엇을 했는가"라고 말했다. 초인은 기독교가 강요한 도덕과 허무주의를 극복한 사람이기도 하다. 초인에 반대되는 인간을 니체는 최후의 인간, 말종, 노예로 불렀다. 《짜라투스트라는 이렇게 말했다》에는 "나는 너희들에게 최후의 인간을 보여주겠다. '사랑이란 무엇인가? 창조란 무엇인가? 동경이란 무엇인가? 별이란 무엇인가?' 마지막 인간은 이렇게 묻고는 눈을 깜박인다."라는 말이 나온다.

초인은 그 반대로 별, 동경, 창조, 사랑을 추구한다. 사랑, 창조, 동경, 별이라는 말에 낯설어 하면서 눈을 깜빡거리는 자라면, '우리의 소원은 통일'을 부르며 눈물을 흘리지 않고, 그저 눈을 끔뻑거리며 무감각한 표정을 지을 것이다. 통일은 위험한 상상이라며 '우리의 소원은 평화'라고 바꿔 부르는 이들이 생겨나고 있다. 마지막 인간은 안정에 만족하고, 초인은 혼돈 속에서 창조를 꿈꾼다.

니체 스스로 "다다를 수 있는 긍정의 최고 형식"이라 정리한 영원회귀 사상은 사실 이론적 체계를 갖춘 사상이 아니라는 평가가 많다. 니체 자신도 실바프라나 호수를 따라 숲속을 거닐다 피라미드 모양의 어느 바위 앞에서 느닷없이 찾아온 직감으로 건진 개념이었다. 어떤 학자는 철학적 개념이 아니라 문학적 표현이라 보는 게 적절하다고 평하기도 한다. 어쩌면 '영원회귀'는 사상과 문학적 표현이 뒤섞인 개념일지도 모른다.

밀란 쿤데라는 《참을 수 없는 존재의 가벼움》에서 영원회귀하는 역사와 사상은 무거움으로, 단 한 번뿐인 인생은 가벼움으로 설정한다. 이 소설은 이렇게 시작한다.

영원한 회귀는 아주 신비스러운 사상이다. 니체는 이 사상으로 많은 철학자를 어리둥절하게 만들었다.

'영원한 회귀'라는 말로 첫 문장을 시작한 밀란 쿤데라는 소설 후반부에서 주인공의 생각을 빌려 "뿐만 아니라 인류가 계속 한 단계 더 성숙하여 새로이 태어나는 더 많은 행성이 있을지 모른다. 이것이 '영원한 회귀'에 대한 토마스의 비전이다."라고 쓴다. 이처럼 영원회귀는 수많은 사상가와 예술가에게 영감을 떠올리게 하는 말임엔 분명하다.

분단과 통일 사이에서 줄타기하는 존재

영원회귀에서 통일회귀를 떠올리며 생각했다. 회귀 사상에서 무엇을 배울 수 있을까? 니체는 영원회귀 사상에서 허무주의가 아닌 능동적 허무주의, 긍정의 디오니시즘을 추구하는 초인을 제시했다.

니체는 인간은 짐승과 초인 사이에 놓인 밧줄과 같은 존재라 했는데, 휴전선 철조망이 있는 나라의 인간은 분단과 통일 사이에서 줄타기하는 존재가 아닌가 싶다. 철책선에서 가까운 평화책방에서 선과 악, 전쟁과 평화, 주체와 사대 사이에서 줄타기하는 초인을 떠올리다 어쩌면 이곳이 통일회귀선이거나 분단회귀선이 걸쳐 있는 곳일 수도 있다는 생각이 들었다. 솜씨가 있다면 책방 마당에 '불이문(不二門)'을 하나 세우고 싶다.

분단이 안겨주는 평화에 만족할 것인가, 국가가 정한 국가보안법과 도덕을 절대화하며 살 것인가? 깨어있는 민중이라면, 초인은 어떤 길을 택할 것인가? 함석헌이 말한 통일의 주체로서의 민, 민중, "새로난, 변화된, 초월한" 인간이라면 어떤 길을 걸어야 하나?

그 길은 좌나 우의 한쪽 길, 사회주의와 자본주의를 양자택일하는 이분법의 길은 아닐 것이다. 함석헌은 이미 61년 전에 그 길을 가리켰다.* 그는 "어느 놈을 죽이는 것이 하나님의 뜻이 아닌 이상, 죄가 혼자서 짓는 법이 없는 이상, 두 놈이 꼭 같이 책임을 져야 할 것이요, 또 꼭 같이 용서를 받아 구원이 되어야 할 것이다."라면서 중립의 길을 제시했다.

통일은 반공이 아니라 두 주의의 대립을 초월하는 자리에 서야 될 수 있을 것이다. 이것이 정말 중립이다.

---

* 함석헌은 《뜻으로 읽는 한국사》에서 "역사를 메는 것은 개인도 계급도 아닌 민족이다."라고 말하기도 했다.

마리산 참성단에서 '단군의 후예' 막걸리를 따르며
-통일이념과 단군민족주의

니체의 영원회귀가 사상이 되었듯이 통일회귀가 분단 철벽 타고 오르는 동아줄 같은 사상, 이념이 될 수는 없을까? 니체가 숲을 산책하다 피라미드 모양의 바위 앞에서 영원회귀 사상을 떠올린 걸 생각하며, 신채호가 고구려 유적지를 답사한 뒤 '집안현을 한 번 보는 것이 김부식의 《삼국사기》〈고구려 본기〉를 만 번 읽는 것보다 낫다.'라고 한 말을 떠올리며, 단군의 유적지가 있는 마리산을 오르기로 마음먹었다.

동네 농협마트에서 강화의 토속 막걸리인 '단군의 후예' 한 병을 챙겨들고 해발 469미터의 마리산에 올랐다. 가파른 계단 길을 피해 단군로라 이름 붙여진 능선길을 택했다. 등산로 중간에 "만길 현모한 제단은 푸른 하늘에 닿았고"로 시작하는 조선 후기의 문신인 죽석 서영보의 〈참성단〉이란 시문이 적힌 목판도 보였다.

참성단은 보수공사 한다며, 출입을 통제했다. 출입구 옆의 넓적한 바위에

마리산 참성단 근처 나무에 앉은 까마귀를 보는 순간
고조선, 아니면 고구려의 천지에서 날아온
삼족오 아닐까 하는 생각을 잠시 해봤다.
고구려 선조도 태양 안에 살면서 천신과 인간을 이어준다는
삼족오를 바라보며 지금 내가 바라는 것과 다르면서도
같은 민족의 통일을 꿈꾸었겠지.

북어포와 과일을 차려놓고 제를 지내는 40대 부부가 있었다. 궁금해서 물어봤더니, 등산 애호가인데 정초를 맞이해 마리산 산신께 인사 올린다 했다. 바로 이어서 그 자리에 '단군의 후예'를 올려놓고 예를 갖춘 뒤 술잔을 나누었다. 마니산 참성단 아래 참나무 가지엔 까마귀 여러 마리가 날아와 신호를 주고받았다. 고조선, 아니면 고구려의 천지에서 날아온 삼족오 아닐까 하는 엉뚱한 생각을 해봤다. 까마귀 소리에 귀 기울이니, 수천 년 전의 하늘이 참성단의 네모난 단 위로 성큼 다가와 있었다. 고조선 때 마리산을 지키던 산신이 아직도 이 자리를 지키고 있는 걸까? 아니면 후배 산신에게 자리를 물려주고 뒷산에 기거하려나. 과거엔 유불선 삼교가 같은 반열이었는데, 산신령이나 신선들은 다 어디로 갔나. 조선시대부터 숭유억불이라 하는데, 불교보다는 선교(단군) 억압이 극심했다고도 한다. 언제부턴가 신선은 산사 대웅전의 뒤편 산신각에 뒷방 노인네처럼 머물고 있다.

통일의 사상, 우리의 종교

퀘이커교(무교회주의) 신자였던 함석헌은 《사상계》(1961년 3월호)에 실린 '민족통일의 종교'에서 주체적인 "우리의 종교가 없기 때문"에 중국에 끌려 내려오고, 민족통일을 이루지 못했다고 말한다. 고려가, 이조가, 오늘의 우리가 이 꼴밖에 못 되는 근본 원인이 "만물이 곧 한몸임을 믿는 종교"가 없기 때문이라 말한다. 그리고 사상, 정치적 이념을 갖추고, 주체가 바로 서야 통일이 가능하다고 말한다. 결코 어느 한쪽이 다른 쪽을 정복하는 식의 통일은 될 수 없는 일이라 강조하는 함석헌은 "우리 민족의 제일

과제인 남북통일도 그(평화주의) 외엔 길이 없다"라고 밝혔다.

남의 기독교인, 자유주의자들은 결단코 북의 사회주의, 주체사상, 마르크스주의를 받아들일 수 없으며, 그 역도 마찬가지이다. 국가연합이나 연방제를 거친다 해도 장기적으로는 하나의 체제, 국가를 지향해야 할 텐데, 남과 북의 민중과 인민을 하나로 통합하는데 구심점이 될 이념, 사상, 종교는 무엇일까? 동학은 가능할까?

나는 1999년에 쓴 《한총련을 위한 변명》의 '북한의 단군릉 개건과 통일이념'에서 이 문제를 생각해본 적이 있다. 당시에 통일의 구심으로 단군을 떠올리며, 그 글의 마지막에 "21세기의 통일이념을 준비하기 위해서는 지식인들이 우리 민족의 '오래된 미래'인 단군을 되살리는 작업에 착수해야할 것이다."라고 썼다. 1993년에 북이 단군릉을 발굴하고, 그 뒤 남북 간에도 단군 관련 학술대회가 여러 차례 열렸기에 그와 같은 생각을 했다. 23년이 지난 지금 다시 읽어봐도, 기본 문제의식에선 크게 달라진 바가 없다.

북은 "주체를 올바로 세우는 뜻에서 3대 시조릉(고조선의 단군, 고구려 동명성왕, 고려 왕건)에 대한 개건 사업을 전개했다."(유홍준, 《나의 문화유산답사기》 북한 편, '조선중앙력사박물관장 인터뷰' 중에서)라고 한다. 그중에서도 단군릉 발굴은 북의 고고학계가 내세우는 해방 후 최대의 업적이고, 단군릉 준공식(1994년 10월 11일) 직전에 사망한 김일성 주석이 40여 차례나 현지 지도할 정도로 관심이 많은 사업이었다고 한다.

북의 사회과학원에서는 단군릉에서 나온 두 사람의 뼈 86개의 뼈를 전자스핀(SPIN) 공명법이란 측정법으로 54회에 걸쳐 측정했고, 1993년 기준으로

5,011 ±267년이란 값을 얻었다. 《조선력사 교수지침서-초급중학 1학년》
(2013)을 살펴봤더니, "B.C. 몇 년에 단군이 출생하였는가?"라는 질문에
"B.C. 3018년"이라고 답을 적어놓았다. 2022년 기준으로는 5040년 전에
출생했다는 것이다.

단군릉 발굴, 유골 연대 측정에 대해 남한 역사학계는 대체로 사실로
인정하지 않는 분위기이다. 유홍준 씨가 1998년 북을 방문해서 《고구려의
고분벽화》(1972) 저자인 고고학자 주영헌을 만났는데, 그는 단군릉과 관련
한 남한 학자들의 문제 제기에 대해 "이른바 실증을 강조한다는 것이 력사적
상상력을 제한하는 것이어서는 곤란하다."(《나의 문화유산답사기》 북한 편)라고
말했다고 한다.

남한 강단사학자들의 불신과는 별개로 민족종교 진영에선 단군릉 개건에
대해 이념과 사상을 초월하는 반응을 보였다. 초대 문교부 장관을 지낸
대종교의 안호상 총전교(1992~1997)는 1995년 개천절을 맞이해 정부 승인
없이 평양을 방문해 파란을 일으켰다. 단군이 자본주의와 사회주의 남과
북의 가교 구실을 할 수 있음을 보여준 사건이라 할 수 있다.

단군민족주의, 신민족주의

단군을 중심으로 민족통일, 좌우통합을 시도한 대표적인 인물로 독립운
동가 안재홍(1892~1965)이 있다. 신채호의 영향을 받아 고대사 연구에 몰두
하고, 조선어학회 사건 등으로 옥고를 치르기도 한 안재홍은 해방 후에는
미군정청 민정장관을 지냈다. 대종교' 신자이기도 한 안재홍 선생이 장관을

할 때부터 단기가 미군정청의 공식문서에서 단기로 통일되기 시작했다고 한다. 1950년 6·25 직후 납북(월북)된 후 1965년 평양에서 사망한 것으로 알려진 안재홍은 1989년 건국훈장 대통령장이 추서되었다.

정영훈의《안재홍의 신민족주의 정치이론과 단군민족주의》에서는 안재홍의 신민족주의 노선을 조소앙의 삼균주의와 함께 단군민족주의적 정치이론이라 규정했다. 정영훈은 이 글에서 안재홍이 신민족주의에서 동일혈연과 함께 동일운명성(공동운명성)을 중시함을 강조한다. 스위스나 캐나다가 동일혈연이 아니지만 강고한 결속을 유지하는 것은 '동일운명의 유대'가 강하기 때문이라 파악하고, "조선의 경우도 혈연적 공통성이 존재하는 유리한 조건이 있지만, 이 동일운명성을 확보하지 못하면 통일과 결속을 이루지 못한다고 본다."라고 보았다. 안재홍은 "이같은 동일혈연의 공동운명성은 '초계급적 단결'과 '통일민족국가' 건설의 당위성과 가능성의 근거가 된다." 라고 판단했다.

안재홍에 의하면 민족은 어떠한 관념적 조작에 의해서도 부인될 수 없는 최고의 가치였고, 민족은 계급을 초월하여 공동체로 결속될 수 있다고 보았다. 사회 내부에 계급 간 대립이 엄연히 존재하지만, 역사적으로 계급투쟁보다는 민족투쟁이 항상 선결적 중요 요인으로 대두되었음을 강조했다. 안재홍은 이런 "동일혈연-공동운명론을 앞세워 좌우합작을 제창"하였고, "좌우합작을 이루어 하루빨리 통일정부를 만들지 못하면 '내란적 항쟁'으로 동쪽끼리 피를 흘리게 될 것이라 경고"하였다고 한다.

---

* 대종교 출신이거나 밀접하게 교유한 독립운동가, 학자: 박은식, 신규식, 이동녕, 이시영, 신채호, 조소앙, 안재홍, 주시경, 김두봉, 이극로, 최현배, 정인보, 이범석, 안호상 등.

남과 북의 사회 체제나 이념으로 보면, 자본주의 체제인 남쪽에서 단군과 민족주의가 유행해야 맞다. 그런데 실제로는 반대 현상이 벌어졌다. 한양대 임지현 교수가 《민족주의는 반역이다》(1999)라는 책을 펴낼 때만 해도 일부 지식인의 도발적인 발언으로 여겨졌지만 이제 강단, 언론, 젊은 층에서 민족주의와 단군은 구시대 유물이고 신화적 존재로 무시당하고 있다. 수년 전 〈한겨레21〉(2017년 6월)은 단군초상을 표지에 싣고, '유사역사학' 비판한 다며 단군과 민족주의 사학을 폄훼하는 일까지 벌였다.

이런 분위기 속에서 의외의 상호 하나가 민족과 단군을 유행하게 만들고 는 있다. 한자는 다르지만 '배달의 민족'이 바로 그것이다. 그런데 여기서 '배달'이 단군과 뿌리가 같은 말임을 아는 젊은이는 많지 않다. 배달은 단군에서 '단'자와 같은 말이다. 배달의 어원에 대해서 남쪽 학계에선 의견 이 엇갈리지만 북의 사학자들은 배달, 박달, 단을 같은 뜻으로 본다. (고)조 선의 건국자인 '박달(배달)임금'을 후세에 한자로 옮겨쓰면서 단군이라 했다 는 것이다.**

일제의 남북이질론은 "고구려를 조선에서 떼여내자는 것"

일제강점기 시절엔 누구나 자유롭게 금강산, 묘향산, 백두산에 올랐다. 일제로부터 해방되고 10~20년이 지났을 때만 해도 분단이 이렇게 오래가리 라고는 누구도 생각지 못했는데, 벌써 분단 77년째다. 분단이 길어질수록

** 강인숙, 〈단군의 출생과 활동〉, 《단군과 고조선에 관한 연구론문집》, 1994.

남과 북이 다른 나라, 다른 나라 땅이라는 생각은 고착화 된다. 갈수록 남북의 이질감이 깊어간다는 지적이 많다. 남북의 가수들이 합동 공연하는 모습을 보면, 머리 모양, 옷차림새, 노랫말, 발성법 등이 확연하게 다르다. 특히 사회자의 말투, 억양은 딴 나라 사람 같다. 이점에 대해 유홍준은 《나의 문화유산답사기-북한 편》에서 "나는 우리나라의 말투와 억양은 1950년대까지는 같았는데, 남한은 도회적인 세련미와 영어의 강력한 도전으로 날이 다르게 바뀌었지만 평양은 거의 변하지 않았다는 결론에 다다르게 되었다."라고 적었다.

이유야 어찌 됐든 남북 간의 문화뿐만 아니라 정치, 사회, 경제, 외교, 학문의 모든 분야에 걸쳐 이질화가 심화한 것은 사실이다. 이러다가 후대의 역사책에 북은 고구려를 계승한 나라, 남은 신라를 이은 나라라고 기록될지도 모를 일이다. 정신을 바짝 차리지 않으면 어느 틈에 딴 나라가 될 수도 있는 상황이다.

북의 대표적인 역사학자 김석형이 쓴 《조선민족, 국가와 문화의 시원》(1990)에서 일제의 가장 교활한 역사 왜곡이 '남북이질론'임을 지적한다. 내선일체, 동조동근을 내세우며 일본화를 강요했던 일제는 "조선민족은 삼한의 후예로서 신라, 백제, 가야가 위주이며" 이 나라들은 신라-고려-조선으로 내려왔다며, 우리 민족 역사에서 고구려와 분리하려 했다는 것이다.

일제는 예맥과 한은 같은 민족이 아니며 조선민족은 다만 한의 후손일지언정 예맥의 후손은 아니라는 것이었다. 그러므로 고구려는 조선력사에 포함시킬 것이 아니라 만주사에 포함시켜야 한다고 하였다. 고구려와 그 뒤를 이은 발해(7세기 말~10세기 초)국은 녀진=말갈이라는 것이다. 이질론은 곧 이민족론이다.

김석형은 일제가 남북 두 개 민족론을 들고나온 진의는 "고구려를 조선에서 떼여내자는 것"이라고 비판했다. 그는 이렇게 예맥과 한이 다른 민족이라는 주장은 "고구려와 백제, 신라가 다른 민족이라는 것"이며, 이는 미국의 두 개의 조선 정책에 악용될 수 있다는 우려를 표하기도 한다. 일제의 남북이질론은 단지 과거의 문제만이 아니며, 현재 중국의 동북공정론으로 이어지고 있다. 중국 역사 교과서는 고구려사를 '중국-고구려사'라고 표기한다. 남북의 분단으로 인한 이질감이 이런 역사적 '이질론', '이민족론'과 맞물린다면 더욱 심각한 문제로 번질 수 있다.

어디서부터 남북 분단의 문제를 풀어야 할지 망막한 느낌이 든다. 손에 잡히는 답이 없을 때는 근시안적 사고에서 벗어나 잠시 멀리 떨어져서 바라볼 필요가 있다. 적색, 청색, 흑백, 회색빛의 실로 얽히고설킨 우리 민족의 문제를 어떻게 풀어야 할까. 이론과 주의가 아니라 함석헌의 '회개'에서 그 실마리를 풀고 싶다. 함석헌 선생은 《사상계》(1961년 3월호) '민족통일의 종교'에서 "우리가 진정으로 회개의 울음을 우는 것밖에 없다. 그러지 않으면, 교섭과 토론을 하면 할수록 시비에 그칠 뿐일 것이다. 이것이 통일운동의 기초되는 첫걸음이라고 우리는 생각한다."라고 썼다. 그는 이미 한국전쟁이 끝난 지 5년 뒤, 1958년 8월호 《사상계》에 쓴 '생각하는 백성이라야 산다'에서도 우리의 역사적 숙제인 통일정신과 독립정신을 위해서는 회개가 필요함을 역설했다.

국민전체가 회개를 해야 할 것이다. 예배당에서 울음으로 하는 회개 말고 (그것은 연극이다.) 밭에서, 광산에서, 쓴 물결 속에서, 부엌에서, 교실에서, 사무실에서 피로 땀으로 하는 회개여야 할 것이다.

함석헌은 "죄악이 모두 다 합작이라면 회개도 합작이어야 할 것이오."라며, 남북 모두가 회개해야 하는데, 우리가 먼저 회개할 것을 주문했다. 남쪽이 먼저 울고 울어서 "저쪽의 가슴을 울려 울음이 터져 나오도록 되기까지 울어야 할 것이다."라고 썼다. 그는 이렇게 하는 것이 무기 경쟁이나 교묘한 꾀와 선전보다 덜 공상적인 일이라 여긴다. 통일이 정복이 아니라 인격적 통일이기 때문이라는 생각에서다. 가끔 마리산 참성단에 올라 우리의 하느님과 단군 할아버지에게 분단 현실을 참회하고 회개해야겠다. 내 탓이요, 내 탓이요, 내 큰 탓이로소이다.

마리산 소사나무와 박달나무, 민족과 이념의 뿌리

참성단 위에는 천연기념물 제502호로 지정된 수령 150년의 소사나무가 있다. 토종나무인 소사나무는 마리산에도 쉽게 찾아볼 수 있는 나무이다. 하지만 참성단 돌 틈에 뿌리를 내리고 사시사철 온갖 비바람을 다 맞아가며 150여 년의 세월을 버틴 이 나무는 예사롭게 보이지 않는다. 마치도 수천 년을 외세와 맞서 싸우며 버텨온 우리 민족의 역사를 상징하는 것만 같다.

마리산 자락에서 하늘을 향해 생의 의지를 불사르는 무수한 나무 중에 참성단에 우뚝 선 높이 4.8미터의 소사나무가 중심이고 우두머리로 보인다.

니체의 《짜라투스트라는 이렇게 말했다》에도 "모든 여기를 중심으로 저기라는 공이 회전한다. 중심은 어디에도 없다."라는 말이 나오는데, 포스트모더니즘의 핵심개념이기도 하다. 중심은 어디에도 없다는 말은 중심은 어디에나 있다는 말이기도 하다. 관습화된 제도와 도덕, 중앙집권화된 권력을 부정할 때 적용하기 좋은 말이다. 그런데 중심은 어디에도 없다는 말을 뿌리가 없다는 말로 오인해선 안 된다. 마리산에 있는 나무 한 그루 한 그루가 다 중심이다. 하지만 분명한 것은 이들 나무는 흙 속에 깊게 뿌리를 내리고 있다. 민족을 부정하고, 상상의 공동체로 가볍게 여기는 이들은 뿌리 없는 나무와 같다.

소사나무에 작별을 고하고 마리산을 내려가며 박달나무를 찾아보았다. 마리산 주변에는 참나무, 단풍나무와 함께 박달나무가 많이 자란다는 얘기를 들었는데, 겨울이라 잎이 누렇게 바래서 그런가 가려내기 어려웠다. 단군신화에 나오는 신단수, 환웅이 처음 하늘에서 내려왔다는 신성한 나무는 박달나무일 수도 있다.

다음에는 숲해설가 하는 지인과 함께 마리산에 와서 박달나무를 찾아보리라 마음먹고 하산했다. 1936년 베를린 올림픽에 일장기를 달고 출전해 마라톤에서 우승한 손기정 선수는 1955년 참성단에서 성화를 들고 이 길로 내려갔을 것이다. 전국체전 규정에는 "성화는 인천시 강화군 소재 마니산 참성단에서 채화하여"라고 적혀 있고, 1955년 이후 계속 이어지는 전통이다.

나무 한 그루에도 뿌리가 있고 역사가 있듯이, 인간과 사상, 종교에도 뿌리와 전통이 이어져 있다. 뿌리를 함께 한다는 것은 운명공동체가 된다는 것이기도 하다. 북의 학자 강인숙이 쓴 글에 강화도 마리산을 언급한 대목이 나온다.

《고려사》나 《신증동국여지승람》 등 옛 기록들에서는 강화도 마리산(마니산)에 단군이 하늘 제사를 지냈다고 하는 참성단이 있고, 단군의 세 아들이 쌓았다는 삼랑성이 있다고 한 전설 자체는 단군시대에 고조선의 령역이 확장되였던 사실에 기초하여 꾸며진 것이였다고 인정된다.

북의 학자가 쓴 단군 관련 글을 읽으며, 어느 날에나 마리산에서 불을 붙인 성화를 서울, 대구, 광주만이 아니라 개성, 평양, 원산으로 전달할 날이 올 것인지 상상해 본다. 그때 가서야 지금의 반쪽 전국체전이 아니라 명실상부한 전국체전이 될 것이다. 반쪽 나라에 77년을 살다 보니 진정한 '전국'의 뜻이 무엇인지 모두 잊어버렸다.

석양이 붉게 물든 산등성이를 올려다보니 눈이 흐릿해진 탓인가 박달나무로 보이는 나무에 삼족오가 내려 앉았다. 태양 안에 살면서 천신과 인간을 이어준다는 저 새를 바라보며 고구려 선조도 지금 내가 바라는 것과 다르면서도 같은 통일을 꿈꾸었으리라.

《여행자를 위한 에세이 북》,
"고백하자면 반도는 사랑하기에 너무 좁다"

평화책방 간판 글씨를 써 준 이는 〈사람이 사는 마을〉(1집) 외에도 여러 장의 음반을 낸 이지상 가수다. 이분은 가수이면서 동시에 사진가이고 글 쓰는 작가인데, 여러 차례 시베리아횡단 열차 여행 후에 《스파시바, 시베리아》를 펴냈다. 스파시바는 감사하다는 뜻의 러시아 말이다.

이지상 가수는 2019년에 단행본 《여행자를 위한 에세이 北(북)》도 썼다. 북미, 남북정상회담이 연이어 열리고 남북 관계가 획기적으로 개선될 거라는 기대감이 넘쳐날 때였다. 이 책은 '여행에세이' 콘셉트로 보이지만 일반적인 여행에세이집과는 다르다. 실제로 북을 여행하고 쓴 게 아니라 북한 자료에 작가의 상상력을 더해서 만든 책이다.

이 책을 기획할 때 이지상 가수와 함께 상의하고, 일부 자료를 구해 주는 보조자 역할을 했다. MBC 통일전망대, KBS 남북의 창도 참고했고,

이 프로그램에 짧게 소개된 북한 영화나 드라마를 유튜브에서 찾아보기도
했다. 국립도서관의 북한 자료 열람실에 가서 최근에 나온 신문, 잡지도
살펴봤다.

"시몬 너는 들리냐, 락엽 밟는 소리가……"

북의 자료는 이념이나 내용의 차이를 떠나 똑같은 한글이지만 일단
표기법이 낯설었다. 외래어표기법이 서로 달라서 쉽게 알아먹지 못하는
경우가 많다. 국명 표기도 터키-뚜르기예, 러시아-로씨야, 베트남-윁남처
럼 상이하다. 코로나 관련 기사가 많은데 바이러스는 비루스라 표기한다.

남쪽의 한글표기법과 눈에 띄게 다른 점은 두음법칙 적용을 안 한다는
것이다. 낙엽은 락엽이다. "시몬 너는 들리냐, 락엽 밟는 소리가…….."
낙엽 밟는 소리와 락엽 밟는 소리는 어떻게 다를까. 남과 북에선 가을
단풍놀이 감상법도 다르지 않을까 싶다. 두음법칙에 따라 떨어지는 낙엽과
두음법칙 없이 자유낙하 하는 락엽은 왠지 낙하 속도와 자세가 다를 것
같다. 여성이 아니라 녀성, 이성이 아니고 리성이다. 역사와 력사, 내일과
래일, 노동자와 로동자의 서로 다른 표기법처럼 남과 북은 정치, 사회,
문화의 모든 영역에서 다른 점이 많아졌다.

꾸준히 이런 영상이나 자료를 찾아보며 '북한 바로 알기'에 집중하면서
한 가지 크게 느낀 게 있었다. 그것은 북쪽 영화 주인공이나 방송 진행자의
말투나 얼굴 모양, 옷차림이 내가 초등학교 때 봤던 남쪽 영화의 등장인물
과 유사하다는 것이다.

예를 들어 영화 〈사랑방 손님과 어머니〉(1961년 개봉, 주요섭의 원작 소설, 신상옥 감독, 최은희·김진규 주연)에 나오는 주인공의 말투나 옷차림, 얼굴 형태는 지금 남쪽의 영화배우들보다는 북쪽 영화배우와 매우 닮았다. 지금 젊은 세대가 볼 때는 북이 사회주의 문화, 인간형으로 변해버린 까닭에 우리와 달라졌다고 생각하겠지만, 냉정히 따져보면 남한 사회가 급속히 서구화되면서 달라진 측면이 더 크다고 볼 수 있다.

이는 1960~70년대 극장에서 틀어주던 대한뉴스 남자 아나운서의 목소리를 들어보면 바로 확인할 수 있다. 지금과 비교해 보면 목소리 톤이 훨씬 강하고 남성적인 발성법으로 북 아나운서의 전투적인 음색과 비슷한 편이다. 이런 점을 놓고 본다면 북이 사회주의 체제라 이상한 사회로 변했다기보다 남과 북이 서로 변했다고 보는 게 맞다. 그 때문에 통일과 평화를 말하는 이라면 "북이 변해야 한다."라고 말하면 안 된다. 남과 북이 서로 변해야 한다. 이지상 가수도 《여행자를 위한 에세이 북》 서문에서 이 점을 강조했다.

모두 들 '북한이 변해야 한다'고 소리를 높인다. 설마 북한만 자신이 원하는 대로 변하고 자신은 하나도 변하지 않겠다는 궂은 심보는 아니리라고 믿는다. 교류와 소통은 당사자 간의 호흡을 주고받는 일이다.

같은 자본주의 사회에서 살았어도 지역, 성별, 세대의 차이에 따라 심각한 갈등을 빚는다. 하물며 극과 극의 가치관을 추구하는 자본주의와 사회주의 체제에서 70여 년을 살아온 남과 북의 사람들 사이엔 상식적으로 이해하기 힘든 차이가 생긴 게 사실이다. 그래서 서로의 차이를 알기 위한 노력을 의식적으로 해야 한다.

루이제 린저의 북한방문기

1980년대 후반부터 수년간은 북한바로알기운동의 전성기이자 통일운동의 부흥기였다. 북에서 펴낸 역사, 철학 원전과 함께 소설도 여러 권 출판됐다. 그중에 《벗》,《꽃파는 처녀》 같은 소설은 불티나게 팔리기도 했다. 북한기행문도 심심찮게 나왔는데, 독일의 소설가 루이제 린저가 쓴 《또 하나의 조국-루이제 린저의 북한방문기》(1988, 공동체)도 그 시기에 출간했다.

린저는 1980년 봄, 3주간에 걸쳐 북한을 방문하고 김일성 주석과 면담도 했다. 1981년 3월에 기행문을 펴냈는데, 결론 부분에서 북을 '인간의 얼굴을 한 사회주의'의 전형이라 말하면서, "서구는 이제 그와 긴밀한 관계를 맺어야 한다."라는 말로 끝을 맺었다. 루이제 린저처럼 북에 우호적 기행문을 남긴 서구의 유명인사는 드물다. 사회주의를 지지했던 루이제 린저도 북에 가기 전 여러 편견이 있었다. 모스크바에서 평양으로 가는 비행기 안에서 불안, 짜증, 의심, 회의의 감정에 빠져들다가 "왜 나는 미리부터 이렇게 불신감을 품고 있을까? 왜 이런 편견을 가지고 있을까?"라고 자책하며 마음을 고쳐먹는다.

나는 조그마한 편견도 가져서는 '안 된다'. 그렇지 않으면 나는 구체적인 현실 앞에서 눈뜬 봉사가 될 것이다. 자, 이제 마음을 비우자. 나는 이 땅에 대해 아는 바가 '전혀' 없다. 따라서 이 땅에서 실제로 어떠한 일이 일어나고 있는지를 있는 그대로 보고, 듣고, 느끼리라.

북에 대해 루이제 린저와는 전혀 다른 결론을 내리더라도 1980년의 그녀에게서 한가지 배울 점이 있다. 편견 없이 있는 그대로 바라보자.

사실 남과 북 사이에 서로의 체제를 인정하고, 편견 없이 바라보자는 최고위층 간의 합의도 있었다. 정치, 경제 체제뿐만이 아니라 서로 다른 언어와 문화적 차이를 지닌 남과 북이 어렵게 합의한 것이 김대중-김정일의 6·15선언이다. 남과 북의 정부와 국민, 인민이 이 선언대로 실천만 해도 통일은 먼 훗날의 일이 아닐 것이다.

2000년 6·15 선언 이후 한국 사회를 보면, 세월이 흐른다고 사회가 무조건 진보하는 것이 아님을 알 수 있다. 1960년 4월 혁명 직후에 학생들은 "가자 북으로 오라 남으로 만나자 판문점에서"라는 구호를 외쳤고, 1987년 6월항쟁 직후 수년간 사회 곳곳이 통일의 열정으로 끓어올랐고, 이 구호를 다시 외쳤다. 그러나 한 세대가 지난 지금의 젊은 청년들은 민족, 통일, 한겨레와 같은 말에 친밀감을 느끼지 못하는 게 현실이다.

조국은 하나다
이것이 나의 슬로건이다
꿈속에서가 아니라 이제는 생시에
남 모르게가 아니라 이제는 공공연하게

조국은 하나다.

1980년대 젊은 통일 전사들이 심장으로 외우던 김남주의 〈조국은 하나
다〉라는 시를 소위 말하는 MZ세대가 읽으면, 그저 감상적인 시인의 잠꼬대
로 여길지도 모를 일이다. 처음 〈조국은 하나다〉를 접했을 때 토씨 하나
보태거나 뺄 게 없는 시라는 느낌이 들었다. 완벽한 감격이었다. 이 시를
즐겨 읽으며 이런 메모를 남겼다. "북은 나의 우뇌, 남은 나의 이성적
좌뇌/ 서울은 나의 오른팔, 평양은 나의 왼팔/ 한국은 나의 우심방, 조선은
나의 좌심방" 김남주의 시 〈조선은 하나다〉를 접한 뒤로 나는 단 한 번도
어느 한쪽에만 속하는 분단인이라 여긴 적이 없다. 나의 조국은 분단
이전의 조선이고, 고려고, 고조선이었다. 이런 생각을 젊은 청춘들은 잠꼬
대로 여기려나? 하지만 앞날의 일은 또 모를 일이다. 돌고 도는 게 세상의
이치이니, 잠꼬대가 현실이 될 수도 있는 법이다.

"고백하자면 반도는 사랑하기에 너무 좁다"

이지상 가수는 《에세이를 위한 에세이 북》의 마지막 글 '백무선 철길
위에서 떠오른 말-왜 대륙입니까?'에서 남북 두 시인의 시를 소개한다.
먼저 북녘 시인 이용악의 시 〈그리움〉에 대해 얘기한다. 이지상 가수는
이 시에 곡을 붙이기도 했다. 그는 '남북철도 대륙을 품다'라는 기치 아래
만들어진 (사)희망래일에서 일하며 여러 차례 시베리아 기행을 했는데,
"두만강 철교가 내려다보이는 러시아령 하산의 언덕에서" 이 노래를 꼭

불러 보고 싶었다는 기억도 떠올렸다.

눈이 오는가 북쪽엔 함박눈이 쏟아져 내리는가?
험한 벼랑을 굽이굽이 돌아간 백무선 철길 위에
느릿느릿 밤새워 달리는 화물차의 검은 지붕 위로
연 달린 산과 산 사이 너를 남기고 온 작은 마을에도 복된 눈이 내리는가

이 시는 해방 후 종로의 한 골방에서 이용악이 고향을 그리며 쓴 애절한
사향가이다. 백무고원 아래 백암에서 두만강 상류 무산을 연결하는 백무선
은 협궤(762mm)라 한다. 남쪽에서는 사라진 스위치백 시스템이 운영될
만큼 급경사의 오르내림을 반복해야 한다. 북계 수역은 해발 1,750미터의
높이에 있는데, 남쪽에서 가장 높은 데 자리 잡은 태백선 추전역은 해발
855미터이다.

백무선은 두만강 건너 시베리아횡단 열차와 맞닿아 고려인과 독립군의
땅 우수리스크와 하바롭스크를 지나며, 바이칼호를 거쳐 우랄산맥을 넘어
모스크바, 베를린, 파리로 이어진다. 이지상 가수와 함께 시베리아횡단
열차를 타고 가던 정일근 시인은 대륙을 꿈꾸던 당시의 감회를 〈울란바토
르행 버스를 기다리며〉라는 시에 담았다. 시인은 "고백하자면 반도는 사랑
하기에 너무 좁다"라고 외친다.

나는 울란바토르행 버스를 기다린다
나는 몸에 꿈 하나 숨기고

남쪽과 북쪽의 국경을 넘을 것이다
국경을 넘는 것이 죄가 된다면
나를 구금하라, 대륙의 피에
반도의 피를 섞으려는 것이 유죄라면
나도 혁명가처럼 서서 죽을 것이다

"반도는 사랑하기에 너무 좁다"라고 느끼는 시인들이 먼저 나서서 남북의 국경을 넘어버리면 좋겠다. 이지상 가수는 《여행자를 위한 에세이북》에서 말한다. 남북으로 길을 이어 동서로 대륙을 품는 일은 "분단에만 머물지 않았던 우리의 대륙성을 다시 회복하는 것"이라고.

그것이 왜 그렇게도 어려웠던가?

1. 나만의 말을 찾아서

얼마 전 딱새 한 마리가 열린 창문을 통과해 책방 안으로 날아왔다. 당황한 새는 불안함과 절박함에 바들거리며 날개짓 해댔다. 탈출구를 찾아 헤매느라 힘이 빠진 새는 책상 위에 지쳐 쓰러졌다. 손바닥 위에 잠시 올라앉았던 새는 곧 정신을 차리고 하늘색 허공을 향해 날아올랐다.

생을 향해 본능적으로 몸부림치는 딱새가 자유롭게 비상한 뒤 청소년기에 탐독했던 《데미안》에 나오는 '알을 깨고 나온 새'를 떠올렸다. 그 나이엔 무엇인지 모를 답답함과 불안함, 억눌림에서 자유롭고자 몸부림쳤다. 그로부터 수십 년을 날개짓했는데, 알을 깨고 어디론가 날아오르긴 한 것일까.

"나는 정말 나 자신으로부터 저절로 우러나오는 인생을 살려고 했을 뿐이다. 그런데 그것이 왜 그렇게도 어려웠던가?" 소설 《데미안》의 첫 문장이다. 이 책을 10대, 20대 젊은 나이에 감명 깊게 읽었지만, 이 구절은 기억나지 않는다. 그런데 이순(耳順)의 나이를 넘어서서 이 문장을 접하는 순간 한참 동안 눈을 감고 지난 인생을 되돌아봤다. 진정, 나 자신의 인생을 살아왔던가. 금지와 위선이 주류인 시대와의 불화는 숙명이었다

강화도에 평화책방을 만든 내면적 이유에 대해 곰곰이 생각하다 《데미안》 때문이라고 정리했다. 그리고 《데미안》 때문에 책방을 만들었다고?'라는 제목의 글을 시작으로 수십 권의 책에 얽힌 이야기를 쓰면서, 한마디의 말을 찾으려 했다. 내 인생에서 우러나온 나만의 말은 무엇인가? 그것이 있다면 억지로 만들어지는 게 아니고 저절로 드러날 것이라 여겼다. 헤세, 루이제 린저, 김소월, 김수영, 김남주, 레닌, 싯다르타의 말이 아닌 나만의 말. 그런데 그것이 왜 그렇게도 어려운 일일까.

2. 환생과 부활의 장소 책방에서

책방을 열었을 때 육십갑자를 일주해서 환갑에 진입한 나이였다. 평균수명이 늘어난 까닭에 벌써 오래전부터 다 들 환갑은 그냥 넘어가는 분위기이지만 그렇다고 환갑이 아닌 것은 아니었다. 나는 이제 60년을 지구에서 살다 운 좋게 인간으로 다시 한번 태어난 것이라 여기기로 마음먹었다. 그렇게 환생했다고 여기니 좋은 점이 많았다. 과거는 한 번 정리가 됐으니 연연해 하거나 후회할 필요가 없었다. 현재는 새롭게 출발할 수 있으니 마음이 홀가분했다. 미래는 무슨 일이 닥쳐와도 과거보다는 능숙하게 처리할 수 있으니 마음에 여유가 생겼다.

이렇게 61세에 '환생'을 했다 생각하고, 책방으로 흘러들어온 헌책을

정리하던 어느 날, 문득 손때 묻은 책들도 환생 혹은 부활을 기다리는 중이라는 생각이 들었다. 수십 년 만에 다시 읽은《데미안》첫 문장에서 큰 울림을 받은 것처럼 과거에 읽었던 다른 책에서도 예전엔 미처 알아채지 못한 의미를 깨치는 경우가 많았다. 헤세의 다른 소설《싯다르타》도 청소년기에는 별 감흥 없이 읽었지만 지금 다시 보니 구구절절 헤세의 고뇌를 들여다볼 수 있었다. 헤세의 '싯다르타'가 독자인 나를 정신적으로 다시 태어나게 하면서 역으로 내가 잠자고 있던 헌책에 새 생명을 불어넣기도 했다.

지금까지의 인생길은 어찌 보면 오래전에 만났거나 최근에 접한 책의 저자나 주인공과 함께, 혹은 잠시 그 주인공이 되어 걸어온 길이었다. 괴테의 베르테르, 셰익스피어의 햄릿이 되기도 했다가,《아리랑》의 김산, 또는 독일의 여성 혁명가 로자 룩셈부르크로 변모하기도 했다. 생텍쥐페리의《야간 비행》, 볼테르의《깡디드》, 헤밍웨이의《노인과 바다》등에서 내가 만났던 이들 저자나 주인공 한 명 한 명이 새로운 길이었고, 하나의 진리로 향하는 만 가지 법의 하나였는지도 모른다.

2006년 여름, 경상북도 봉화의 한 절에서 1박 2일 템플스테이 갔을 때 2시간 동안 맛보기로 참선이란 걸 했다. 그 절의 큰스님이 참석자 모두에게 같은 화두를 던져주었는데 "모든 것은 하나로 돌아간다. 그런데 그 하나는 어디로 돌아가는가(萬法歸一處 一歸何處)"였다.(본문 374p) 그 뒤로 이 화두를 잊고 살아왔는데, 지금 생각해보니 나도 모르게 무의식 속에서 '그 하나 돌아간 곳'을 찾고 있었는지 모르겠다. 분명한 점은 나는 아직 과거에 읽은 책과 주인공을 통해서 '일귀하처'의 답을 구하지 못했다는 사실이다. 나만의 말을 찾지 못한 이유는 언어의 미로에 빠져서 그럴지도 모르고, 이럴 때는 불립문자의 길이 필요할 수도 있다.

내가 그 주인공들과 함께 굽이굽이 인생길을 걸어오면서 나의 말을 찾지 못했고, 일귀하처를 알지 못했다 하더라도, 그 여정이 무의미하다고 할 수는 없을 것이다. 마치도 헤세가 싯다르타에게 깨달음을 안겨준 스승은 "숲속의 수도자들, 아름다운 창녀 카말라, 부유한 상인, 노름꾼이었으며, 그 무엇보다 강물과 선배 뱃사공"(본문 336p)이라고 쓴 것처럼 마찬가지로 내가 일체감을 느꼈던 책의 모든 저자나 주인공들이 내 인생의 동반자, 안내자, 스승이었다. 이들 모두를 통해 어느 신학자가 말한 '궁극적 관심'에 한 걸음 더 다가설 수 있었다.

3. 남과 북 사이에서 줄타기하는 초인은 누구인가?

결국, 나만의 말을 찾지 못하고 니체의 어록을 읽다가 '영원회귀'에서 '통일회귀'를 떠올렸다. 어쩌면 이곳 책방이나 철책선이 통일회귀선이거나 분단회귀선이 걸쳐 있는 곳일 수도 있다는 생각이 들었다. 니체는 인간은 짐승과 초인 사이에 놓인 밧줄과 같은 존재라 했는데, "휴전선 철조망이 있는 나라의 인간은 분단과 통일 사이에서 줄타기하는 존재"(본문 421p)가 아닌가 싶다. 남과 북, 선과 악, 전쟁과 평화, 주체와 사대 사이에서 줄타기하는 이 시대의 진정한 인간, 초인은 누구일까?

얼마 전 출간 후 베스트셀러가 된 소설 《아버지의 해방일지》(창비, 2022)를 읽었다. 몰입도가 뛰어나서 단숨에 읽게 만드는 수작이었다. 빨치산의 딸은 아버지의 장례식을 통해 만난 좌우의 거의 모든 사람을 관대하게 묘사한다. 작가의 포용과 관용의 휴머니즘이 느껴졌다. 그런데 유독 북한과 아버지의 '동지'인 비전향장기수에게는 냉랭하고 시니컬한 반응을 보인다. 이 소설을 읽은 직후 바로 그 비전향 장기수들을 강화의 작은 식당에서 만났다. 감리교 고난받는 이들과 함께하는 모임에서 주최한 자리였다. 비전향장기수들은 평범한 지역 시민을 상대로 한 인사말에서 '반미' '투쟁'이란 용어를 거침없이 사용했다. 그들에겐 일상어였다.

이들 장기수 중에는 소년 빨치산 출신도 있는데, 그분은 최근에 《김영승 회고록》(통일뉴스)이란 책을 펴냈다. 김영승 선생은 1950년 15세의 어린 나이에 입산해 활동하다 1954년 백운산에서 체포되었고, 36년간 복역하다 1989년 석방된 비전향장기수이다. 1935년생이니 우리 나이로 88세인데, 아직도 '진달래산천' 회원들과 지리산 등의 빨치산 유적지를 답사하고 있으며, 수시로 미 대사관 앞에서 '미군 철수' 피켓을 들고 1인시위를 벌였다. 보통 사람은 3년만 감옥살이를 하고 나와도 '전향적으로' 살 궁리를 하는데, 10년도 아니고 20년도 아니고 30년 넘게 옥살이를 하고 나와서 꿋꿋하게 초지일관한다는 게 놀랍다. 나 같은 범인으로서는 그 초인적 의지가 상상조차 안 된다.

'빨치산의 딸'은 이런 완강한 투사에게서 뭔가 불편한 모습을 보았을 것이다. 가까이 들여다보면 단점 없는 사람은 없다. 어떤 사람은 투쟁의 한길을 걷는 비전향장기수에게 일편단심의 살아 있는 교훈을 얻겠지만, 누군가는 '동어반복'의 교조주의를 느낄지도 모를 일이다. 무엇을 지향하느냐, 어느 것에 방점을 찍느냐에 따라 평가가 달라질 수 있다.

국가보안법 체제에선 만법이 귀일하더라도, 그 하나의 앞에는 국가보안법이라는 철조망이 막고 있다. 국가보안법으로 엮은 철책이 있는 세상에선 누구도 완전하게 알을 깨고 나와 자유를 얻을 수 없고, 은산철벽을 뚫고 시대의 화두를 타파할 수 없다. 그야말로 좌우가 힘을 모으고, 남북이 손을 잡고 줄탁동기 해야 하며, 그것도 집단적으로 안과 밖에서 쪼아야만 가능한 일이다. 남과 북 사이에 놓인 철책과 칼날 위에 올라타 춤추는 자만이, 남북을 잇는 밧줄에 올라탄 자만이, 진정한 자유를 체득할 수 있다. 만법이 국가보안법으로 통하는 세상에서 어떤 책, 어떤 저자와 주인공이 '일귀하처'의 길에 다리를 놓아줄 것인가? 나는 지금 남정현 작가의 소설 《미 제국주의 전상서》가 떠오르지만, 누군가는 요한복음 1장 1절일 수 있고, 또 누군가는 금강경 4구게이거나, 아니면 윤동주의 시집 《하늘과 바람과 별과 시》일지도 모른다.

4. 단지, 하나 되어 흐르는 강물

늦은 가을 해질녘, 평화책방에서 가까운 해안 철책을 따라 걷다 보면 수천 마리의 기러기가 떼를 지어 한강하구 너머로 월북하는 장면을 목격할 수 있다. 그들은 수시로 썰물과 밀물, 통일과 분단이 교차하는 해안철책선을 거침없이 넘나든다. 새들이 "남쪽 자본주의의 하늘을 날든 북쪽의 붉은 하늘을 날든, 그야말로 '하나는 전체를 위하여, 전체는 하나를 위하여'를 실현한 자유로운 몸짓으로 비행"(본문 346p)하는 것을 목격했다.

한강, 임진강, 예성강의 물이 합쳐지는 이곳 한강하구(조강이라고도 불림)

는 정전협정에 의하면 남과 북에 속하지 않는 중립수역이다. 강화도와 그 너머 개풍군 사이 조강(祖江)엔 휴전선도 없다. 수천수만 년, 그 이전부터 흘러온 저 강물엔 좌우도, 선악도 없으며, 분단과 통일마저 없다. 단지, 좌우의 강물이 하나 되어 구별 없이 흐를 뿐이다.

알을 깨고 나온 새는 철책 위로 날아가고

-평화책방 통일회귀선에서

발행일 | 2022년 12월 20일
지은이 | 최진섭
디자인 | 크리콤
펴낸곳 | 도서출판 말

출판신고 | 2012년 3월 22일 제2013-000403호
주   소 | 인천광역시 강화군 전망대로 306번길 54-5
전   화 | 070-7165-7510
전자우편 | dream4star@hanmail.net
ISBN | 979-11-87342-22-9(03810)